时间杀手

le temps est assassin

Michel Bussi

〔法〕米歇尔·普西——著

陈睿 冯蕾——译

湖南文艺出版社
HUNAN LITERATURE AND ART PUBLISHING HOUSE

博集天卷
CS-BOOKY

献给那些永远陪伴着我的童年伙伴

目录
------ *Contents* ------

Chapter 2

圣罗斯日

我只知道我很快乐，我身边的人一个都不少，所有人都在，就好像五十年来什么都没有变，好像没有谁死了，好像最终，当时间流逝，会证明它的无辜，也许我们错怪了它，将它当成了凶手……

Chapter 3

永远年轻

克洛蒂尔德微笑着，看着纳达尔迷失在自己的梦境中，任自己被一种忧郁的温柔抚慰着，瓦伦蒂娜继续埋头在她的数字里，玛利亚·琪加拉向刚刚喂完海豚宝宝的英俊的马迪奥眨了眨眼睛。

Sempre giovanu. 永远年轻。

雷威拉塔半岛

灯塔

斯塔雷索港口

地中海

蓬塔
罗萨

奥赛吕西亚海滩

洛克马雷尔码头

警局

城堡

科西嘉
蝾螈营地

卡尔维

阿尔卡海滩

海豹岩洞

马尔孔墓地

荷西萨海湾

阿卡努
农庄

卡萨帝斯特拉餐厅

卡普迪维塔

佩特拉·科达峭壁

引子

她很瘦小，体重不足四十公斤。从撞裂的车窗中爬出来，像是完全感觉不到那些被碎玻璃划破的胳膊、腿和裙子。她出于本能地爬着，富埃果旁不远处的石头上留下斑斑红色的血迹。

阿卡努农庄，1989 年 8 月 23 日

"克洛？克洛？"

你带给我糟糕的生活

"克洛？"

克洛蒂尔德慢吞吞地把耳机从耳朵上撸下来。真烦人。曼吕·乔的歌声伴着黑手乐队的小号声在寂静而滚热的石墙上噼啪作响，却仅仅比酒店墙外蟋蟀的叫声大了那么一点儿。

"干吗？"

"我们该走了……"

克洛蒂尔德叹了口气，却待在长木椅上没动。即使那块裂成两瓣的木桩子硌着她的屁股，她也无所谓。她很喜欢这种毫无拘束的姿势，带着点儿挑衅。双脚随音乐打着拍子，后背隔着帆布裙在石子墙上跟着蹭，椅子上的树皮和木刺也在大腿下面划来划去的。腿上放着本子，指尖夹着笔，蜷坐着。心不在焉。无拘无束。跟家里那种生硬的、科西嘉式的、条条框框的风格完全不搭。她又加大了音量。

我的心被吞掉了

这些歌手才是她心中的神呢！克洛蒂尔德闭上眼睛，张开嘴巴，她宁愿付出所有，能在三年间长高三十厘米，增大三个罩杯，能让自己站到黑手乐队演唱会第一排享受这朝圣之旅。舞台上狂热的吉他手近在咫尺，丰满的胸部在被汗湿透了的黑色 T 恤下不停晃动。

她睁开眼睛，尼古拉斯还站在她面前，一脸的不耐烦。

"克洛，所有人都在等你。爸爸他会不……"

尼古拉斯十八岁，比她大三岁。不久以后，哥哥将成为一名律师，或者工会的负责人，又或者是 GIGN（法国宪兵特勤队）中的一员，负责与持枪抢劫银行的劫匪进行谈判，然后一个一个地解救人质。尼古拉斯很喜欢玩铁砧。喜欢被打倒在地上，被揍，挨打，这些都让他觉得自己比别人更强壮、更理智、更可靠。毋庸置疑，这些都会为他一生所用。

克洛蒂尔德转过头，看到了雷威拉塔角的双胞胎月亮，一个掉在水里，一个挂在昏暗的空中；感觉就像是被半岛上的灯塔搜捕着的两个离家出走的人，一个瑟瑟发抖，另一个惊慌失措。她犹豫了，不知道要不要再闭上眼睛。想要瞬间切换到另一个世界，其实很简单。

两眼一睁一闭就好。

一，二，三……拉开大幕！

哦不，她得睁着眼睛，抓紧这最后的几分钟，赶在她的美梦飞走前，记录到放在腿上的本子里，刻在那些空白页面上。十万火急。必须的。

我的梦从身旁流逝，但在很长一段时间里，我还能认出奥赛吕西亚海滩的岩石、沙子，还有海湾的形状，它们一直没有变过。我却不是，我已经变老了。我变成了一个老太太！

这用了多长时间？两分钟？两分钟够克洛蒂尔德再写十几行，或者是 *Rock Island Line*《岩石岛铁路线》这首歌的时长。黑手乐队的歌都很短。

爸爸觉得这是一种挑衅。但并不是，至少这次不是。他抓住了她的手臂。

克洛蒂尔德觉得她的耳机被拽飞了，右边的耳塞似乎挂在一缕喷过发胶的黑头发上。笔掉到了地上。本子滑到了长木椅上，她都没来得及把它塞进包里，或者至少藏一下也好。

"爸爸，你弄疼我了，我去……"

爸爸停下了手，沉寂，冷淡，平静，一如既往……好像是一块极地浮冰搁浅在了地中海。

"你给我快点儿，克洛蒂尔德。马上就出发去普雷祖娜了。所有人都在等你。"

爸爸满是汗毛的手紧紧箍着她的手腕，就这么把她拖了起来。光着的大腿擦过长木椅边，火辣辣的一阵疼。这时候只能指望丽萨贝塔奶奶能帮她把本子捡起来，和其他乱七八糟散落在地的东西归置在一起，千万别打开看。明天一并交还给她就好。她对奶奶有信心。

也只有她能相信……

爸爸拽着她走了几米，然后把她推到前面，像是松开一个刚刚学会自己走路的孩子，自己站在她身后几步，双臂抱胸。在农庄的院子里，整个家族的人围在一张大桌边愣愣地看着她，空空的酒瓶，凋零的黄玫瑰花束。卡萨努爷爷，丽萨贝塔奶奶，一大家子人……就好像是在科西嘉展馆展出的格雷万蜡像馆里的附属展品，一群不知名的拿破仑表亲。

克洛蒂尔德强忍住要爆发出的笑声。

爸爸从不会对她动手，但是毕竟还有五天的假期。如果她不想让她的随身听、耳机和那些磁带被远远丢到雷威拉塔角附近的海里；如果她还想要她的本子；如果她还想再见到纳塔勒，甚至是欧浩梵、伊德利勒及它们的海豚宝宝；如果她还想要有足够的自由去偷窥尼古拉斯和玛利亚·琪加拉那伙人……那她就不能再做什么出格的事儿，不能太放肆。

克洛蒂尔德很明白这点。她一点儿也没拖沓地朝着雷诺富埃果小跑过去。计划有变，出发去普雷祖娜咯? OK，她会乖乖地跟着爸爸、妈妈和尼古拉斯去那个科西嘉岛密林中的遥远的小教堂，听这场复调合唱音乐会的。贡献出自己的一个晚上，还好啦。但也抛下了点儿自尊，这倒是比较难以接受的。

她看到卡萨努爷爷站了起来，注视着爸爸，爸爸跟他打了个手势表示没事儿。爷爷的目光让她觉得害怕。总之，是比平时更要怕些。

雷诺富埃果在下面停着，停在通往雷威拉塔的路上。妈妈和尼古拉斯已经坐在车里了。尼古拉斯往里挤了挤好给她在后排的座椅上留出个地方，同时还给了她会心的一笑。是啊，去听这个密林深处的小教堂的音乐会，对他来说也是迫于无奈，他讨厌去那里，讨厌听那音乐会。

他比她更讨厌这事儿。不过很明显尼古拉斯厉害多了，他一点儿也没表露出来。不久之后，等他拿到了铁砧证书，他说不定会成为共和国总统，像密特朗一样，七年来闷头苦学毫无怨言，为的是最终被重新选举成为总统……只要兴趣所在，再来七年也一样。

爸爸开得飞快。自从他买了这辆红色的富埃果，经常会开得很快。当他觉得很恼火的时候，也会开得很快。无声的怒火在蔓延。当他开得太快的时候，妈妈时不时地把手放在他的膝上、手指上。他是唯一一个想去听这讨厌的音乐会的人。忘恩负义的孩子，妻子还护着他们，被遗忘的岛根儿，他们的文化，他们受人尊敬的姓氏，他的宽容，他的耐心，都乱哄哄地充斥在他的脑子里。"就这一次"，"就一个晚上，对你们的要求也不高啊，真见鬼"！

转弯一个接着一个。克洛蒂尔德重新把耳机塞到了耳朵里。她一直都有点儿怕科西嘉岛的公路，甚至是白天，特别是白天，当他们与一辆车，一辆野营房车交错而过的时候；简直太疯狂了，这岛上可到处都是峭壁。她在想爸爸开这么快是想发泄一下他的怒火。或许这样就不会迟到，又或许这样就可以坐到那掩映在栗树下的小教堂的第一排位置了。可是如果是与一只山羊、一只野猪或其他任何的自由自在生活的小动物碰上，那就全完了……

一个小动物也没有。至少，克洛蒂尔德一个也没见到。而且即使这只是警察考虑到发生事故的其中一个可能性，也从来没有人发现哪怕一丁点儿它们的踪影。

过了雷威拉塔半岛，在一条又长又直的路的末端紧接着一个急转弯。这是一个悬于二十米高的峡谷之上的急弯。这里有块崩塌的巨石叫佩特拉·科达。

在白天，这里的景色极为壮观。

他们的雷诺富埃果与木栅栏迎面猛烈地撞到了一起。

隔离开悬崖上这条路的三块板子尽了它们所能尽的职责，在猛烈的撞击下变得扭曲不堪；富埃果的两个车灯都爆开了，保险杠也被撞瘪了。

这一切发生在车减速之前。

板子们无力再阻挡了。车子继续直直地向前飞冲出去，就像是动画片里面，主角冲到空中，失去动力停下来时，猛然看到自己双脚悬空，惊骇瞬间袭来……随后像块石头一样掉了下去。

克洛蒂尔德真实地感受到了这一切。雷诺富埃果腾空离开了地面，脚下真实的世界渐渐消失于眼前。可这不应该啊，这是不应该也不可能真实发生的事儿，不可能发生在他们身上，发生在她身上。

这是在突发状况扑面而来前，她有过的那么一瞬间的思索。雷诺富埃果先撞到了岩石上，断裂、掉落，接着又被弹起翻滚了两次。

爸爸的胸部和头部在车垂直撞击到大石块时，被方向盘狠狠撕裂了。妈妈在车第二次翻滚着撞到岩石上的时候被甩出车门，头被碾碎了。第三次翻滚把车顶都掀掉了，好像一个张着的大铁嘴巴。

最后一次撞击后。

富埃果停了下来，摇摇晃晃地悬在那里，十米以下是平静的大海。

一片寂静。

尼古拉斯在她旁边，挺得直直的，被安全带绑着。

他再也当不上共和国总统了，甚至也不能成为一个烂公司的代表。就这样离开了。铁砧，他曾说过。你别想了。你现在就是一个被妖怪大嘴咬住的鸡蛋，小麻雀。他的身体完全被支离破碎的车顶弄毁了。

他的双眼闭上了。永永远远地闭上了。

一,二,三,换幕！

奇怪的是，克洛蒂尔德的身上哪儿都不疼。之后警察解释说三次翻滚造成了三次严重的撞击，每一次撞击都导致车上一名乘客身亡。就好像一个杀手带了一支只装有三发子弹的枪。

她很瘦小，体重不足四十公斤。从撞裂的车窗中爬出来，像是完全感觉不到那些被碎玻璃划破的胳膊、腿和裙子。她出于本能地爬着，富埃果旁不远处的石头上留下斑斑红色的血迹。

她在不远处坐下来，盯着从那堆废铁皮下流出的、与汽油混合在一起的血液和脑浆。二十多分钟后，警察、消防员和其他十几个救援人员在那里发现了她。

克洛蒂尔德的一只手腕和三根肋骨断了，一边的膝盖扭伤……其他都没事儿。

简直就是个奇迹。

"您没什么大碍。"救护车蓝色旋转灯的光晕中一位老医生弯腰看了看她后确定地说道。

没什么大碍。

千真万确。

真没什么大碍。

那一刻，就剩她自己了。

爸爸、妈妈和尼古拉斯的遗体被白色的大塑料袋包裹起来。那些人抬着他们，低头走在红色的岩石上，像是还在寻找其他散落在四处的残骸。

"要好好活下去，小姐。"一个年轻的警察一边对她说，一边将获救人员用的银色盖毯披在她背上。要为他们而活。要记住他们。

她像看一个傻瓜一样看着他，像神父在谈论天堂一样傻。但是他说得对。就算是那些最糟糕的回忆也会渐渐被遗忘的，何况我们还在不断增添另外的回忆，很多很多。就算是那些最糟糕的回忆，令人心碎的、令人头疼欲裂的、最最最深刻的回忆。是的，特别是那些最深刻的回忆。

因为这些，其他的都已不重要了。

二十七年后

Chapter 1

雷威拉塔

是之前的每一年，悲剧发生前的每一个夏天，即使她只有些模糊不清的回忆，即使只给她留下了那些童年的假期，她仍然确定她爱这个岛，爱这里的风景，这里的芳香气味，但这些状态却让她失望了。

1

2016 年 8 月 12 日

"就是这里。"

克洛蒂尔德把一小束紫色的百里香摆放在了铁栅栏旁。这些百里香长在佩特拉·科达岩石间的金雀花丛中,是在到达这里前拐的几个小弯那里,她让弗兰克把车停下来去采的花,足够给三个人的。

弗兰克也采了一些,但眼睛一直看着路上。他们的帕萨特就停在路边,开着警示双闪灯。

瓦伦蒂娜在后面弯着腰,很明显地做出一副很不情愿的样子,就像要她弯下她一米七的身子要付出多大努力似的。

他们三个站在那儿,面对着一个二十米宽的大崖口。礁石缝隙间翻滚的海水不知疲倦地冲刷着红色的岩石,梳理着石缝里棕色的细小藻类,好似布满皱纹的皮肤上的老人斑。

克洛蒂尔德转向她的女儿。十五岁的瓦伦蒂娜,已经比妈妈高出十五厘米。她身穿一条膝盖上破了洞的牛仔裤和一件纸牌屋 T 恤。这身打扮真不太适合进入墓地,献上一束花,静默一分钟。

克洛蒂尔德顾不上这些了。她声音温柔地说:"就是这里了,瓦伦蒂娜。你的外公外婆和尼古拉斯舅舅就是在这里发生的那次车祸中去世的。"

瓦伦蒂娜望向了更远更高的地方,注视着一辆水上摩托艇在雷威拉塔海域附近的海浪中不断起伏跳跃。弗兰克倚着栏杆,专注地看着峡谷和帕萨特闪着的信号灯。

时间仿佛被拉长了，像炎热一样让人萎靡不振。太阳把时间慢慢地一秒一秒地嘀嗒过去。一辆汽车在热浪中从他们身边掠过，赤裸着上半身的司机转头惊讶地望着他们。

自从 1989 年夏天之后，克洛蒂尔德一直没回来过。

尽管她已不止千百回地想到过这个地方，想过事故发生的那一刻，也想过这一刻她该要说些什么，她该想些什么，但真到了这里，她的大脑一片空白。回忆突然一股脑儿地向她涌来，像是朝圣的人群。向过世的家人致哀。与现在的家人分享。

而他俩却对此无动于衷。

克洛蒂尔德之前还想着这次可以跟弗兰克和瓦伦蒂娜一起交流一下情感，谈一些敏感的问题。三个人一起，亲密地在一起。但他俩感觉上就像是帕萨特爆胎了，他们在心烦意乱地等待着拖车来抢修，两人被困在栏杆那里，又热得难受。一下低头看看手表，一下又抬头看看天空，不管看哪儿就是不看这片有着血一样颜色的火山岩石。

克洛蒂尔德在她女儿身边坐下。

"你的外公叫保罗，外婆叫帕尔玛。"

"我知道，妈妈……"

谢谢，瓦伦蒂娜！很好！

女儿仅是拖长了声音说"我知道"，是为了让这个回答与平日里回应妈妈那些唠叨的时候有所区别。

收好你的衣服。关掉你的手机。抬一下屁股。

她习惯性地做了点儿小小的妥协……

知道了，妈妈……

OK，瓦伦，克洛蒂尔德想。OK，这确实不是假期里最有意思的时候。OK，跟你们提的这个事故已经是三十年前的事儿了。但见鬼的，瓦伦，我等了十五年才带你来这儿。就是为了等你长大，可以明白这件事，为了你之前的生活不会被它给弄糟。

水上摩托艇消失了。可能被浪打翻落水了。

"我们走吧？"瓦伦蒂娜问道。

这次连以往的一丁点儿的努力都不做了，甚至都不用假装出来的忧伤神情来遮掩一下自己的无聊烦闷。

"不行！"

克洛蒂尔德提高了声音。弗兰克第一次把目光从他的帕萨特上移开，就像不得不离开不断向他抛媚眼的姑娘似的。

不行！克洛蒂尔德在脑子里又重复了一次。女儿啊，妈妈十五年里独自承受打击，像个扫雷员一样。二十年来，我亲爱的弗兰克，我当你是最酷的伴侣，从不抱怨，从来都带着甜甜的笑容，疯疯癫癫不惜用自撑的方式逗你开心。每天收拾整理家里的琐碎，保证这个家的正常运作。一路上还给你们哼歌，使旅途显得没那么漫长。可我要求什么回报了吗？仅仅是十五分钟！你们十五天假期中的十五分钟！你十五年人生中的十五分钟，我的女儿！我们相爱二十年中的十五分钟，我亲爱的！

与其他的相对而言，这十五分钟，这一刻钟的时间是对我那在此被摧毁的童年的同情，它就被毁在这些毫无情感的岩石上。它们早就忘了发生在这里的一幕，继续在此千年万年。十五分钟对于漫长的一生，难道要求得很多吗？

但他们只愿意给她十分钟。

"我们走吧，爸爸？"瓦伦又坚持说道。

弗兰克点点头，年轻的女孩儿顺着围栏边走向了帕萨特，人字拖在柏油路上啪啪作响，双眼搜寻着路上的每一处角角落落，一直望向最高的第三个折弯处，好像在这片砂石中寻找自己的人生痕迹。

弗兰克转向克洛蒂尔德，用他一贯理智的口气说道："克洛，我明白，但我们也要理解瓦伦。她不认识你的父母，我也不认识他们。二十七年前，他们就去世了。我们相识的时候，他们也走了差不多十年了；瓦伦出生的时候，他们已经过世十几年了。对她而言，他们……（他犹豫了一下，用手背擦了擦额头的汗）他们……没出现过在她的生命里。"

克洛蒂尔德没回答。

当下，她最希望的是，弗兰克能将她揽入怀中，最后这五分钟能陪她安静度过。

但现在，完全不是这么回事儿。她的脑子里想到的都是弗兰克的父母——奶奶让娜和爷爷安德烈，每个月他们都会回一次爷爷奶奶家，跟他们一起度周末。瓦伦十岁以前的每个星期三都是在爷爷奶奶家度过的，直到现在，瓦伦也会跑过去依偎在任一个的怀里尽情撒娇。

"对她来说，理解发生在这里的一切还太小了，克洛。"

太小了……

克洛蒂尔德点了点头想表示赞同。

她听他的话。曾经一直都听的，后来也经常听，而现在却越来越少了。

她一直都赞同他所做出的一切决定，在任何情况发生的时候。

弗兰克低下头走向帕萨特。

克洛蒂尔德站在那儿没动。就那么站着。

太小了……

她在心里问了自己一百遍是否是这样。难道什么都不说？不让女儿牵涉进这个陈年往事中更好？把这一切留给自己？没问题，她已习惯于独自回味这份绝望。但从另一方面来讲，有种心理学上的说法，在那些女性杂志中，给女性朋友提供的建议：作为一个现代社会的妈妈，要坦诚，要与家人共同分享家里的秘密。百无禁忌，直言不讳，不要回避问题。

你想想看，瓦伦，我在你这个年纪，经历了一次非常严重的事故。换作你，你来想象一下，车翻了，我们三个都在车里，爸爸和我，我们两个都死了，就剩下了你自己……

你想想看，女儿……或许这可以帮你理解一下妈妈，了解我为什么这样做，命运让我侥幸活了下来，没有让我丧命于此。

如果你有兴趣了解的话。

克洛蒂尔德最后看了一眼雷威拉塔海湾，看了一眼那三小束紫色的百里香，毅然离开，与丈夫和女儿会合。

弗兰克已在方向盘后面坐好，关了收音机。瓦伦蒂娜将她那一侧的车窗全部降下，用她的《旅游指南》扇着风。克洛蒂尔德用手轻轻地抚摸了女儿的头发，瓦伦不满地咕哝着。她勉强地笑了笑，坐在丈夫的旁边。

座椅被晒得滚烫。

克洛蒂尔德给弗兰克一个抱歉的微笑。与尼古拉斯的铁石心肠和不值一提的爱情生活相比，这种妥协的姿态是哥哥唯一留给她的好东西。

汽车开动了，克洛蒂尔德把手放在弗兰克的膝上，将将贴着他运动短裤的边儿。

帕萨特在山与海之间飞快穿行，在正午的太阳下所有的色彩都是那么浓烈，饱和度非常高，就像一张旧的风光明信片。

感觉就像梦幻假期在眼前全景播放。

所有的都已被遗忘，夜晚降临前，只有风吹拂着那几束百里香。

不要再回忆过去了，克洛蒂尔德想着。人生要继续向前。

努力去爱这个世界，努力去爱自己的生活。

她放下车窗，任风吹着她黑色的长发，任阳光轻抚她裸露的小腿。

就像那些杂志、那些闺密、那些鼓吹《用十节课来寻找幸福》的销售员所宣扬的：想要得到幸福很简单，只要相信它就好！

假期就应该是能给人带来幸福的。万里无云的天空，大海，阳光，相信这一切能带来幸福吧。

在这一年剩下的时间里，尽情想象吧。

克洛蒂尔德的手又往弗兰克的大腿上方移了移，侧身把脖子伸出窗外，眼前的天空蓝得有点儿不真实，像是一幅装饰画、一面屏幕，或者是谎言之神拉开的窗帘。

克洛蒂尔德闭上眼睛，弗兰克却被刺激得有些微微颤抖，像开启了自动模式一样，他的手已经不受大脑控制了。

假期也应该是这样。

古铜色的肌肤，赤裸的身体，燥热的夜。

交织在一起的幻想和欲望。

2

1989 年 8 月 7 日，星期一，假期第一天

夏日晴空

我的名字，克洛蒂尔德。

自我介绍是起码的礼貌，尽管我不认识你们，你们却在读我写的东西。

如果我没记错，已经是几年以后了。所有我写的东西都是非常保密的，绝对不可公开的。

不管你们是谁，我想都已经被告知过了。

鉴于我的谨慎，我仍想知道是谁在读我写的东西。

会是我的爱人吗？那个对的人，那个我选择了与之共度一生的人，那个在某个清晨，我首次颤抖着把我少年时期最私密的日记与之分享的人？

或者是一个浑蛋？由于我日后杂乱无章的生活，他无意中读到了它？

或者是我千万粉丝中的某一个，为了我这个文坛新生代小才女的代表作而匆匆买入手？

抑或是我自己……老一点儿的我，十五年后……算了，干脆再老一点儿，三十年后的我，在某个抽屉深处找到了这本神秘的旧日记。我重新读了它，就像坐上了时光机，穿越回到了曾经的年代，或者像是照了一面返老还童的镜子。

这又如何能知道呢？好吧，带着疑惑，我就这么乱写一通吧，不管它之后会落在谁的手里，或者出现在谁的眼前。

呼……

我未来的读者，希望您明眸善睐，玉手纤纤，心地善良。您不会让我失望吧？答应我好吗？

我先用几个词来描述下我自己，算是简单的自我介绍吧。来日方长，我们有时间互相了解，我的读者。

名，克洛蒂尔德，分以下三小点进行介绍：

第一小点：年龄。已经老了……十五岁了。哇呜，这让我好晕！

第二小点：身材。个子不高，一米四八，这个，这个让人有点儿沮丧！

第三小点：相貌。用我妈的话说，那是丑得不行。我可以很容易找个参考对象给你，有些像是《甲壳虫汁》里的丽迪亚·迪兹。如果你是来自火星的读者，不能马上认出她那极具哥特风格的样子，别着急，我可以用这本子三分之一的纸张来给你洗洗脑，给你好好说道说道她，我可绝对是她的钢铁粉儿。可以很明确地告诉你，她可是这个世界上最酷最酷的青年人，穿着黑色的蕾丝裙，头发梳成龙齿样子，一绺一绺地垂在额前，画着熊猫眼一样的浓烟熏妆的眼睛……而且她还可以跟鬼魂对话！我加一句，美丽的陌生人，这个角色是由薇诺娜·瑞德扮演的，她还不到十八岁呢，但却是这个世界上最美丽的女演员。我想把我房间里所有她的海报都摘下来，挂去度假时住的房间里，可是妈妈不同意，因为钉子会弄坏度假屋里的墙板。

OK，OK，我的读者们，我知道这第三"小"点其实是第三"大"点！但还是让我们回到假期的第一天去吧，那天……可真的可以看成伊德里斯一家坐着爸爸驾驶的红色富埃果，在图尔尼的一次大冒险。图尔尼，我指给你们看，它位于韦克辛高原，是一块夹在诺曼底和巴黎之间的冲积平原，那里种满了甜菜头，一条小河——艾普特河，流经于此。猫在街角闲聊的人们说，因这条河引发的战争和死亡的人数远高于莱茵河。我们的度假小屋在这片区域的上方，在一群小山之间，所谓的小山看上去，也就三个苹果那么高吧。街角的闲人们称它为"韦克辛驼子峰"。这可不是瞎编的！

关于用何种方式跟你们讲讲这次如何启程去科西嘉，我犹豫了良久。在诺曼底还在夜里沉睡时，所有的行李箱都已摞进后备厢，脚下是无尽头的路，我和哥哥一起坐在后边，他一路上看了十小时窗外的车啊，树啊，路牌啊，还一点儿都不觉得无聊。勃朗峰下的穿山隧道，每顿饭都是标准的夏蒙尼水果馅饼配沙拉。取道意大利走热那亚，是因为爸爸说走那里虽然会比走尼斯、土伦或者马赛远一些，但在意大利，从来没有罢工。哦，是的，这些我都可以跟你们铺开来讲，但这一次就先不细说了，这是选择性叙事的需要，亲爱的跨星系的读者们，就这样吧！

我着重讲讲坐轮渡的经历吧！

如果没有坐轮渡出海去一个小岛的经历，是全然不能体会假期第一天是什么样子的！

丽迪亚·迪兹是这么说的！

以下四点可以进行说明。

先来说水。

一艘巨大的轮渡，黄白相间，真的好大！我们一直在拿它"摩尔式"的船头开玩笑，直到我们看见它打开它巨大的船尾部。

爸爸更是不作声。必须说的是，刚开了十小时的车到这儿，就跟一帮亢奋的意大利水手杠上了，真的是很让人恼火的事情。

"靠右边！"

"靠左边！"

那些意大利人叫喊着，像风车似的挥舞着手臂，好像爸爸第一次上驾驶课。

"向前！向前！向前！"

爸爸和其他十几个蒙圈的司机一起被指挥来指挥去的，他们有的车后还有挂车，有的车顶放着水上摩托艇，有的车顶的冲浪板比他们的运动小跑车还长，雷诺太空车都快被游泳圈、充气垫、浴巾挤爆了，堆得高高的看不到后方。

"往前来！往前来！"

货车，汽车，野营车，摩托车，全都开进来了！

"停！停！停！"

这轮渡上的意大利人，在他们小的时候，就应该是拼积木的一把好手。不用一小时，就将三千辆车都装进了一艘船，跟玩巨型乐高似的。

意大利人笑了，竖起一个大拇指。

完美！

爸爸的富埃果是这游戏里三千个拼图中的一块。他打开车门到船舱与我们会合时，竭尽全力保证不要剐蹭到左边紧贴着的一部欧宝可赛。

接下来讲讲陆地。

在轮渡上有个很真实的感觉，就是在脱掉衣服钻进狭窄的船舱睡觉的那一刻起，到四五个小时后醒来的那一刻之间，仿佛经历了一次蜕变。像蛇蜕了一次皮一样。

通常，我是第一个起床的，穿上我的人字拖、短裤和一件 Van Halen T 恤，再戴上我的超酷墨镜……直接冲到甲板上。

陆地！陆地！

所有的人都已站在船栏后欣赏着从科西嘉湖到科西嘉角那美丽的海岸风光。太阳初升，光芒四射，照耀万物，驱散阴霾。我飞快地冲进船舱，鼻腔里充满各种奇怪的气味。我大步从一个高个子的金发男人身上跨了过去，他躺在他的背包上，还没睡醒。超级帅！一个女孩儿揽着他也没醒，后背露着，一头浓密的头发乱蓬蓬的，一只手伸进这个瑞典男人敞开的衬衫里。

总有一天，我会变成那个露着背的女孩儿，也会有一个旅行时不爱剃胡子的旅伴，他也会给我当睡垫，让我枕着他长满金色汗毛的胸口进入梦乡。

嘿，我的人生，你是不会令我失望的，对吧？

而当下，我这一米四几的小身板刚好依着船栏，充满鼻腔地地中海的气息已让我感到很开心了。

从头到脚都在呼吸，感受着自由。

"着火啦，糟糕！女士们，先生们，请回到你们的车上。"

地狱之火！

银河系中我的读者们，说真的，我觉得地狱应该就像此刻轮渡的内舱这样。这里至少有150℃，而且人们还要拥挤着从楼梯走下去。就好像在地面上同一时间死去的人们都一个紧跟一个地，列队向着熔融的火山深处走去，搭乘去往地狱的地铁！

突然传来一阵链条与金属撞击的声音。意大利人又出现了，他们是船上唯一穿戴整齐的人，长裤加上衣，也是唯一一群没出汗的人，而其他游客皆是一身短打，一边流汗一边擦。

由于那个没有睡醒的小滑头堵在出口，我们差点儿永远地留在了那里，留在那个熊熊燃烧的大火炉里。他就是那个前天晚上最后一个登船的家伙，很可能就是那个金黄色头发的瑞典人，他把大家都堵住了。但我已经爱上他了，将来我也要找一个跟他一样的男朋友。

意大利人都长得跟魔鬼似的，他们的手里就差一条鞭子了。这是个陷阱，所有人都要死在这里了，到处都是二氧化碳，还有个傻瓜发动（打着）了他的车，所有人都跟着发动（打着）了车，可是没有一辆车能动。

随着一声钢板碎裂的响声，轮渡的舱门倒了下去，吊桥降了下来。

所有的人像一群亡灵冲向了天堂。重获自由！

最后是，空气。

在棕榈树下的草坪上大家共进早餐，是伊德里斯家族的传统，圣尼古拉广场正对着巴斯蒂亚门。

牛角包，鲜榨果汁，栗子酱，爸爸都给大家准备好了。突然就有了一家人在一起的感觉。包括我这个哥特式的刺猬头，还有哥哥尼古，他在离开之前还转着看了一下地球仪，用手指随意地指在上面，思考着那个约好要一起出去的、露营地认识的女孩子说的是什么语言。

是啊，一家人，二十一天在一起的时间，在天堂般的地方度过三周假期。

妈妈、爸爸和尼古。

还有我。

我现在想让大家知道的是，这本日记主要是关于我自己的！

不好意思打断一下，我要赶紧先穿上我的泳衣。

我很快就回来，我的各个星球上的读者们。

❧　❧

他轻轻地合上日记。

茫然不知所措。

已经有好些年他不曾打开过它了。

有些紧张。

尽管，她回来了……

在二十七年后。

为什么是这样？

这很明显。她是回来看看自己的过去。仔细地搜索一下，深入地探寻一下，她曾经遗留在这里的东西。这是她在另一处的生活。

历经了那么多年，她准备好了。

这个问题一直以来都无法回答。

她将要探究多深？要去到哪里她方能倾吐内心？她要深入何处去解开那些藏着的伊德里斯家族的陈年往事？

3

2016 年 8 月 12 日，22 点

"爸爸他没转方向盘。"

克洛蒂尔德放下书，靠着椅子坐着，光着的脚涂着红色甲油，在混有土和草的沙地里摩挲着。客厅里的一盏便携式提灯挂在一个装饰花园用的绿色塑料橄榄枝上，在夜晚里摇曳。他们租了一间一百五十平方米的平房，这间房跟其他房间相比是缩进式的，见的阳光很少，由于缺少卫生设施和极小的面积，房间租给了三个成年人。这里是可以看到外面的，伊德里斯小姐在之前的冬天预订的时候，科西嘉蝶螟营地的老板就已经低声下气地承诺过了。很明显，赛文·斯皮内洛没什么变化。

"什么？"弗兰克回答道。

他正处在极不平衡的姿势上，没办法回过头来。他铺了张报纸在车后座，光着脚踩在上面，左手钩住帕萨特上的一条扶手，右手费力地拧着车顶上的一个螺栓。

"我爸他，"克洛蒂尔德继续说道，"在佩特拉·科达的转弯处，他没有打方向盘。这是我很确信记得的。一条笔直的路，接着一个急弯，我爸直接将车开进了木围栏里。"

弗兰克转了一下头。他的手，拿起一把钥匙继续拧着螺栓，盲目地拧着。

"你想说什么，克洛？你在暗示什么吗？"

克洛蒂尔德停顿了片刻才回答。她仔细地看着弗兰克。假期的第一个晚上，她丈夫做的第一件事是将车顶的箱子和车的保险杠拆下来。他

完全可以列出一张购物单那么长的各种理由，而且还非常合理：额外的汽油消耗，风的阻力，保险杠的架子在车身上容易磨出印儿来……克洛蒂尔德甚至都可以从中看到有件正好能塞进他们假期空当里的事儿了，但实际上都不是事儿！她无所谓了，什么把车顶箱卸下来，放好，整理好，用篷布盖好，她觉得真是愚蠢极了！把一个个小螺丝拧出来，放进不同的小袋子里，每个数字对应不同的小洞，这些都令她感到厌烦。

　　而这个时候，瓦伦没在，就算她在也发挥不了安抚的作用。她们这群青春年少的姑娘已经跑去探索营地了，八卦营员的平均年龄，了解他们的国籍。

　　"没什么，弗兰克。我没想说什么。我不知道。"

　　克洛蒂尔德答道，声音里透着一点儿疲惫。弗兰克换了一个孔，继续拧松螺栓，他抱怨着那个把螺栓拧得如此紧的蠢家伙。

　　他，昨天。

　　弗兰克式的幽默。

　　克洛蒂尔德身体向前倾着，用手指翻着她的书——《冰川时代》，瓦加斯最新的一部作品。她原本傻傻地想着"制冰时代"正适合作为夏季的畅销书书名呢。

　　克洛蒂尔德式的幽默。

　　"我不知道，"她继续说道，"只是有种奇怪的感觉。刚刚在路上的时候，看着路，我觉得即使开得很快，即使是在夜里，我爸爸也应该有时间在转弯的时候踩刹车。而这种印象，很奇怪地与事故发生后在我大脑里留存的记忆相符。"

　　"你那时十五岁，克洛。"

　　克洛蒂尔德重新放下书。没有回答。

　　我知道，弗兰克。

　　我知道这些只是瞬间的印象；所有的一切都是在两三秒内发生的……但是，听着，弗兰克，如果在你的脑海深处能听到我说的话，如果你还能从我的眼睛里读懂我。

这是真的。我非常确定以及肯定!

爸爸他没有打方向盘。他向深渊直冲了过去,连同车里的我们一起冲了过去。

克洛蒂尔德用手稳了一会儿在她头顶慢慢摇摆的灯,群飞的蛾子不断地撞向灯泡,炽热的灯泡炙烤着它们短暂的生命。

"还有,弗兰克。当车祸发生的时候,爸爸是抓着妈妈的手的。"

"在弯道前吗?"

"是的,就在那之前。就在撞向护栏的那一刻前,就好像爸爸知道我们会腾空飞起来,知道他不能阻止这场车祸发生。"

一声轻叹。第三颗螺栓被拧了下来。

"你想说什么呢,克洛?你爸爸要自杀?要与车里的你们同归于尽?"

克洛蒂尔德很快地答道,甚至有点儿太快了。

"不,弗兰克。当然不是。那时他还因为我们迟到而很生气。他带我们去听一场科西嘉的复调合唱音乐会。那天也是他和妈妈的相识纪念日。出发之前,我们还跟一大家子人喝了开胃酒,爸爸的父母、亲戚、邻居。不,那不是自杀,当然不是……"

弗兰克耸耸肩膀。

"那问题说通啦!那只是个意外。"

他换了一把 12 号的扳手。

克洛蒂尔德的声音像是耳语一般掠过,像是为了不吵醒邻居。可以听到远处某个地方隐隐约约传来意大利语电视剧的声音。

"尼古拉斯也注意到了。"

弗兰克停下手里的活儿,克洛蒂尔德进一步说道:

"尼古拉斯的脸上一点儿也不惊讶。"

"什么意思?"

"就在我们穿过护栏的前一秒,我意识到这下完了,没有什么能阻止我们的车停下来。但我从哥哥的眼睛里读到一丝奇怪的神情,好像他知道一些我不知道的事情，他一点儿也没觉得意外，就像他之前就知道我们都要死了。"

"你没死，你还活着，克洛。"

"不，我的大部分都已经死了……"

她晃了一下坐着的塑料椅，向后靠了一点儿。此刻，她真希望弗兰克能从车上下来将她拥入怀里。紧紧地抱着她，随便说点儿什么都好。甚至什么都不说，但却可以让她感到安心、安全。

他取出了第四个螺栓，然后抓着灰色的空车顶箱背在背上。

还真像奥勃利，克洛蒂尔德想。

眼前这个场景让她想笑。毫无悬念，向来如此。

是的，他赤膊上阵，背着他的塑料巨石，穿着蓝色的亚麻长裤，弗兰克竟与奥勃利惊人地相像！

真不是吹牛。

四十四岁的弗兰克仍是一个很帅气的男人，宽阔的胸膛，布满肌肉。二十年来，她被他那坦诚的笑容和可靠的安全感所打动，以及他强烈的个性，帮克洛蒂尔德撑过那段艰难的日子，令她爱上了他，让她说服自己这些都是正确的。而到头来，却是更加糟糕，非常糟糕。

奇怪的是，如今年复一年，体重半公斤半公斤地增长，腰围一厘米一厘米地增大，他的大肚子，像所有的帅哥也都会有一样，她也就无所谓了。真的再也回不去理想的身材了，回不到他曾经的身体里了。现在的弗兰克成了一座山，至少也是一座小山丘，一座美丽的、以肚脐为中心的圆润的小山丘。

奥勃利轻轻地放下他的巨石柱。

"克洛，别让这些陈年旧事破坏了你的假期。"

他实际想说的是：

亲爱的，别让你的那些陈年旧事毁了咱们的假期。

克洛蒂尔德勉强笑了一下。毕竟弗兰克说得有道理，一家三口到此度假是为了她的朝圣之旅。

真是一次苦旅。

面朝西方，深深鞠一躬。

加油！忘记过去，向前看吧！

她最后小小总结了一下。弗兰克至少有一个优点：跟他在一起，可以一直没完没了地谈关于孩子的教育话题。那我们就来聊聊瓦伦蒂娜。

"你是觉得我不应该跟瓦伦讲那次事故？不该带她来看事故发生的地方？"

"不，当然不是。那是她的外公外婆。对她来说这些很重要……"

他一边从绳子上取下一条毛巾擦手，一边走近克洛蒂尔德。

"你知道的，克洛，我为你感到骄傲。你有如此的勇气，继续生活下去。我理解你的过去，我不会忘记的。但是现在……"

他继续擦完肩膀、腋下、胸口后，扔下毛巾向克洛蒂尔德俯身过来。

晚了，克洛蒂尔德心想。亲爱的，太晚了。

丈夫的同情仅仅晚来了几秒，就已完全影响了她嗅到男性澎湃激情的能力。作为一个有教养的男性，在他去讨他的爱人欢心之前，仍然将车顶箱拆下放好，并对车身做了防护。

"现在如何，弗兰克？"

弗兰克将一只手放在克洛的腰间。他们两个都穿得不多。他将手从她的衬衣下往上伸了伸。

"现在……我们去睡觉吧？"

克洛蒂尔德站起来向后退了一步。温和，没有丝毫冒犯。却也没有给他留下一点儿希望。

"不，弗兰克。我现在还不睡。"

她向前走去，这次换她取下绳上的毛巾，拿起她的洗漱包。

"我现在需要去冲个澡。"

就在快走上小土路前，克洛蒂尔德最后一次转向她的丈夫。

"弗兰克……我不相信我是幸免于难的那个。"

他呆呆地看着她，像一头狮子眼看着一只羚羊离开饮水点，甚至都没想去追它。

他完全没理解刚才这句话在他们刚刚对话中是什么意思。

露营地的光线很暗。只有 B 通道有一个路灯，那里有五间排列整齐的充满诱惑力的芬兰小木屋，大概是六个月前安置好的。克洛蒂尔德走过最后一处帐篷营地，这里已经被一队摩托车手占领了，他们围成一圈躺着，手里拿着啤酒，旁边是有图腾标志的烧烤炉，摩托车停在树下，像是一群被圈养的纯种猛兽。

多么绝对的自由。

一种强烈的忧愁弥漫着。

克洛蒂尔德沿着一排平房走着，十几个脑袋依次探出来，用整齐划一的动作组成人浪跟这个美丽的过路人打着招呼。克洛蒂尔德穿着齐膝的短裙，衬衫靠领口的三颗纽扣是解开的，胸部的曲线若隐若现。

克洛蒂尔德很清楚地知道四十二岁的自己仍然很有魅力，很吸引人。

身材娇小，当然。还很纤细，却又凹凸有致，正好吸引男人的目光。十五年来，克洛蒂尔德仅仅重了四公斤。两个乳房加两个屁股各一公斤！现在比从前更加美丽动人。至少她自己是这么认为的，但实际上眼中看到的也的确如此。她从来不需要去健身房或者靠游泳来保持身材，这只是"日常训练"得到的完美结果……一个拥有健康身体的好妈妈！推着堆满了东西的购物车，冲刺似的赶到学校门口，洗碗机、洗衣机及干衣机前反复地起身俯身的弯曲拉伸练习……

好身材就是这么练就的。

将美观与实用相结合，还一分钱不花，对吧，弗兰克。

几分钟后，克洛蒂尔德洗完澡走出来，身上裹着浴巾。浴室里除了她以外，还有一个皮肤深棕色的年轻女孩儿，正用一把发出类似电蚊拍嗡嗡声的电动剃须刀刮腿上的汗毛。另外一边，贴着瓷砖的隔墙后传来男孩子喧闹的笑声，还伴有持续不断的数码音乐节奏。

克洛蒂尔德站在整面墙那么大的镜子前慢慢地审视着自己，将一头长发在身前捋顺，盖住自己的胸部。这次露营将她带回到了二十七年前，她十五岁的时候，有着相同的一个身体，相同的一张脸，在同一个镜子前。

那时候她的小女孩儿身体，对她的心灵来说就是一个累赘。这种奇怪的念头，却在她面对男孩子的时候成为唯一的王牌，唯一的武器。可笑的是……这武器是把水枪！

4

1989 年 8 月 9 日，星期三，假期第三天

海蓝色的天空

真抱歉，我神秘的星际旅行读者们，我两天没理你们，我不能把"忙不过来"当成挡箭牌。其实，我一整天啥事儿也没干。接下来的日子，我会每天更准时准点儿来的，我保证。我要花时间做记录，做标记，进行观察，确定我的位置，像是个小间谍，一个执行任务的人类学家，一个旅行者，从 2020 年空投到 20 世纪的 1989 年一样。

微服私访……

你好！是银河系吗？丽迪亚·迪兹向您汇报。航行日志在线播报一个未知星球的是日气温已超过 35℃，原住民们几乎都在光着身子四处溜达。

跟你们实说，如果你们感到有一点儿被忽略了，那是因为我实在不知道该从何说起。

我该跟你们从哪儿说起好呢？

在我们的营地中间，有个晾衣竿，就在 C29 号营房前的草坪那儿，这个营地是我们每年都要去的地方，或许打我出生以来就是。

在爷爷奶奶家这儿的文化里，它像是摩尔人头顶的旗帜，正竖在阿卡努农庄的院子中央。

在阿尔卡海滩边，像是一把大遮阳伞。

扑通，扑通……

这应该就是阿尔卡海滩了！我可以给你描绘出一幅画来，像是画在明信片上的那种，然后不怀好意地寄给那些被困在韦尔农的布达尔德高楼里的闺密，让她们羡慕得直流口水。

海滩上沙白，水清，随处可见皮肤被晒得黝黑的人。

唯独有一个小黑点儿。

那就是我啦！

还是小姑娘的丽迪亚·迪兹，穿着我的囚犯 T 恤，梳着刺猬头，趿着印有僵尸脑袋的人字拖。这女孩儿完全疯了吧，谁会在 40℃的海滩上还套着个 T 恤啊！对吧？承认吧，你们现在想的跟我妈想的是一样的。这丫头，疯了吧……

但对你们，只是对你们，我愿意跟你们好好讲讲我最最私密的事情。

你们不会笑话我的吧？保证不笑？

一米四八身高的我穿着泳衣，再加上不起眼的胸部，让我看上去就像刚刚十岁的样子。所以在海滩上套着件僵尸 T 恤是唯一一件能让我觉得自己"显老"一点儿的事儿，也无非是为了让那些想找我一起玩泥沙做饼的小丫头离我远点儿而已。不是因为我不会玩，而是十五岁的我的眼里、心里、腿下，没感受到她们的存在……

我披着我的盔甲。

我看到你们来了，你们想将我从那个被宠坏的小女孩儿调调里扯出来，她是那么幸运能来到天堂一角般的地方度假，却带着一脸的不屑看着周遭的山啊，沙滩啊，大海啊。

这样啊，那可是可惜了。才不是。

真的不是！

其实我全都喜欢，我喜欢沙滩，我喜欢水！

在韦尔农的泳池里，我简直游疯了，来来回回地游，当时就累瘫了，有点儿像是阿佳妮和她的小水手套衫。

我来一杯，干杯，干杯。

你干了，与我何干，

如果人们发现我已死了一半。

我觉得阿佳妮和甘斯布的这些歌词真是美极了。甘斯布可是不朽的人物……他一支接一支地抽烟，身边的女孩儿一个接一个地换，然后还能每天写歌到深夜。

另外，说到水，我告诉你们一个秘密……几个月以来，在我身上发生了一件怪事儿。我特别想把蒂姆·伯顿的"黑影"换成"蓝影"。这事儿发生得太偶然了，十个月前，在电影院里，毫无征兆地就发生了。

《碧海蓝天》是在地中海用摄影机贴近水面并以低速摄影的手法进行拍摄的，艾瑞克·塞拉的钟琴配乐，加上希腊人家或白或蓝绿的外墙为背景。

啪！在大约两小时的时间里，我疯狂地爱上了海豚，或许也顺便爱上了一点儿它们的人类朋友，但绝不是那个戴着眼镜的西西里人，而是另外一个，投向深渊怀抱的那个……

让－马克·巴尔……

仅仅是想到与他沐浴在同一片地中海的水域里，对我来说已经意义非凡。感觉那部电影就是在这里，在雷威拉塔半岛附近的海域拍摄的。

黑色是我厚重的壳，我的内心却充满忧郁的蓝。你们不会跟别人讲我的秘密吧？这很重要，我相信你们。这可是性命之托。

在阿尔卡的沙滩上，我写下了这句话：一弯新月忘了天空已经泛白，还流连在海水里与汩汩的海浪游戏着不愿离去，任鱼儿在手与脚缝间游来游去。

伊德里斯家族的成员里，只有我和妈妈在海滩上。爸爸不知去哪儿了。爸爸倒是奇怪，在这里重新见到亲戚，反倒让他不能好好在家待着了，沙发上也坐不住。尼古肯定是被一群女孩子围着。我不能在这儿待太久，我得去看一眼。我喜欢掌握哥哥的行动。

我和妈妈在海滩上，周围都是些陌生人。我超喜欢像现在这样带着日记本坐在沙滩上，静静观察其他人。喏，举个例子，距离我三张浴巾那么远的地方，有个女的很漂亮，她半裸上身，人家可不是故意拿来秀的：她的宝宝饿极了，正趴在她怀里吃奶呢。这一幕让我觉得很感动，但同时也觉得倒胃口。这是一种很奇怪的混合的感觉。

妈妈也瞧见了，眼中带着一丝嫉妒。

妈妈躺在与我距离至少五米远的浴巾上。

好像我不是她女儿。

好像羞于有我这个女儿。

好像我是个缺点，是我完美的妈妈唯一的缺点。

稍等，我先转个身，可不能让我妈过来的时候，从我肩头看到我写的这些。我要分三点来给你们介绍一下我妈，从最友善的她到最让人憎恶的她。

第一点，我妈妈的名字是帕尔玛，这是个源于匈牙利的名字，我的外公外婆来自那里的肖普朗。从那儿到与奥地利交界的边境只有几公里远。有时我叫她帕尔玛妈妈。

第二点，我妈妈个子很高，人长得也很漂亮。看上去身材修长，曲线玲珑，气质高贵……她穿平底鞋的身高已经超过一米七五了，你们可以想象一下她参加晚会时，脚蹬细高跟鞋，鹭鸶般的大长腿，蜂鸟般的小细腰，天鹅般的长颈，以及一双猫头鹰般的大眼睛。

看来有时基因这东西是隔代遗传的。

让事实来说话！

医生们很正式地对我的情况做过研究与判定，我已经不会再长高了，不会超过一米五五了，就像其他成百上千万的女人一样，就是这个高度了。医生们跟我确认并且说基因会隔代遗传的，如果有一天我有个女儿，她可能会像个"爬藤植物"似的那么高，就像我妈那样。他们还跟我保证过！我宁可不想这事儿，直接说第三点好了！

请大家坐稳扶好！

我妈真让人讨厌！她可真可恶！她可真烦人！妈妈她躺在五米开外的浴巾上，正在读《魔鬼在微笑》，而我非常想将我藏在日记中的这些话一吐为快。那么，我愿当着埋在马尔孔墓地里的所有科西嘉的祖先，在阿尔卡海滩上起誓，我未来的读者们，请你们做证……

我将来不要像她一样！

我不要成为像她一样的妈妈。

哇哦！

我扯远啦！我抬起头发现，我真没什么好怕的。妈妈趴着睡着了，后背露着。她解开的绿色胸衣像只水母似的摊在地上，被她的胸碾压在身下。她可以向我学习一下，套个 T 恤，或者用东西遮掩一下。当她再站起来的时候，正好有个男人看到她的胸部，她赶紧不好意思地重新扣上胸衣。她放下书，一阵小跑冲进了大海，"你不来吗，亲爱的？"她问我。她湿淋淋的，全身滴着水回来说道："水里面舒服极了，亲爱的，你还套着它不会太热了吗？"她再次躺下来，假装又对这本陪伴了她整个假期的书产生了兴趣。重新摘掉她的胸衣继续趴下去晒背，不用再贴在前胸。

我妈是宁愿晒死也不愿在后背晒出个肩带印儿的主儿。而我呢，带着 T 恤的晒痕，都已经料到开学回到阿拉贡中学的时候大家跟我开的玩笑了："嘿，克洛，这个夏天你去参加环法啦？"

哈哈哈……今天就到这儿吧，因为我俨然已看到你们正在意淫了……得啦，承认了吧，因为这就是你们想的……

我嫉妒我妈！

切！如果这能让你们开心一下。

如果你们知道她要对你们说些什么，这倔强的小黑妞儿。她可狡猾着呢，她有她的计划。但是她不会让别人看出来。她要找一个爱人，然后跟他享乐一生。她会生几个宝贝，逗他们开心地笑，直到他们觉得她烦。她还会有一份长久的工作，像拳击手、驯熊员、走钢索的杂技演员、驱魔人。

这是我在阿尔卡海滩的起誓！

你们看得过瘾吗？下一次，我跟你们讲讲我爸。

但现在，我得先跟你们说拜拜，我妈把她的胸部罩在软带文胸下，

033

正在朝我的浴巾这边走来。我寻思着是装出亲切可爱的样子好呢？还是一副咬牙切齿的模样好呢？我还不是很确定。即兴发挥好了。

拜拜……

❦　❦

他重新合上了本子。

是的，毋庸置疑，帕尔玛曾是一个美丽的女人，一个非常美丽的女人。

她不应该就这样死去。绝对不应该。

但既然最坏的事情已经发生，既然她已不能死而复生，剩下的只是无人知晓的真相。

5

2016 年 8 月 13 日

9 点

克洛蒂尔德出去买了一根法棍、三个牛角包、一升牛奶，将它们都放进了她左手拎着的袋子里，一升橙汁放在右手拎的袋子里，然而回程时她迷路了。

她是故意的。

瓦伦还在睡着。弗兰克出去跑步了，他一直跑到卡瓦罗信号塔那里。

1989 年那个夏天，克洛蒂尔德记得，每天早上她要负责买早餐的苦差事，她拖着脚步去前台那里买新鲜出炉的面包，在蝾螈营地的小路上之字前行，期待着能偶遇某人，但是这么早的时间，没有其他年轻人出来，她只好自己在营地设计了一条复杂的迷宫式的长路走回去。而今天，恰恰相反，克洛蒂尔德用了最短的路来到 C29 号营房，在那里她度过了生命最初的十五个夏天。

她仅能凭印象辨认房间的大概。小平房的大小尺寸，占地面积。树木都长高了许多，高大的橄榄树，树干扭曲着，延伸到小屋上方的树冠形成的树荫已成倍扩大，覆盖着树下的电动遮阳篷、露台、烧烤区、花园沙龙。科西嘉蝾螈营地的新老板赛文·斯皮内洛从他父亲巴希尔手中将营地接管下来，凭着他敏锐的商业触觉，把一切都料理得很好，很多地方都实现现代化了。网球场、水上滑梯，还有不久的将来要开的新泳池，每一处新设施都向克洛蒂尔德确认，这儿不再是她童年时那个自然状态下的露营地了，那些曾经仅提供一张睡觉的床、一些洗漱用水和可供遮挡的树木都一去不复返了。

随着对 C29 号营房的进一步观察，克洛蒂尔德想起来，那次事故发生后，她再也没回来过这里。在悲剧发生以后的几天，巴希尔·斯皮内洛把她的东西都带到了她在卡尔维的医院病房里。一个大袋子装了她的衣服、她的小卡带、书籍。所有她的个人物品都拿来了，唯独少了对她来说最重要的那件东西：她的日记本。那本蓝色的、写满了这个夏天以来她所有心绪的日记本。这本日记被遗落在阿卡努农庄的长木椅上了。

他忘了拿它或是把它落在医院的中间走廊的某个地方了。她没敢问。在将她从巴拉涅的急救分站送往巴黎的飞机上，她不断地回想那个时刻。后来去到孔弗朗，她外公外婆约瑟夫和萨拉的家，她在那里一直待到成年。随着一年年时间的流逝，她自己也渐渐忘记了那本日记。现在，克洛蒂尔德有个有意思的想法，她认为那本日记肯定就在某个地方一直等着自己，近三十年的时间过去了，它可能被放在一个柜子的抽屉里，可能是滑落到某个家具的后面，也可能是被夹在某个架子上的一大摞泛黄的书中间。

克洛蒂尔德拨开面对露台而种的一棵橄榄树的树枝，它与其他树相比起来是最小的一棵，走近 C29 号营房。她记得 1989 年，在她的窗前，也有一棵同样高矮的橄榄树。可能赛文把老树都拔掉，重新种了新树？

"您在找什么吗？"

一个戴着纽约巨人队棒球帽的男人走出营房，帽边处露出他花白的鬓角，他手拿咖啡杯，面带微笑，略有些惊讶地问道。

克洛蒂尔德喜欢露营这种简单方便的度假方式。没有围栏，没有篱笆，也没有围墙相隔。一点儿没有自己家的概念。大家有的都是我们家的模糊概念。

"没什么……"

不远处的一条小路上，两个孩子在玩足球。

"您把球弄到营房下面去了吗？"戴巨人队球帽的家伙说道。

从他的笑容里，克洛蒂尔德猜他应该喜欢看到她刚刚四肢着地，摇晃着被紧身裤很好塑了形的屁股，在营房前匍匐前进的样子。细想了一下，这也是克洛蒂尔德讨厌露营的一个原因，没有围栏……

"没有。确切地说，是来回忆一下我曾经在这里度过的假期，那时我就住在这个房间。"

"真的？你肯定有段时间了。我们每年都预订住这里，都已经连续来了八年了。"

"那是二十七年前了……"

戴巨人队球帽的家伙惊讶地睁大了双眼，表示出他无声的致意。

"之后您没再来了？"

在他身后，出现了一个女人，用两个手指端着茶杯，卷卷的头发用一个木质的发夹别着，塔希提款式的彩色裹腰长裙缠在她满是赘肉的身上，面带微笑。

站在丈夫身旁，身为"记者"对克洛蒂尔德说道："二十七年？C29号，那这里是您曾经的地址咯？不好意思，只是突然脑子里有这么个想法，您不会就是克洛蒂尔德·伊德里斯吧？"

克洛蒂尔德没有立即回答她。各种各样愚蠢的想法一起涌进脑子。他们不会还在这间营房里设了纪念灵牌吧：保罗与帕尔玛曾在这里生活过。他们不会还把她爸妈车祸身亡的事情，在这几十年间，讲述给一批又一批的露营者吧。

被诅咒的营房……

女人对着她的茶杯吹了吹，一只手滑进她的"巨人队帽子"的 T 恤里。

传递出一条隐晦却明示的信息。

他是属于我的，这个男人。

全世界人类共通的肢体语言在这个夏天的自由空气里恣意生长。我们相互展示，相互征服，相互交汇，相互擦身……但我们并不相互触碰，尽管只是伸手就碰得到的距离。

她品了一口她的茶，慢慢地咽下去，然后再来一口，神情愉悦，很投入地扮演着神秘信差的角色。

"我这儿有一封给您的信，克洛蒂尔德。它在这儿等您有段时间了！"

克洛蒂尔德在一分钟内差点儿要再次支撑不住摔倒。她紧紧地抓住那棵小橄榄树最高的树枝。

"从……二十七年前来的？"她含糊不清地说。

"巨人队帽子"的女人笑出声来。

"不，那还不至于！是昨天收到的。弗雷德，你帮我把它拿出来好吗？就在冰箱上面。"

"巨人队帽子"进去再次出来，手里拿着一个信封。女人一边重新贴到她丈夫身上一边打量着信封上的地址。

克洛蒂尔德·伊德里斯

C29 号营房，科西嘉蝾螈营地

20260 雷威拉塔

克洛蒂尔德第三次感到心跳加剧。比前两次来得更加猛烈，小橄榄树的树枝都要被扯下来了。

"我们不会跟您要身份证明的。""巨人队帽子"笑着说，"我们刚刚要把它拿去那里，然后您就出现了……"

万分紧张的克洛蒂尔德用潮湿的手接过了信封。

"谢谢。"

接着她跟跟跄跄地走过铺满沙子的小路。平底便鞋在她身后的小路上留下了蜿蜒的弧线，就像是滑冰的人在冰冻的湖面上侧滑时留下的曲线。她的双眼紧盯着信封上她的姓，她的名，她的地址。她认得出这笔迹，但那是不可能的。她知道那是不可能的。

在毫无预料和思考的状态下，克洛蒂尔德穿过营地。她需要独自一人拆开这封信，她知道有一个足够隐蔽的地方可以看信。那里既隐蔽又神圣。就是那里，佛马兰洞穴。那里是一个悬崖上的孔洞，可以直接通到海上，或者经过一条小土路回到营地；那儿为当时还是少女的她提供了上千次的躲藏，让她读书、做梦、写作和哭泣。她年少的时候很喜爱写作，甚至可以说很有写作的天赋，她的老师以及周围的人都这么说。可是这个天赋在那次车祸中未能幸免，她所拥有的辞藻突然间都消失了。

她丝毫不费力气地下到了她曾经的秘密藏身处。从前由沙子和小石子铺成的路已被水泥石阶所替代。洞内的岩壁上画满了情侣们的彩色涂鸦及一些下流的图案，四处都是啤酒味儿和尿臊味儿。好在，从洞口望出去的地中海，景色依旧，令人目眩神迷，给人一种仿佛是一只海鸥振翅飞翔，冒着撞击水面的危险，直扑向它的猎物的假象。

克洛蒂尔德放下她手中的购物袋，向岩洞深处走了走，坐在有些冰冷潮湿的岩石上，缓缓地撕开信封。她颤抖着，就像打开一封情书一样，不过在她的记忆中，她从来没收到过一封充满激情的爱的告白。可惜啊，生不逢时，生得太晚了。她曾经的追求者们都是靠发短信或电子邮件追她的。那个时代，收到电子方式的表白是很新潮又很令人兴奋的事情。可现如今却什么也没留下。没有一行字，更提不上会有一张便条从某本书中滑落。

克洛蒂尔德用大拇指和食指从信封中拿出一张折叠了两次的、小小的白色信纸，轻轻将它打开。这是一封手写的信件，字写得很工整，很用心，好像是上了年纪的女教师写的。

我的克洛：

我不知道你今天是否仍像小时候在这里时那样固执，但我仍希望你能答应我一件事情。

明天，当你到阿卡努农庄，去看望卡萨努和丽萨贝塔时，请在天黑前，在那棵绿橡木下停留几分钟，这样可以让我看到你。

我希望到时我还能认得出你来。

我希望你的女儿也能跟你一起来。

我除了这个，没有别的请求了。

又或者你只需抬头望向天空，看看猎户座 α 星。你不会知道，我的克洛，有多少个夜晚我抬头看着它心里想念着你。

我的一生就是一间暗无光亮的房间。

拥抱你。

P.

海浪拍打着岩洞的洞口，这里的高度有如神力开凿，正好只是被浪溅到，却没有海水灌进来。信纸在克洛蒂尔德的手中猛烈地抖动着，跟双体帆船的主帆被海风吹得剧烈抖动一般。

然而此时并没有风。只是一个气温渐渐升高的宁静早晨，太阳慢慢升起，大胆地将它探寻的目光射向洞穴深处。

拥抱你。

这是妈妈的笔迹。

P.

这是妈妈的签名。

除了妈妈还能有谁叫她"我的克洛"？除了妈妈还有谁会记得这些细节呢？车祸后她再没穿过哥特式的朋克装。

电影《甲壳虫汁》，法文名被译成《阴间大法师》，克洛蒂尔德曾将电影海报挂在她的房间里。那是妈妈在她十四岁时送给她的，是妈妈直接从加拿大订购的。加拿大那边的翻译比美国版本的要诗意得多。

克洛蒂尔德走着，沿着一路向下入海的小路望向前方，头顶是洞穴上方的峭壁，一直延伸到阿尔卡和奥赛吕西亚海滩。一个年轻的姑娘独自在小路的尽头徘徊，手里拿着手机，看起来是在找网络，也可能是在悄悄地读一条简讯，没有父母在一旁窥视。

克洛蒂尔德再次低头看手中的信。

除了妈妈，还会有谁记得这句一直困扰着丽迪亚·迪兹的话？这句经典的台词出自她最爱的电影。曾经在一个她们母女俩单独相处的晚上，两人发生了一次猛烈的争吵，克洛蒂尔德还曾经将这句话丢给妈妈，最终争取到两个人和平相处。

这是她们之间的秘密。是妈妈与女儿间的秘密。

她妈妈想第二天带她进城去买一些可以穿出去见人的衣服，就是那种妈妈认为舒适且色彩艳丽，又比较女性化的衣服；而克洛蒂尔德呢，在她将门猛地在妈妈面前"砰"的一声关上的时候，也将丽迪亚·迪兹那些绝望的电影台词丢给了妈妈。这句台词就像是给她的青春期做了个总结。

我的一生就是一间暗无光亮的房间。一个很大的……富丽堂皇的……没有光亮的……房间。

6

1989 年 8 月 11 日，星期五，假期第五天

天空一片蓝紫色

我的爸爸，我很爱他。

我不确定有很多的人喜欢我爸爸，但我喜欢他，十分确定以及肯定。

我的闺密们有时跟我讲，她们害怕我爸爸。她们觉得他很帅，这是毋庸置疑的，他有一双黑色的眼睛，一头乌黑的头发，有棱角的下颌上胡子剃得光光的。可能正是这样，让他看起来很有安全感的同时也给人以距离感吧。

你们懂我在说什么吧？

我爸是那种非常自信的人，你问他意见，他的回答就浓缩成一个掷地有声的词，他的友情就是简单二字，收回友情应该是三个字搞定。你可以逼视他却不能怜悯他。他就像是那种令人心生敬畏的老师，让人又敬又怕，又恨得牙痒痒。我爸对所有人都这样，除了我之外……

我是他最亲爱的小女儿，他用来指挥别人按照他的节奏做事儿的那些办法，在我这儿，哼，可都行不通。

喏，给你们举个例子，就说说他的工作吧。他说他是从事环境学、农学、生态学，就是保护环境，保护地球绿肺的那种工作……其实，他就是卖草皮的！法国市场上 15% 的草皮贸易都是经由他销售的，也可以说，这表示在法国和其他十几个国家数以千计的使用量，当他讲到这些的时候，讲他刚刚进入 "Fast Green" 工作时，公司的市场占有率是

12%，他打算到 2000 年的时候将市场占有率提升至 17% 的时候，没人有啥大反应。但当爸爸进一步讲到，在每过去的一分钟里，法国就有一块足球场的草地进行了翻新，跟着继续不动声色地说到，一天时间下来，就有像枫丹白露公园那么大面积的草坪更新为他们公司的草皮的时候，大家都露出了十分惊讶的神情。而令他们更为诧异的，是当爸爸讲那种通常用于铺在郊区小别墅院子里的草地草和硬羊茅草，他们都不稀罕卖；他现在负责整个法兰西岛区域的高尔夫球场草坪，只卖高尔夫球场专用的西伯利亚剪股颖草，而且是顶级中的顶级那种。

对我来说，只是觉得挺可笑的。

一个卖草皮的爸爸！

真让人羞得抬不起头。我跟他讲过好多次，他怎么也应该找一份更好点儿的工作，一份能让他亲爱的女儿可以发发梦的工作吧！我跳上他的膝头，坐在他怀里，跟他说我知道那些都是他拿来骗别人的，那些有关花花草草的故事都不是真的，他其实是一个间谍，一个盗亦有道的大盗，抑或是一个秘密特工。

我叫格拉斯。

雷·格拉斯。

那儿跟平常一样，爸爸不在那儿。除了我，那儿谁都不在。

在 C29 号营地平房那儿，我独自一个人，在橄榄树下写东西。尼古拉斯跟营地里其他来露营的年轻人在一起。妈妈开着富埃果去卡尔维买东西了。爸爸和爷爷奶奶及这边的亲戚朋友一起去了阿卡努农庄。

他保持着他的科西嘉模式……

爸爸的科西嘉模式，没人会拿这个跟他开玩笑！

保罗·伊德里斯。

遗失在了韦克辛·博舒的诺曼底。

没人会拿这个跟他开玩笑，除了我以外！

事实上，爸爸的科西嘉模式在 9 月到下一年 6 月间，已经浓缩为他车后窗上贴着的一个黄色长方形标签。这是失散在大陆上的科西嘉后裔重新集结的神秘标志物。共济会成员用的是一个三角形的标志。而犹太人，人们是用一个星形的标志区分他们。

流散在北方的科西嘉人用的就是一个长方形标志，制作成一张不干胶，上面写有"科西嘉轮渡"。

这样跟你们解释一下爸爸的科西嘉模式吧，从这个不干胶贴在爸爸车后窗上不粘翘起时开始，表示它在爸爸身上启动了，也意味着白天开始变长，假期要来临了。我爸他呢，有点儿像那些在12月等待圣诞老人到来的小孩子，也有点儿像那些知道自己大限将至而开始信奉上帝的老人家。你们大概明白了吧？

哦，稍等，未曾谋面的读者们，请给我一秒时间，我刚刚稍微一抬眼看到营地里正有人从我眼前溜过去，是尼古拉斯和玛利亚·琪加拉正向着阿尔卡海滩那边走去，后面还紧跟着赛冯娜和奥莱丽娅，整整一伙人都跟着去了，坎蒂、苔丝、斯蒂芬、赫尔曼、马格纳斯、菲利普、吕铎、拉尔斯、艾斯特凡……放心，我之后都会跟你们介绍的啦。顺其自然嘛！

我也想跟他们一起去，但还是不了，我留在这儿和你们在一起。我这么热情，我觉得与其跟在一群大孩子屁股后面跑，我更喜欢像是做假期作业一样给你们写点儿东西更好，你们不觉得吗？那些大孩子，他们不理我、疏远我、笑话我、忘记我……我可以像这样列出三页纸来，把字典里的近义词都列出来，但为了不让你们听我在这里啰唆，还是回到刚刚讲我爸那一段吧。

他那疯狂的科西嘉模式，对科西嘉密林的思念和渴望，从6月开始就发作了，就像人们患了季节性鼻炎一样，我分三点给你们说说，这可是有可能引发家庭大战的。

首先，在出了巴黎上了高速路后，爸爸从我们不知道的什么地方又拿出他的科西嘉歌曲磁带，在他的富埃果车里播放起来。其次，当我们到达岛上后，头几餐都是在街角的熟食店买的熟肉，在小商贩那儿买的本地奶酪和水果、意大利猪肉肠、腌猪里脊，还有一种发音类似

"broutch"的科西嘉乳清奶酪，还有其他一切放入购物车足够吃一年的东西，都是些令人作呕的食物。最后，就是无休止地串门走亲戚了，祖父母家、表兄弟姐妹家、邻居家，谈话也都是用当地的语言，对我们来说就是听外语。爸爸也是要费好大的劲儿才能与他们聊天的，我觉得。因为我知道他现在英语说得更好，他跟"Fast Green"的大老板聊天可比跟他这些在科西嘉的朋友聊天更顺畅。但我爸仍坚持聊着。尽管我和尼古拉斯几乎没听懂什么，但觉得场面还是很令人感动的，我们零星听得懂几个词，他们聊到了政治，世界旋转越来越快，也越缩越小，一边飞速旋转一边甩掉很多碎片，而他们的岛屿就像飓风的风眼岿然不动，以一种惊异的眼神观察着人性的摇摆。爸爸努力地跟上聊天，就像是谨遵教规的人想学好经文，每年背诵一次就可以进天堂了一样。我可是每天都见到他，我的格拉斯·雷·格拉斯爸爸，我可以向你们保证他可没我更"科西嘉"呢，他就像是一个会喝酒的穆斯林，或是一个在洗礼、婚礼或葬礼上也不向圣母马利亚致敬的天主教徒。

我爸就是一个穿短裤的科西嘉人。

他不喜欢人们这样说，我也不可以。即便我是那个唯一敢这么说的人。

但是也不可以。

这可是会让他大为发火的。

我可不想让他发火。

和我妈相比，我更爱我爸一些。可能是因为他也很爱我，也可能是因为他从不因我的哥特风丽迪亚式穿着而说我，也可能是因为他喜欢我穿黑色的衣服，这会令他想起那些也穿黑色衣服的科西嘉女人。

好啦，比较就此打住……

黑色衣服对年老的科西嘉妇女来说是传统服装。而对我来说，黑色代表的是一种反叛。另外，有时候我会自己寻思，我更喜欢哪一种科西嘉黑衣女子呢？两种都喜欢，我的穿着，对外传统，私下反叛。这是一种将珍宝仅供自己欣赏的方法，笼鸟池鱼。

我想，所有的男人都是一样的。

想找一个妈，一个保姆，一个大厨……一样的女人，但又极其厌恶这个女人真的变成那样。

在我十五岁时的印象中，两夫妻的生活就是如此。

好啦，今天我就写到这儿了。我想你们已经对我爸有了不少的了解。我想，我现在是去海滩与其他人会合呢，还是去拿本书看好？好吧，拿本书看……看书会让人变得成熟，我认为。

在哪儿看都行，海滩上，长椅上，帐篷前面。

一准儿能吊起你的胃口来。

什么多余的都不需要，只要一本书，在浴巾上摊开，你就可以成功地从一名孤单没朋友的小傻瓜变成一个让你自己都觉得讨厌的、生活在会话气泡框里的、游手好闲兼叛逆的小屁孩儿。

当然，重要的还是要选一本好书。

我特别需要一本可以拿来膜拜的书，就像我钟爱的那两部电影一样，《甲壳虫汁》和《碧海蓝天》，你们都知道的吧，就是那种你自己会读上千遍，然后又拿给你遇到的男生们看，用来判断是不是对的那个人，那个人是不是也和你有相同的感受。

我选了三本放在我的行李箱里。

我自己觉得是三个疯子的书。

《不能承受的生命之轻》。

《危险关系》。

《没有结局的故事》。

好啦好啦，我知道你们想说什么，这三本书都已被改编成电影了。好吧，我承认，我是有点儿故意选了这三本书的，因为我确实很喜欢那三部电影……一旦看完这些原著，以后我就可以跟人家说，我是先看完书再看的电影，这个改编真是让人超级失望的！电影里的那个女人也太诡计多端了，不是吗？

这三本书里我会先读哪一本？

噗……噗……

好，就选它了，我把《危险关系》用胳膊一夹，一路小跑去了海滩。

完美！

凡尔蒙子爵和梅黛夫人，这两人可真该死。恐怖的约翰·马尔科维奇和小个子的基努·李维斯长得还是很可爱的。

我很快就回来，上面的星际读者们。

❧　❧

在轻轻合上日记本前，他用食指抹去了从眼角滚落的泪珠。

尽管已经过去了很多年，当他再读到这个名字的时候，仍然是激动不已。

在日记中不时出现的这个名字，就像幽灵一样在日记里飘荡。

一个对人无害的幽灵。

这是他们曾全都相信的事情。

7

2016 年 8 月 13 日，下午 2 点

"这是她的笔迹！"

克洛蒂尔德期待着一个回复。

不管是什么样的一个回复。

然而却白等一场。

弗兰克的嘴巴忙着嘬一个塑料瓶装矿泉水，一升装的，差不多等同于刚刚从他皮肤的毛孔里流出的汗水量。他很开心地一口气喝掉了四分之三瓶，剩下的水都浇在了赤裸的上半身。

弗兰克一直跑到卡瓦罗信号塔，来回九公里。对于处在恢复期的他已经很不错了，特别还是在 30℃ 的气温下。他慢慢地弄平被汗水湿透的 T 恤。

"克洛，你是如何这么确定呢？"

"我就是知道啊。"

克洛蒂尔德背靠在橄榄树弯曲的树干上，手里拿着那个信封，眼睛紧盯着上面的名字。

克洛蒂尔德·伊德里斯

C29 号营房，科西嘉蝾螈营地

她提不起一丁点儿的兴趣跟弗兰克说她小的时候，妈妈寄给她的那些明信片，到现在她还会时不时将它们拿出来看看；还有那些从中学时代保留至今，写满了备注和签名的通信录；以及那些从前的旧照，照片背面还写了字的。在这些只剩下些许印记的幻象里，她高兴地在嘴里低声念叨：

"我的一生就是一间暗无光亮的房间。一个很大的……富丽堂皇的……没有光亮的……房间。"

弗兰克向她走近了一米的距离，背上湿漉漉的。阳光照在短平的金色头发上闪闪发光。在夜晚，弗兰克会变得完全不同，像是黑暗中影影绰绰的另一个人。很多年前，那时候她是那么喜欢住在他那儿，他能将她带向光明。

他拖了一把塑料椅过来坐在她的面前，四目相对。

"OK，克洛，OK……你曾经跟我讲过的，我都没忘。在你十五岁的时候，曾非常迷这个女演员，你跟她一样穿着打扮，与父母不和，叛逆至极。在我们刚刚认识的时候，你就给我看了这部《甲壳虫汁》电影，你还记得吗？当女主说'我的一生就是一间暗无光亮的房间'时，你将电影画面暂停，笑着对我说我们两个要一起把这间房子重新刷成彩虹的颜色……"

弗兰克还记得这些？

"然后你的薇诺娜·瑞德的画面就这样，像尊塑像一样，被我们定格了将近两小时，看着我们在沙发上做爱。"

还尤其记得这部分……

"好了，克洛，不管是他还是她给你寄的这封信，都是跟你开了个极坏的玩笑。"

一个玩笑？弗兰克真的说这是"一个玩笑"？

克洛蒂尔德又重读了一次那些让她最为心神不宁的段落。

明天，当你到阿卡努农庄，去看望卡萨努和丽萨贝塔时，请在天黑前，在那棵绿橡木下停留几分钟，这样可以让我看到你。

我希望到时我还能认得出你来。

我希望你的女儿也能跟你一起来。

我除了这个，没有别的请求了。

原计划是安排再之后的一天晚上去看望爷爷奶奶的。弗兰克坚持认为这事儿不合常理。

"是的，克洛。就是一个无聊家伙开的一个无聊玩笑。我完全不知道他是谁而且为什么要开这样的玩笑，但是……"

"但是什么？"

在重新注视克洛蒂尔德前，这次他将一只手放在了她的膝盖上。同谋消失了，罪犯重新开腔；他像个传道者滔滔不绝地宣讲道德标准及他不可辩驳的论据。仿佛一个耐心的老师面对着压抑已久的学生。克洛觉得受够了弗兰克这种自负的样子。

"OK，克洛，或者我换个方式这么说吧。发生车祸的那个晚上，1989年8月23日，你确确实实与你爸、你妈和尼古拉斯四人都在车上，是吧？"

"是的，当然是。"

"没人能在车子失去平衡翻下悬崖时跳出富埃果，对吗？"

在惨剧发生后，那些活生生的、铭刻于心的画面又一次在克洛蒂尔德的眼前出现，富埃果就像一个被笔直射出去的炮弹。在急弯处，爸爸没有打方向盘。

"是的，没有人。那是不可能的。"

弗兰克直奔主题。这是他的强项。他只信赖的两个才能是：理性与效率。

"克洛，你完全确定你的爸爸、妈妈和哥哥都是在这次事故中过世的，对吗？三个全部？"

这一次，克洛蒂尔德心里倒是想谢谢他少了几分才能。

是的，她非常确定。

富埃果支离破碎的车框子里都是被撕碎的肢体，这些画面困扰了她近三十年。父母的身体被铁齿钢嘴撕碎，血与汽油混在一起。救援部队来到事发现场对三具尸体进行确认，移送太平间，放入冰冷的抽屉中，让这个被毁的家庭接受最后一次体面的探访……事故调查……葬礼……时间能让一切腐化成泥，没有人能死而复生，重放生命之花，从来没有……

"是的，他们三个都死了，我十分确信。"

"OK，克洛。那事情很清楚了！一个爱捉弄人的家伙跟你开了个一点儿也不可笑的玩笑，也可能是一个曾经爱慕过你的人，又或者是一个心生嫉妒的科西嘉人，总之不论如何，你不要把这个与我们假期不相干的事情放在心上了。"

"什么，不相干的事情？"

克洛蒂尔德感到一阵阵虚情假意和不可靠的感觉，觉得不能再骗自己了。

有时候弗兰克的直率倒也省了好多事儿。

"你心里一直想着你妈妈可能还活着。这封信是她写给你的。"

"砰"的一声，在克洛蒂尔德的心里炸响！

克洛蒂尔德奶白色的皮肤，因涂了防晒霜而泛着光，也因晒过而泛着红。

当然是的，弗兰克。

当然。

你会想象成什么样？

"当然是的，弗兰克。"她确定地说，"我的确是一直这么想的。"

虚情假意！伪善的家伙！大骗子！

弗兰克没再继续坚持说下去。

他赢了，理性的声音占据优势，无须多言。

"算了，忘了吧，克洛。是你想再回到科西嘉的。我跟着你来了。现在忘记曾经发生的事情吧，好好享受我们的假期。"

好的，弗兰克。

当然，弗兰克。

你说得有道理，弗兰克。

谢谢你，弗兰克。

紧接着，弗兰克建议去卡尔维逛逛。城中心距此不到五公里，如果没有驴群或露营车堵在路上，开车用不了十分钟就到了。

弗兰克穿了一件干净的衬衣，瓦伦拍着手只听到了"卡尔维"这三个字，这三个字也是游客如织的商业街、游艇挤满港口、浴巾铺满海滩的代名词。看着瓦伦飞快地冲进房间换上了一件紧身裙，重新梳了头发，只露出她的前额、后颈和晒成古铜色的肩膀；重新换了一双精致的银色皮编的凉鞋；浑身散发出重回现代范儿的光芒，这可不是随便什么所谓的"现代范儿"，而是那种有钱人度假晒了阳光浴后，皮肤呈现出令人迷惑的古铜色"现代范儿"。克洛蒂尔德思忖着母女两人之间有些不对劲儿的地方。

在瓦伦蒂娜十岁以前，母女俩可是非常配合并且有默契的。一个是对公主痴狂的小女生，一个是疯妈妈。完全就如她打算的那样。

玩傻傻的游戏，疯疯地笑，彼此分享小秘密。

她曾经发誓绝不要变成一个尖酸刻薄的妈妈，不要变成一个击碎梦想的妈妈，不要变成一个非黑即白的妈妈。而现如今，在不经意间全都搞砸了。往好的方面看，克洛蒂尔德预料会面对一个叛逆的青少年，就像她自己当年一样，她曾做好准备，不能埋没自己的价值，不能让自己的梦想凋零。现在也是这么想的。

但全都错了！

她发现今天面对的是一个乖巧又时髦的年轻人，这个年轻人看自己的妈妈就像看一个来自 20 世纪的老旧、过时且思想陈旧的老东西。如今，轻则是对妈妈的可笑表示无动于衷，重则是觉得妈妈的所作所为会令自己难堪。

瓦伦已拿着一个与自己裙子相衬的带有翠绿色镶边的手提包，站在帕萨特前等着了，弗兰克也已在方向盘后面坐下。

"你准备好了吗，妈妈？"

没人回答。

一个少年烦躁的声音。习惯了。可还是觉得烦躁。

"妈妈！我们走吧！"

"弗兰克，你拿了我的那些纸了？"

"没动过。"

"它们没在盒子里。"

"我没动过，"弗兰克重复道，"你确定你没把它们收到其他的地方吗？"

OK，克洛蒂尔德想，我是家里没脑子的大头虾，但也还不至于老年痴呆。

"哦！"

克洛蒂尔德仔细回想着，去洗澡前她将整理好的钱包放到了那个嵌在门口壁橱里的铁质小保险箱里。

弗兰克将太阳镜向上推到了额头，手指用力地敲着方向盘，忍着不会疯狂按喇叭。

"如果它们不在那里，"他狠狠地说道，"肯定是你……"

"昨晚我把它们放在这个该死的盒子里，之后再也没打开过！"

还是没有找到。

她打开抽屉找，爬上高处的架子，用手在最上面一层摸索了一遍，又用眼睛扫了一遍床底下、椅子底下和其他家具底下。

没有。

哪儿都没有。

屋顶的箱子里没有，放手套的盒子里也没有。

弗兰克和瓦伦现在谁都不吱声了。

克洛蒂尔德转身又去保险箱里找。

"我明明就把它们放在这个该死的保险箱里了啊！肯定是有人动过了……"

"嘿，克洛……那个保险箱有把钥匙，有密码，而我们只有……"

"我知道！我知道！我！知道！"

❧　　❧

克洛蒂尔德不喜欢赛文·斯皮内洛的笑容。从来都没喜欢过。她记得很清楚，在赛文还是个小孩儿和青少年的时候，她就已经很讨厌他了。

他最喜欢纠集一小帮人围着她，因为他爸爸是营地的经理。

骗子。自大狂。小心眼儿。

很多年后，他执掌营地的经营大权，八十公顷面朝大海的背阴地由他使用，更令他增加了一些让人厌恶之处：

阿谀献媚。自负傲慢。心术不正。

与他爸爸巴希尔截然不同。

"真是不好意思啊，克洛蒂尔德！"赛文解释道，"我都还没来得及看你。改天我们一定要找个时间好好……"

她赶忙打住了他想要一起喝一杯，沉痛缅怀一下她的父母，追忆逝去的二十七年的念头，并转移话题解释道，她的钱包不见了，怎么也找不到了，只能是认为它被偷走了。

赛文皱了皱他粗粗黑黑的眉毛。

我的老天，已经是这样了……

他拿起一小串钥匙，从营地的接待处走出来，喊了一个正在给花坛浇水的大个子。

"奥索，你来和我一起去。"

赛文一边下达命令一边伸出手指向小路那边，就像是在对一个听话的动物表明自己的权威似的。一个小头头的姿态。另外那个人也不作声地跟着他。在他转过身的时候，克洛蒂尔德向后退了退。

奥索身高一米九几，整个脸仿佛都被那厚厚的又疏于打理的络腮胡和长长的卷发给吞噬了，但又不能完全遮盖住左脸的残疾：眼睛不能转动，面颊萎缩，几乎深深凹陷下去，下巴到脖子的皮肤松松垮垮，肩膀扭着，手臂在身体一侧摆动好像一个空袖管，应该再缝一个粉红色塑料手套，一条腿僵硬地拖着。

不可名状地，克洛蒂尔德感觉到惶恐不安更胜于害怕。她最先的反应是一种同情一种怜悯，这可能是源于她的职业病，但却有另外的东西让她感到很不安，一种她无法分辨的感觉。奥索在前面走，离他们三米远，赛文在克洛蒂尔德的耳边悄悄说道：

"我想你应该已经不记得他是谁了。在那个该死的8月，奥索才三个月大，而且他很不幸。我们收留了他，就像在这里人们不会丢弃三只脚的山羊一样。在科西嘉蝾螈营地，他什么都可以做一些，大家都叫他海格①。这可不是不怀好意的称呼，相反是友好的。"

赛文信任的言辞，令克洛蒂尔德觉得一切都很混乱。

二十七年来，克洛蒂尔德都没听到过他用"你"与她称呼。

他说起奥索就像在说一条被他收留的狗。

他这一副慈爱仁厚的父皇面孔仍然很难令克洛蒂尔德将他与那个小浑蛋形象分开，那个曾经迫害蜥蜴、青蛙和其他无辜的动物的满脸痘的施暴者的形象。

很快四个人就开始查看营房里的那个小小的保险箱。只有瓦伦坐在椅子上戴着耳机听歌，脚趾互相缠在一起。赛文很自然地用他贪婪的眼睛瞄着她的大腿。

心术不正，阿谀献媚，自负傲慢，克洛蒂尔德在心里将她给赛文下的定义重新排了序。这三点说得一点儿没错，只是顺序错了。奥索，蜷着他高大的骨架子，蹲在这个钢铁做成的立方体前，用他那只好手去试钥匙，查看锁头，检查锁舌、锁横头、弹簧。赛文站在他身后指挥着。

"很抱歉，克洛蒂尔德，"营地经理直截了当地说，"锁上没有一点儿被破坏的痕迹。你真的确定你的钱包在里面？"克洛蒂尔德的大脑里翻腾个不停。这两个男人间交换过信息？弗兰克和赛文，一个是她丈夫，而另一个是这个世界上最令她反感的家伙。克洛蒂尔德只是点了点头。赛文思索着。

"里面有钱吗？"

"有一些……"

"您女儿知道密码吗？"

---

① 小说《哈利·波特》中魔法学院里外形巨大而恐怖的钥匙管理员。

赛文又直接问道。在他身旁的弗兰克，圆滑地说道："她知道，但是……"

克洛蒂尔德正要表示异议，瓦伦在他们身后站了起来。

"如果我要偷拿我父母的钱，我也只会对爸爸的钱包下手。"

赛文哈哈笑出声来。

"答得好，小姐。我们会认为你是无辜的。"

克洛蒂尔德很憎恶瓦伦跟营地老板像是同谋一样互换微笑。弗兰克，在他们身后，好像只是小小的不高兴。

"嘿，我妻子可是跟您说过了，她的钱包是在这个烂箱子里，接下来怎么办？"

谢谢，弗兰克！

赛文耸了耸肩说道：

"那要换个办法了，如果你们不见了东西，你们应该去找警察。除此以外，克洛蒂尔德，如果你愿意，你可以进行投诉……"

他咧开嘴暧昧地一笑，接着说道：

"你不要期望在卡尔维警察局会重见凯撒尔。你的老朋友早已退休多年了。我也不知道接待你的是谁，现在，那些警察都只是在这里当三年差，然后重回陆地上去。"

海格仍继续研究着那个箱子，锲而不舍。锁头的每一个机关都不放过，却一无所获。克洛蒂尔德从心底里感谢他。

她确信的一件事就是：她的钱包昨天的确是放在那里的。

有人拿走了它。

为什么拿走呢？

会是谁拿走的呢？

一定是知道保险箱密码或者有保险箱钥匙的那个人。

8

1989 年 8 月 12 日，星期六，假期第六天

午夜蓝的天空

你们知道吗？

在我那失落的科西嘉岛的小角落里终究还是发生了些事情。我在日记里会给你们披露一下这些新发生的事情的！新的爆炸性的事情……我希望你们会喜欢我讲故事的方式。

你们准备好了吗，素未谋面的读者们？

一切都从"砰"的一声巨响开始。具体时间凌晨 2 点 23 分。我之所以这么清楚地知道具体时间，是因为这声巨响把我给震醒的时候我马上看了一眼我的手表。我望了一眼窗外，海的那个方向，从雷威拉塔半岛，到巴拉涅地区再到地区最高峰——卡普迪维塔。什么异常也没有！然后我就又睡下了。

清晨时分，营地一阵骚动。警察询问着那些满脸惊讶大于受惊表情的游客，而一点儿也没留意科西嘉当地人脸上挂着大大的微笑。

度假胜地，洛克马雷尔码头，夜里被炸了。

给你们讲讲当地的地理情况，雷威拉塔角是一个大概长五公里宽一公里的半岛，这个地方几乎是荒无人烟的，除了那个立于世界尽头的灯塔、斯塔雷索港口、两三间白色的小别墅和隐身于橄榄树下的科西嘉蝾螈营地，营地有一条陡峭的小路直通两个最近的海滩：一个是东南方向

的阿尔卡海滩，另一个是东北方向的奥赛吕西亚海滩。半岛的西边，除了悬崖峭壁什么也没有。可以直接下到海豹岩洞和荷西萨海湾，这是一个被帆板冲浪者带来的小石子占领的小港湾。

再说说这个地方的经济状况，几乎整个这个天堂小角落都只属于一个人：我的祖父！卡萨努·伊德里斯。尽管他很满足于跟家人一起住在阿卡努农庄，但在山上，一个僻静的角落，仅有一条陡峭的小径或一条铺好的路能到达，一个接收电视信号的大天线，古老的石头，院子中间一棵巨大的绿橡木和吸附在墙壁上的科西嘉岛丛林的气息。那儿没有人为的造作，没有泳池，没有网球场，唯一的奢侈品就是雷威拉塔海湾的无敌风景。其实露营地也是属于我爷爷卡萨努的。巴希尔·斯皮内洛，营地的老板，是我爷爷的朋友，他用一条"黄金法则"经营管理着营地：不设围墙，几乎没有，仅设有几间浴室和卫生间，一些用来扎帐篷的空地和一些木质平房，用来给夏天从大陆上回来的亲戚朋友们及一些经常过来旅行的游客使用。卡萨努爷爷拥有将近八十公顷的土地，他将这块地方当成他的老婆一样，是不能与人分享的，我们可以欣赏这里但不能拥有这里，这儿不会留下岁月的痕迹，永远不会；处处飘散着岩蔷薇和枸橼的香味，随处点缀着野生的蓝色兰花，这些都是丽萨贝塔奶奶所钟爱的。

只不过……

如果你们有留意，应该注意到我用的是"几乎"这个词，当我说到这里是属于卡萨努爷爷的时候。几乎，意味着他少了些面向大海的岩石小角落，在奥赛吕西亚海滩的上方，几个世纪前，他的某个表兄弟就继承了其中四千平方米的一块地方。结果，这块被围在我爷爷土地内的区域成了这半岛上唯一可以建屋的地方。拍卖的价格飞速攀升，牵头人已经开始动工在红色岩石间建酒店了。听人家说，是一个来自菲诺港的意大利人，将要建一个大型的豪华酒店，酒店将与岩石的色彩相互融合，带有面向地中海的露台，私家小港口也显得尤为重要，三星级的房间，配有按摩浴缸，等等。他们在3月的时候已经动工了，但马上遭到了科西嘉环境保护组织根据相关的沿海法案提出的投诉！关于这些，我承认我不是都很了解，但是卡萨努爷爷却可以跟爸爸一聊就聊上好几个小时；似乎这块地是可以用来建造的，而且距离大海一百多米远，但是环境保护者们对这里出众的自然景观的保护，对景观的质量、自然环境保护的关注，工地的登记程序，沿海地带保护署优先购买……总而言之，杂乱无章。

滨海地带到底能不能用来建筑？没人能知道。这归根结底可以看成一场律师、记者与官员之间的战斗，当然少不了的还有台面上和台面下大袋大袋的钱。然而在这期间，洛克马雷尔滨海酒店的砖头，已经开始在意大利工人浇铸的水泥板上一层层一排排地垒起来了。悄无声息地，根本没等裁决出来判定这座建筑是否合法，几年间就这么一直在建，就在卡萨努爷爷的鼻子底下。这可是一个多毛又易怒的鼻子，我可以肯定地跟你们说。

直到这一晚，凌晨2点，"砰"的一声巨响！水泥板上出了一个大洞，或者还剩了什么。工人们一清早只发现了一大堆瓦砾。

接下来的事情，是奥莱丽娅跟我讲的了。奥莱丽娅是凯撒尔·卡尔西亚的女儿，她爸爸也是卡尔维警察局的警长。在咱们之间讲，我不能说我很喜欢她，奥莱丽娅。她比我大两岁，总是一脸严肃，自以为是的样子，装腔作势地说这是法律，法律就是如此，如果不是我就去告诉我爸。人家都说她没有过童年，就好像是玩鹅棋时，一开始就连续投中两次数字"六"，直接跳过了最初的那些格子。我好同情她的丈夫啊，如果将来她能找到一个丈夫的话。可惜在这方面，奥莱丽娅真的并不成功，那些男生看她比看我还少，你们看是不是！男生里也包括我哥尼古拉斯，可是，我可准备好拿她打赌的，这个小可怜，她为我哥要崩溃了。不完全是因为她长得不好看，她有一双又圆又黑，像橄榄一样的眼睛；两条又浓又长的眉毛，几乎要在鼻梁上方连到一起去了，这令她看上去更加严肃……主要是因为她很令人讨厌。她跟我正相反，如果你们愿意我给你们举例：我显得很年轻，她呢，很显老。但也不是因为这个我们没能团结一致，哦，不，相信我，更多的是竞争，我更愿意这么说。两种相互适应的方式……可能多年以后我们再见，我们看看谁是赢家。

但在这个时候，关于一早上发生的巨响，我很开心奥莱丽娅能跟我讲，尽管她摆着大架子配上一本正经的声音：

"我爸爸已经去看过你爷爷卡萨努了。所有的人都知道是他炸了滨海码头。

"…………

"但没人这么说，当然。都拒绝做证……

"拒绝做证，我爸说这里所有的人都欠你爷爷的情，首先就是巴希尔——营地的经理，他和你爷爷曾经在一起上过学。你明白的，他们放了一颗炸弹，我们知道是他干的，但大家什么都不说。"

想象着她爸爸那小个头（后来变成了一个大胖子爸爸，真应该亲眼去看看，因为后来凯撒尔重得像一头科西嘉公牛）登上警局的小卡车去找我爷爷谈判的样子就想笑，浑身冒汗，双膝颤抖，好像只小老鼠在谷仓的角落里跟家猫谈判。

我教育她道：

"没有证据证明是我爷爷干的。你爸爸应该这么说。"

"是，他是这么跟我说的。"

我继续跟她说道：

"而且那些放了炸弹的人，人家也没做错啊，不是吗？没有水泥壁垒的科西嘉岛才更漂亮。如果我们一直等裁决出来，那些幕后交易、行政手段，早就把这里毁了上千次了，还有雷威拉塔和岛上其他的地方都不会幸免的，你不信吗？"

奥莱丽娅向来没有自己的观点。从来没有。

但这次，她还是回答了我。

"我相信。我爸爸也这么跟我说，他说卡萨努有理由这样做。虽然他没有这样做的权利。"

这次，换她教育我了。

　　整整一天里，我都在想着这事儿。甚至后来在营地大门口那里我还遇到了爷爷跟巴希尔·斯皮内洛，他们正在进行一场重要的谈话，带着并不令人害怕的阴谋家的样子。几部警车来回地绕着。有人在电台里说到一点儿关于爆炸的事情。但在这天即将结束的时候，所有的事情都得到了证实。没有人看到或听到什么东西。结案！鸥鸟群、山羊群、驴群、野猪群和蝾螈们都重回了雷威拉塔海湾。这一晚，我在海豹岩洞待了很长时间，看着大海，看夕阳在雷威拉塔海湾落下。

　　赤金色的落日真是美极了。

　　我真的感觉太自豪了。

　　只要我爷爷在这儿，海湾将永远如此。

　　原汁原味的，受到保护的，桀骜不驯的。

　　就好像我一样！

　　让这方净土永远如此，嗯，我未来的读者们，永远如此，答应我保护好它。

❧　❧

　　永远如此……

　　多傻的小姑娘啊！

　　他重新合上了本子。

9

2016 年 8 月 13 日，下午 4 点

工人们打着赤膊，受着高温。停了手中的活儿，有的弯腰靠在他们的铲子上，有的坐在停下来的铲车方向盘上，有些运气好的能找到一块阴凉地，点根烟抽抽。所有人都在不相信能在岩石中建混凝土墙的基础上观望着，就好像看一个疯狂的公司，在做一件巨人做的工作。一个疯国王想象出来的宫殿，是不可能建成的，再者也得选个冬天或者晚上，别选在这个炎热的天气下施工啊。

"将来应该是个四星级的。"瓦伦在帕萨特的后座上拍手叫好，像个兴奋的孩子一样。

弗兰克安静地开着车，睁大双眼，集中精神看着路。可在每一次转弯的时候，阳光都会晃一下他的眼睛。克洛蒂尔德转头看她女儿。

"未来的什么？"

"未来的四星级啊。洛克马雷尔滨海酒店。赛文·斯皮内洛的一个旧项目改头换面要重新启动了。可以算是对科西嘉蟤螈营地的扩建。欢迎所有的改建计划。必须要在明年夏天前交付使用。太有档次了！泳池，SPA，健身房，一晚三百欧元的客房带有私家露台可直通海边。"

克洛蒂尔德让她的目光在工地上多留了片刻。一块巨大的板子遮住了一部分工程，上面是一幅豪华酒店的照片，有四五层楼那么高，还印有欧洲、大区及省的标志。即使置身在岩石中，方圆几公里内，不论从海上还是在滨海公路上，都能看到它。

一种奇怪的感觉向克洛蒂尔德袭来，但她却不能真实地描述出来。多

年以来，她一直努力忘记这个无人居住的岩石地、这条危险的道路、这个致命的悬崖，但却没有成功。奇怪的是，重新回到当年的悲剧发生地，每一处转弯，天堂之地的每一处新景致都带她远离那次事故，更确切地说是事故发生之前。是之前的每一年，悲剧发生前的每一个夏天，即使她只有些模糊不清的回忆，即使只给她留下了那些童年的假期，她仍然确定她爱这个岛，爱这里的风景，这里的芳香气味，但这些状态却让她失望了。科西嘉岛曾像她一样，是个孤儿。美丽却孤独。两千年前，将她从欧洲大陆的阿尔卑斯山脉的埃斯特雷尔夺走，致使她最后漂流到了地中海。

瓦伦一边扭着头详细说着这个未来的豪华大酒店的初期建设，一边强调说："赛文看到我对这里挺感兴趣的，他跟我说，明年我就十六岁了，或许我可以在这儿工作。"

赛文……

克洛蒂尔德感到一阵电击般的痛楚。她的女儿已经直呼这个卑鄙下流的营地经理的名字了！这个泥腿子赌徒下流坏可比瓦伦大了二十五岁。

她想都没有想就反击说道：

"我真不明白为什么会允许建这么丑的一个东西。"

瓦伦蒂娜没有回答，她开心地匆匆看了一眼竖在那块处女地的巨大板子，想象着那酒店已拔地而起的样子。

最糟糕的青少年是那些已经不稀罕再跟大人对着干的年轻人。

克洛蒂尔德重掌控制权，不露声色地。

"你总是可以问一下卡萨努爷爷，你的曾祖父的想法的。正好明天晚上我们要去他们家吃晚饭。"

"干吗？"

"不干吗。"

"他是一个有炸弹的老科西嘉独立主义者？就像《黑帮教母》里的那样？"

"你明天见到就知道了。"

"曾祖父，他多少岁了？"

"11月11日就八十九岁了。"

"他一直住在那个远离尘世的农庄里吗？科西嘉岛上没有养老院吗？"

克洛蒂尔德闭上了眼睛。

他们来到了佩特拉·科达巨石那处悬崖，具体说就是富埃果曾经悬在那儿摇摇晃晃的地方。

没有人说话。一曲迪斯科从收音机里传出。弗兰克犹豫要不要关小声音，却未付诸行动。

路边上，之前摆在那儿的三束百里香已不知去了哪儿。

✦　✦

在城市的入口处，驻扎着卡尔维警察局在附近的宪兵队，坐享地中海和雷威拉塔半岛的独特景观。相信那些警察的妻子是因享有这些坐拥全景，伸脚就到海边的豪华住宅，才肯接受在这个充满危险的地方陪伴她们的丈夫的。

克洛蒂尔德独自走进宪兵队。弗兰克继续开车把瓦伦蒂娜送到卡尔维港口。克洛蒂尔德叫他待会儿就回来接她，因为不会需要太长时间。她只是去申报丢失文件。

接待她的是一个充满活力的，从头顶到下巴都剃得很干净的年轻警察。他的办公室挂满了各地区各种各样的橄榄球俱乐部的旗帜和围巾。

欧什、阿尔比、卡斯特尔……

没有一个是科西嘉的俱乐部。

"加德纳队长。"年轻的警察一边自我介绍一边向克洛蒂尔德伸出手来。

听她说完后，警察瞅了一眼她的身份证件被盗的声明，再看看自己面前一堆要填写的无甚意义的文件，面露抱歉之色。他笑容诚恳，一点儿不像是军人的感觉，更像是个被调派到警局而避免服兵役的大兵。

克洛蒂尔德跟他详细叙述了被盗时的状况，保险箱是关着的，但钱包却不翼而飞了，也没有被撬的痕迹。这个年轻警察微笑的脸庞上有一双轻佻却迷人的蓝色眼睛。

他抬起头，望着正好能从他办公室窗户看到的雷威拉塔方向的灯塔。这位警察队长是位身材修长的侧翼中锋。

"我们突然到他家里去，赛文·斯皮内洛会很不高兴的。通常，他更喜欢自己处理营地内部的事情。但是，如果您坚持让我去调查的话……"

克洛蒂尔德点了点头。

是的，她想要这么做。不为别的，就想恶心恶心赛文。

中锋动作古怪地重新调整了一下挂在墙上的一面布里夫竞技俱乐部的小旗。

"小姐，我得跟您说明一下，我来这里工作三年，但我仍然不是很明白这里的工作程序是怎样的。我来自南方，所以……加德纳……作为一个警察的名字有点儿滑稽，但对贝济耶人来说不是的。于勒·加德纳，我的曾祖父，战前曾在法国第二大战线。

"我没有抱怨被分配到卡尔维，您看，我现在已经掌握了四种语言，法语、英语、奥克语和科西嘉语！这真的是一座很舒服的岛！只是这里的橄榄球运动真是糟糕透了！"

他一边笑出声来一边检查着克洛蒂尔德刚刚填完的那些文件。

姓：巴隆。

婚前姓：伊德里斯。

名：克洛蒂尔德。

职业：律师。家庭法。

他几乎是条件反射般地问了下面这个问题：

"您是科西嘉人吗？"

"是的。我心里是这么认为的。"

"来自卡萨努·伊德里斯家族？"

"我是他的孙女。"

加德纳停顿了一下。

"啊……"

蝴蝶落在了仙人掌上！就像一个警察听到"维托·柯里昂"的名字一样，这个橄榄球中锋怔住了。紧接着，他用力地给那些文件都盖了印。最后一滴墨水还悬在半空。他缓慢地抬起头看着克洛蒂尔德，眼神充满怜悯之情。蝴蝶离开仙人掌飞向了一朵玫瑰。

"靠！我真傻！"

"什么？"

这位警察队长用手指玩弄着印章吞吞吐吐地说道：

"您是……"

他在寻找着恰当的词。克洛蒂尔德猜测着他不想说出来的那个词。

那个生还者。

那个奇迹般活下来的人。

那个孤女。

"您是保罗·伊德里斯的女儿，"他还是设法将句子连上了，"您的父亲在去往雷威拉塔的路上遇车祸过世了，同时遇难的还有您的母亲和哥哥。"

此时克洛蒂尔德脑子里乱七八糟的。这个会讲奥克语的警察仅在岛上当差三年而已。可那场事故已经发生在二十七年前了……此后，在这些蜿蜒且"有毒的"路上发生了数十起其他同样致命的事故。那么，为什么这个年轻的警察会对这件知道得这么清楚……

这时这位年轻的警察打断了她的思绪。

"中士他知道您来这里吗？"

中士？

凯撒尔？

凯撒尔·卡尔西亚？

克洛蒂尔德记得很清楚，当年就是这个警察对她父母的事故进行的调查——凯撒尔·卡尔西亚。以他的冷静善良，以他恰到好处的克制，对还躺在医院的床上的她进行了询问。他身材矮胖，声音厚重又不失柔和。在巴拉涅的医疗急救站，三小时的谈话里，他都是坐在两张椅子上，还用了一盒克里内克斯纸巾擦干他额头和脖子上的汗。

她还记得他的女儿，当然，也是在科西嘉蝶蛹营地那群青少年中的一个，奥莱丽娅·卡尔西亚，一帮人里总令大家扫兴的那个。

　　"不，"她终于答道，"我想他不知道。赛文·斯皮内洛跟我说他已经退休了。"

　　"是的……退了几年了。我猜您应该认得他。应该不会忘记一个身材像他那样的人！如果科西嘉的这些蠢家伙知道一个气球也可能是椭圆的，他应该会成为地狱混战中的中流砥柱。跟您说，自从他退休以来，他的体重继续保持着每年十公斤的增长速度。"

　　这位中锋进一步向前靠近克洛蒂尔德。蝴蝶颤抖起来，就像他开始怀疑这朵美丽的花是食肉的一样。

　　"伊德里斯小姐，您应该去看看他。"

　　克洛蒂尔德盯着他，却不明白他说的是什么意思。

　　"他住在卡伦扎纳。这很重要，伊德里斯小姐。在离开警察大队前，他跟我讲过很多关于这次车祸的事情。他一直在对这次事故进行调查，之后，很多年之后一直在继续。您应该去找他聊聊，小姐。凯撒尔是个好人。他比这里那些不相信他的人要聪明得多。关于那次事故，他……怎么跟您说的……"

　　"什么？"克洛蒂尔德第一次抬高她的声音。

　　蝴蝶在飞走之前最后拍了拍翅膀。

　　"他有个推测。"

🦋　🦋

　　他打开本子。

　　他不喜欢他看到的东西。

　　但他还是要看。

　　为了满足他的仇恨。

10

1989 年 8 月 13 日，星期天，假期第七天

蓝色的夜空

今天晚上，有舞会。

我现在就告诉你们，我可不是舞会皇后！

我选择在离他们远一点儿的地方待着，在有点儿阴影的地方，坐在沙子里，书放在我的膝盖上。

得看到这点儿……

当我说到舞会的时候，只是营地里一场临时的舞会，只有三个花环装饰和一台放在塑料椅子上的超大卡带播放器而已，播放器是赫尔曼跟他爸爸借的。尼古拉斯拿来他直接从电台里录下来的热播榜前五十首流行歌曲的卡带，里面还有片头曲和歌曲间插入的广告。

特别是有一首。

一首歌！

这首超有运气的歌曲，我未来的读者们，你将不会听说过它的啦，因为它将以席卷今年夏天的速度一样迅速消失在我们的记忆里。

一首让人疯狂的歌曲。人们叫它伦巴。

而且既是一首歌，也是一支舞。就是给男孩子将大腿放在女孩子大腿之间的机会。靠得更近些，说话更清楚些。

这是千真万确。

会有一个男生想跟我这样试试，喂……

估计不会发生这样的事情，你们留意看。跟我同样年纪的男生想要的是什么？与一个矮个子女生，像我这种……可不是用他们小腹来蹭我哦，是他们的膝盖！所以，我还是留在那里，靠在沙滩上，穿得像个女巫一样，乖乖读我的《危险关系》好了。

　　露营版舞会开始。

　　巴希尔·斯皮内洛刚刚过来让大家把声音关小点儿。

　　"好的，爸爸。"赛文讨好地关小了声音。

　　我和巴希尔意见一致。

　　这样的音乐是一种污染。我想说的是这样音乐就被浪费了，不是那些通过 Walkman（随身听）上的一根线传到你的耳朵里和大脑里的音乐，而是就这么散在空中，流入大自然，就像那些被丢弃的厚纸张、烟头，甚至洛克马雷尔滨海酒店那一堆瓦砾一样，是一种污染。就像缺乏对美的尊重，是不应该被打扰甚至被分享的。只需要欣赏就好。

　　仅此而已。

　　美丽，是秘而不宣的。如果说出来，实在是大大的破坏。

　　对我而言，科西嘉在我心里正是如此……

　　用心深爱它，留给它安宁与平静。

　　巴希尔懂的。

　　跟我爷爷卡萨努一样。

　　我爸爸也懂，可能。

　　巴希尔刚刚前脚离开，他儿子就又把声音给开大了。

　　你跳着，我们一起跳着，你们一起跳着，大家一起伦巴……

　　踩着节奏。

　　一共有十五个左右的青年人在一起。

　　黑手乐队或涅槃乐队，他们甚至都不认识彼此。但让我受不了的是，不出一两年，他们也会觉得棒极了，因为所有人都觉得这玩意儿棒极了。

我打开日记本，放在《危险关系》上面，没人看得到。我可以安安静静地写。我寻思着今天跟你们介绍一下这一帮子人。一定要跟上，因为这有点儿复杂。我会给这帮人里的每人一个不同的字母来代表，这样会简单一些。

首先，我哥哥尼古拉斯，他蹲在收音机旁边的位置上，像是《危险关系》里的凡尔蒙子爵，很帅气的一个男孩子，他那酷酷的样子赢得了很多女孩子的欢心，他也不跟任何人发脾气。根据他以上的特点，我总结了一个理论：如果说爱每一个人，也就是说，谁也不爱。所以，对啦，我哥尼古拉斯，就像我说的和凡尔蒙子爵一样，一个不幸的小天使可以真心实意爱上全世界的女孩子，却不懂得如何只爱一个。

尼古拉斯，代表字母"N"。

在旁边，摇晃着跳 Billie Jean《比利·简》的是玛利亚·琪加拉。关于她，我迟点儿给你们详细讲，因为这个小贱人值得花一整个章节来说说。但是，现在还是要介绍一下，我把她看作梅黛夫人好了。小说中在幕后进行操纵的交际花。你们明白吧，我不是在给她画素描，我讨厌玛利亚·琪加拉，但我仍然至少需要一整晚的时间斟字酌句清楚地表达一下我有多讨厌她。

玛利亚·琪加拉，代表字母"M"。

那个不按节奏一个人跳舞的她，像我一样一个人，就不说我自己了，你们都已经认识了，她你们也已经认识了，奥莱丽娅·卡尔西亚，那个令人扫兴的家伙。警察的女儿，呼啦啦，音乐声太响了，呼啦啦，我要去叫爸爸，呼啦啦，来一起跳伦巴，上帝啊上帝，呼啦啦，哦男生，不，不……她挠挠眉毛，傻傻地笑着，肯定是在发白日梦，梦到一个迷人的王子正从她牙齿矫正器的反光中看星星……努力吧，老姑娘！

奥莱丽娅，代表字母"A"。

还有其他女孩子，维萝、坎蒂、卡迪亚、帕特里夏、苔丝、斯蒂芬，我跳过去先，直接跳到男孩子好了，至少跳过那几个刺激我写坏话的。其他的几个，菲利普、吕铎、马格纳斯、拉尔斯、迪诺、艾斯特凡，都挺正常啦，也就是说都蛮可爱的，都爱喝啤酒，爱开重口味的玩笑，爱偷瞄中规中矩的女孩儿。

所以他们是不会瞄到我的了。

艾斯特凡，金黄色的长发在脖子后面扎了起来，说起话来有浓浓的奥克语腔调，他梦想成为一名世界医生，投身于埃塞俄比亚的医疗事业；马格纳斯要拍摄第四集《星球大战》；菲利普从卡纳维拉尔角起飞，飞往哥伦比亚；但没有什么可描述这些男人。还是让我对着别的人发泄一下吧。

首先是赛文·斯皮内洛，他正在跟我哥哥商量说要把音乐的声音再调高一些。"我跟你保证，尼古，没关系的，我爸不会说什么的。"我已经跟你们提到过他了。这个白痴坚信不疑将来的某一天整个营地将由他来掌控，所以他现在已经表现得就像个"海豚"（继承者）了。注意，我这里说的可不是《碧海蓝天》里让我为之疯狂的"海豚们"，不是这样的，我未来的没有知识的读者们，我这儿说的"海豚"是国王的大儿子，那个等着继承王位统领上下的人。通常来说，这个"海豚"是一个既无能又迂腐的学究。这两者还经常连在一起，出现在一个掌权者的身上。赛文就是如此。应该说将来他就是如此。

赛文，代表字母"C"。

我将把他们都串联起来并用一个独眼巨人作为收尾。我这么叫他并不是因为他一次抽六根烟（哈哈哈），而是因为你可以想看他多久就看他多久，每次你就只能看到他的一只眼睛。赫尔曼独眼巨人散步的时候总是保持着同一个姿势而且只看一个方向——玛利亚·琪加拉的方向。

如果你看到玛利亚·琪加拉，那在离她不远的地方你一定能看到赫尔曼的身影跟着她转。如果玛利亚·琪加拉是太阳的话，那赫尔曼的身体肯定只有一边是被晒黑了的。否则，赫尔曼就是德国人，但要承认他的法语和英语都说得还不错。他在家里一定是个智商很高的巨人，就是在高中每年的六个月学习里调皮捣蛋，暑假的两个月又不能适应社会的那种人。

赫尔曼，代表字母"H"。

你们都还跟得上吗？

我总结了几个爱情模式图，对那些在这方面一窍不通的家伙来说即是危险关系。他们是有个小圈子的，其实是两个，N（尼古）和M（玛利亚·琪加拉）是他们的中心。那几个正常的家伙，就是我上面跟你们介绍过的那几个，在这个圈子中又分成两个小圈子，女生都在N的圈子里，男生在M的圈子里。

A（奥莱丽娅）和C（赛文）想要进入他们的圈子。H（赫尔曼）希望直接画条直线到M（玛利亚）那儿。但最大的问题不在这儿。最大的问题是：这几个圈子会相交，会团结，会重叠在一起吗？

$N \cap M$?N 交 M ？

$N \cup M$?N 并 M ？

N=M?N 叠 M ？

很快就知道答案了，千万别掉线，我们不跳伦巴，换成慢狐步舞了。蝎子牌吉他像是边哭边唱着 *Still Loving You*《依然爱你》。我边听边欣赏，尼古翻录的卡带真是后期加工的范本。他编排这首慢狐步一结束紧接着就是威猛乐队的一首摇滚 *Wake Me Up*《唤醒我》！激情四射。女孩子们身上都湿了，汗水从腰部一直流到大腿，衬衫都紧贴着胸部。我哥还真是狡猾！

我悄悄地往后退了退，隐入夜色中，我只需要一点儿微光能继续写东西就行。

一双一对的小情侣开始形成了。

斯蒂芬和马格纳斯，维萝和吕铎，坎蒂和弗雷德，帕特里夏在艾斯特凡和菲利普之间摇摆，卡迪亚在等她闺密的选择，像夏天的一个大超市，大家自选，各取所需，这边搞大促销活动，可要动作快啊，8月底前就都结束了。

我屁股又向黑夜中退了几厘米。如果其中有个家伙过来邀我去跳舞，我会对他发火的。然后我会一直哭到天亮。

没危险!

帅气的乔治·迈克尔带着他的 *Careless Whisper*《无心快语》回来了。

我自己黑暗的角落里，我自得其乐，自得其乐，自得其乐。

你们在听我说吗，我的信徒们? 我，自得其乐! 跟一只小老鼠在自己的小洞里一样。

第一个小圈子开始解散，我哥松开苔丝，一个瑞典女孩儿，奥莱丽娅抓着他的胳膊他都没看她一下。玛利亚·琪加拉离开了帅哥艾斯特凡。舞会的国王和皇后终于将要碰面了。

开始啦，梅黛夫人向前走向凡尔蒙子爵。

一步，两步，灯下三步。

小圈子都消失不见了，只有一对对的小情侣分散在萨克斯风的低声吟唱中。

只有两点相交。

玛利亚·琪加拉穿着一件白裙子，跟着不同的灯光变换着颜色，她在灯光下慢慢计算着脚步。

蓝色　黄色　红色　蓝色　黄色　红色　蓝色　黄色　红色

尼古拉斯站在橄榄树枝间缠绕的花环那儿的最后一个红灯处。

蓝色　黄色　红色　蓝色　黄色

她在离尼古拉斯不到十米远的地方，突然，停住了脚步。

黄色

她好像感觉到有个目光。

玛利亚·琪加拉离开灯下，她的裙子仅被月亮的微光照亮着。

白色

这可不是我等着要看到的，玛利亚·琪加拉转身背对着我哥，伸出双手，湿润的胸口和腰身刚刚好被一个男生环抱起来……赫尔曼。

独眼巨人真不敢相信自己的眼睛。

11

2016 年 8 月 14 日

下午 6 点

明天，当你到阿卡努农庄，去看望卡萨努和丽萨贝塔时，请在天黑前，在那棵绿橡木下停留几分钟，这样可以让我看到你。

这几行字的笔迹是那么像她妈妈写的，在她脑海里转着圈。

越转越快。

明天……这样可以让我看到你……

她在迫不及待与害怕这两种矛盾的情感中挣扎着，前者令她激动不已，后者令她害怕到不能动弹，这感受就像恋爱时第一次约会的前夜。

"明天……"信上写着。

不到两小时，明天就到了。他们约好晚上要去阿卡努农庄，跟祖父母一起吃晚饭。谁会在那里等待她？谁会看得到她？

克洛蒂尔德在卫生间的镜子前踟蹰。是将长发放下来披在肩上呢，还是在后面扎起来绾成一个规矩的发髻呢？她不敢定出第三个假设，梳成女巫的发型，弄得蓬头散发像个刺猬，就像回到她十五岁时梳的那个发型一样。所有的想法都混在脑子里。她努力地集中精神去回忆祖父母的农庄，大院子里阳光下的灰尘，那棵高大的绿橡木，树荫伸展得更加广阔了吧，大海已隐在山坡一侧的建筑后面……可是后面接着的几句话已经同记忆的碎片叠加在一起了。

我希望到时我还能认得出你来。

我希望你的女儿也能跟你一起来。

克洛蒂尔德让瓦伦尽量配合一下，换一条领口高一些的长裙，绑好头发，不要嚼口香糖，不要戴墨镜。瓦伦虽然不情愿地接受了，但也没找理由来讨价还价一番，为什么她不能穿着旅行装去看望她八十九岁的曾祖父和八十六岁的曾祖母。

那些卫生间空无一人，除了奥索过来拿抹布。他行动缓慢，用他有力的手臂拿着个大桶清洗每一个新的浴间。克洛蒂尔德留意到他每三小时就会去清理一次卫生间，其他由他负责的工作，也以同样的节奏进行，浇花、扫地、拔草、照明……苦差事！

克洛蒂尔德给他一个微笑，他没有回应。她用眼线笔画着眼角，想给它们加上一丝黑色的、东方的神秘感，或者算是哥特风。但当两个少年出现在她身后时，她却不想让他们看出来。

两个人脚上的篮球鞋踩的都是泥，手里拿着 VTT 耳机，膝盖和肘部都戴着荧光护具，他们直接走进卫生间，过了一会儿才出来。他们一脸厌恶地看着湿漉漉的地砖上自己踩出的那排脚印。两个人中较高个子的在脚印前停了下来，好像这是一座无法翻越的移动沙丘，接着转身对奥索说：

"好脏啊！"

另一个家伙生怕滑倒，小心翼翼地绕过脚印，却又弄脏了卫生间的另一个角落。

"真讨厌，海格。为什么你不能在一大早或者夜里，选个没人的时候弄厕所呢？"

那个高个子还在继续说。他最多十三岁的样子，紧身单车裤里面露出一条高档内裤的边儿。

"我告诉你，海格，就应该这么做。在学校，在我爸爸的办公室，就算是在街上，清理垃圾或者那些狗屎都是趁别人睡觉或者不在的时候弄。"

小个子那个最多十二岁，穿着一件 XXL 码的 Waikiki（怀基基）T恤，衣服大得都盖住了屁股，也上来补充几句：

"对啊，海格，清洁工就应该这样。提供服务，尊敬客人，要有旅游业的服务意识。你得知道，海格，厕所要打扫得非常干净，而你，应该是隐形的。那些垃圾就像是被魔法变没了一样，没人应该知道你的存在。"

奥索睁着惊慌失措的眼睛。克洛蒂尔德从中没有看到一点儿怨恨，只有害怕。是对这两个小蠢货的怕，怕他们说的话，怕他们打的小报告，甚至可能怕看到他们失望。

克洛蒂尔德犹豫了。年轻的时候，她会低头当没看见。

在转向那个高个子前，她估算了一下自己的反应时间，是三秒。三秒……还好，自己还没那么老。

"你，叫什么名字？"

"呃……什么，夫人？"

"问你叫什么名字。"

"塞德里克。"

"塞德里克什么？"

"塞德里克·富尼耶。"

"那你呢？"

"马克西姆。马克西姆·尚特雷尔。"

"OK，我知道了，我迟点儿再看看。"

"您迟点儿看看什么，夫人？"

"看看我是否需要投诉……"

两个男生互相看了看，没明白。因为这家伙没有拖好地就投诉？过了吧。他们可不想弄到这个地步……

"投诉在员工工作的时候遭到歧视和人格侮辱（她毫不掩饰地看着奥索那僵硬的胳膊），滥用第三方权利。"

"您是在开玩笑吧，夫人？"

"律师，不是夫人。巴隆律师。家庭法专职律师，韦尔农 IENA 律师事务所合伙人。"

两个家伙又互相看了看。蔫了。

"快跑！"

两个人很快就消失了。

奥索对她的微笑还是没有任何反应。算了吧。克洛蒂尔德重新转到镜子前，很得意能吓跑这两个小蠢货。从已经画好眼线的右眼中，她能观察到这个胡子巨人。奥索迟疑了好一会儿没动，之后很快就把手里的抹布扔到桶里，重新又拿出一块，干净的。

带着黑眼线的眼睛猛然定住了，一动不动的，好像被施了魔法；一阵强烈的眩晕袭击了她，她双手紧紧扶着洗手台，眼线笔掉到了洗手池里。

一颗颗黑色的水珠顺着洁净无瑕的洗手池流了下来。

克洛蒂尔德试图尽力控制自己的呼吸，让自己平静下来，回放刚刚发生的一幕，仔细用慢镜头观察奥索的细微动作——脏抹布扔到水桶里，重新拿出另一块，干净的。

不可能，不可能，这不可能。

眼线笔化出的黑水慢慢地流入盆底的洞，就像蛇滑进洞穴。

一个细微的动作。

这时奥索已经转身，手拿一把擦地刷，开始清理刚才那两个男孩子在地上留下的泥印。

一个不真实的动作……好像是在冥冥之中看到的。

她要疯了。

❧　　❧

"你真漂亮，瓦伦蒂娜……"

赛文·斯皮内洛站在科西嘉蝾螈营地接待处那儿，手里拿着手机，与进进出出的人打着招呼，就像高中里没事儿干的学监守在大门口一样。他老婆，安妮卡，在柜台后面，说着一口流利的英语，跟来自斯堪的纳维亚的女游客交谈着，她们之前将比她们自己还要重两倍的大背包放在了柜台前面。安妮卡身材高大，笑容可掬，气质优雅，即使在忙碌的时候也一样打扮得细致高雅。安妮卡是科西嘉蝶螈营地的主心骨，是这里灵魂的外延和神圣保护者。赛文只是这里的神父。

瓦伦蒂娜停下脚步，转过身对营地老板说了声：

"谢谢。"

她的手指了指用一条很正式的丝巾扎好的头发，一条长及脚踝的裙子，然后悄悄地低声说道：

"我是来完成任务的。两小时后，要去跟老祖宗吃饭。"

"卡萨努和丽萨贝塔？去阿卡努农庄？"

瓦伦蒂娜用一个表示反抗的笑容来确认，伸出手整理用橙红色丝巾扎住的一绺头发，眼睛紧盯着展示洛克马雷尔滨海酒店的海报。

"还有，要按妈妈说的，最好不要在太爷爷面前提起你的大酒店。"

他们身后，安妮卡起身带着被沉重的行李压弯了腰的瑞典游客参观营地的空地。赛文把手机放回兜里，手扶在瓦伦的肩膀上将她转了90°，面向一张很大的科西嘉地图。营地经理的手指穿越地中海停在一片深蓝色的中间。

"你知道继马德里和巴塞罗那之后，西班牙的第三大机场在哪里吗？"

瓦伦摇着头表示不知道，也不明白赛文想说什么。

"帕尔马！马略卡岛的帕尔马，巴利阿里群岛的首府。巴利阿里群岛，瓦伦蒂娜，那里只有五平方千米那么大，有一百万居民和一千万游客。面积比科西嘉小两倍，却有比科西嘉多四倍的游客……然而，我可以跟你说，巴利阿里群岛的优势还赶不上我们岛的四分之一，只有两个海滩、三个岩洞和一座海拔不超过一千五百米的山。（他的手指继续在这片蔚蓝色的地图上跑着）所以，瓦伦蒂娜，你可以跟我说说为什么一座地中海上的小岛可以吸引那么多的人来，可以制造那么多的工作机会，而另外一个岛却什么也没有吗？"

"我……我不知道。"

"今晚你会知道的。你什么都不需要问。你只需要听你祖父讲。"

"是我曾祖父。"

"啊……是的。你知道卡萨努是我爸爸最要好的朋友之一吗？"

他转身面向营地的入口，伸出手臂，抬起手，用食指指向地平线。

"看那儿。正前方。"

她仔细观察着脱离海洋的雷威拉塔半岛，就像另一个巨大的手指，最最原始的宝石。

"你看到了什么，瓦伦蒂娜？"

她犹豫了一下说道：

"没什么。"

赛文激动地说：

"完全正确，什么也没有！科西嘉就像一个天堂，世界上最美丽的岛屿之一，一个天赐的礼物，我们好好利用了吗？没有！好好看看这座雄伟壮丽的半岛。我们好好利用了吗？一点儿也没有。只会像老人家一样，把好东西都藏在床底下。我们已经错过五十年的时间了。你知道科西嘉岛上最大的企业是谁吗？"

瓦伦蒂娜摇摇头结结巴巴地回答：

"呃……不知道。"

营地老板激动地抓住了她的胳膊。

"只是一家超市！青年人都离岛外出找工作，可岛上的失业率仍然有10%。就是因为这些所谓的科西嘉岛保护者。可是这些人都在马赛或者巴黎工作。这些收入不高的逃兵每年翘首期盼的，就是在夏天拖家带口地回到岛上度过一整月，然后在离开的时候大哭一场，流的眼泪都可以填满地中海了。他们就是这样帮助科西嘉的？就是这样爱护科西嘉的？"

在他将目光落在营地大堂的那张海报上之前，他再次抬起头看向半岛的那一边。

"洛克马雷尔滨海酒店，"他说道，"一个尘封已久，曾经夭折了的项目。我花了很多年的时间希望能买下一块土地。只要工程一完工就可以有三十个固定工作岗位。到了夏天再翻两番……"

赛文将一只手放在瓦伦蒂娜的脸上说道：

"我可不是随便说说的，其中有个职位将是你的。你绝对配得上它，因为你也是归来的游子。而且这可不是谁都能给的。你是科西嘉的继承者。（他凑近她的耳边，几乎是窃窃私语道）我跟你保证，这一次，你祖父肯定没意见。"

瓦伦蒂娜试图离他远一点儿，他却轻轻地压住她的肩膀，说道：

"这里所有的人都怕卡萨努。现在仍是如此。他是这里真正的老大。"

他松开了这个年轻的女孩儿，吹了吹手，摇晃了一下手指，好像在继续说下去前，要抖掉手上的魔法粉末似的。

"这里所有的人都害怕卡萨努·伊德里斯。除了我。我跟你说个秘密，瓦伦蒂娜，你祖父，我已经搞定他了。我的任何愿望他都能满足。"

✢　　✢

那一长条黏黏的眼线液痕迹几乎完全消失在洗手盆底部的那个洞里了，留下长长的像是软体爬行动物的灰色口水痕。克洛蒂尔德努力恢复着意志。她靠着边儿站了一会儿，通过镜子的反射，她能够看到奥索的背影。清洗过离她最远的一个厕所后，他重新改变了一下工作方法。

将脏抹布扔进都是泡沫的水桶，在水里浸泡了几分钟后再拿出来。用他唯一健康的手将抹布夹在两个膝盖间一起用力拧干，挂在擦地刷的顶端。

克洛蒂尔德闭上眼睛。

刚才的一幕还留在眼前。她曾经历过，好熟悉。一个水桶，一个擦地刷和湿漉漉的地板。

只不过不是在营地的卫生间，而是在诺曼底图尔尼家中的厨房里，在那里克洛蒂尔德度过了她人生最初的十五年。

只不过那时不是奥索，而是她妈妈弯着腰在擦地。

081

帕尔玛曾经像传授家族古老秘密一样教过他们擦地的技巧。教儿子尼古拉斯，教丈夫，尽管他比较少参与家务劳动，教女儿克洛蒂尔德。

做家务时需要两块抹布。我们在使用其中一块的时候，将另一块用过的脏抹布浸泡在水桶里。交替使用，这样可以省下一些为了把抹布里挤出的黑汤儿变成浅灰色而搓洗的时间。

这个传承的老方法不知从何时起变成了一种家庭习惯，一种自然的方法，几乎成了一种仪式。

奥索了解这个仪式，执行着这个仪式。

克洛蒂尔德睁开眼睛，强迫自己理性地思考。

奥索就像这世界上成百上千做家务的男人和女人一样，知道这个方法，使用这个方法。她不能就这样失去了理性的思考，不能被这些可笑的巧合欺骗愚弄。她得控制好自己，将个人情感尽量压缩，就像当她必须调查一个令她很触动的案件时那样，她需要理性地为一个母亲与她的孩子们争取获得赡养费，说服她的丈夫将他亲手一砖一瓦盖起来的房子卖掉，然后将卖房所得一分为二，分别用来购买两处还不错的住所，然后再谈双方对孩子们的共同监护权问题。

她需要十分专注才行。

今晚，跟祖父母在阿卡努农庄吃饭的时候，她得克制住自己的感情，提一些合适的问题才行。

明天，她将要去见凯撒尔·卡尔西亚。几个小时前，克洛蒂尔德与这个退休警察通了电话，但他什么都不想在电话里说。"明天，克洛蒂尔德，明天。别打电话。明天来我在卡伦扎纳的家，随便你什么时间来都行。我就在家等你，哪儿也不去。"

奥索拿着他的桶和刷子一瘸一拐地走远了。克洛蒂尔德，尽管已经很努力了，还是没能让自己冷静下来。除了这两块抹布的惊人巧合以外（这一逸事会让她任何一个女友尖叫着笑起来，有点儿太戏剧化了），她还觉得那些孩子侮辱性的话语会让奥索很受伤。仅是他们叫他海格这事儿就让她冒火。表面上可能是他有些残疾的缘故，而事实上是因为赛文经营营地期间对他的剥削压榨所致。在这儿，在岛上这些外表的掩饰下，她将这里的人民都理想化了。

克洛蒂尔德看了看表。

还有不到一小时的时间，他们就要去农庄探望祖父母了。

那儿有个人在等着她。那个人希望能认出她来。

她冲着镜子里做了个鬼脸，希望找回曾经那个倔强而叛逆的小姑娘的感觉，同时在心里重温着信里的一些话。就像在念祷告。就像她是一个间谍，必须将收到的指示谨记在心，因为她知道这是关乎生死的一次任务。

我除了这个，没有别的请求了。

又或者你只需抬头望向天空，看看猎户座 α 星。你不会知道，我的克洛，有多少个夜晚我抬头看着它心里想念着你。

卫生间里的定时灯刚刚熄灭了，整个空间陷入一种半明半暗之中。

我的一生就是一间暗无光亮的房间。

这时，弗兰克出现在门口。

——我们走吧，克洛？

拥抱你。

P.

12

1989 年 8 月 14 日，星期一，假期第八天

蓝色的天空泛着些许玫红

我来啦！

你们还记得我上次给你们画了一个我的朋友们的关系图吧，跳伦巴舞那次。

你们不怪我这么说吧。

我用的是"我的朋友们"，是因为我也把自己算在这个小团体里，尽管我没找个字母代表自己……

M，N，A，H，C，玛利亚·琪加拉和尼古拉斯，奥莱丽娅，独眼巨人，赛文，还有其他人……这可是一个有关爱情的宏伟故事。我向你们保证，你们什么都没错过，暂时也没有什么新情况，只是有些若即若离的暧昧。如果有什么事情发生，我会告诉你们的。

可能你们觉得这不太严肃，像一场充斥着调情的宴会。实际上，无论是那些轻浮的爱情，又或者所谓的恋人本身，在他们长大后都会被遗忘。

为了满足你们，我要给你们讲一个很复杂、很悲惨、很曲折的爱情故事，应该是你们会喜欢的那种。

一个发生在成年人之间的故事。

关于一个男人和一个女人。

关于我的爸爸和我的妈妈。

假期开始时，他们两人间的情况还不错，至少不比平日里差，但也不比平日里好多少。就是人们说的不好不坏。平时爸爸回来得晚，妈妈等他回来，他们一起聊聊关于房子的装修、第二天要买的东西和要丢出去的垃圾，他们有时也一起出去享受二人世界，那时他们肯定也会做爱的。然而假期开始后，情况变得更好了，至少他俩在一起的时候，我经常能看到爸爸在妈妈颈上轻轻一吻，再来上一句"你真美，亲爱的"，换来一声不刺耳的笑声。可以的话，我更倾向于是爸爸在努力为他们之间的性欲重新注入活力。而接下来，噼啪……

噼里啪啦。悲剧了……

给大家解释一下，爸爸和妈妈是很久以前在科西嘉相遇的。那个时候妈妈正在和她的姐妹们骑着摩托车环游科西嘉岛。爸爸呢，是和父母住在岛上的当地人，家就在科西嘉半岛的阿卡努农庄。关于他们罗曼史的细节我了解得不多，我只知道他们就相遇在雷威拉塔那儿，时间是在1968年8月23日，圣罗斯节那天。

所以每年的8月23日，是他们的相识纪念日。每到这一天，爸爸都必须买一束玫瑰花，每年根据不同颜色的玫瑰花代表的不同意义来选择，红玫瑰代表热情的真爱，白玫瑰代表纯洁的爱情，橘色的玫瑰代表欲望……但是，根据家族里的传闻，任何一束玫瑰的美丽都无法与他们相识的那个夏天，爸爸亲手采摘的那束玫瑰相媲美。那束野蔷薇，自由而野性的玫瑰，让妈妈无比喜欢。它叫犬牙蔷薇。

每一年8月23日，从我记事开始，爸爸和妈妈彼此心照不宣，他们会去卡萨帝斯特拉餐厅度过整个晚上。这是卡尔维和波尔图地区最好的餐厅，那橄榄树下浪漫的露台，柴火烹饪，炖科西嘉小牛肉，烤石斑鱼馅饼，卡萨诺瓦麝香味儿起泡酒，应有尽有。可以直接通过阿卡努农庄上方的一条陡峭小路步行到达。他们就在那儿过夜，应该是预订了一间婚房，房间有一张原木做的床，一个大理石的洗手盆放在一个独脚的小圆桌上，一个位于房间中间的老式浴缸和一个巨大的面向海湾的窗户，正对着大熊座。至少，我是这么想象的。告诉你们吧，我想有一天我的心上人也会把我带到那里去，卡萨帝斯特拉，去到那间能看星星的房间……我相信会有那么一天，请你们告诉我那一天会到来的，对吗？

然而快乐的时光结束了。

如同银河漫步般幸福的婚姻生活，变成了过去式。

就在今年，平地一声雷。

事情是从营地里以及路上到处贴满的宣传单开始的。关于8月23日晚9点的一场科西嘉复调合唱音乐会。乐团名叫"A Filetta"，非常出名，似乎是这样。他们在全世界开巡回演唱会，这次就在这么近的地方演出，就在加雷利亚地区上面那个几乎被遗弃的小村庄，普雷祖娜的桑塔露琪娅小教堂。

爸爸为了达到他的目的，开始了他拙劣的表演。

首先，在那些宣传单前流连忘返。

然后，鼓吹说这是全球最好的乐队，到时把他们的卡带拿给我们轮着听。

最后，跟帕尔玛妈妈提议，今年的相识纪念日，可以另选一天来庆祝，圣罗斯节的前一天或后一天——圣法布里斯节或圣巴泰勒米节。

然而，像后来我跟你们说的，噼里啪啦，悲剧了。

帕尔玛妈妈甚至都没说不，她只是回答说："随便你。"

这个回答，比什么都糟糕！正如你们所见，她总是不低头的。她扮演着她野玫瑰的角色，正如《小王子》里的那朵一样，直率、骄傲、愤怒，所有的刺向着外面。

我的妈妈就是一朵无比骄傲的玫瑰。

因此，从那天开始直到假期的第八天，我们都沉浸在一种巨大的不确定性当中，大概说来，未来可能发生两种情况：

第一种，妈妈帕尔玛想方设法说服爸爸放弃他的音乐会。这件事情上我是支持妈妈的，即使我没跟她表示过，即使我受到来自爸爸的压力。为了女性的独立我没有其他选择。

第二种，爸爸不让步，他们陷入冷战。这次冷战至少持续到轮渡前，甚至更长时间。

就在我给你们写这两种可能性的时候，我想到了第三种，比前两种更恐怖。他们会把我和尼古扯进他们的矛盾当中，爸爸因为音乐会不能成行而愤怒，他会强行让讨厌的科西嘉文化在我们心中发芽，强迫我们一边诅咒着，一边还要去听电台里不知所云的音乐。他不停地跟着电台自娱自乐地唱啊唱啊，还要不断开大音量，车里充斥着 A Filetta 的歌声与吉他声。

对于一个故事来说，上面这样的执念，你们看了会觉得无聊，而且几近可笑吧。

但是，别笑，我未来的读者们。

这是伊德里斯家族的宿命，因为一件破事儿，它将在 8 月 23 日晚上上演！

❧　❧

为了一件破事儿，他重复道。

四个人离开了这个世界。

三个男人和一个女人离开了这个世界。

为了一件破事儿。

13

2016 年 8 月 14 日，傍晚 7 点

弗兰克慢慢地开着车。不是怕走错路，通往山上的阿卡努农庄只有一条险路，只是每经过一处悬崖边的转弯处，就会看到柏油路面被蹭得表面的沥青颜色越来越深。

克洛蒂尔德坐在副驾驶位置，头倚着车窗玻璃，既看不到沥青也看不到护栏，只看得到窗外是空空的，车门就像一扇窗隔开她和外面虚无缥缈的世界，车子就像一个飘浮在天空的箱子，通过一条看不见的缆绳连接这一端的顶峰与另外一端的顶峰。而这条缆绳随时都可能断开。

阿卡努农庄所处的位置更高一些。我们可以通过一条不足五百米的山间小径走路直达那里，但车子却要在蜿蜒的道路上开将近三公里。

"往前走就是了，"克洛蒂尔德瞄了眼弗兰克说道，"你不会错过的，农庄是这里唯一的房子。"

弗兰克全神贯注地盯着眼前这条窄窄的柏油路，经过了路上的唯一一个指示牌，上面写着"卡萨帝斯特拉，八百米"。木牌子立在一个小停车场中间，停车场周围被徒步者踩出了几条小路来。瓦伦蒂娜将她后面的车窗放下来，窗外的空气中弥漫着一阵混合又有变化的植物香气。百里香，迷迭香，野薄荷……

曾经的那些画面又不请自来地进入了克洛蒂尔德的脑子里，每一个转弯揭开一处新的景色，竟然都是如此熟悉，一棵巨大的科西嘉黑松盘踞在周围将近两米的其他树的上方，一座古老的栗子磨坊的废墟俯瞰着一条铺满小石子的河床，一头孤独的驴自由自在地啃着草。三十年过去

了，什么都没有改变，感觉像是有人特别有耐心地将它们一直保持原样。又或者是因为这里已完全被人遗忘了。

伊德里斯家的人除外，他们一定不会忘记。

经过较高处的三个转弯后，他们遇见了这条路上的第一个人。一个老妇人弯着腰驼着背，穿一身黑色衣服，沿着靠山一侧的路边走着，好像她是村子里经历劫难后唯一的幸存者，她在为整个村子戴孝一般。弗兰克放慢车速，又往悬崖一侧靠了靠。靠得还不够，毫无疑问。老妇人阴郁地望着他们，有些惊讶一辆陌生的汽车会开到这里来冒险。当他们经过她的时候，克洛蒂尔德从后视镜中看到，老妇人用手指指着他们，嘴里还一边咕哝地咒骂着，至少是些邪恶的咒语。这时克洛蒂尔德很确信这个女巫并没有把他们错认成在她的领地迷路的游客；她知道他们，而且已经认出他们了，她的动作和诅咒就是为他们准备的。

就是为她准备的。

在下一个转弯处，她已经看不到那个女巫了。

几百米之后，经过一个缓坡，左边一条铺满沙砾的小路几乎是出其不意地伸进了农庄的大院子。霎时，好多的新画面好像从克洛蒂尔德的旧记忆相册里飞出来，浮现在她的眼前。阿卡努农庄，大家都简称它为农庄，它其实是三栋以灰色干燥石头建成的，面向巴拉涅山坡的U形建筑。中间的主房住着伊德里斯家族，两侧的谷仓和大棚里养牲畜。所有窗户朝北的房间都给男人们住，山羊与绵羊们坐拥欣赏着雷威拉塔和地中海全景的好位置。农场的中间，大院子里只有由几棵犬牙蔷薇围成的篱笆和几个种有野兰花的小花坛作为点缀，这些都是奶奶最喜爱的花，除此之外，院子给人的印象是，在院子正中间那棵三百多年的绿橡木的树荫下，很难再成活其他什么植物了。

克洛蒂尔德转头望向谷仓，那条长木椅还在那里。那段她曾坐在上面听歌的有裂缝的木桩子，1989年8月23日的那一晚，黑手乐队在她耳中尖叫，摊开在膝头的日记本，还有尼古拉斯的叫声：

"克洛，所有人都在等你。爸爸他会不……"

奇怪的是，在所有这些来自记忆深处的泡泡里，最后一个破裂的，是关于那本遗落在这个长木椅上的日记本的。是谁收起了日记本呢？是谁打开了它？她几乎记不得那时候在里面写了什么，甚至一个字、一句话都记不起来了；她仅仅记得的是自己的一些情绪，经常是一副不听话、愤世嫉俗、冷酷无情的样子。至少是在遇到纳达尔之前。如果有人捡到了这本日记，肯定会认为她是最坏的女人。她要是今天能读到的话，应该会很高兴。但在1989年的那个夏天，她最大的害怕就是被她爸或者她妈发现这本日记。还好没被看到。至少她可以不用觉得那么羞愧……事故发生之后，在她回大陆以后，谁都有可能发现她这本私人日记，偷窥她字里行间的秘密。除了她父母谁都有可能！

　　卡萨努和丽萨贝塔等在门口。尽管克洛蒂尔德二十七年来再也没有见过他们，跟记忆中相比他们似乎也没有变得更老。她一直都和他们保持着联系，算是规律的。几张明信片，新生命到来的通知喜帖，写有几句话的若干照片，仅此而已。她的爷爷奶奶在很久以前就已经放弃再回到大陆了，而克洛蒂尔德自己则需要很长一段时间才有勇气再回到这个事故的发生地。

　　丽萨贝塔拥吻了他们，用她的双臂紧紧地抱着他们。卡萨努没有亲吻他们，他先是很高兴地和弗兰克紧握了一下手，然后拥抱了克洛蒂尔德和瓦伦。

　　丽萨贝塔请他们进屋，让他们像在自己家一样，自己激动得像停不下来似的一直说着话，卡萨努没有怎么说话。

　　丽萨贝塔带着他们参观主房，旁边还有一间用相同的干燥石头砌墙的房间，两个房间共用一条巨大的外露房梁，卡萨努没跟着他们转，他满意地坐在院子里凉棚下的桌前等着他们。

　　一些泛黄的画面从克洛蒂尔德记忆深处的雾中缓缓飘来。木楼梯下面的层板，是每个夏天她和尼古拉斯玩捉迷藏的地方；巨大的壁炉她从未见过它点燃的时刻，但她一直想象着可以在里面烤整条鲨鱼的画面；

每一层楼的每一房间的窗户都可以看到大海，妈妈总是对她喊着不要从窗户探出身去；高高的谷仓就像是一个大教堂，他们将被子、床单或毯子钉在房梁上，用来给他们和其他的堂兄弟及村里的小孩子们藏身。这里时而是他们玩闹的鬼屋，时而又是他们亲密撒娇的乐园。

　　而那些曾经的真实旧照放在相框里挂在墙上，已经二十七年了。克洛蒂尔德认得出卡萨努、丽萨贝塔、爸爸，有一些是他们的特写照，有一些是以山或者海为背景，人物很小的远景照。她还认出一张自己在洗礼时的照片，尼古拉斯在一旁说着话的样子；另一张照片上，他们两个在翻一座建在小溪上的那种热那亚拱桥。她完全没有印象这张照片是在哪里和什么时间拍的了，不过她已经不在乎了，任由激动的情绪吞噬着自己。

　　墙上没有妈妈的照片。

　　她四下寻找了一番，一张也没有。

　　然而在很多张照片里，在卡萨努和丽萨贝塔身后，克洛蒂尔德却认出了一个人，一个长着钩子一样手指的女巫，就是他们在来农场的路上遇到的那个老妇人。再往下看一点儿，她发现几张几年前寄回来的照片，有一张是她和弗兰克站在威尼斯的里亚托桥上的；还有一张是瓦伦蒂娜骑在一辆三轮车上，三个人都戴着帽子，在冬天的圣米歇尔山前拍的。克洛蒂尔德由着自己沉浸在眼前的这些照片里，一张张地看过去，像是让家族的每一代人在她的脑海里重逢。

　　丽萨贝塔催着他们赶快坐下，天色不早了。当他们重新回到院子里时，爷爷好像已经在他的椅子里睡着了。当他们全都在凉棚里坐下，卡萨努开始说话的时候，丽萨贝塔转身在厨房与露台之间忙碌地进进出出，切好面包，打开一支科西嘉葡萄酒，端出做好的猪肉，连水也倒好了。

　　这餐饭似乎吃了好久。大家过快地聊完那些共同的回忆后，谈话的主题变得像是一种稀缺资源，大家都在尽力省着用，好让谈话可以尽量持续得久一些，克洛蒂尔德没法阻止太阳落向海平面，感觉在他们桌子的另一端悬挂着一个巨大钟摆，她无法让它停下来。

请在天黑前，在那棵绿橡木下停留几分钟，这样可以让我看到你。

在天黑前……

在克洛蒂尔德站起来之前，天空开始泛红，那时丽萨贝塔刚刚将甜品收走。

"不好意思，打扰一下。"她一边含混不清地说着一边抓起瓦伦的手。

"来，不要问任何问题。跟我走，只需要几分钟时间。"

✦　　✦

桌前只剩下弗兰克和卡萨努。

丽萨贝塔少见地迅速收好了刀叉和盘子，在神秘地消失前，她给男人们留下了两个杯子和一瓶枸橼烧酒。卡萨努看着他的手表，嘴角露出微微的一丝笑容。

"丽萨贝塔二十分钟后就会回来，"老先生解释道，"你能看出来，我的妻子是一个非常棒的女主人。但是她已经准备好要离开这儿，放弃坚持了三代的，她所有的科西嘉式热情好客之道，为了不错过生命中最美好的那一部分。"

似乎这一幕对弗兰克来说不可想象。放弃这个处于科西嘉中心的海拔五百多米高，距离其他住家三公里的房子……

再加上完全陌生的生活。

卡萨努是一个很聪明的家伙，精神矍铄而且身体似乎也很灵活。是一个爱他们的人，也是一个想留下来的人，但是过去的这些年，在需要的时候做到正直、果断和强硬；用自己有力的双手筑起一个家庭，他方形面孔上可以读到他遵循的信仰，坚定的想法难以动摇。

弗兰克用嘴巴抿着杯子里的枸橼烧酒，眼睛看着距离他们五十米左右远的地方，克洛蒂尔德和瓦伦站在绿橡木下。

"我不知道她们在干吗。"他试图向卡萨努解释。

他尴尬的语气听起来像个借口。卡萨努觉得有意思。

092

"她在重新找回她的童年。或者说得更远一些，找回她的根。自从上一次见她以来，克洛蒂尔德变了好多。"

弗兰克对妻子年少时的超现实主义装扮是有印象的——刺猬一样的发型，穿得跟送葬的一样。很明显在当时，哥特范儿的叛逆少年是很难融入当地的氛围的。

"我猜是的。"

卡萨努举起他的酒杯，跟弗兰克碰了碰杯，好像这是接受他成为伊德里斯家族一分子的一个仪式。

"你从事什么工作，弗兰克？"

"我在埃夫勒上班，一座距离巴黎一小时车程的小城。我负责绿化工程的调配。"

"您刚开始是做园丁的？"

"嗯……是，之后一点儿一点儿升了职，像攀藤类的紫藤、常春藤、槲寄生植物那样慢慢往上爬……我的同事大概就是这么看我的。"

卡萨努继续看着克洛蒂尔德和瓦伦，像是在思索着什么，可能他想到了他的儿子在做草皮销售以前也是做农业研究的。这位科西嘉老人继续说道：

"你知道为什么我在差不多五十年前，给这岛上西北面的第一座营地，起名为'科西嘉蝾螈营地'吗？"

"不知道。"

"说不定你会感兴趣。科西嘉蝾螈，是一种小蝾螈，是岛上特有的蝾螈，喜欢在靠近水边的岩石下活动，喜欢在白天安静地睡觉。现在已经是受保护物种了。能看到它们出现的地方的水质一定很好，不仅如此，也说明那个地方很平静安宁，没有噪声，人迹罕至，或者可以说，达到一种平衡。我们从阿卡努营地间，再到雷威拉塔海湾，发现过上百的科西嘉蝾螈。"

"那现在呢？"

"现在它们都走了……就像所有的人一样。"

弗兰克犹豫着喝干了杯子里剩下的半杯酒。然后他决定要尝试着挑战一下这位老人家。

"也不是像所有的人一样。好像印象中有人要在那边，营地那里，建洛克马雷尔滨海度假酒店。"

卡萨努微微笑了一下，手和声音都没颤抖，很镇定地说：

"这六十年来，弗兰克，那一小块面对着大海布满小石子的土地，它的价格翻了八倍。自从说要建设滨海酒店以来，就又翻了一倍。现在每平方米要将近五千欧元。所以，是的弗兰克，人们都离开了。这还会继续下去，因为科西嘉人得不到作为居民的身份认可。对于一个有钱人来说，花上一笔钱买下滨海酒店的一套公寓，一年里只来住两个月可能没什么，可是另一边却有三十个当地的青年人没有房子住，这对他们来说太贵了！即使给他们提供一年在这个宫殿里洗十个周末的碗的工作。"

卡萨努稍稍提高了声音。弗兰克不同意老人家的分析推理。科西嘉人没有土地使用的特权。漂亮的房子，豪华的汽车，游艇和私人飞机，这令他们更加梦想拥有而不是抱怨，即使他们可能永远都付不起。正是因为他永远不能负担得起。

但是他没有进行反驳，他可不想惹自己妻子的爷爷不高兴。而且据说他是这里最强有力的人物。

他转头望去绿橡木的方向。

"克洛，你来吗？"

"好，我就来。"

地平线那边，那个大火球正在慢慢地坠入地中海。

❖　　❖

瓦伦嘟囔道：

"我们在这里干吗啊，妈妈？"

"我们再多等一会儿。"

"等到什么时候？"

"等到天黑的时候。"

压根儿就没听到女儿的叹气声，克洛蒂尔德再次慢慢地环视了一圈周围的景致。借助绿橡木根基处稍微堆高的培土，她能够以360°的视野环顾四周。

请在天黑前，在那棵绿橡木下停留几分钟，这样可以让我看到你。

写信的人正在观察着她，观察着她们，她和瓦伦？

会是谁？

会在哪儿？

从四周上百万个地方都可以看到她；大山的东部到南部形成了一个巨大的圆形剧场，从上面的任何一个点；在密林中的某处隐藏着的一个偷窥者正拿着一副望远镜。又或者偷窥者就近在咫尺，就在农庄里某间房的窗户后面，右边的谷仓、左边的棚子，又或者是散布在缓缓攀升到巴拉涅山高度的大草坪上的牧羊人小屋。

谁都有可能。

哪儿都有可能。

"我们走吧，妈妈？"

太阳彻底落到大海里去了。没戏了，偷窥者没有出现。如果他有红外线眼镜，可能还在继续观察着她们。

傻瓜！她快要疯了。卡萨努和丽萨贝塔一定在想她干吗戳在那里。弗兰克会整个晚上都跟她抱怨把他晾在桌子那里跟她爷爷待在一块儿。

"好的，瓦伦，你可以回去了。"

在山上，朝着半岛的方向和沿着卡尔维海湾，灯光开始依次亮起来。克洛蒂尔德就是一只小蚂蚁，在无限广阔的田野里，被萤火虫吓着了。一个黑影突然出现在农庄的入口处，停在那里，在消失于谷仓的阴影之前，注视着她。刚够时间让克洛蒂尔德认出就是那个女巫，那个在路边诅咒他们的老妇人，那个在照片中陪在卡萨努和丽萨贝塔身后的人。

已经有几颗星星在山顶闪耀，就好像是那些没好好排列的牧羊人小屋飞上了天。

我除了这个，没有别的请求了。

又或者你只需抬头望向天空，看看猎户座 α 星。你不会知道，我的克洛，有多少个夜晚我抬头看着它心里想念着你。

在这些星星中哪一颗是猎户座 α 星呢？她一点儿概念也没有。

有个人，在某个地方，也和她一样在真正地寻找这颗星星吗？他们想法一致，目光转向同一个方向，就像圣埃克絮佩里在寻找属于他的小王子的那颗小行星？

会是她妈妈吗？

好像没一点儿头绪。

抬起脚，克洛蒂尔德听从于理性。回去和弗兰克会合，道个歉，再说会儿话，离开，遗忘。

在克洛蒂尔德准备从绿橡木的培土上下来回到凉亭里的时候，一只狗从路上出现并闯进了院子里。在昏暗的光线下，她看不清它的具体毛色，但看得出它的体格像一只拉布拉多。没错，是一只牧羊犬……克洛蒂尔德喜欢狗，就像喜欢其他动物一样。面对它们的时候她一点儿也不害怕；如果她有另一次生命，她会愿意成为一名兽医。另外，为什么要怕这只向她跑过来的狗呢？卡萨努在他的大牧羊犬跳上她的膝盖，弄湿她的裙子之前正准备叫住它。方圆三十公里内的科西嘉人都服从于他祖父的权威，他的狗也不例外。

然而卡萨努·伊德里斯没有发出一个声音，也没有做一个动作。

就在这只狗准备接近克洛蒂尔德向它伸出手时，一个新的黑影清楚地出现在农庄大门口。一个笨重的黑影抬起一只胳膊指向牧羊犬。用这只唯一的胳膊向它发出明确的指令。

是奥索！

接下来的一秒，克洛蒂尔德听到了他的声音。

"停，帕夏。过来，到我脚边来。"

牧羊犬一个急停，没碰到她。它看起来特别温驯，加上它滑稽的眼神能将山羊们弄得团团转。然而，她的身体支撑不住了，克洛蒂尔德先是背靠着橡木的树干，然后慢慢地，一厘米一厘米地向下滑，感觉她的双腿已经不能够撑住她的身体，她坐在了草地上，浑身颤抖。

帕夏看着她，眼神中带着惊讶，犹豫着是舔她的手臂呢，还是她正好和它的鼻子处在同一高度的脸颊。

"帕夏，到脚边来。"奥索又说了一次。

帕夏。

这个名字不断地敲击着克洛蒂尔德的脑袋，这不是一只拉布拉多的名字，是一只谱系不明的小杂种狗的名字，是在她第一个圣诞节的时候妈妈送给她的。那时她还没满一岁。

帕夏。

她的狗。

在她七岁以前，克洛蒂尔德总把它抱在怀里，用小推车带它出去散步，偷偷藏起来几块巧克力或者几块糖喂它。帕夏陪着她到处去，蜷成一团睡在富埃果的后面，靠在她的旁边，就像个活的长毛绒玩具与她寸步不离，甚至在她午休和晚上睡觉的时候，也和她一起睡在床上。后来有一天，帕夏从围栏跳了出去。毫无疑问，应该就是如此。当她和妈妈从学校回来，它已经不在了。它再也没有回来过。她也再没有见过它。但她从来没有忘记过它。

奥索吹了声哨，这一次，牧羊犬最终回到了它的主人那里。

这是一次巧合吗？克洛蒂尔德强命自己理性一些控制住那些疯狂的想法。又一次的巧合？在法国应该有成千上万的狗叫帕夏吧……

渐渐走远的拉布拉多应该不超过十岁。所以它应该是在她的家人消失于那场车祸后出生的。应该大概是在这二十年后吧。为什么给它起一个诺曼底杂种狗的名字？一条在 1981 年失踪的杂种狗的名字？一条从未踏足过科西嘉岛，每年夏天都是寄养在妈妈的父母家的杂种狗的名字？一条应该是卡萨努、丽萨贝塔和奥索都不知道曾经存在过的杂种狗？

克洛蒂尔德看到弗兰克从凉亭下站起身来。瓦伦在稍微远一点儿的地方，耳朵里塞着连在手机上的荧光色耳机，坐在那段树桩上。

"我们走吧，克洛？"

有其母必有其女，卡萨努和丽萨贝塔一定会这么想。这时克洛蒂尔德的奶奶从屋里出来，像拥抱儿子一样拥抱了奥索。

"我们走吧。"克洛蒂尔德回答道。

不容易拒绝。不容易徘徊。就这样独自站在橡木下，克洛蒂尔德没有表现出对家庭的强烈情感。

我的一生就是一间暗无光亮的房间。

在《甲壳虫汁》这部电影里，年轻的丽迪亚·迪兹拥有能跟幽灵对话的能力。或许克洛蒂尔德也拥有这样的天赋？

在以前。在她十五岁以前。

但她现在丧失这个能力了。今晚她没能跟任何一个幽灵对上话。

除去和她的狗那一部分。

她的小杂种狗。

转世成为一只拉布拉多。

14

1989 年 8 月 14 日，星期一，假期第八天

亚麻色的天空

我承认，是的，我很少在同一天内给你们写两次。通常，我都是在清晨其他人还在睡梦中的时候，或者晚上藏在海豹岩洞，借着一盏小灯的微光，不惜被蚊子大口大口地吸着血的时候拿起笔来，不为别的，只为你们写，我的星际读者们。

今天早上，你们还记得吧，我告诉了你们一件大事儿，爸爸想用一场科西嘉复调合唱音乐会跟妈妈庆祝他们的相识纪念日，替代往年去卡萨帝斯特拉共进晚餐这一仪式。妈妈没说什么。一点儿都没说。这可比什么都糟糕。尼古和我也连带着受罪。

砰！第一批炮弹被投放到了美丽岛。

我给你们聊聊？

好，开始讲！整个神圣的伊德里斯家族的人们在这个下午都聚集在了卡尔维的克莱蒙梭街，这是一条很大的商业街，为……该怎么说这个呢？一场纸牌游戏？我觉得一对夫妇的生活就有点儿类似这个。一场纸牌游戏。

一场骗人的纸牌游戏。

你们想象一下一条又弯又窄还挤满了人的街道，可比在复活节的周末去圣米歇尔山更有过之而无不及。

就是在卡尔维，在今天下午。

妈妈慢慢地走着，看着，有时落在后面，有时又快速走在前，要不在前面一点儿，要不就落在后面很远。站在橱窗前的时间会比通常要久一些，但话说得少了。这个时候，爸爸在帕迪娜的坡道上，就是通往城堡的楼梯下面那里，一边晒太阳，一边尽可能和尼古拉斯一起消磨时间，朝下拍拍港口的照片，欣赏一下游艇，瞧一瞧那些意大利人。妈妈似乎被一间鞋店紧紧吸引住了，最终还是很不情愿地离开了。接着就去了在对面的 Benoa，一间卖科西嘉人衣服的商店，衣服优雅又有品位，款式还非常新颖。这些衣服的布料看上去应该很贵，穿在塑料模特的身上，还真不一定会比穿在我妈妈身上好看。

我呢，四处走走看看。耳朵里听着"治疗乐队"的歌，我跳过 *Boys don't cry*（《男孩儿别哭》），*Charlotte Sometimes* 和 *Lovecats* 两首循环播放。我不在意。我的目标在那儿，都在上面那儿。

我想我们花了有一小时才爬到城墙脚下，妈妈还是一句话不说。她发出的第一个声音还是在城堡入口处的吊桥前，在一块断言克里斯托弗·哥伦布出生在这里的石碑前（有时候他们真是让我笑得不行，这些科西嘉人）。

"你的相机呢？"

好眼力，妈妈。爸爸斜挎在肩膀上的包开着口。他的脖子上也不见柯达相机的踪影。爸爸一边支吾着，一边傻傻地向下面的帕迪娜坡道上看去。

"糟了。"

我喜欢爸爸，可他从今天早上以来各种犯错。妈妈耸了耸肩，爸爸赶紧向下跑去，眼睛盯着下面的游客，看看他们中是否有个人弯腰捡起一个黑色的东西来。妈妈没有等他，向石拱门下面走了一步，在城堡的入口那里转头看着我说：

"克洛，你一直想去 Tao 的吧？那走吧。"

她向前走去。

那就去 Tao，走吧！

这个时候，我的读者们，你们一定一头雾水不知 Tao 为何物吧，那好我就用个小注释框说两句：Tao，一家餐吧夜总会，位于卡尔维城堡的最高处。巨出名！巨潮！人巨多！我知道你们会问：因为什么破缘由我这么想来 Tao 喝一杯石榴汁或一杯薄荷水？

回答一：因为所有来科西嘉度假的，最可爱的，最有钱的小浑蛋都在那里？

回答二：因为世界上最伟大的歌手雅克·伊热兰在这里为他的朋友写下了世界上最美丽的歌曲 *La Ballade de chez Tao*？

好吧，我让你们来猜一猜。

去 Tao 吧！

当爸爸气喘吁吁地回来的时候，我们已经坐在一张小圆桌前的红色人造革的椅子上了。

"找到了吗？"妈妈问道。

她要了一杯椰林飘香鸡尾酒。

"没有，一点儿线索也没有……"

这时，正常妈妈会说具体什么牌子的相机，哪年哪月人家送给她的，大概值多少钱，寄托了多少情感在上面，在妈妈的脑子里像是有一个有关这件物品的条形码似的。

这次尼古拉斯出声了。

"你确定它不在你的背包里吗，爸爸？"

爸爸赶紧在他背包里找起来，将桌子上的杯子向前推了推，把包里乱七八糟的东西都拿出来摊在桌子上，钥匙、笔、一本书、交通卡、香烟、一个塑料袋，一直掏到包底……相机出现了！

"它一直在你包里？"

妈妈也不提了。

"我说，这也太乱了。"

爸爸开始装包……妈妈像个机器人似的将散落在桌子上的物品进行

分类，钥匙和一些其他物品什么的，直到很惊讶地在一支防晒霜和一副太阳眼镜间看到一个塑料袋。

一个 Benoa 的袋子。

妈妈打开包，细致地打开里面的盒子，惊讶地在里面发现了一条短裙，深 V，露背，黑色的布料上印着十几朵红玫瑰。正是她为之驻足的那件！爸爸甚至还在盒子里藏了相衬的红宝石色的手镯和项链。

"这是给我的吗？"

当然是给你准备的啦，妈妈！爸爸这一手玩得真溜啊，佯装弄丢了他的柯达相机，然后跑去买这条裙子。

妈妈飞快跑去洗手间换上新裙子出来，精致的黑色肩带在她的古铜色的皮肤上隐了形；胸部、髋部、臀部在这轻薄的布料下完美凸显，材质应该是乔其纱的（即使是名字如此俗气的布料，一旦穿在一个性感的女人身上，也会变得如此动人），连 Tao 里的服务生路过也回头看她，身材姣好的女人穿着超级迷你的裙子肯定是吸引眼球的。我哼着 Tao 的口号，经由伊热兰创作的神奇旋律成了一首颂歌。

今天就让我们快乐地生活，明天就太晚了。

在妈妈交叉着双腿坐下来之前，她动动嘴唇只说了声谢谢，都没有在爸爸的脸上亲一下，也没有一句"你真是我的宝贝""你刚才特别留心看到我了吧"。

佩服！

帕尔玛妈妈，镇定自若。

完全地自我控制。

如果换作我，一个男人对我做同样的事情，我立马就感动得崩溃了，就算之前他对我做过什么不可原谅的事情我也会跳起来搂住他的脖子。但妈妈她不会，她只是用眼睛快速地扫了一下贴在吧里的音乐会海报，目光在"A Filetta"的七位主唱身上稍做停留而已，他们身穿黑色衬衫，手放在耳朵上。

完全地自我控制。任他人望眼欲穿。

任他人抱有希望。似露非露，大腿上面一点点，胸口开低一点点，保持手是热情的，头脑是冷静的，情感是冰冻的。从来不会全部献出。从来不会。从不会真诚奉献。强迫别人付出的……总是更多。

一对夫妇的生活，一场扑克游戏。

哦，我未来的读者们啊，我是玩不了这种手段的！我会被任何一个看上我的帅哥掌控。我不是那种很有自信的女孩子，没有信心能像控制提线木偶那样把那些男生玩弄在股掌之间。

我没遗传帕尔玛妈妈这种天赋，或者像玛利亚·琪加拉那类的女孩子，哦，我要跟你们讲讲她了，有些新情况发生……

我爱爸爸，特别是在这次 Benoa 裙子事件后，我更爱他了。

但是我仰慕妈妈……但是你们不能说出去哦，保证哦？

如果她有一天读到这里，我会感到非常惭愧的。

那么我给你们透露一下我的预言，关于 8 月 23 日晚上圣罗斯节的，就是现在。

去听科西嘉复调合唱音乐会还是去卡萨帝斯特拉晚餐？

我把赌注都放在帕尔玛妈妈身上！

☙ ☙

他举头望向天空，凝视着星星。

当然！当然，如果帕尔玛·伊德里斯赢了，所有都将如此不同。

15

2016 年 8 月 15 日

下午 3 点

　　卡尔维没有变化，最初克洛蒂尔德是这么想的。同样的花岗岩城堡统领着海湾，同样的村庄依靠着巴拉涅，同样的火车连接着海滩与鲁塞岛。

　　只是来卡尔维的游客比她记忆中的要多了许多。

　　隐蔽在密林中的科西嘉蝾螈营地，大山深处的阿卡努农庄与水边拥挤的人群；超负荷的停车场里，那些家庭在下定决心停到更远的地方然后再走回来前，来回绕着圈；小路里涌动的人潮像是流动的熔岩，从城堡向着岸边，向着露天咖啡座，向着海滩流去；记忆与现实间的对比是如此惊人。即使接待了上百万游客，也不会影响那些保护区域的宁静与安定；即使是如此凶猛的夏季入侵，也不会让卡萨努以及其他热爱科西嘉之自然生态的人担忧。因为人们总是喜欢凑热闹，哪里人多，大家就都只去哪里。

　　平常，克洛蒂尔德不喜欢人多的地方，但是在这个下午开始的时候，她却觉得很安心。数量众多反衬默默无名。嘈杂反衬寂静。

　　自从昨晚开始，她说了好多话，谈她自己，谈他们。

　　先是和弗兰克，在回去的路上一直讲到回到科西嘉蝾螈营地。克洛蒂尔德很不喜欢他那种胜利者的笑容。承认了吧，克洛，你和瓦伦白白地在绿橡木下站了那么久，还把我一个人撇在那里陪你爷爷，结果没有人来吧。那个给你写信的神秘家伙把你放鸽子了。

唉，是的，弗兰克，是的，你继续……没有飞碟落在农场的院子里，也没有鬼魂从地底下飘出来，什么都没有，没有，只有我和女儿面对着空空如也的大山。

所以，克洛蒂尔德也不敢再跟他提及困扰她的一个新的巧合。她也无法给出合理的解释。

帕夏。

奥索养的狗的名字。

也是她的狗的名字。那个儿时陪伴她的狗的名字。

如果一定要她顺着理性思维的线索思考下去，而且没人跟她唱反调说"这是不可能的，我的老人家"，在十多年前就有人这么叫这只狗的话，那这个人一定是认识之前那个帕夏的人，一定也是曾经喜爱过它的人，一定也是为它的失踪哭过的那个人。既然不是她自己，唯一让人承认的解释就是……

就是她的妈妈给这只狗命名为帕夏的。

那也就是在不足十年前，车祸发生后的二十年后，她离开后的二十年后。

这是不可能的，我的老人家！

弗兰克将车停在营地的围栏外面，把克洛蒂尔德紧紧搂在怀中好一会儿，拥抱着她，亲了亲她的脸。她觉得这些动作一点儿都不热烈不深情。就像是一场网球比赛结束时，双方选手间例行公事地表示互相尊重的拥抱而已。难道他们两夫妻之间的关系已经简化成为一场比赛了吗？一局下来，弗兰克比分为零。

如果说克洛蒂尔德讨厌弗兰克的这种"屈尊"的礼貌，好像是老板在跟职员打招呼那样，那么今天早上在营地里见到赛文·斯皮内洛时，他的笑容更令她反感。她跟他讲话的时候，他正在贴一张关于在奥赛吕西亚海滩举办一个"八十年代"晚会的海报。

"我请你喝杯咖啡，克洛蒂尔德？"

不用了，谢谢。

"你女儿可真漂亮啊，克洛。"

蠢货！

"她让我想起你的妈妈，她遗传了她高雅的气质，她的……"

再多说一个字就……

克洛蒂尔德保持着冷静。这要多谢她身为律师多年来的职场历练，她曾经一点一点地学习如何控制住自己的冲动，去迎战最糟糕的诉讼案件中最艰难的那几分钟，在遇到一个没有诚意又过分防备的客人时，却无论如何还是要为他辩护。克洛蒂尔德为了获得更详细的信息去找赛文帮忙。在这里无须重述，营地老板非常专业地为她提供了详尽的信息。是有关奥索的……

奥索是个孤儿。他妈妈是个单身妈妈，她在过度劳累和孤独及羞愧中死去。他是由外祖母斯佩兰扎抚养长大的，就是昨天在去农场的路上遇到的那个一身黑衣的老女巫。斯佩兰扎一直在阿卡努农场做事，负责收拾家务和做饭，照料牲畜和采摘栗子。她几乎已经是伊德里斯家的一员，奥索就在她身边长大，在阿卡努。

克洛蒂尔德从记忆的最深处汲取儿时的回忆，终于她回想起那些她与尼古拉斯在农场里度过的日子里，一直有个影子跟在他们后面，端盘子、扫地、收拾玩具。她还想起一些更细致的情景，有一个几个月大的婴儿，几乎一直都是一动不动的，被安置在绿橡木的树荫下的一处小园子里，被丑丑的长毛绒玩具和脏脏的脱了色的塑料动物玩具围着。一个不出声的婴儿，瘦小又奇怪。

是奥索吗？

这个孱弱的新生儿后来长成了一个巨人，一个能吃的家伙，一只大熊一样的人？

他十六岁的时候赛文雇了他为营地干活儿，因为别的地方没人愿意要他，特别是学校。因为仁慈，因为对卡萨努的友谊，因为怜悯，是的，如果你愿意这么认为，克洛，因为怜悯，没错完全就是因为怜悯，如果我们非要下个定义的话。

就是因为怜悯。

蠢货！

克洛蒂尔德再没有力气去把从她大脑里蹦来的粗口换个花样儿了，她的大脑已经处在饱和状态了，那些惊人的清晰回忆在每一个转弯处、每一次见面、每一次谈话中重现，都与自昨天以来的生活发生碰撞，似乎一个不可告人的真相被隐藏了起来，一个在 1989 年，在她十五岁的时候，无法猜到的真相。

二十七年后，她拖着沉沉的脚步走在克莱蒙梭大街上。卡尔维的主商业街上挤满了人，令她感到平静。她的眼神在 Lunatik 鞋店的橱窗里是那么不知所措，流连徘徊在 Mariotti 首饰店的项链上，在 Benoa 店的裙子上。在面纱被撕开，记忆的胶片在眼前清晰呈现之前，其他的画面渐渐浮了出来，某一个曾消失的记忆模糊地出现了，印象中好像曾经生活在同一个场景下。在卡尔维的街道上，曾经她妈妈也和她今天一样徘徊在这里，在那些店铺前，她的爱人送了她一条带有红玫瑰的黑色裙子和让她闪闪发光的红宝石珠宝。

这些珠宝正是在发生车祸那天她所佩戴的。

克洛蒂尔德今天思量的都是她爸爸的所作所为，为他的妻子提供了一套赴死的礼服，还有与之相配的首饰，这最诱人的部分应该要留给那最后的爱的眼神。这不正是最好的爱情证明吗？一起挑选赴死的礼服就像人们选择自己的结婚礼服。

由于在 Benoa 店前驻足流连，瓦伦赶了上来。对她来说本就很少逛店，跟女儿一起逛更是少之又少。但多亏假期自带的神奇时间暂停功能，她重新回到一段和女儿一起的时光，她俩的眼睛一起盯在了一条深灰色的粘纤面料的裙子，像是很有默契地不带上家里的男人似的，弗兰克，他自己一个人在十米处高的圣玛丽教堂，靠在教堂前广场上的围墙那里等着她们。像如此按性别分头活动，在这个家里，出现的时候真的很少，比如爸爸带着大儿子一起踢足球，妈妈带着小女儿去逛折扣店。至少独生子女家庭有这样的优势，克洛蒂尔德心想，让这种有害的性别均等变得不可能。

游客们像水流涌上城堡的斜坡，寻找着遮阴的地方。从 1989 年夏天开始，尽管来的人很多，可是没有人想到可以安装一部电梯。通过吊桥，克洛蒂尔德正犹豫着要不要建议弗兰克和瓦伦蒂娜去 Tao 喝一杯，但她立刻发觉这是个可笑的想法：按着她自己的青春脚步所走的朝圣之路是有局限性的，瓦伦肯定从来没有听过伊热兰的歌。克洛蒂尔德情愿迷失在城堡迷宫般的街道中，直到遗忘弗兰克。

发了七条信息，过了九分钟后，他与她们在阿坎德拉的露台会合了，这是一个绿树成荫的小广场，透过橄榄树的树叶缝隙，可以看到港口那边的全景。当克洛蒂尔德望见弗兰克时，他正走到杜塞尔塔前的城墙边，一只手笨拙地在往身后藏一个 Benoa 的袋子，在那一刻，她遗忘了那群在她身边跳萨尔萨环舞的恶魔。弗兰克往那家女装店跑了个来回，海拔两百米的距离。就像她父亲曾经做的一样！

自己在青少年的时候，并没有想明白，自己到底是为爸爸细致入微的观察感到骄傲，还是仰慕妈妈在最后时刻高超的处理手段，抑或是妒忌像一顶大帽子似的在心里留下阴影。她现在想起，她一直梦想能经历同样的场景。成为一个爱开玩笑的男人的"受害者"，貌似也不是那么糟糕的一件事。至少弗兰克还会不时地给她制造些这样的惊喜。

如何维系夫妻感情？秘诀一，夫妇中一方知道如何去给另一方制造惊喜，克洛蒂尔德想道。

尽管弗兰克的惊喜没有爸爸以前做得那么保密，表演得不够逼真，也少了些创造性。他没有给自己的匆匆离开做必要的掩饰，而且只是把 Benoa 的袋子很随意地藏在背后。

如何维系夫妻关系？秘诀二，不要太挑剔。

弗兰克将石榴汁往后推了推，将袋子放在桌子上。

"给你的，亲爱的。"

他说的亲爱的，袋子推过去的对象，是瓦伦。

"我知道这肯定是你想要的，小美人儿。"

彻彻底底的失望。城堡的上空将迎来一场狂风暴雨，所有停泊在港口的游艇都将被海啸卷走，狂风会吹倒海滩上的遮阳伞和旗子……

这个浑蛋。最坏的浑蛋！

克洛蒂尔德默不作声在心里咒骂着，瓦伦从卫生间换了衣服出来，深灰色长裙就这样匆匆被套在泳衣上面，性感，贴身，完美！

"谢谢你，爸爸。我爱你。"

瓦伦认真地拥抱了一下爸爸。克洛蒂尔德强忍着胸中的怒火。他们应该生两个小孩儿才对，一个小孩儿真的是胡扯，是给两夫妻下的套。对，应该生两个，一人一个才对。

被自己的女儿给刺激了，她的情感直接触底。

××的生活！我要杀人了！

瓦伦站起来靠在栏杆上，以身后卡尔维熙熙攘攘的海滩为背景，举起相机。来一张会令她的闺密们恨得牙痒痒的自拍！来自我亲爱的爸爸的礼物。

这不是真的！ ××的生活，××的生活，××的生活！

弗兰克这个不懂人情世故的家伙还继续跟女儿笑着，他把手伸到桌子下面像是在轻轻挠屁股。

他又拿出了另外一个 Benoa 的袋子。

"这个是给你的，我亲爱的。"

这个浑蛋！可爱的浑蛋！

当然，弗兰克还没有达到爸爸以前的水平，假装丢了相机，但是他这分两次的表演还是很成功的。

克洛蒂尔德感到一阵天旋地转。为什么她会如此脆弱，容易受伤？

不要太挑剔。

这令她变得甜美，湿润，感性。

毫无克制地拥抱了她的男人。

不要太挑剔……

有一个小小的声音在她耳边重复着，所有的一切都如这已过去的二十七年一样继续进行着。同样的地点，同样的故事，同样是一家人的场景。这条她的丈夫刚刚送给她的裙子，就像是爸爸曾经送给妈妈的那条……说不定她也是穿着将赴死的裙子。

几小时以后，他们回到了科西嘉蝾螈营地，她一个人待在卫生间，没有奥索在洗抹布，也没有小年轻在里面吵嚷着唱 RAP，她套上这条深灰色的粘纤材质的裙子看着镜子中的自己。结局是无法改变的了。如果穿上这条裙子意味着这是她生命的最后一天，她也不可能像她妈妈一样那么性感地死去。

不够丰满的胸部撑不起这有弹性的织物，不够圆润的髋部无法展现衣服的线条，拖到膝盖的裙摆显得腿不够长。

她最终也没能够长到和妈妈一样高。

而弗兰克也没有她爸爸高。

他们离得过早，还没来得及把她养大。就是最纯粹意义上的养大，长到他们那么高。

为什么？

他们为什么死了？

或许明天就能知道了。

凯撒尔·卡尔西亚，不愿跟她在电话里说起任何事情，明早在家等她。"既然你已经等待真相等了二十七年，克洛蒂尔德，"他在挂上电话前说，"那就无所谓再多等几个钟头吧。"

16

1989 年 8 月 15 日，星期二，假期第九天

天空蓝得像搁浅的水母

喂，喂？这里是阿尔卡海滩，在线直播。

每个人都披着浴巾。

我的浴巾是黑色加火红色的，上面还点缀有漂亮的整齐排列的白色十字架，我告诉你们，我看到了一条重金属乐队"Master of Puppets（木偶大师）"主题的浴巾，真是重大发现！尼古的是一条底色鲜红带有黄色法拉利徽章的浴巾，差不多和玛利亚·琪加拉那条一样老掉牙，橙色的落日辉映下，有一棵棕榈树和一对赤身缠绕的恋人，像是一幅皮影画。赫尔曼的浴巾摆在尼古和琪加拉的浴巾之间，是一条黑白色的浴巾，一个巨大的字母 B 和一个不知该咋读的名字占满了整条浴巾——Borussia Mönchengladbach。真醒目啊！但是我们没法将它从独眼巨人身边抽走，他的反应和动作都很快，他可不是唯一一个想将浴巾摆在意大利美女旁边的男生。海滩上的浴巾游戏，就像在教室里的占座游戏一样，互相推搡着冲进教室找到好的位置，坐到满意的人旁边。

我才不在乎这些呢。像通常一样，我会往后退，在海滩更高处，在海岸松的树荫下，膝盖和屁股都被大大的 T 恤衫遮盖起来。从那里，我俯瞰整个海滩，可以分辨海水蓝色的细微差别，可是当我们跳到海里它就变成透明的了，还有在深蓝色的海中，漫布的无与伦比的绿松石色的海草群。

如果我目光转向雷威拉塔角，还可以看到三天前被炸的洛克马雷尔滨海酒店的废墟。仍然没有关于爆炸的调查结果，我遇到了好厨子奥莱丽娅，警察的女儿，她也没有任何消息。此外，她还是像平时一样让我恼火，穿得严严实实的，还一副高高在上的样子在海滩上溜达着。我讨厌别人以为我们是一类人。就像我和这个女孩儿有什么共同点，她在海滩上走着，好像轮到她巡逻执勤一样，好像海边归她管一样，好像浴巾铺在沙滩上有时间限制且由她控制一样，她要去检查孩子们离开之前是否重新堵上了沙子城堡的洞，她用她猎豹一样的眼睛监视着每个人，然后再去向她父亲汇报。

我才和她不一样呢，我保证！我和奥莱丽娅是完全不同的两种人，你们说是不是？

我不评判别人，我不。

我不指责别人。

我只是分析，学习。我以收集那些对我来说还是禁区的信息资料为乐。

我存着这些信息，这些推测，为将来，为我长大以后。

正对着我的玛利亚·琪加拉将她焦糖色的皮肤在她橙色浴巾上翻了个面儿，闭着眼将手伸向赫尔曼，装作好像她并不知道自己旁边是谁，也无所谓是谁的样子。她手里拿着一支防晒乳。说也没说一句话，看也没看一眼。就一个动作，明确指示，解开她背上的泳衣，让她大大的胸部贴在浴巾上，乳头埋在浴巾里。这完全跟我妈一个样，她这时正待在较远的地方，和其他一起来露营的朋友在一起。父母在一边，孩子们在另一边，这是海滩上的一条定律。

帕尔玛妈妈一如既往地带着她的大包，一瓶 Contrex（康婷）矿泉水，一本去到哪里她都带着的厚书，她应该读到第十二页了，我看到过的，她的书签一个星期以来都没挪过位置。

爸爸没在海滩上。他不喜欢这儿。他应该在阿卡努，和他的爸爸、亲戚、朋友们，都是科西嘉人在一起……尽管如此，前几年他也曾做出努力将脚放进沙滩里，和尼古一起打排球，和我一起建沙子城堡（好吧，是的，没错，这已经是好久以前的事情了），然后头昏了，握着妈妈的手睡了一个钟头。

这个夏天不行！爸爸和妈妈继续为要不要在圣罗斯节这一天去听那个复调音乐会而争执，好像他在抱怨妈妈，妈妈一直也不理解他。如果有一天我有一个恋人，我可不想像他们两个一样这么耗着。

我转过头去，海滩就像一个剧场，在一万平方米的大幕布上，上演着百十号不同年龄不同肤色的演员的故事……

我的目光停在了一对年轻的夫妇身上。两人共用一条浴巾。

我将来要像他们一样！

这对夫妇也像其他十几对一样。拥有幸福，也不是很难啊！只要到了二十岁，每个人都会尝到幸福，你们同意吧。只要是赤裸裸的美，在每个人二十岁的时候几乎都会遇见幸福，特别是在皮肤晒成古铜色的时候。一个女孩儿和一个男孩儿，互相盯着对方看就像照镜子似的，手牵着手，互相抚摸，在他们其中一个起身去洗澡的时候，另一个会看着他的屁股，互相调笑，大笑，开始有些朦胧的感觉，千万不能破坏它，因为这是最美好的时刻，也因为它一去不复返。所以只管尽情享受，尽情爱恋，尽情相爱吧。

我的目光继续往海滩上方看去，像是穿越时间的界限。

我找到了我想要找的，一对三十岁左右的夫妻。

他看上去不错，热爱运动的样子，他那两个戴帽子的小屁孩儿，一个两岁，另一个四岁，挖出个巨大的沙子泳池，他几乎全被埋在了里面，只露出手脚。看样子他很享受，比那两个孩子玩得还高兴。她在看书，心不在焉地读着，时不时地抬起头来看看，一脸幸福的样子。她调整了一下金发的小家伙下巴上的弹性帽绳，给一瓶水拧上奶嘴，赶走苍蝇。

她保持着警惕。

一个小小的动作都让人觉得很性感，让人感觉到她已经成为她想要的，得到她想要得到的了。高潮。顶峰。

她留神守护着。

因为她所拥有的这一切，忠诚的丈夫，良好教育的孩子，保持得很好的身体，她想要守护这一切。

就好像这一切是永恒的！

你做梦去吧，老女人！

我再次移动我的目光，艰难选择着，看向几米外更远的地方。

他们四十岁左右，也可能五十岁左右。

她在看书，真的在看，非常专注地在看。这本厚厚的书没剩下几页了。他在她的身边，无所事事的样子。其实他长得还不错，很高大，头发有些花白，眼神坚定有力。他四处张望。海滩这个地方从不缺少吸引眼球的美景。

我又找了一对夫妻，同样年纪的，但夫妻两个人正相反。他侧躺着，背对着太阳，趴在遮阳伞的下面，稍隆起的肚子像放了气的气球摊在身下。她在他身边，仍然很漂亮，却带着烦恼。她身材纤细，很有气质；化着妆，很精致。她看着别处，目光落在远处嬉闹玩耍的孩子们身上。她自己的孩子肯定已经很大了，或者还没大到能给她生孙子的。她觉得很烦恼，也只能这么等着，或许等待一生。

人生的下坡路还有很长啊，这位大妈。

时间在我的游走的目光中消逝。花了好长一段时间才找到一个我一直在寻找，却极少有的样本。

他们应该有七八十岁了。我听不到他们在说些什么，这是肯定的。他一定是在问她热不热啊，而她在问他要不要看她的书，要不要她的眼镜、她的鸭舌帽。然后，突然，他们都站了起来。

我不喜欢他们光着的身子。如果换作我，当我像他们一样，满身都是褶子，骨头突出得快要扎破皮肤，肉重得都贴着下巴、脖子、肚子以及在屁股上挂着，那我还是藏起来不要见人好了。

我的手在 T 恤下面扭着。

这两位老人让我钦佩，他们牵着手走进水里，毫不犹豫，甚至在海水的拍打下也没有哆嗦不前，还时不时地边走边亲吻对方，向帆船的那边动作一致而灵活地游去。

——你现在盯着老人看啦？

我抬起头。

是赛文，赛文·斯皮内洛。他穿着沙滩裤，花衬衫，篮球鞋。他也是个我从来没见过穿泳裤的人。有一次我听他炫耀说，沙滩整年都是属于我的，所以夏天我就把它送给狼獾用吧。

他待在这儿多长时间了？他在这儿观察我多长时间了？除了我，还有我妈妈，其他妈妈，其他孩子？我抬头望向海滩，好像被抓了个现行，能将刚刚的所见都像倒带一样倒回去回到最初的时候似的。

那三条奇丑无比的浴巾。

尼古拉斯依旧仰躺在法拉利浴巾那匹立起的马身上，戴着太阳镜，没抹防晒霜也没戴帽子，好像不在乎太阳光会给他那肌肉发达的漂亮皮肤造成损伤。玛利亚·琪加拉依然弓着背，享受赫尔曼给她温柔地涂抹防晒霜，眼睛却专注地看着稍远处，那儿有一群半裸着打沙滩排球的男孩儿，怀着医生梦的艾斯特凡、奥斯卡梦的马格纳斯，还有航天梦的菲利普。年轻的德国小伙给漂亮的意大利姑娘的后背上一遍遍地抹着防晒霜，都抹了五遍了，正在犹豫着要不要冒险尝试一下其他的地方。手指渐渐地沿着泳裤金黄色的包边，接近压在解开的泳衣上的胸部边缘。

可怜的小独眼巨人……

我觉得现在是时候跟你们好好八卦一下玛利亚·琪加拉是怎么样的一个人了。

你们会喜欢听的！

❧　❧

他合上日记本，任手里攥着的一把阿尔卡海滩的沙子从指缝流出。毕竟，在这个犯罪现场读这本日记是合理的。因为所有的一切都是从这里开始的，在那一天。

　　不可否认的是，克洛蒂尔德拥有极强的描述感受的能力。对于十五岁的她，这种能力是非常令人震惊的。感觉这个故事不是她写的；或者是她写的，但，是很多年以后，带着一定的距离感和成熟度写的。又或者是她的故事被重新编写过，像是一张重新修饰过的旧照，尽管上面没有一丝修改的痕迹，尽管上面的新墨水和其余的墨色一样已经干掉。

17

2016 年 8 月 16 日

11 点

"19 号，康夫雷利大街。"凯撒尔·卡尔西亚在电话里明确地说道，"在卡伦扎纳教堂的后面。你不会找错地方的。"

奇怪。19 号，圣路易斯大街上一座破旧的门面，黄色的石膏都剥落了，露出密封不牢的灰砖留下的洞，镂空的窗框被打了孔的百叶窗钉上隐藏其后。

"进来之前不用敲门，"这位退休警察加上一句，"我听不到的。推开门，穿过房间，不要过多关注我家里乱七八糟的样子，我在后院等你。在泳池里。"

泳池里……

克洛蒂尔德想象着一栋豪华大别墅，在一个小村庄高处，有大大的阳台，可以晒日光浴，还有遮阳伞和躺椅。有点儿像一路上到处都挂的那个广告那样，广告上说第二天晚上在奥赛吕西亚海滩的 Tropi-Kalliste 夜总会将有一场主题是"八十年代"的音乐会。

克洛蒂尔德重新集中注意力，推开门，穿过两个又小又拥挤的房间，一个脏兮兮的厨房散发着烤猪肝香肠的味道，一个客厅几乎完全被一张破烂不堪的，再也变不成沙发的折叠沙发床占据了。在房间的尽头，通往花园的门上飘着被扯坏的帘子，克洛蒂尔德带着些许的厌恶将它们扒开，就像去掉家具上的蜘蛛网一样。

"进来，克洛蒂尔德。"

克洛蒂尔德低头看向声音发出的地方，声音好像是从下水道里发出来的一样。

这个花园比她刚刚经过的房间还要狭小，由三个木栅栏围起来一块水泥石板那么大点儿地方，三步就走到头儿了。在水泥板的中间有一个直径一米的洞，一口井的大小。凯撒尔就泡在里面，只露出他公牛一样健壮的肩膀、粗壮的脖子和戴着一顶"97环科西嘉岛"鸭舌帽的脑袋。

这是游泳池？

只是一只河马被困在干涸的洼地罢了。

"过来，拿把椅子坐过来，克洛蒂尔德。在这个讨厌的太阳还没落到我花园后墙以前，我是不会从我的水洞里出来的。"

她坐在一张塑料椅子上。

"我像是一条抹香鲸，"这个警察继续说道，"一条搁浅的鲸。只要温度超过25℃，我就需要补充水分。尽量保持不动，否则我会死的！"

克洛蒂尔德将信将疑地看着他。凯撒尔的手指放在水泥圈的边上。

"这是量身定做的，我的美人儿，完全按照我的身材大小挖出来的……啊，是的，小美人儿，卡尔西亚警官自从与你上一次见面之后又变重了。"

她仅仅微笑了一下。是的，她还记得。当然，这儿的每个人都叫他凯撒尔·卡尔西亚警官，没有人按照他真正的级别称呼他。上尉？中尉？军士？

"你能来很好。"

"我不确认是不是好……"

"其实，我也不确定……"

谈话开始得还不错。接着凯撒尔没再说一个字，他貌似在他的浴缸里睡着了。其实这只是这头象海豹老土的诡计，他等着克洛蒂尔德主动开口。

如果这就是他想要的话……

"凯撒尔，您女儿还好吗？我见到她时觉得怪怪的。我印象里的奥莱丽娅一直是她十七岁的时候，现在她已经四十多岁了吧。她正好大我两年。"

"她挺好的，克洛蒂尔德。她挺好的。她结婚了，你知道吧。已经好几年了。"

她结婚了？

是怎么样的一个人愿意接受和这样一个令人扫兴的女人共同生活呢？

还已经好几年了？

可怜的家伙！

"她有孩子吗？"

抹香鲸给他变红的脸颊上拍了点儿水。

"没有。"

"很遗憾。"

"是啊。当不上爷爷这事儿真令我郁闷。"

凯撒尔挺直了一点儿身体，水位线降到了他的乳头下方。克洛蒂尔德想他应该是坐在水下某种梯凳上，这样他可以将屁股一阶一阶抬起来。

"那么，凯撒尔，您的大秘密是什么？"

凯撒尔花了很长时间仔细观察着他那袖珍的小院，栅栏，敞着的大门，随风飘起的门帘，好像本土警戒局①在他家里安装了很多窃听器。

"你知道吗，宝贝，你真是漂亮极了，克洛蒂尔德，从你回到岛上之后，我想我不是第一个这么跟你说的人吧。其实在以前那个时候，你已很引人注意了，只是你自己还不知道。一个女孩儿的娇媚可爱，就像是一种幸福、神迹、护身符和其他那些让人向往的东西。心甘情愿地相信，盲目地相信，就像相信那些能蹚火而过又不会受伤的江湖骗子一样，如果你明白我讲的是什么意思。"

克洛蒂尔德丝毫没有想掩饰自己的不快。她晃着手就像在驱赶一只

---

① 法国反间谍机构，属国家警察总局。

看不见的苍蝇，然后站起来沿洞边走到了警官的身后。

"您为什么叫我到这里来，凯撒尔？"

被卡在圆洞里的他只能听到克洛蒂尔德的声音，猜测她的位置，她的细细的影子已经足够盖住水面上反射的太阳光了。他试图扭转身体，又放弃了。

"克洛蒂尔德，你还记得吗？那个时候是我在负责事件的调查。我一个人负责。压力非常大，你要相信我。一个夏天里有三个人死亡，就算是那些像疯子一样开车的科西嘉人也很少发生这样的事故。非常少。别忘了你爸爸可不是随随便便的一个无名小辈。他是卡萨努·伊德里斯的儿子。我不知道你是不是能想象。那个时候卡萨努拥有一半的城镇，科西嘉的城镇，你知道的，这些可是要比非洲大陆上的城镇大得多，它们通常都是从山脊线一直延伸到地平线，冬天可以高山滑雪，夏天可以海上滑水的地方。"

克洛蒂尔德很干脆地打断了他。

"那是一个意外，不是吗？"

"是的，那当然是一个意外。一个令所有人都高兴的意外。"

突然，他站起身来。借助于一个浇筑在井内壁的梯子他爬出井来，肥胖的身体将带出来的水花溅了一水泥地，井里的水面也急速下降，好像都快干了。一条超小的红色三角裤隐藏在他肚皮的赘肉之下，就好像他把一条丁字裤穿颠倒了，三角裤遮羞的那部分在屁股上，其他地方就靠一条线了。身上也不擦干一下就进了屋，屋里发出他一边挪动家具，一边嘟嘟囔囔的抱怨声，"奥莱丽娅又把那该死的文件放哪儿去了？"几秒后他再次出来，一件浴袍敞在身上，手拿一个硬纸板文件夹。他拿了把椅子拖到栅栏的阴影下，将文件夹交给了克洛蒂尔德。

"打开它。"

克洛蒂尔德将文件夹放在膝盖上，打了开来，翻开文件的第一页。

一个名字。一个登记号。一个出生日期。

富埃果，型号GTS·1233 CD 27，上路时间1984年11月3日。

一些汽车残骸的照片。

彩色的。

敞开一个大洞的车顶。被烧焦的轮胎。还有碎玻璃的特写照。

克洛蒂尔德屏住呼吸控制住一阵反胃的感觉。

"继续，克洛蒂尔德。继续往后，我给你解释。"

后面还有很多页。

被血染红的岩石。岩石上躺着三具尸体。血淋淋的。到处都是血淋淋的。

另外一页上。

一个名字，保罗·伊德里斯，1945 年 10 月 17 日出生，1989 年 8 月 23 日死亡。

又是十几张照片，是之前照片的细节部分的放大，肿大的脸部，扭曲成直角的手臂，不对称的躯干，被压碎的心脏。

再另外一页纸上，尼古拉斯·伊德里斯，1971 年 4 月 8 日出生，1989 年 8 月 23 日死亡……

克洛蒂尔德看不下去了。她把反上来的胆汁强行堵在喉咙里，试图低头继续看，却突然冲到圆形泳池那里，双膝跪地，都快将肠子吐出来了。

凯撒尔递给她一张纸巾。

"对不起。"克洛蒂尔德道歉道。

"你的确应该道歉。今天天气预报 37℃。帮我维护泳池的人员度假去了，直到 8 月 21 日才回来。"

克洛蒂尔德的目光落在了沙展肩上扛着的捞树叶的网兜上，它刚才是靠在栅栏边上的。

"没事儿，克洛蒂尔德，我乱说的，我不介意啦。是我的错，但我想让你一直看完……看到……"

"看到妈妈的照片？"

凯撒尔摇摇头。克洛蒂尔德还是跪在地上，抬起眼睛看着警官，就像玛利亚·玛德莱娜出神地看着复活的耶稣一样。

"妈妈没死，对吗？"

她之前就猜到了。这很明显。所有的迹象都是那么明显，那么集中。那封信里也明确提到了黑房间，奥索的抹布，被命名为帕夏的拉布拉多。这么多神秘的事件都指向她妈妈的出现，她就在这里，她还活着。凯撒尔·卡尔西亚知道解决这个不可能方程式的关键点：帕尔玛妈妈是如何在车祸中生还的？

"我妈妈她没死？"她重复道。

凯撒尔看着她，仿佛她在诅咒。

"你说什么呢，克洛蒂尔德？（他一副真心悲痛的表情）你千万不要有这个想法，可怜的姑娘。在这点上没有什么可怀疑的，你妈妈她确实是在佩特拉·科达峡谷，和你的爸爸、哥哥一起离开的。你亲眼看到了一切。你和我一样也看到了他们的尸体。这和见证其他十几次事故一样，是我一生中最糟糕的经历。不，当然不是因为要跟你宣布你妈妈死而复生这个消息而要你来我这里的。"

克洛蒂尔德紧紧闭着双唇，为了不让自己崩溃和哭泣。

她一个字一个字地说：

"那……那是为什么？"

"仔细看看下一页。照片后面的那页。"

克洛蒂尔德重新拿起文件，直接跳过尼古拉斯的那页，努力地看着妈妈这部分，六张照片展示了她支离破碎的身体，六张放大了的尸体局部照片，像被分尸了一样。然后翻过下一页。

皱巴巴的钢板取代了支离破碎的肉体。她看到了富埃果的照片。先是整体的，然后是内部框架，发动机，驾驶室。克洛蒂尔德看不懂那些传送带、凸轮轴、转向拉杆、叉骨式悬挂装置、刹车线的特写。这是她起码能想到的。在她这一生，她只打开过一次发动机罩，那是在一个大冬天里，为了清洗火花塞，那天连她自己都很诧异，她竟然本能地认出了几乎所有的零件。

她丢下文件转向警官，她的目光正好落在了他的肚子上。克洛蒂尔德有种感觉，警官的身体在阳光下开始融化，开始滴水，他没说谎，如果他离开他的水洞时间太长，他就会变成一摊黏黏糊糊的肉。

真恶心。又一次一阵巨恶心的感觉在她的胃里翻腾着。她几乎要喊出声来。

"看在上帝的分上，你到底想说什么？"

"这最后的一页，克洛蒂尔德，最后的几张照片，不是官方的。如果你仔细看一下日期，就会看到是在事故后几个星期拍摄的，那个时候官方调查已经结束了。我等事情渐渐平息后，拜托一位朋友检查了一下富埃果里所剩的东西。这些都是秘密进行的。伊普拉辛在卡伦扎纳有一个车库。他是我的发小。他是个很干净的家伙，虽然没有在法官面前发过誓。"

"为什么要等这么长时间？"

他笑了一下。

"我跟你说了，因为有很大压力在那儿，克洛蒂尔德。他们是卡萨努·伊德里斯的儿子、孙子和儿媳，我不知道你是否意识到了。这一直牵扯到国会议员帕斯基尼和洛卡塞拉总统。所以他们就把这个事儿交给一个可怜的家伙来负责草草做个调查。这个可怜的家伙就是我，卡尔西亚警官。而调查报告的结论已经写好了，意外事故！"

克洛蒂尔德试图赶走富埃果冲出护栏，坠入空中，后又被弹起三次，扼杀三条生命的种种画面。

那当然是一次意外。这个胖警察究竟要把她带到哪儿去？

"看看第三张照片，克洛蒂尔德。这里是转向架，那里是转向架末端的转向拉杆和球形联轴节。"

她什么也没看出来，只看到一个铁杆、一块锥形金属和一个大螺母。

"一个球形联轴节松脱了，突然地，就在正对着佩特拉·科达峡谷，你爸爸准备让车子转弯的时候。"

她爸爸没有打方向盘转弯。

123

她又重新看到了富埃果好像一个球被抛出去似的画面。这不是一次自杀。仅仅是脱离了方向。她的声音变得柔软。

"所以，是个意外？"

"是的，像我刚才跟你说的，在官方的报告里，在'结案'二字前就这么写的。一个转向拉杆的球形联轴节松脱导致了这场意外。唯一的凶手，就是车子了。但我朋友伊普拉辛不这么认为……"

从他的肚皮上滚出大滴大滴的东西，那不是汗水，而是油脂。

"除了我朋友不这么认为，"他重复说道，"球形联轴节的失灵不像是，用他的话说，自然坏掉的。"

"不是自然地？"

他对着她弯下腰来，肚子像个围裙一样罩在膝盖上。

"我跟你说得清楚一些，克洛蒂尔德。我已经在脑子里重复思考过上百次了，我跟伊普拉辛讨论过，我详细地研究了那些底片和证据。我坚信我的判断。"

"说明白点儿，真该死！"

"转向装置被破坏了，克洛蒂尔德。球形联轴节上的螺母被拧松了，正好足以在经过一段时间的震动后自动脱落，经过几次弯道转弯，转向拉杆会突然松脱，驾驶员发现方向盘失灵，车子突然就不受控制了。"

克洛蒂尔德沉默了。

她轻轻地站起来坐在湿漉漉的水泥台上，双臂环抱着膝盖，蜷缩起身体，感到浑身虚脱。

这次厚皮动物的身影帮她挡住了阳光，他也站了起来。

"我应该早点儿告诉你的，克洛蒂尔德。"

她感到很冷，浑身发抖。井口吸引着她。她真希望那井是没有底的，她就可以永远沉没下去。

"谢谢，凯撒尔。"

在说这句话之前，她沉默了好长一段时间。

"谁，还有谁知道这件事情？"

"还有一个人……唯一一个应该知道这件事的人。你的爷爷，克洛蒂尔德。我把整个文件都拷贝了一份给卡萨努·伊德里斯。"

她用力咬着嘴唇，都咬出血了。

"他怎么说？"

"没说什么，克洛蒂尔德。他什么都没说，也没有一点儿反应。就好像他事先都已经知道一样。这只是我这么想的啦。他一直都知道。"

警官再没说什么。他花了好长的时间慢慢把浴袍扣好，看着泳池肮脏的水面，然后又用更加慢的速度将捞树叶的网子收起靠在栅栏上。他最后再次转过身面向克洛蒂尔德。

"去见见奥莱丽娅吧，她见到你一定会很高兴的。"

去见她这个讨厌的女人？什么鬼主意！

"她离这儿不远。你应该还记得那条路。她住在蓬塔罗萨，雷威拉塔灯塔下面。"

所有这些话搅拌在一起，被一阵旋风卷起。那口井就像是一口大锅，凯撒尔曾将这些话扔在里面。

这个讨厌的女人奥莱丽娅。

蓬塔罗萨。

雷威拉塔灯塔。

凯撒尔稍稍抬起他的鸭舌帽，以便更好地看着克洛蒂尔德的眼睛。

"我想你会感到惊讶，亲爱的。我也是，他们二十七年前告诉我的时候，我也不相信来着。但是是的，奥莱丽娅住在那里。一直以来都是。你知道这是什么意思吧，亲爱的，应该不需要给你画个路线图。（他留了点儿时间给克洛蒂尔德调整她回忆的指针）奥莱丽娅和纳达尔一起生活。"

克洛蒂尔德在水泥游泳池边徘徊。在不到几分钟的时间里，她又第二次坠入了这个无底深井。而这第二次令她比第一次更感到窒息。

更加痛苦。

噢，是如此更加多的痛苦。

125

18

1989 年 8 月 16 日，星期三，假期第十天

仙境般的蓝色天空

从前……

从前有一个卡拉布里亚小公主。

玛利亚·琪加拉·吉奥尔达诺。

像讲故事一样开头，是因为玛利亚·琪加拉是一个真正的公主。她比我早出生三年，和我哥哥同年，1971 年出生于一个名叫皮亚诺波利的小镇，在意大利的卡坦扎罗省旁边。

她爸爸经营着卡拉布里亚大区最大的卷心花椰菜采摘公司，绿色嫩芽卷心花椰菜似乎是当地的特产。他已经六十岁了，在她出生的时候，她爸爸的银行账户里就已经存有六千万里拉了。她爸爸是个帅哥，人们通常说的老帅哥，也就是说，他现在帅的地方就剩下棕色的眼睛和银色鬓发了。她妈妈比她爸爸小十九岁，如果不穿高跟鞋比她爸爸高十九厘米。她是个模特，给温加罗牌子走秀，也是演员，在罗马电影城拍摄过一些 B 级片，在法国都没有上映过。你们猜对了，我都看过。

玛利亚·琪加拉很快就长得很高了，比她爸爸的菜花更快。

总之是比我要快。她十五岁那年就已经超过一米七了。之后的几年里渐渐慢下来，最后长到一米七五，但这几厘米没能将她的大腿再拉得更长些，倒是她的背和小腿得到了充分生长，胸部变鼓，髋部变圆，屁股变翘。还奇迹般地挺匀称，身体曲线很像一个意大利连环画里的女主

角，就是书架上那些被爸爸藏在《丁丁历险记》和《高卢英雄传》中间的连环画。作者是马纳哈。

这种女人……

吉奥尔达诺爸爸，可能是为了忘掉卷心花椰菜的气味，也为了好好利用一下他的小明星妻子的十九厘米，在雷威拉塔的高处买了一座别墅，这样每年夏天都可以到这里来度假。小卡拉布里亚公主，他唯一的继承人，自己一人在这个石头宫殿里百无聊赖，一开始是有时候觉得无聊，到后来就越来越经常地感到无聊，而且无聊的时间越来越长。她爸爸开着铃木四驱车将她放在阿尔卡海滩或者科西嘉蝾螈营地，让她可以和她的同龄朋友一起玩。女性朋友……和男性朋友。

在 1989 年这个夏天，爸爸和妈妈开着常年停泊在卡尔维海湾的游艇，去环游撒丁岛。琪加拉公主以她新鲜成为成人的身份，让吉奥尔达诺爸爸和妈妈明白，她是不会跟他们一起困在一个三百平方米的漂浮监狱里，无聊地过上一个月的。

她自己安排生活。爸爸已将别墅的钥匙交到她的手里。

琪加拉没骗人。

她可以将自己安排得很好。

跳舞可以比卡欧玛的兰巴达跳得好。唱歌可以比艾洛斯·拉马佐蒂的《一个重要故事》唱得好。演戏可以比艾格尼丝·娜诺的《天堂电影院》的台词念得好，吻也接得更好。

她成为明星是迟早的事儿！

在所有其他星星出来以前，她要闪亮银河系每一角落。

诱惑或者灭亡！

玛利亚·琪加拉，一个公主的故事……

我还在树荫下，坐在海滩一角的松林边上，屁股被刺进了很多松针，《危险关系》在我膝头摊着。突然玛利亚·琪加拉从她的皮影戏浴巾上站了起来，独眼巨人赫尔曼那黏糊糊的双手还停留在半空中，做抚摸状。

赫尔曼速度不够快……哈哈哈！

玛利亚·琪加拉就这样站起来走了，上身的泳衣也没穿。她去到海滩另一头要了一杯可乐，整个海滩的人都扭头看着她。我跟你们发誓，从我的角度观察，这场面可真是宏大，就好像地里有一大片的向日葵跟着太阳在转，只是在用一千倍的速度在播放。就连虞美人、矢车菊和小麦穗也弯下了腰。

我故意低下头去看我的书。

我搞错了，其实。

凡尔蒙，这不是我哥哥！凡尔蒙，这是玛利亚·琪加拉。

在18世纪的小说中，有这种放荡诱惑行为的肯定不可能是个女的，这是时代的问题。但现在，当然可以是女的！我们尊敬和仰慕的那些女孩儿都是有担当、让人放心的女孩儿，她们可以靠自己的外在和内心做她们想做的事儿，做她们想让男人做的事儿。

靠，而我，我还差得很远！

玛利亚·琪加拉还是个处女。在露营地的帐篷里，在海滩上，女孩们一起洗澡的时候，男孩子们混迹在车里的时候，大家都在传这个谣言。就差她自己拿个大喇叭喊出来或是在营地里四处张贴告示：我是处女……可我不想留着它了。

玛利亚·琪加拉发誓不要再恪守节操了。

她几乎就差举办一场滚铁球大赛、一场乒乓球赛又或是一个乐透晚会来宣布了。获胜者将得到她的初夜。名额只有一个！就在这个夏季结束之前。

自此以后，玛利亚·琪加拉穿着丁字裤，赤裸着上半身四处溜达着买一个开心果冰淇淋，买一根法棍，看一场《花容月貌》（电影 *Jeune et Jolie* ）。《美杜莎的面具》里卡帕里斯基的形象可以给你们作为参考。

而此刻，她拿着她的可乐回来了。

向前走三步，停一停，脖子向后仰，喝几口可乐，再向前走几步，拱起身子，扭几下腰，晃几下屁股，几滴似有非有的可乐流出来，用手背擦在身上，皮肤都弄甜了。

继续。

所有躺在她脚下的男人，拿着沙铲的手凝固在沙堡上空的爸爸们，冰凉的啤酒罐冻在嘴唇上的男人们，打排球却不知球滚向何处的男孩儿们。艾斯特凡、马格纳斯、菲利普，全都像是被雷电击中了一样！

该死的烂人！

我情不自禁地崇拜她……

嫉妒她……

讨厌她。

憎恨那些眼睛一直盯着她那违背地心引力而坚挺的胸部看的男人。

尽管在此我有自己的一套理论，但我还是很不爽。你们想认识她吗？总之，我不是问你们的意见，这样会让我将跟她的比较发泄到你们身上。跟一个小胸的女孩儿约会，我是说跟一个愿意与之一起生活的女孩儿，比如说我，这可是一项长期投资，有三十年的收益保证。这是一个结婚几十年后也不会后悔的选择，而选大胸的最后肯定是以失望和分离为结果。这是显而易见的，不是吗？这是经过数学和物理实践证明的！因此，就算现在玛利亚·琪加拉这个小火炮暂时超过了我，但最终一定是我笑到最后，按照我自己的节奏，一步一步赶上去。

只是需要些耐心罢了。

保持高傲的小心脏，翘起小屁股，挺起小胸脯。

我们等着瞧，琪加拉！

要等很久以后，非常久以后，因为现在，你的身价高高在上。

像一只疑心极重的母猫转了三圈后，意大利美人已经回到她的浴巾那儿。赛文，也躲到松树下面来，不放过任何一丝细节，手好像粘到树干上。独眼巨人定格成埃及壁画上人物的样子，扭头转向他的女神（巴斯特，猫女神，我无知的读者），甚至尼古，我的漂亮哥哥无动于衷地藏在他的雷朋墨镜后面，这次，竟也在不易被人发现的情况下动了动脖子。

他也是个讨厌的家伙。

曾经有……

曾经有一个小公主住在……

你们知道住在哪儿。

🕩 🕩

他看着宣传海报，犹豫着想撕掉它。

有什么好撕的，反正还有其他好多呢，整条路上还贴着十多张呢。

今晚。22点。奥赛吕西亚海滩。托比·卡里斯特迪斯科舞厅。

他会去的。

不是去听玛利亚·琪加拉唱歌。

而是去让她闭嘴的。

19

2016 年 8 月 16 日，下午 3 点

　　海报贴得到处都是，连卫生间门上、停车场的围栏、放垃圾桶的地方贴得都是。瓦伦蒂娜停在她车位对面的一张海报前。她腰间系着一条缠腰长裙，脚踩人字拖，弄得地面咯咯作响，好像穿着高跟鞋踩在舞厅的地面上，手臂下夹着一根法棍让她看起来像是名啦啦队员。克洛蒂尔德站在她女儿身旁，很着急的样子；她双手各拎一个塑料袋，里面装着买的其他东西，柚子、橙子、甜瓜和半个西瓜，感觉有一吨那么重。

　　瓦伦蒂娜抬起下巴看着海报。

　　"八十年代"舞会

　　22 点，托比·卡里斯特迪斯科舞厅

　　奥赛吕西亚海滩

　　海报上的海滩中间有个巨大的泳池，里面充满各种颜色的泡沫。一个身穿泳衣的女孩儿正在从里面冲出来，头上还下着金色的亮片雨。

　　"看来这是营地曾经的骄傲，"瓦伦看着那个女孩儿强调说，"所有的人都在谈论这个。她以前在这里度假，之后成了意大利的一个明星。"

　　听到女儿这么说，克洛蒂尔德感到很吃惊，目光从瓦伦闪闪发光的眼睛转移到了海报上，聚精会神地看起来。海报上这个妖艳女人的脸孔在浓妆艳抹下已认不出来了，她那完美的身材与在互联网上点击"明星"或"比基尼"后跳出来的成千上万张照片上看到的几乎没啥区别，但是海报上的名字却给她童年的记忆带来新的震撼。

　　玛利亚·琪加拉。

131

装满了柑橘类水果的塑料袋勒着克洛蒂尔德的手指。

"赛文跟我说你认识她,妈妈!

"你们还一起在这里度过五六次暑假。我舅舅尼古也跟她很熟。"

嗬,你现在记得你有家人了?

1989 年之后,克洛蒂尔德隐隐约约听过一些关于玛利亚·琪加拉的事情。她曾经有一次认出过她,大概是在二十年前了,是在意大利电视三台播放的一个电视片里,饰演第二主角,她饰演的女孩子在卢卡的小路上骑着单车,裙子被风吹起。十六年前,在她和弗兰克去威尼斯的时候,也曾在某处见到过她的名字而且认出她的模样,那时瓦伦还没有出生。那是在一箱做促销的光盘中,看到的一张四欧元的旧 CD:浮夸的配色,不知名的歌曲。可能玛利亚·琪加拉的知名度是相对的吧,在意大利本土也是。

"你知道吗,瓦伦⋯⋯那时的她才十八岁。她现在应该已经变得很⋯⋯过时了。"

瓦伦蒂娜才不在乎。这些只是借口。

"你不想再去见见她?"

奥赛吕西亚海滩就在科西嘉蝾螈营地的下方,人们可以沿着海边一条蜿蜒陡峭的小路直接到达那里。克洛蒂尔德仔细看着海报,泡沫、泳池、比基尼,像是在宣布一场斗牛一样的热烈盼望。

"你开玩笑吧?"

"如果我陪你一起去呢,妈妈?我去感受一下现场气氛,你去见见你的朋友。"

这个狡猾的小家伙⋯⋯

克洛蒂尔德本想回答说"迟点儿再说,亲爱的,我们迟点儿再看,我要先将我手里拎的这两袋水果放下",然而这时弗兰克从她背后出现了。他很自然地从克洛蒂尔德的手里将两个袋子接了过去,没说一个字,没费一点劲儿,也没一丝犹豫。

温文尔雅,又强壮有力。一个完美的男人。你还有什么好抱怨的呢,亲爱的老太婆?

"发生什么事儿了，我亲爱的？"

瓦伦蒂娜跟爸爸解释了一下，海滩嘉年华，雷威拉塔角的明星，曾经是妈妈儿时的伙伴……

"你会去吗？"弗兰克转过头来问克洛蒂尔德，"再见到她你高兴吗？"

为什么不去？总之，没理由不去。

弗兰克将手搭在女儿的肩上。

"如果你自己一个人去参加这个海滩聚会，那可没门儿。但是如果妈妈和你一起去……"

"谢谢，爸爸。"

这个小白眼儿狼跳上去搂着爸爸这个大英雄的脖子，却没跟妈妈说一声谢谢。克洛蒂尔德却将要去忍受一晚的"八十年代"，从晚会开始一直到魔鬼午夜。她已经许久许久没有踏足过夜总会了。

这一天里剩下的时间，克洛蒂尔德没再想这件事。从海滩到营房，从躺椅到浴巾，头不是浸在地中海的海水里就是浸在淋浴的水里，三个问题在脑子里打转。一直到晚上给出了三个明确的答案为止。

说还是不说。

先去看看她爷爷，卡萨努·伊德里斯，再跟丽萨贝塔奶奶大家一起聚聚，或许会算上那个斯佩兰扎女巫和她的孙子奥索，也叫上狗狗帕夏，将所有人都集中在阿卡努农庄院子里的绿橡木下公布这个啃噬她血肉的消息：她父母不是死于一场意外，而是他们的富埃果车的转向装置被事先动了手脚。

答案：说，即使聚会的形式还未确定。

跟弗兰克聊一下，说说那个警察的发现。给他看那个该死的螺母被拧松的转向球形联轴节的照片，听听他的意见，他可是对引擎盖下面的所有金属玩意儿都了如指掌。

答案：不说！再重新忍受一次他的嘲笑，他那令人不爽的怜悯，那是绝对办不到的，他能提供的最好的两个意见，无非就是抱怨或者放弃。

最后去蓬塔罗萨，沿着雷威拉塔海关的小路转上一圈，没什么特别原因，纯粹就是为了溜达到灯塔那里感受一下海角望出去的全景风光，就像其他那十几个游客一样。为啥不去看看能不能碰到纳达尔，他可能正忙着织补渔网，或者坐在台阶边上抽着烟，看着世界周而复始地绕圈。

答案：不去。绝对不去！

❦　　❦

那些大喇叭里播放着听到腻的"*Life is life*"，可丝毫不会影响齐声合唱的人群，而且不需要重复。

啦 啦 啦 啦 啦

克洛蒂尔德和瓦伦在奥赛吕西亚小海滩上聚集的人群中穿行。位于两个突出的大岩石角相夹而成的小海湾，曾是赛文·斯皮内洛占为己有的几个像天堂之角一般舒适的地方之一。随着人们走近海边，小路上的石块和小碎石像是被急匆匆走向海中的游客的脚步给踩碎的，一个夏天又一个夏天后渐渐变成了粗沙砾，这也与来这里的游客多寡有关。

在海滩上，可能人们还不太留意到岩石中在建的洛克马雷尔滨海酒店的外墙，却绝对不会漏掉托比·卡里斯特夜总会，依傍在海滩北边，用茅草装饰的房顶，有露台，有酒吧，用竹板铺地。毫无疑问，这些东西在有暴风雨警报或者在勤政的新警察局长到访的情况下都是可以迅速被拆除的。赛文曾说过夜总会的名字很巧妙地融合了热带地区的劲歌热舞夜晚的"热"和科西嘉的旧称，卡里斯特……最美的名称！夜总会就在这个小屋子里，里面装有射灯和可以照到月亮上的激光灯，大音响就直接摆在沙地上，一块一百平方米的浮动木板上挤了将近四分之一的人在跳着舞，而今晚特别之处是有一个加高了的舞台，高两米，长十米，好像一个时装秀的 T 台或大号跳板。另外，在这个高台下，放了一个大型的充气泳池，被蓝色的荧光灯照亮，由三个穿黑衣的保镖看着，他们似乎对这里的音乐一点儿也不感兴趣。

Life is life

啦 啦 啦 啦 啦

这一次，赛文慷慨解囊，即便是七欧元的门票，九欧元一杯的莫吉托和十五欧元一桶的皮耶特拉啤酒，他应该之后都会把这些支出再赚回来。

放松，Frankie Goes to Hollywood① 带动着兴奋的人群。克洛蒂尔德预计人群有两百到三百人，什么年龄的都有。一些年轻人好像从吃奶的年纪就已把这些通俗歌曲烂熟于心了；另一些兴奋不已的年轻人有些都已经喝醉了；有些一对一对的，还有一些上年纪的人。

说是上年纪的，是跟场上大多数的小年轻相比较而言。

其实是跟她一样年纪的人。

"我过去啦，妈妈！"

克洛蒂尔德看着她女儿，一脸无法理解的表情。

"克拉拉、朱斯坦、尼尔和塔希尔都在那儿。就在那儿，前面那里。我带着手机。你走的时候给我发信息吧。"

瓦伦消失在人群中。

希望她不会出一点儿差错，否则如果被弗兰克知道了，他会杀人的。不是杀他女儿，而是杀他妻子！

克洛蒂尔德才不在乎。

只要瓦伦玩得开心……天哪她真的玩得很嗨！会有什么事儿发生吗？

她与跳舞的人群拉开了些距离，往海边走去，避开那些躺在海滩上的人，他们像搁浅在了海浪中。距海滩几米远的地方漂着一条小船，被一个生锈的铁链拴在岩石上。克洛蒂尔德用手机的电筒照亮斑驳的船身。

L'Aryon

虽然隐约只能从船身上辨认出几个字母 "A"、"Y" 和 "N"，但她自己似乎仍能够从中破译出这个名字。船体看上去似乎已腐烂，缆绳磨损，船底开裂。没有船桨，没有船帆，也没有发动机。这条船像是一个无家可归的小动物，脖子上还拴着牵绳，结果被遗忘在这儿了。至少这是在这趟充满乡愁的旅途中，克洛蒂尔德体悟到的感觉。面对着这个被遗弃

---

① 法兰基到好莱坞，成立于 1980 年的利物浦的歌舞天团。

的船骸时，她强忍着没有流下眼泪。

音乐突然停了下来。漆黑无声笼罩了海滩片刻，很快一道绿色激光扫向人群，频闪灯将人们变成狂乱的僵尸一般。

玛利亚·琪加拉出现在台子上，身穿一条闪闪发光的紧身长裙，除了领口开得很低外，没有什么别的装饰了。

电子琴和着她刚开始的舞步。

Oho oho oho oho

她将嘴唇贴到麦克风上，准备开始演唱 *Future Brain*（《未来脑》），这是邓·哈罗全球发行的一张唱片，他曾是 20 世纪 80 年代迪斯科舞曲之王……之后就销声匿迹了。

至少她是这么认为的！

Oho oho oho oho，人群高声和着。

老歌才是经典。

克洛蒂尔德这次重回科西嘉以来，还没有来过奥赛吕西亚海滩。太多的事情纠缠着她。这块天堂般的海滩应该一直是属于卡萨努·伊德里斯的，为什么爷爷会同意赛文在这里开一家如此低俗的夜总会呢？为什么那里会有一条被遗弃的锈迹斑斑的小船？为什么对这些如同毒品一样的噪声、着迷的人群、令人昏昏欲睡的灯光都是如此纵容？为什么寂静没有蔓延至此，奥赛吕西亚海滩，那它蔓延到哪里去了？

Oho oho oho oho

为什么大灰狼没有来到这个海滩上的茅草屋，一只爷爷的大灰狼朋友，它不需要藏在罩衣里也不需要带炸弹，不需要汽油桶也不需要打火机，它只需要对着这吹气就行了。只需要一点点风，不用吹倒茅屋，而是将这歌声送去卡尔维。

玛利亚·琪加拉还在唱着。射灯下，光影间，浓妆艳抹，根本看不出她的真实年龄。

四十五岁。是的。克洛蒂尔德知道。

玛利亚·琪加拉还在那里，歌曲却在变换，意大利语，英语，法语，西班牙语。

瓦伦一会儿出现，一会儿又消失了。

克洛蒂尔德觉得有些没意思了。

一首《泰山男孩儿》在沙滩合唱团 *oh oh oh* 的和声中结束了，热闹的音乐足以吵醒直到摩纳哥的海洋保护区的所有海洋哺乳动物。灯光突然暗了下来，音乐渐渐淡出，玛利亚·琪加拉带着意大利口音轻声说：

"接下来我要给你们清唱一首歌，不用其他乐器伴奏，只用我的声音。这首歌大家肯定都很熟悉，歌的名字叫 *Forever Young*（《永远年轻》），但这次我请大家不要跟着一起唱，除了那些会唱的（她说着向人群送上一个亲吻状的微笑）。因为我要用科西嘉语唱这首歌，送给你们。*Sempre giovanu.*"（永远年轻）

白色追光灯停在玛利亚·琪加拉的身上。这位意大利女歌手闭上眼睛，用自己的歌声对抗着海浪声，声音升得更高，让月亮都为之动容。

Sempre giovanu.

她拥有大家难以想象的纯粹的女高音音色，歌曲的旋律成了一首圣歌。人们在黑暗中轻轻颤抖，没有一丝笑容，像在欣赏一个小小的神迹，好像大家都明白，这个歌手之所以能接受这个乱七八糟的地方，是因为大家可以给她这四分钟，留给她一些平静安宁的祈祷时间，让她自己一个人独白。

Sempre giovanu.

这只是一个序曲。

到此为止了。

在玛利亚·琪加拉睁开眼前，甚至是在最后一个八度还没从她半张的嘴里发出来前，电子和音器爆出了一个很熟悉的旋律，沙滩上的观众从第一个音就能听出来。

一阵灵魂附身般的颤抖后。

玛利亚·琪加拉的长裙突然落地。好像被施了魔法，她只穿着泳衣。洁白无瑕，紧紧裹在身上。

Boys boys boys，在乐队的伴奏还没开始时，人群已经开始喊了。

玛利亚·琪加拉摇摆着身体，微笑着，向前，再向后，又向前冲了三步。

Boys boys boys.

她跳了下去。

她又从舞台下的泳池里出现，在闪闪发光的金片雨中走出来，妆被冲掉了，粉底流成一道一道的，这都不是重点，重点是：她湿透的泳衣紧贴着身体，完全透明，令人神魂颠倒，跟当年的风采全无二致，几乎是她的标志性场景。

Boys boys boys，玛利亚·琪加拉无限循环地唱着。有人递给她另一只麦克风和一个彩虹造型的大气球，泡泡机开始喷出泡沫。她一边用手抛着飞吻一边轻声说着：

"跟我来。"

带着芭蕾的舞步，那三个保镖散开了，海滩的天空下起了衣服雨。很快这个袖珍泳池里就跳进去一百多号人了，他们都反复地唱着 *Boys boys boys*。

Summertime Love（《夏日之恋》）。

一些最大胆的女孩儿扯掉了自己上半身的泳衣。

玛利亚·琪加拉没有这么做。

相信她知道自己不再是年轻姑娘了。

只有经典的流行歌曲是永远不会老去的。

"我是玛利亚·琪加拉的朋友。我们小时候就认识。"

高个子黑人一脸的不相信。

人群还是在海滩的一端，跟着电子音乐的旋律跳着舞，这与"八十年代"的主题已扯不上什么太大关系了。

"我们还在这里待一会儿吗，妈妈？"

是的，再待一会儿。在意大利女歌手的最后一曲结束后，克洛蒂尔德回答了她女儿的问题，知道她担心这就要离开。这已经是二十分钟前的事儿了。这段时间她一直等在一辆停在泥土停车场上的，变身为后台化妆间的拖车前面。因为不想被一堆等在威卢克斯天窗下的粉丝困住，克洛蒂尔德一个人在旁边站着，但是门紧闭着，守卫什么也听不见。

"至少拍拍门啊。告诉她有个粉丝想跟她说说话，这会令她高兴的。"

保镖挤出一丝笑容，还带着点儿怜悯。最后还是拍了拍金属门板。

"吉奥尔达诺女士，有位找您的……"

几秒后玛利亚·琪加拉伸出头来。她已经将浴袍裹上了肩，一条浴巾包在头发上。一点儿化妆的痕迹都没有了，看不出粉底也看不出唇彩。她转向克洛蒂尔德，仅仅把门开了一条缝。

"是谁啊？"

她仍然很漂亮。克洛蒂尔德没想到。肯定是做过拉皮、抽脂、开刀填充硅胶的手术，但看上去还不错。像是一台定制汽车，克洛蒂尔德想，有点儿俗，但也算有新意，为她的与众不同，吸引目光感到骄傲。崇拜或尴尬，她不在乎。怪物还是偶像，这又有什么重要？

"能给我一根烟吗？"

那个身材健美，比她至少小二十五岁的年轻小伙紧张地掏出一支香烟，带着几分约翰·韦恩的风采，颤抖着点燃了它，递到玛利亚·琪加拉的嘴唇边，眼睛惊慌失措不知道该看哪里好。

完全是一个害羞的小男孩儿在老板面前的样子。

"哦，就这样啊，"终于玛利亚·琪加拉转向克洛蒂尔德说道，"你是我最后一个粉丝？你相信我会给你开门？哦，千万别指望，亲爱的，我可不是那些男人不要就找女人的人。"

她放声大笑着。

她的举手投足，一颦一笑，都让人觉得她像个猫科动物。尽管克洛蒂尔德很讨厌这个词"狡媚雌猫"，但用来形容她却觉得再恰当不过。

或者用另一个词"母老虎"。

"我是克洛蒂尔德，尼古拉斯的妹妹。尼古拉斯·伊德里斯，你还记得他吗？"

玛利亚·琪加拉眯起眼睛，好像在记忆深处搜索着。然而，克洛蒂尔德确定她和自己眼神交汇的一刹那，已经认出了自己。她的手指轻轻压在车门上，大拇指和食指有些紧张地捏着起皮的金属。

玛利亚·琪加拉摇摇头。

"我不太确定。前任男友？"

她看上去很真诚的样子。相信贝卢斯科尼是按照演员的才华来分配角色的。克洛蒂尔德后悔怎么没想着带尼古拉斯的照片来。

"1989年夏天。还有之前的五个夏天。"

玛利亚·琪加拉吐出一口烟在小保镖的脸上，浴巾下面露出一缕湿湿的头发，浴袍从脖子向下随意地敞着，露出一朵玫瑰文身，黑色的荆棘缠绕其上，从肩膀直到手臂。

"1989年夏天！"大明星惊讶地说道，"宝贝，我们回不到过去了。我那时候可吃香了，而且也不挑人，那时候的男生就像哈瑞宝（Haribo）盒子里的甘草糖块，那么多的男孩子，你哥哥长得……"

"他个子高高的，一头金发。人很好。跳兰巴达的那个夏天，他跳得没你好。"

玛利亚·琪加拉把烟头吐掉。涂了红色甲油的大拇指用力地抠着金属门框上的漆。

"不好意思，亲爱的。我曾经有五千个小前男友。我能记得的只有那些上过床的，而不是那些跟我这儿乱来的小处男。"

她说谎。克洛蒂尔德也别无选择了。她深深地用力吸了一口气，把肺部充满，好像要把这铁皮屋给吹翻。

"我跟你说的是那个已经死了的，玛利亚，那个死在雷威拉塔公路上的男生。那一晚你们本来是要一起，你和我哥哥尼古拉斯，一起你们的第一次。"

她的红指甲一下子断了。

玛利亚·琪加拉的笑容消失了，面色冷淡。

简直可以获得威尼斯电影节最佳表演奖。佩服！

"真不好意思，我不记得了，我累死了。你迟点儿再来吧。拜。"

20

1989 年 8 月 17 日，星期四，假期第十一天

天空一片深蓝

斯塔雷索港口，有三座房子和一小段水泥堤岸。很长时间以来，雷威拉塔灯塔下的这个袖珍港口几乎是不对外开放的，因为这里有一个对地中海海域进行海洋研究的小型科学基地。但这个夏天以来，人们开放了这个站点，供人参观、潜水或者钓鱼，甚至每一星期有一天，会有大概十五个流动商贩来这里卖一些本地产品。

妈妈是不会错过这个的。她最最最爱逛街了。

她喜欢戴着她的漂亮帽子，闲逛，流连，发现，兴奋，砍价，争吵，离开，后悔，回头，再砍，成交，给钱，后悔。在我十二岁那年，我们在马拉喀什待了一个星期，赶上他们的集市，我那时觉得都要羞愧死了，我宁愿一周都不踏出酒店半步。而今天早上，我犯了一个致命大错，我竟然同意陪妈妈去逛市场。整整一个早上啊！被游客的人流推着走到发狂，还被一个推着童车的人轧了我的脚，只是因为我没有让她先过。我决定不走了，坐在路边唯一的一张长凳上。头顶着阳光，一身迷彩服。耳机里听着曼吕·乔的歌，膝盖上放着一张报纸《科西嘉早报》，上面的大标题让我吃了一惊。

坠船？

读了头条的几行文字后，我大概知道了一个名叫德拉戈·比安奇的人被报失踪，他是尼斯的一个包工头。人们发现了他的游艇，但没有找

到人的踪迹，只找到他还泡在水里的钓鱼竿，鱼竿上什么也没钓到。这个人通过房建与公共工程联合会赚到了不少钱，从事的是能将水泥变成金子的行业。这次，他可能弄错配方了，将口袋里的金子重新变成了水泥，带着他一直沉到了水底。报纸上关于岛上的其他信息很快就看得我头晕眼花，我更喜欢欣赏我眼前的美景。

我给你们描写一下？尽量搜肠刮肚找找词。

面对着我的海面上有一艘小渔船，蓝白相间，看上去像是一艘大号的拖网捕鱼艇。没有帆，只有发动机，四下里都是堆着的铁丝网笼，很多水绿色的渔网堆成了一个巨大的茧，里面困着一个浮标形的巨大黄色毛毛虫。当这个网子被解开的时候，说不定里面会飞出来一只世界上最大的蝴蝶。

那个渔夫解网肯定很在行。

我在我的洛丽塔太阳镜后观察了他差不多一小时。

我也给你们描述一下他？我已经跟你们聊过《碧海蓝天》吧？所以你们知道让－马克·巴尔，那个海豚人，他的眼睛可以分辨出有着细微变化的各种蓝色，从深海到星空，就好像两颗玻璃珠已容纳了整个宇宙。而我眼前的这个人就好像是他的化身。一个像他一样有魅力的渔夫，三天前他把他那婴儿一般的圆头从额头到下巴剃了个遍，他的眼神里都充满了诗意。跟海豚人一个样，我跟你们说！

同样是个梦想家，其他也都一样。除了一点，很显然他不需要在水底下屏住呼吸过日子，通常都是在水面上。在炙热的阳光下，他用手耐心地解开那些脏兮兮的渔网。

我等待着。

他多少岁？最多比我大十岁吧？

我等待着，像一个淘气的小姑娘，等着阳光把他烤得刚刚好，我想象着他那古铜色的手臂将汗湿了的 T 恤从头上扯下来，湿润的肌肉群将衣服拉皱，他的手……

"你过来一下。"

他在跟我说话。该死……烤煳了！

"你过来一下，"他重复道，"我需要你过来帮个忙。给我一个意见。过来看一下。"

如果你们是我会怎么做？

不要耍小聪明，我未来的读者们。我当然也不会啦！我将我的书和随身听放到一边，将太阳镜推上额头，一脚踏上他的玩具船。

"我需要你给我个意见。看这个，你会想到什么？"

现在，就算你们不相信我，我也不在乎，他绝对和海豚男一样，正如我从他脸上的某些地方已经读到的，而且我已经接收到了他的信号。是的，就像是一种心灵感应，跟鲸鱼之间的相互沟通一样，是通过声呐，直接传播到大脑。好吧，从我的凳子到他的船，不到五米的距离，但我们已经可以对接了……我和我的海豚男，会不断磨合，相互改善，最终将实现跨越大洋的交流。

"嘿，你在看吗？"

他给我看了一个在胶合板上画的蓝色小海报，上面有三只海豚在波光粼粼的海面上跃起的侧面轮廓草图。

航海远游——和海豚一起畅游

即日起每天营业直到 8 月底

L'Aryon

斯塔雷索港口

04 95 15 65 42

"你怎么看？"

"还不错啊。"

跟你们说吧，他的海报设计，完全就是照抄《碧海蓝天》的，什么脑筋也没有费，吕克·贝松（《碧海蓝天》导演）完全可以起诉他。

然后我继续说：

"不过这根本就是骗人的。"

我喜欢挑衅他。海豚男定在那儿不动，盯着我 T 恤上变成骷髅头模样的斯芬克司头像。他对着我做了个吟游诗人撞到玻璃墙上的鬼脸。

"你真的这样想？"

"是啊。"

他把双手紧紧按到脸上，好像要把脸挤出水果般的圆润曲线。只是他依然那么帅。他咧嘴笑的样子真让我着迷。

"该死。就正是我要问你的原因。我本来是想吸引像你这样的美人鱼的。（两只眼睛像发光的荔枝，闪烁在两片西瓜般的红唇之上）那些想和海豚一起在宽广无垠的大海里游泳的美人鱼。"

我怀疑地看着他，这个钓美人鱼的家伙。这个鱼钩有点儿太大了吧！

"您开玩笑的吧？"

他确定自己是认真的。他笑了。由于我们有心灵感应，所以在一秒前我也猜到他会这么说。

"不，一点儿没开玩笑。地中海里有成千上万的海豚。在科西嘉附近的海域就有几百条。来自波尔图、卡尔塞斯、吉罗拉塔的游轮承诺你们沿着斯坎多拉保护区能遇到它们，但与众多的单帆艇相比，遇到它们的机会可能也就是百分之一。海豚们更喜欢跟着渔船，因为它们可以偷吃渔网里的鱼。"

"您曾经见到过吗？"

他点点头表示那是当然的。

"就像其他地中海的渔民一样。但通常来讲渔民和海豚可没有什么友好关系。"

我像妈妈在市场讨价还价时一样地转着眼睛。

"但您，您应该不一样！您得跟我讲讲您是怎么把它们驯得服服帖帖的。"

"这不难。它们可都是些极聪明的动物，它们懂得辨认船只和人类发出的不同声音。我们只是需要花上一些时间来获得它们的信任。"

"您呢？您已经获得它们的信任了吗？"

"嗯，是啊……"

"我才不信！"

他又对着我笑了。我觉得他喜欢我跟他这样斗来斗去。我相信他跟我说的都是真的。我想这个钓鱼的家伙在小的时候应该就是喜欢一个人在房间里，做着跟海豚一起嬉戏的梦长大的，然后现在他找到了它们，接近它们，爱上了它们。我想……

"你说得对，克洛蒂尔德。任何时候千万不要立刻献上自己的信任。对任何人都得这样。"

哇呜，竟然，他竟然还知道我的名字！

"你爷爷应该教过你这个吧。驯化它们可是要花上一段时间的。"

"我爷爷？"

"你是卡萨努的孙女，不是吗？你知道的，伊德里斯家族在这一带还是很有声望的。你呢，你的这身装扮，更加会被注意到啦！"

我的装扮？如果没有头发或者胡子，我就要揪他的眉毛了……好在他有双漂亮的眼睛来做挡箭牌救了眉毛。

我的装扮怎么了！

可以肯定的是他一定没有看过《甲壳虫汁》，这个乡巴佬！肯定从来没去过电影院，也没看过一本书，只挂念着他的鱼们，对它们的热爱……我的天哪，像这样的人，还真的存在啊？

我得招惹一下他。

"我的装扮怎么啦？"

"没什么。只是我不确定你穿着一件印有死人头的 T 恤是不是能够跟海豚们接近。"

"那你更喜欢什么样的？七彩的阳光？一朵粉红色的云？金色的小天使们？"

"你把它们都穿在你 T 恤下面了？你真的把这些颜色都藏在下面了？"

这个大笨蛋！他竟然用几句话来揭穿我。感觉自己像一个偷吃能多益巧克力榛子酱的小姑娘，被抓到时嘴巴上还沾着巧克力酱。

我正准备反击时小船开始摇晃起来。

"她没有打扰您吧？"

没有打扰！

是我妈来了。她很大方地上了船，加入了谈话。

从那一刻起，所有的气氛都变了。

首先是他。

就好像只有我妈妈在船上，我的帕尔玛妈妈，像一头受到惊吓的小鹿站在小木筏上，高跟鞋缠在了渔网上，衣服钩住了篮子，害怕得像只小老鼠轻声叫喊着。

好像他已经不记得我的存在了。

还有更糟糕的。

好像他邀请我的最终目的是要将我妈妈吸引到他的小船上来。我之前已经看到那个大鱼钩了，可是我怎么没明白呢。我不是他要的那条鱼，只是个诱饵罢了！

一条蚯蚓！

一条用来钓我妈妈的蚯蚓。

"别跟她讲你那关于海豚的故事，"娇媚的帕尔玛妈妈一边低头看着《碧海蓝天》的海报一边说，"在她那倔强的神情下有一颗棉花糖般的少女心。"

这时候，突然有了一颗少女心！这恐怕是妈妈搜肠刮肚能找出来的，唯一能挂在那个为她准备的吊钩上的东西了。

我恨她！

"我不是跟您开玩笑的，伊德里斯夫人，"幻想家渔夫答道，"我知道这听起来很奇怪，但是海豚真的是我的谋生之道。一堆海豚夫妇和它们的孩子已经在雷威拉塔海域安家了。它们对我很信任。我真的可以带您女儿去看看它们，如果她愿意去看的话。"

我妈妈坐在那儿，裸露的双腿紧紧靠在一起，我觉得她的眼神如同星际旅行者的激光眼一样能穿透铁板。

"那应该去问她才是。"

她将双腿交叠起来。

我交叉着双臂，闷闷不乐。无聊。真差劲儿。

就这样僵了一小会儿。

"或者下一次吧！"她一边站起来一边说道，"我们走吧，亲爱的？"

我们走吧。

他什么也没说，他也不需要说什么了。

他伸出一只手给妈妈，协助她上岸，另一只手搭在妈妈的腰上，妈妈扶着她的骑士那被晒成古铜色的肩膀。就像是为了完成一个芭蕾舞动作，妈妈跨了一大步迈到岸上，裙子飘了起来，双腿像圆规一样落地。这即兴的舞蹈仿佛他们之前就已经排练过一样。

"如果克洛蒂尔德改变了想法，我可以再跟您联系吗？"

"非常荣幸，伊德里斯夫人。"

"帕尔玛。请叫我帕尔玛。伊德里斯夫人，在这儿这么叫，好像称呼女王的妈妈。"

"更像是称呼一个公主。"

她像个傻女人一样轻笑着，公主。但要承认的是她的巧妙回答。

"要知道可是很少有公主会变成女王的，"她补充道，"倒是那些王储（法语中王储和海豚是同一个词）最终成了皇帝……对吗，您……怎么称呼？"

"昂热利。纳达尔·昂热利。"

在回程的路上，我反复思索着我确信的东西。

像是要揭发一个秘密。

是的，我妈妈是有能力背叛我爸爸的。

跟这个男的一起背叛我爸爸。

纳达尔。纳达尔·昂热利。一个钓美人鱼、钓公主、钓王储的国王。

然而……刚才的这些话，我却实在难以写出来。

总之我豁出去了！

没有人会读到我写的这些东西的。我知道得很清楚，我未来的读者们，你们是不存在的。

然而……然而，他爱的应该是我。我才是爱他的那个。

从第一次眼神的交错开始我就已经知道了。

你们别笑话我，我请求你们了。你们别笑话我，我很认真的，很严肃地哭了，眼泪都滴到这页纸上了。

我爱纳达尔。

这是我第一次的爱恋。

将来其他任何人都没法和他相提并论。

❦ ❦

他重新合上纸张已卷曲的本子，静静地坐了一会儿。

一直到这儿，都还能听见奥赛吕西亚海滩那边传来的阵阵电子音乐的回声。

他向前走了一些，以便能听得更清楚些。

21

2016 年 8 月 17 日

2 点 30 分

弗兰克看了看他的手表。

她们在敲什么呢？

只能听到海风带来的电子音乐声中有低沉的重复的一直萦绕的打击声，好像一面鼓的鼓皮延伸到了大海的跟前，被每一次的海浪拍打着。无休止的节奏。

嘣嘣嘣嘣……

在营地里，大家都睡了。弗兰克也没的选，关好门窗后，小平房、活动房和芬兰小木屋里几乎都已经听不到噪声，露营者们就只能自认倒霉了。迪斯科，或许是另外一种赶走露营者，然后再建造可以赚取十倍利润的固定出租屋的办法。

她们在敲什么呢？克洛蒂尔德不会也在那儿跟着电子乐跳舞吧？

弗兰克在营地里溜达着等了半小时，只是偶遇了几个黑影，失眠的，遛狗的，相当反感大卫·库塔的老人家，还有几个忧心忡忡的家长。

克洛手机上电筒的光在小路那一头亮起来的时候正好是 3 点 04 分。这点他完全可以跟警察保证，那会儿，他不断地在查看手机上的时间，在她经过门口的路灯的同时，他也看到了她。

"瓦伦呢？"

弗兰克突然间觉得后悔，不想再问其他的问题，甚至是那些准备好的常规问题：晚会怎么样啊？那个意大利女人如何？海边夜总会好玩吗？

可是只有克洛一个人。

她看上去已经筋疲力尽了，眼神无力，步履疲惫。即使什么都不说什么都不解释都好像随时要崩溃的样子。明天，明天吧，我现在要累死了。弗兰克不喜欢这种态度，敷衍了事，瞧不上眼的样子。他讨厌这种被置身事外的感觉，还要自己去追问。

"瓦伦在哪儿？"他又问道。

克洛蒂尔德跌坐在椅子上。她有点儿烦他了，很明显看得出来。

但妻子还是要回答他的，尽管是慢吞吞、无精打采的。

"她留在那儿，和她的朋友在一起。那几个露营的女孩子。她们到时再一起回来。"

"你开玩笑呢？"

她的话就这么不经大脑、随口而出。而他还有一堆话在后面等着要说呢。

"她才十五岁，真是乱来！你是无意的还是有心的？"

他的话像一排子弹射出去了似的。

眼神逼视着她。

"我走了。我要出去找她。"

克洛蒂尔德还没来得及反应，弗兰克已经遁入夜色之中。

弗兰克回来的时候，克洛蒂尔德睡着了。

至少，她是躺着的，在床单下裹着自己的印有"查理与巧克力工厂"的 T 恤。

她双眼紧闭。

她之前打开的房间窗户，弗兰克不敢再关上。他很快脱掉衣服，在这半明半暗的光线下贴着他妻子的身体躺下。

"好了。瓦伦已经睡了。"

她双唇紧闭。

弗兰克将头挨在克洛露出的肩膀上，手慢慢伸到她的身下，用力握在她左边的乳房上。

她心门紧闭。

他通过手掌心能感受到她的呼吸，外面电子音乐的回声通过打开的窗户传进来，在他耳边形成了一种幻觉，仿佛那敲击声被放大了一百万倍。

"我很抱歉，克洛。真的很抱歉，刚刚和你那样说话。我当时真的很担心瓦伦蒂娜。我在海滩上，海里，还有岩石那里看到喝醉了的男孩儿，还有人吸大麻。"

音乐的节奏加快了，可她的心却慢慢平静了下来。

她双唇半张着，终于松了口气……

"她说了什么吗？"

"瓦伦吗？什么也没说。我想她也为她自己竟然待到那么晚而感到吃惊。"

砰砰砰砰。

从外面传来。

这一次，她睁大了眼睛。

克洛蒂尔德轻轻地转过身，靠着枕边，望着他的眼睛。

"你那时是感到害怕了，没关系。我们不说这个了。你是……你是个出色的爸爸。"

弗兰克的手开始大胆地在她的 T 恤下游走，果断地摸到了另一边的乳房。

"却是个无能的丈夫？"

她任由他爱抚着，心中渐渐填满了欲望，口中微微地喘息着，享受着身体的愉悦，她喃喃说道：

"闭嘴，傻瓜！"

他们静悄悄地做爱，怕被别人听到。怕外面的人听到，怕瓦伦听到，就好像他俩才是尝禁果的孩子。

云雨过得太快了。

克洛蒂尔德的心门再次关上。

151

她转过身，身体蜷着，床单凌乱。

弗兰克放开手。

克洛蒂尔德便躲开了。

这是一开始就注定的吗？

他重新想起他们的第一次相遇，差不多有二十年了，那是在他们俩的一个共同朋友家的化装舞会上，两个人都是刚刚恢复单身，她装扮成莫提西亚·亚当斯，他扮成德古拉。如果不是由于两人这么巧合的装扮，克洛蒂尔德也不会留意到他。生活中重要的是什么？是我们戴或不戴上面具？其实直到舞会的前一天晚上，他还在找彼得·潘的服装……

弗兰克的阴茎现在只是一个软趴趴、潮湿丑陋的玩意儿，他简直想拔了扔掉。相遇源于巧合，他一直这么想。就像掷色子游戏。如果夫妇两个是这样凑巧组合起来的话，按照早已注定的命运，那么跟另外一个女孩儿牵手走一生也是一样。所以说，一个爱情故事并不会比另一个爱情故事更有价值，上千种的生活都是可能的，可能是更好的，也可能是更坏的。弗兰克盯着窗子框出来的那片没有星星的四方形天空，心中想，实际上，真正的爱情故事，是在两个人开始恋爱的时候，其中一人耍个花招，伪造巧合，乔装打扮，穿上合适服装，戴上正确的面具，等到多年以后才摘下，让另外一人有足够的时间去习惯，去适应，直至陷入其中。

"那个漂亮的意大利女人呢？"弗兰克在背后轻轻问道。

"漂亮。依旧很漂亮……"

他觉得自己刚才想太多了。克洛只是忧心忡忡，有点儿心不在焉。他们夫妻两个会好起来的。他自己得起带头作用。他的手沿着妻子的脊背摸上去。

"漂亮，"她接着说，"但是很怪。她说她不记得尼古拉斯。"

他的手在她后背来回地画着之字。

"已经二十七年了，你觉得这奇怪吗？那你呢？你还记得你的朋友们吗？那些你十五岁的时候这里的朋友？"

她犹豫了。

"不记得，你说得有道理。"

弗兰克的手在克洛蒂尔德的颈部前面停了下来，心中感到失落。

他知道她没说心里话。

22

1989 年 8 月 19 日，星期六，假期第十三天

墨蓝色的天空，像你的眼睛一样

亲爱的未来读者们：

我给你们写一张科西嘉岛的明信片，一张简短的明信片，因为要跟你们讲明，最近这两天，我有太多的事情要做，没办法给你们继续写。

我真的是太忙了。

什么都不忙，就忙着做梦。

在撇下你们两天后，我现在尽力告诉你们一些消息，有点儿像那唯一的一次我去委科尔的营地，妈妈把给全家人的贴了邮票的信封都给了我，让我负责去给姑姑、叔叔和亲戚们写信……

好吧，如果是必须要的话……

亲爱的们：

我还在科西嘉。

这里一切都好，我玩得很开心，我在这儿有好多朋友。

还爱上了一个人。那是从前天开始的。

一个钓海豚的家伙。我满脑子都是他。

他现在还不知道。将来也不会知道我的感觉。他永远都不会爱上我。

或者他是爱上我妈妈了。

我的生活就是一场巨大的误会。

否则，一切都还好。

拥抱你们。

克洛

好啦，我知道，是有点儿短……不好意思啦！

这两天以来，应该说自从纳达尔掉入我的生活以来，我的心随着他的小船的节奏摇摆不定，我有点儿跟我的那帮同龄人脱节了。我看到玛利亚·琪加拉在远处经过，好奇怪，她的屁股涂成了蓝色，像牛仔裤那样的蓝色，一直到大腿根都是，还画了口袋、裤子拉链、裤边，像极了，跟真的布一样，但那是不可能的，因为我看不出来她怎么才能将她漂亮的小屁股穿进这么超级迷你超级紧身的小短裤里，这完全就像是模子做出来的第二层皮肤包在身上……那些男生就像流浪狗一样闻着味儿跟在她身后……一股新刷的油漆味儿。玛利亚·琪加拉从她的小后视镜中看着他们，扮演着拇指姑娘，在大森林里扔下她的胸衣和三角裤，像是在与她身后的追求者大军和饥饿的食人魔玩追踪游戏。

玛利亚·琪加拉还保留着她的处子之身，但她宣布 8 月 25 日她要飞去巴黎，在飞机离开跑道起飞之前，她要放弃她的童贞。就是这六天内的事儿了。这帮正值青春期的小男生又要疯狂到大脑发热体温上升了。

你们想知道我的看法吗？有一句话我最喜欢，长跑中真正有优势的人，是那个跑得最慢的。让其他人先跑到累。就像我哥哥尼古拉斯！我敢打赌，玛利亚·琪加拉一定会选我哥哥。时机已成熟了。她自己知道。我哥他也知道。他表现得有点儿飘飘然，有点儿颐指气使，有点儿膨胀。

我说的也不能算客观。

因为我也恋爱了。

我想见到纳达尔。我想让他带我上船，我想让他注意到我。

我以前从来不相信，看了一个人十五分钟，只说了三句话，从此心里就只想着他一人，日日夜夜地想，再没别人能入眼。

请告诉我，这就是恋爱吗？

为一个不在乎你的人宁愿去死，而这个人应该已经忘了我，他靠近我却是为了更接近我的母亲。

这算恋爱吗？

另外，我妈妈也比爸爸更胜一筹，他们昨天谈到了 23 日晚上的安排，谈得很艰难，爸爸让步了，我们所有人先去阿卡努农庄和爷爷奶奶一起喝杯开胃酒，然后我爸妈他们再去卡萨帝斯特拉庆祝他们的相识纪念日。

所有的亲戚都去参加"A Filetta"的演唱会……除了我们。

妈妈胜出，她有权在圣罗斯日那一天获得属于她的那一束犬牙蔷薇花，这让她也有些许的飘飘然，有点儿膨胀。至少我们不用去听那些复调音乐了，这可以肯定了。

我之后会给你们详细讲，在这之前，我要先跟你们讲讲 8 月 19 日。

讲讲那天发生了什么，1989 年 8 月 19 日……今天。

那是在很远，很远的地方。

又很近，就贴在妈妈的心旁。

一件疯狂的事情。

🌒 🌒

1989 年 8 月 19 日……他回想着。

这一天以后，不管是在世界上的任何地方，所有的东西都跟从前不一样了，尽管没有人真正去衡量这一天的意义。最伟大的革命都是在摸索中前行的，却引起了人类的巨大变革。

1989 年 8 月 19 日。新世界来临前的黎明。

所有人都不以为意，所有人都度假去了。

所有人都不以为意的一天，所有人，除了帕尔玛妈妈。

23

2016 年 8 月 17 日，10 点

"我在等你，克洛蒂尔德。我甚至以为你会早来呢。我以为我是你第一个想再见到的人。"

克洛蒂尔德透过蓬塔罗萨别墅宽敞的观景窗看着大海。从这个角度看出去的风景还是依旧令人头晕目眩。房子给人的感觉是挂在悬崖上的，只要打开落地窗就可以直接跳入地中海。转开并固定好屋子另外一边的玻璃窗，我们就可以一眼望尽巴拉涅地区的所有山峰，首先映入眼帘的是圣母塞拉教堂，然后是卡普迪维塔峰，最后是钦托峰。

这是一个永恒不变的奇景。

只是纳达尔变老了。

老了很多。

她向蓬塔罗萨前突出的岩石上的栅栏走了几步，观察了一下，不想被灯塔附近的游客发现。她跟弗兰克说的是要到卡尔维的特警队，找加德纳队长问问关于她的所谓的丢失钱包有何新进展。不过，她只算是撒了一半的谎，一个警察的女儿住在这里，至少不是她在巴拉涅的医疗急救站工作的时候。奥莱丽娅·卡尔西亚现在是卡尔维中心医院的一名护士，她很早就要去上班，中午之前都不会回来。

纳达尔问她要不要来一杯咖啡。她同意了。

纳达尔慢慢地调着。

打破僵局需要些时间。

克洛蒂尔德任风吹乱她的头发。她站在露台上，感觉不错。她一点

儿也不想再回到别墅里面。她认为，通常来说，房子的外表都是很普通的，标准化建设的住宅区里都是一样的独体小楼，相似的公寓楼，甚至在那些最小资的街区里也是一样。然而在那些阴郁的外墙后面，会藏着一些舒适的角落，每间房里物品的摆放，每个镜框的悬挂，每一本书都显示出主人的身份、品位和灵魂。

蓬塔罗萨却截然相反！

这是一栋在红色岩石上只用木头与玻璃建造的奇特的房子，是纳达尔一块板子一块板子，一块玻璃一块玻璃独自搭建起来的，那时他刚二十岁出头。至少在那些走到海关小径高处，发现了这个建筑的游客眼中，拥有它的人一定非比寻常。每一个细节之处都有他独特的匠心所在，贝壳镶嵌在雕刻成海豚造型的柱子上，直通大梁。蓬塔罗萨别墅成千上万次地被拍成照片，放在谷歌和脸书上。过去的这些年里，克洛蒂尔德只需在某个搜索引擎上输入"蓬塔罗萨"就可以看到这个令她朝思暮想的神奇建筑……还有它的建造者。然而，哪个游客会想到，在这样的房子里，藏着最媚俗、最普通、最差劲儿的内部装饰呢？宜家买来的一个个立方体，倾斜着不同角度，就变成了书柜、电视柜、餐具柜、凳子、茶几，上面贴了几张海报试图给白漆家具增添一些色彩：克林姆之《吻》，雷诺阿的《钢琴课》，莫奈的《睡莲》。

"你的咖啡，克洛蒂尔德。"

纳达尔刚才跟她说了他有些赶时间。他 11 点要开工。他在吕米奥的 Super U 超市负责管理鱼类柜台。

"别这样看着我，克洛蒂尔德。"

"怎样看着你？"

"失望的样子……对这里的一切。对于我。"

"为什么你这么想？为什么我会感到失望？"

"不说了。"

他离开了几秒后，回来时手里拿着一个杯子，一个顶针大小的小杯子，里面装满了玫瑰色的液体。

是酒还是药？

纳达尔应该刚刚过了五十岁。克洛蒂尔德觉得他仍然很帅气，比二十五岁的时候还帅。眼中透着一份超然，一丝忧郁，一点儿玩世不恭。她离开露台走进别墅。一张奥莱丽娅的照片挂在一个可滑动的玻璃橱柜上方，橱柜里摆着一套蛋盅、餐巾环和茶叶盒。克洛蒂尔德直勾勾地盯着照片。奥莱丽娅微笑着，身穿名牌裙子，皮肤黝黑，修饰过的眉毛。

"我不失望，纳达尔，只是我从来没想到会是这样。"

"我也没想到。"

他转过身去。手里的杯子已经空了，又再斟满。这次克洛蒂尔德看到了酒瓶，不是在放药品的架子上。

德米亚尼酒窖的 40 度的桃金娘酒。

克洛蒂尔德忍不住了。已经这么多年过去了。

"纳达尔……"

这时再退缩已经太晚了。她将目光从奥莱丽娅的半身像上移开。

"纳达尔，我现在可以告诉你了，就像人们说的，一切已经过去了。你知道吗，这么多年过去了，虽然我们从没通过信，没打过电话，也没联系过，但是你一直在我心里，一直陪伴着我。我不是要跟你说 1989 年，我十五岁那年的夏天，我们在雷威拉塔海湾，一起乘船出海。我要跟你说的是之后的事情，关于之后我的生活。纳达尔，你的出现，证明了一切皆有可能。怎么跟你说好呢……你就像是一个罗盘，给我指出了除了东南西北外的第五个方向，向着星星的方向。"

纳达尔的回答很无情：

"你不应该这样，克洛蒂尔德。我配不上……这就是生活，看到自己青春时的偶像在自己面前老去，看着他们让你失望，看着他们在你面前毁灭。"

说到点子上了，克洛蒂尔德心想。就像把一个旧玩具箱倒得底朝天。

"那又怎样，我那时爱上了你……"

纳达尔又将一杯喝下去。

"我知道……但那时你才十五岁。"

"是的。那时我还爱收集骷髅头。我穿得像一个僵尸。我喜欢鬼魂。"

纳达尔轻轻地点了点头，克洛蒂尔德继续道：

"而你那时却爱的是我妈妈。这让我快疯了。即使只是替我爸爸感到生气。"

纳达尔走近克洛蒂尔德。他似乎在犹豫要不要把手搭在她的肩上。

"你太恨你妈妈了，相反却太爱你爸爸了。从逻辑上来说，应该是相反的才对，但在你十五岁的时候你还不能完全明白。"

克洛蒂尔德向后退去，差不多要退到栅栏那儿了。纳达尔的言下之意，令她有些吃惊。

你还不能完全明白。

"你什么意思？"

"没什么，克洛蒂尔德，没什么。没有必要挖掘那些陈年旧事。让你的父母安息吧。"

纳达尔的目光离开了地中海，转身远眺山的那边，直到目光迷失在卡普迪维塔峰。

"我不怨恨我的母亲，"克洛蒂尔德继续说道，"我是嫉妒她，仅此而已。想起这事儿，真觉得荒唐。特别是现在面对曾经发生的事儿更感到荒唐。"

就在这一瞬间，纳达尔的眼睛亮了，克洛蒂尔德感觉重新回到了十五岁那年。纳达尔转身回答她：

"你真是个傻瓜！我很喜欢你，你黑色的衣服，叛逆的少年模样，胳膊底下夹着本子和书。一脸的倔强，像是另一个性别另一个肤色的我。"

有些话开始在克洛蒂尔德的脑子里碰撞着，是纳达尔在另外一个世界，在奥赛吕西亚的海滩上说的，她从来不曾忘记过。

我们是同一种人，克洛蒂尔德。我们是与众不同的捕梦人。

纳达尔又斟满了一杯，坐到一张极丑的茄色天鹅绒扶手椅里，继续说道：

"我看了《甲壳虫汁》，自从……我还重新看了《剪刀手爱德华》。每一次都会让我重新想起你。疯狂的丽迪亚·迪兹可以跟鬼魂聊天。你还是那么迷薇诺娜·瑞德吗？"

不是一点点，我的爱人！

"绝对是的。五年前，我和女儿瓦伦蒂娜去看《黑天鹅》的时候又看到过她一次。她不太喜欢这部电影，也不喜欢里面的女演员。但我还是很喜欢。"

又一杯下肚。开始有点儿喝高了，尽管德米亚尼酒窖的产品液面并没有下降很多。克洛蒂尔德接着说了下去，开始有点儿感觉了。

"你知道吗？薇诺娜·瑞德与强尼·德普坠入爱河的时候还不满十八岁，而强尼·德普那时已经差不多快三十岁了。他们在一起四年，还订过婚。强尼·德普曾经那么疯狂地爱着她，还在手臂上文了'Winona Forever（永远的薇诺娜）'，你信吗？"

纳达尔以沉默来代替回答，因为人们都已经知道后来发生的事情，薇诺娜和强尼分手了。强尼修改了他的文身，因为没办法全部去掉，就改成了"Wino Forever"。

"永远的酒鬼"。

青春年少时的幻想啊。

令人神往，令人失望，最后幻灭。

幻想最终淹没在桃金娘酒中。

纳达尔没什么可说的了。

克洛蒂尔德还在继续，她可不想就这么轻易地放弃谈话。她看着纳达尔坐在那张对他来说有点儿过矮的扶手椅里，不确定他能不能再站起来去冷冻柜台卖干酪和鳕鱼。

"昨天晚上，我见到玛利亚·琪加拉了。她在奥赛吕西亚海滩那里唱歌来着。"

"我知道。到处贴的都是海报，想不知道都难。"

"再说她唱得还不错。我还看见了 L'Aryon 号。"

"我猜到了。它总是停泊在那儿。你要相信，它也一直在坚持。"

纳达尔拿着他喝光了酒的迷你小杯，好像没力气再把它倒满似的。

"我还见到了赛文。实际上我现在天天都能见到他，我就住在科西嘉蝾螈营地。还看到了奥索，尽管我开始没认出来。当然还有卡萨努爷爷和丽萨贝塔奶奶。另外，我也不记得斯佩兰扎了，但是……"

"你到底想说什么，克洛？"

要刺激你，让你有反应。让你把这瓶桃金娘酒砸在墙上撞碎，把你扔进地中海里醒醒酒。跟你讲这些让我煎熬的秘密，是在请求帮助，你的帮助，你是我唯一可以信任的人了。

"事实真相？这个可以吗，纳达尔？事实真相！我可以全部都告诉你，如果你愿意听。从我回到雷威拉塔后，一切都不对劲儿。卡尔西亚警官，你的岳父，跟我说我爸妈的富埃果车的转向系统被人动了手脚。还有人从我住的那个小平房的保险箱里偷走了我的证件资料。保险箱却完好无损。这简直不可能但却真实发生了。但这些与另外的事情比起来简直太普通了。我是说那封信。你一定觉得我疯了，但我无所谓。我收到了从天堂寄来的信件，是帕尔玛寄来的。"

纳达尔开始发抖。他用手将小酒杯放到了离他最近的桌子上，好像它烫手似的。

"你再说一遍。"

"一封信，她在 C29 号营房等我。几天前收到的。是一封只可能是我母亲写给我的信。（她努力地笑了一下）一下子就让我相信这个世界上有鬼魂，你不觉得吗，纳达尔？可能是因为我还保留了丽迪亚那样的天赋。"

纳达尔站了起来，坚定地向前走去，就好像突然间清醒过来一样。

"他们是存在的，丽迪亚……"

"丽迪亚？"

"克洛蒂尔德，我是说，他们是存在的。"

"谁存在？"

"鬼魂们。"

不，很明显，他的酒还没醒。

"我告诉你一个秘密，克洛蒂尔德。一件我从未敢跟别人提起过的事情，甚至没敢对奥莱丽娅和她爸爸说过。我住在这个像是囚牢的房子里，我和奥莱丽娅一起生活，我一个接一个地放弃了我的计划，就是因为那些鬼魂。特别是因为其中的一个鬼魂。你说的是对的，克洛蒂尔德，或者丽迪亚，随你喜欢。那些鬼魂是存在的。他们是来拖垮我们的生活的！我知道你一定会以为我疯了，可是我不在乎。现在，你得走了。奥莱丽娅今天中午会回来。我想她不会想在这里见到你。"

没门儿！

纳达尔根本就没在意她说的话！

"你跟她搞什么？别跟我说这些鬼魂的事儿。"

他抬起头，透过落地玻璃窗，定定地看着卡普迪维塔顶部的十字架。

"有意思，克洛蒂尔德。你现在感觉比我还老。如今是你不再相信这些古怪的、不合常理的事情了，尽管还有这么多迹象出现。既然你不想听到关于这些鬼魂的事情，那我只能告诉你我必须向奥莱丽娅让步。我有很充足而且很迫切的理由。"

他眼中曾短暂出现的光彩现在彻底熄灭了。

"你知道吗，"他继续说道，"那些理性的夫妻，他们如果不是始于相互吸引和对爱情的幻想，反而会在一起生活得更久。原因很简单，克洛蒂尔德，就是因为是没有感情的，我们不会感到失望！结果往往比我们期待的更好。谁能说这不是爱情故事，嗯？谁能说它没有激情？最后不是比开始更好吗？"

一个声音出现在克洛蒂尔德的脑袋里叫喊着：救命啊！不要是你，纳达尔，不要是你。无论谁都可以对我说出这段话，无论是哪个蠢货……但不要是你！

这些年，当一切都不顺的时候，她会想到他。想到纳达尔·昂热利，一个捕捉美人鱼的渔夫，一个驯海豚的驯兽员，一个相信星星的人，想到他那海洋一样伟大的梦想。他能把信念传递给一个小姑娘，并且让她相信，一切并不是早已注定。

纳达尔·昂热利。

这个将幻想都淹没在这个小酒杯中的人将要去"Super U"超市上班了。一直带着这样惊慌的目光，像一个被关在玻璃饲养箱里的科西嘉蝾螈，在一边的玻璃和另一边的玻璃之间，在山和海之间徘徊，好像不知道鬼魂会从哪一边出来将它带走一样。

"你呢，克洛蒂尔德，你们是一对幸福的夫妻吗？"

一记重拳！他是怎么想的？

像成功者一样指手画脚，飘飘然，膨胀？

曾经叛逆的小姑娘，骷髅头，乌黑的头发。

他怎么想？

纳达尔也没有对她失望吗？

24

1989 年 8 月 19 日，星期六，假期第十三天

天空一片普鲁士蓝

好奇怪。

还是下午的时间，人们就都坐在电视机前了。好吧，是某些人。

他们一动不动坐在那里好像发生了什么严重的事情。在经过那条意大利人的活动房门前的石板小路的时候，我试图张望了一下。他们安装了一个大屏幕，门口弄了一个水泥台阶，瓷砖铺成的小路，种满了三色堇和天竺葵的矮围墙围绕着他们的房子。他们每年要在这里住上九个月。

没什么。我没发现大屏幕上有什么特别的画面。

其实，的确有一些画面，不过就是些普普通通的，完全不是有关袭击或者刚刚发动的战争那种。说来你们也不会相信：我看到一些人在草地上，铺着一小块桌布，正在野餐，环绕着他们的是起伏不平的小山丘。

那些人就是在看这个！看另外一些人在吃饭！

后来，有个记者出来讲话，但我听不到她在说些什么，我只能看到屏幕下方打出的字幕。

"肖普朗现场连线。"

肖普朗？

你们，肯定不会吓你们一跳的，但我会……光是听到这个名字都让我惊讶不已。肖普朗，是匈牙利的一座小城的名字，据我所知，那里有

165

六万居民，位于与奥地利交界的边境线上。不要以为我在地理方面的知识超级渊博，我只是对肖普朗有所了解，如果你们还记得的话，我母亲这边的家人都来自这座城市。

很无聊，对吧？我提醒过你们的。

是什么该死的原因让这个地球上所有的镜头都瞄准了肖普朗这座小城？

我飞奔起来，相信我，我真的是用尽全力跑回了 C29，我们自己的家。

所有的人都在 25 号房，就在隔壁，一户德国人家里，雅各和安可·施莱伯，他们是赫尔曼的父母。

所有人都聚在 25 号房里，因为他们有电视。而不是在我们家。

"发生了什么事儿吗，妈……"

帕尔玛妈妈用手指跟我比了一个"嘘"的动作。没有人转过身来，每个人都坐着一把塑料椅紧盯着屏幕，也是在看那些郊游的家庭坐在那里啃着鸡腿喝着啤酒。什么东西如此引人入胜？匈牙利那边发生了什么？

茜茜女王复活了？

世界末日到了？

一个飞碟落在了野餐布上，里面还有一些跟蚂蚁一样大小的迷你外星人？

我需要很长的时间来理解为什么全世界人的眼睛都在盯着这群乡下人吃午饭。这群乡下人，就是一群到匈牙利来度假的德国人。准确地说，应该是东德的人。而那些小山丘，是属于奥地利的。

你们懂吧？

不完全懂？那我给你们说个大概。

就在这个 1989 年 8 月 19 日，匈牙利当局决定开放边界，就是当时的铁幕。对于匈牙利人来说，这个情况已经持续了几周了，通常来说，他们会去西德转上一小圈然后回家。但这一次，所有人都可以跳过这道边界，不分国籍。围栏行动开始！整整三小时，从下午 3 点到 6 点，人们组织了一场盛况空前的野餐，他们称为泛欧野餐。军队也袖手旁观了。

消息传出来，东德人不请自来了。

他们中有六百多人正巧在匈牙利的这个角落度假，他们在边境大门关闭之前进来的。而他们，据记者报道，是没准备要回去的。

记者强调说，这是一个历史性事件，是东西德之间那个围墙上的第一个突破口，尽管这仅仅是一次测试，看看俄国人会有什么样的反应。

大家都看到了。

没什么反应。

戈尔巴乔夫根本不在乎这事儿。

25

2016 年 8 月 19 日

9 点

室内的温度已经高得不能呼吸了，阳光穿过橄榄树的树枝照射着铁皮方块屋，就像被遗忘在大太阳下的罐头盒。如果是做饭，克洛蒂尔德倒是喜欢这样的方法，隔水炖肉馅卷。她喜欢独自一人躺在床上，感觉着温度慢慢升高到难以承受，直到浑身被汗水湿透。就差个淋浴或者最好是有个泳池跳进去让自己彻底清醒。

弗兰克已经出去跑步了。瓦伦还在睡着，细心的爸爸一早就为她预留好了中午才会晒到阳光的房间。小宝贝……

除了克洛蒂尔德自己，还有谁能像个少年一样感到兴奋激动。她的手指再一次摩挲着手机的键盘。她重新读着那几行字，是一条凌晨 4 点 05 分收到的信息。

真高兴再次见到你。

你变得真漂亮，克洛蒂尔德，即便我更喜欢你打扮成丽迪亚·迪兹的模样。

这肯定是因为我学会了如何与鬼魂共处。

纳达尔

她用了很长时间一读再读这几行字，思忖斟酌着她要回复的每一个字。

真高兴再次见到你。

你依旧那么帅气，纳达尔，即便我更喜欢你还是海豚捕猎手时的模样。

从那时之后，我学会了没有鬼魂同在的生活。

克洛

一阵愉悦的美好感觉安抚着她。纳达尔与她珍藏在记忆深处的那个人再也没多大关系了，但奇怪的是，那失望的感觉却慢慢消失，慢慢蒸发了。有点儿像是她少年时期的偶像，不管是哪个歌手，在亮光光的海报上拥有完美身材，从海报里走出来的时候，尽管都有不完美之处，却更具吸引力，更具人格魅力，更具亲和力。

克洛蒂尔德还记得那个让她为之疯狂的纳达尔。在她十五岁的时候的那种不能为人理解的幻想。而现在，她看到的是一个脆弱的男人。他所有的梦想都破碎了。没被好好理解，没被好好爱过，没有幸福的婚姻。

总的来说仍是自由的！

总的来说仍是自由的！克洛蒂尔德，陷在床里，觉得这个表达有些矛盾。纳达尔是自由的……因为曾经有个女人偷走了他的自由。她独自笑出声来。其实，所有恋爱的女人都是盗窃自由的小偷。她们梦想着遇到白马王子……然后将其关到自己的酒窖里。

她把手机放到床头柜上，重新进入半睡眠状态，将潮热的被单裹在身上，就像是在土耳其浴室里裹着一条浴巾一样。

当她被弗兰克的声音惊醒的时候，已经过了多久？

"谢谢准备早餐。"

半个多小时了！

克洛蒂尔德一跃而起，弗兰克在她额头上吻了一下。两个人都浑身是汗，弗兰克是因为一步步爬上圣母塞拉教堂而汗流浃背，克洛蒂尔德身上的汗是在炎热的房间里慵懒出来的。

她努力回忆这罕见一吻的原因。

谢谢准备早餐？

她站起身来，有些惊讶。

桌子上已摆好了早餐！

新鲜的面包，牛角包；咖啡，茶，碗和蜂蜜；果汁和果酱。

弗兰克？弗兰克备好早餐是为了给她惊喜！他的"谢谢准备早餐"，是一个另类的叫她起床的方式？这个勇敢的运动爱好者，帮她驱走了慵懒的气氛？

克洛蒂尔德的目光落在放在床头柜上的手机上，带着一丝内疚。

不要把一切都毁了……

她吻了一下弗兰克的脖子。

"谢谢你。"

弗兰克一脸惊讶的样子。

"谢我什么？"

"这个皇家早餐。就差在花瓶里插枝玫瑰了。"

弗兰克这下子看上去更加丈二和尚摸不着头脑了。

"这不是你准备的吗？"

"不是我……我在睡觉。"

"也不是我，我才刚刚回来。"

两人半信半疑的目光同时落在了他们女儿房间的门帘上。

那是瓦伦？

相信她对父母的这份关心比相信是家里的小精灵悄悄准备的似乎还更难一些。弗兰克掀开女儿房间的门帘时，一声鬼叫证实了这个猜想。

不是瓦伦，不是弗兰克，也不是她自己……

那会是谁呢？

克洛蒂尔德快速穿上一件衬衣，仔细地看了一下摆好的桌子，为一开始没有注意到的细节而感到震惊。营地的小桌子上摆好了四人用的碗

170

碟刀叉，而不是三人的。然而这个数字与其他的巧合相比，已经完全不重要了。

弗兰克从瓦伦蒂娜的房间出来，克洛蒂尔德指给他看一杯装满粉橙色果汁的杯子和旁边放的一只白色的碗。

"尼古拉斯从前一直都是坐在那个位置，桌子的顶头。早餐的时候他从来只喝一杯柚子汁和一碗牛奶。"

弗兰克没有回答她，克洛蒂尔德指着一个咖啡杯和还在冒着热气的咖啡壶，继续说道：

"爸爸早上就坐在对面那里，喝一杯黑咖。"

一个水壶，两袋茶。

"我和妈妈两个人早上喝茶。还有她在斯塔雷索港口的市场买的果酱，有无花果和野草莓两种。"

她慢慢地把放在面包篮旁边的瓶子转过来。

无花果和野草莓。

克洛蒂尔德将手放在桌子上，有些颤抖。

"都在这里了，弗兰克。都在这里了。就好像……"

弗兰克抬头看向天空。

"就好像二十七年前，克洛？你如何能记得二十七年前早餐时吃的果酱的味道？茶叶的牌子？还有……"

克洛蒂尔德狠狠地盯着他。

"怎么了？这是我与我的家人在一起生活的最后时光！是我们最后在一起吃的饭。自从出事以后它们萦绕着我的每个夜晚，成千上万的白天与黑夜。每一个我独自在家的早晨，当你在遥远的地方上班的时候，妈妈、爸爸和尼古的鬼魂就坐在我早餐桌的旁边。所有的事情我都记得。记得每一个细节。"

弗兰克赶紧圆场。他动了个心眼儿，想避开火力。

"OK，克洛，OK。你得承认这就是个巧合罢了。茶，咖啡，果汁和当地的果酱。十个家庭里有九个早餐都是吃这些的啦。"

"那桌子？谁摆的桌子？"

"这我就不知道了。可能是瓦伦跟我们闹着玩儿。或者是你。或者是我？又或者是一个恶意的玩笑。你朋友赛文体贴的表示，或者是他忠心的海格。至少，看上去他挺喜欢你的。"

克洛蒂尔德听到奥索的绰号猛地一惊。她强忍着想要将铝合金餐桌掀翻，把冷掉的咖啡和融化的奶油摔在地上裂成花儿的冲动。

弗兰克的冷静令她难以忍受。

"有人想让你回想过去，克洛。不要陷入这个局当中。甚至不要去找是谁……"

克洛蒂尔德都没听完她丈夫接下来的话。她在一张椅子上发现了一张对折在一起的报纸：

《世界报》。是今天的。

她看着它，好像它要烧着了。

"那……这张报纸呢？"

"一样的，"弗兰克继续说，"又是一个道具而已。我猜想，你的父母和其他度假的人一样，每天早上都会看报纸。"

"不，他们从不看！"

"那，所以，你明白了吧。这个神秘的服务生犯了个错。这可以证明……"

"从不，"克洛蒂尔德打断了他，"我爸妈度假的时候从不看报纸。只有一次除外。仅有的一次。那天爸爸曾去卡尔维的出版社买《世界报》，然后在妈妈还没起床时就买回来了。他把报纸放在了她的椅子上。那是我们一家四口最后一次一起吃早餐，也是我们四个人在一起的最后一餐。第二天，爸爸跟他的堂兄弟们去桑吉奈尔群岛玩了三天帆船，23 日那天才回来，发生车祸的那天。"

弗兰克看着躺在椅子上的日报，一脸的不明白。

"1989 年 8 月 19 日，匈牙利人第一次跳出了铁幕的控制。在肖普朗，奥地利的边境城市，我妈妈的故乡。妈妈也是在那天，读了她人生的第一张报纸，就是我爸爸带回来的那张。那张 8 月 19 日的报纸，弗兰克，8月19日的，就跟今天一样。这可不是一个巧合！而且……"

"而且什么？"

一瞬间，克洛蒂尔德觉得弗兰克在跟她演戏，他知道所有的事情，除了他，没有别人能在不吵醒她的情况下将桌子都摆好。她赶紧打消这个愚蠢的想法，装作没有听到她丈夫在说什么，接着说：

"而且，没有人能知道这些事情儿。没有人，除了尼古拉斯、妈妈、爸爸和我。这是我们自家人之间的事儿，一件非常微不足道的事儿。

"爸爸在没有任何事先考虑的情况下自己去买了报纸，妈妈花五分钟时间读了半页报纸上的一篇文章，之后她将报纸放进了烧烤炉，中午就烧掉了。没有人会知道这其中的细节。除了我们四人中的任何一个以外，没人会知道。你明白吗，弗兰克？那个把这张报纸放在我妈妈椅子上的人一定就是我们四个人中的一个。我们四个中还活着的一个人。"

"那不是你妈妈的椅子，克洛……"

"就是。"克洛蒂尔德回答道。"就是的！"她喊了起来。

瓦伦出现在她面前。

"你们还没吵完吗？"

她站在那里，身上裹着一件贝蒂娃娃的浴袍，头发散乱，表情疲惫。她在桌子前坐下，坐在鬼魂尼古拉斯的位置上，一只手伸出去拿报纸，另一只手拿起咖啡送到嘴边，同时还做了一个鬼脸。

"恶心。已经冷了。"

克洛蒂尔德看着她，一脸的惊讶。

"我们需要提取指纹，弗兰克。"

他叹了口气，注视着他女儿的眼睛，又看看他妻子，仿佛她疯了似的。他感觉女儿已经完全取代了妻子的地位，她的年轻，她的美丽，她生活的乐趣……她的理由。

她女儿转动手腕用力打开一罐果酱，用力地咬了一口面包，用力地咀嚼着生活，带着极大的欲望享用美好的一天，睡个大懒觉，在明媚的阳光下享用一桌子的早餐。简直就是黄金假期！梦想中的生活！然而，克洛蒂尔德无法摆脱这个想法：瓦伦在糟蹋她所触碰的每一件物品。她的每一个动作都破坏了一个神秘且神圣的秩序。

弗兰克是对的，她变疯了。

⚓　　⚓

"您丈夫没在吗？"

"他没在，他去加雷利亚湾潜水了。"

加德纳队长过了三个多小时才过来。弗兰克等不到一小时就放弃了。警察在电话里已经明确地说他不了解这个早餐桌的故事，但他还是过来了，至少要彻底处理关于钱包被盗的事情。他曾做了一次泛泛的调查。没有什么收获。没有指证，没有线索。

他围着营房转了不到两分钟。

"您女儿呢？"

"她应该走了，她要去参加一个溪降。"

赛文·斯皮内洛站在一旁，这位营地经理点头表示认同。营地里一半的年轻人都坐着迷你小巴要在下午的时候去到佐伊库峡谷。

"巴隆夫人，不知道我还能做些什么？"

提取指纹，笨蛋！然后和所有在营地的游客的指纹进行比对，肯定是他们其中的一个跟我开的这个玩笑。询问目击者，今早所有那些经过我营房的人。特别是不要再当我是个疯子了。

加德纳队长，这个美丽岛上的橄榄球中卫，注视着克洛蒂尔德，双手摆动着。赛文已经给他提前做了功课。二十七年前的那场事故，重现的记忆，快要失去理智的幸存者。

赛文将一只手放在警察的肩膀上。这是男人之间的表达方式。第三次中场休息时口渴的球员与请喝水的人之间的默契。

"走之前我请你喝一杯？"

警察橄榄球手没有拒绝。

174

看着他们走远，克洛蒂尔德知道她不能指望警察的帮忙，也没有其他人能帮忙。她得靠自己解决这件事。只能靠自己，尽管她必须要安排一长串的紧急会面，要跟目击者见面，提问，让他们言无不尽。

可恶的玛利亚·琪加拉在化妆间门前让她吃了一个闭门羹，见到她好像见到鬼魂了似的。

她祖父卡萨努在一开始就知道她爸妈的车子被做了手脚。

纳达尔。纳达尔他自己也有个鬼魂要介绍给她。

此间的迷雾越来越厚，也越让克洛蒂尔德觉得谜团里的答案就在她的记忆里，在她 1989 年夏天的那段记忆里，但是噩梦过后只留下了一些破碎的片段、一些印象、一些一闪而过的瞬间。这让她如何能从中采信呢？她需要具体的回忆，切实的事实，可靠的证人。她将所有的东西都记录在内的、那本记录了她整个夏天的日记。那本再也没有回来她身边的日记。

为什么？

因为她需要一个起点，一个线头去解开剩下的线团，一段真实的片头来牵引出后面的图像。她知道到哪里去找！

克洛蒂尔德重新盯着早餐桌。过道的远处，奥索手里拿着耙子和铲子，看着她，好像在等着收拾桌子。好像他知道发生了什么，也都看到了却又什么都不能说。

这需要时间。应该不是奥索掌握着证据。不是玛利亚·琪加拉。也不是卡萨努。

他们也在等待着。

克洛蒂尔德很恼火没有在之前想到这些。在她前方百步之遥的地方有两条小路和三间活动房，那里有她对蝶螈营地所有的记忆，所有的事情和动作，所有的面孔，所有的眼神。

五十年的历史。

需要说服博物馆的门卫给她打开那本魔法书。

26

1989 年 8 月 19 日，星期六，假期第十三天

天空一片激情蓝

　　若无其事，我未曾谋面的知己们，或者是笔下生花，就像我手中握着的这支，这是我今天第三次写给你们了。肖普朗周围的骚动似乎尘埃落定，铁幕的栅栏重新关闭，对于留在正确一边的人来说，是再好不过了。当电视里开始播放高原地貌，而不是奥匈帝国的小山丘的时候，帕尔玛妈妈又出发去海边晒日光浴了。而我则去了海豹岩洞等日落。还没有详细跟你们说，这里的海豹是环斑海豹，它们胆子很小，喜欢待在25℃的海水里，在岩石上晒得金黄……因此，很多年前，它们就被捕杀光了，现在我自作主张占领了它们的家！只需要爬过一些岩石，就可以进到这个岩洞了。洞里有些尿臊味儿，还有一些灰烬和有盐渍的海藻，洞口的海水刚刚好可以拍到脚面。从这里可以看到外面的一切，却又不被人发现，除了那些来捕捉龙虾、虾蛄和海胆的渔夫以外。

　　我现在就像这些海洋生物一样。

　　像海胆。

　　只想像这样地抛些词出来，散乱无章，甚至都不是完整的句子，我完全没力气了。机会留给那些有话想说的人吧，比如《世界报》的记者们，他们在说铁幕已经被撕碎，抛到了世界的另一头；《科西嘉早报》则一直在讲德拉戈·比安奇，这个来自尼斯房建与公共工程联合会的包工头，这一次人们终于发现了他的尸体，尸体还是穿着衣服的。他从一艘

经过阿雅克肖湾的渡轮下漂过。

"不开心吗，克洛蒂尔德？"

我先是看见一截钓鱼竿伸出来，在竿子的尾端，我发现了巴希尔·斯皮内洛。他是营地的老板，也是爷爷的朋友。

至少，我还是愿意和他聊聊的，然后再跟你们讲。至少是这样。

"有什么不开心的，克洛蒂尔德？"

"…………"

"这不像你，克洛蒂尔德，这么忧伤。不管怎样，不要表现出来。"

他的话一定是有魔力。我不知道为什么，我跟他讲了我的事情。

"我恋爱了。"

"跟你的同龄人吗，亲爱的？"

"还真不是。我没有爱上一个跟我同龄的浑蛋。"

"当你说和你同龄的浑蛋的时候，你是想到谁了？"

"…………"

"我儿子？赛文？"

"不只是他！"

巴希尔笑出声来。我喜欢他猛犸象式的大笑，把我的洞穴里的钟乳石都震下来了。

"你知道吗，亲爱的，"他冲着我眨了一下眼睛，"科西嘉人只有一个弱点：他们爱他们的家庭。这是一个不可触犯的原则……"

他停住不再说了，但我看得出来他有话不敢说。

科西嘉人爱他们的家庭，这是一个不可触犯的原则。

但是当你有个浑蛋儿子，一个浑蛋儿子！

巴希尔转移了话题。

"那你是爱上谁了呢？"

我不由自主地脱口而出。

"纳达尔·昂热利。"

"啊！！！"

"你认识他？"

"是的……跟他在一起你可能会更受伤。纳达尔不是个懒人，人也不傻，长得也不错，是一个好人家的儿子。他爸爸，安托尼，在他离婚前，曾经是卡尔维一家私人诊所的大老板，还去里维耶拉又开了另外一家诊所。人家说你的曾祖父，潘克拉辛·伊德里斯，曾经将蓬塔罗萨的一千平方米的地送给了他，换取冠状动脉搭桥的手术，为他多赢得了五年的生命。纳达尔在他父母离婚的时候，非常生他爸爸的气，但在这儿，一家人终究是一家人，在去意大利之前，安托尼将蓬塔罗萨的地留给了他的儿子。这里的人们都将他看成戴着光环的大众情人，他拥有在灯塔下建造的蓬塔罗萨别墅和他的海豚传说，还将他看成一个有点儿夸夸其谈的理想主义者。但是，如果你想听听我的意见，我认为纳达尔玩得很溜，他扮演成梦想家，只是为了不把他的客人吓跑。他保护海豚的计划、去海上兜风以便近距离接触鲸鱼的计划，是能成功的。纳达尔很真诚，人们可以感觉得到，也愿意花大价钱去体验。他真诚，可靠。是的，亲爱的，你的纳达尔有点儿像是一个寻金者，其实找到了好的矿脉，但却继续故作轻松吹着口哨，好像什么也没发现，好让其他人都不要过来。但是，纳达尔也是一个老单身汉了，对你来说年纪太大了，亲爱的克洛。"

巴希尔亲切地跟我说着这些话，超级感人。

"我知道……我知道。但我想要找的就是像他一样的男人。"

"你会找到的。只要你有耐心，只要你愿意等待，不要过于降低你的标准。"

"他邀请我明天早上去雷威拉塔海域看海豚。"

"那就答应他，去吧！说不定是他更需要你呢。"

"他需要我？为什么？"

"好好想想。你那么聪明。他为什么需要你？肯定也还需要你妈妈。"

难道巴希尔已经知道纳达尔追求我妈妈的计划了？在这一点上我是真的傻吗？在我鼻子底下，所有人都知道这件事，只有我自己什么都没看到吗？

"好好想想，克洛蒂尔德。纳达尔有一个很大的计划。他要建造一个海豚避难所，一个集研究、保护和照顾鲸类动物于一体的，一个像博物馆一样的海洋之家。在海洋环境中建一座环保建筑。好好想想，你妈妈的职业是什么？"

"建筑师……"

"而他要建他的庇护所的地方是属于谁的呢？"

"我祖父……"

"没错，属于我的朋友卡萨努。我很了解他，这个疯老头。纳达尔·昂热利的计划可能对路，但卡萨努很警惕，很谨慎。他可不是那么容易被说服的，他不太喜欢过多的变化。"

这么说来，纳达尔是利用我和妈妈去哄骗爷爷？

或者是巴希尔的妄想……

"爷爷的谨慎是有道理的，你同意吧，巴希尔？尽管我一年里只来这里一次，但我仍然疯狂地爱着这里，蝾螈营地、奥赛吕西亚海滩、雷威拉塔角。我希望每个夏天回来的时候这里景色依旧，没人有权利在其他的十一个月里对其染指。就像《睡美人》的故事里一样，在我9月离开的时候，嗖的一声，用魔法棒让整个世界都睡着，等我到下一年7月回来的时候再将其唤醒。"

"但是一切都在改变，克洛蒂尔德。你也在改变，等着瞧吧。你会比这里的景色变化得更快。"

"这不是必然的。就像你，巴希尔，你就没怎么变。"

巴希尔感到很欣慰。

"这倒是真的！但这可能更多算是个弱点，而不是长处。可能是科西嘉人最大的弱点了，不知道该如何去改变。这是我和你爷爷的共同点。尊敬，荣誉，传统。但是一切都在改变，即使我们没有。因为我们不是永存不朽的，他和我都是。在我之后，一切都会颠覆。（他的眼睛环绕着眺望，停在了营地的帐篷那里，里面的人们在玩猜桅杆。）坦白说，我宁

179

愿不留在这里，看着这一切发生。"

除非他还在这里。

而且他也预见到了这一切。

在延伸出洞穴通向海边的小路上，有一群少年经过，他们急匆匆赶在太阳落山前到达这里。玛利亚·琪加拉走在最前头，穿着一身白色带花边的衣服，赫尔曼紧跟其后，一副独眼巨人的模样，肩上扛着一台收音机正在大声播放着摩登淘金合唱团的 *You're My Heart, You're My Soul*（《你是我的心，你是我的灵魂》）；跟着在小路上来回穿插的玛利亚，收音机在赫尔曼肩膀上变换着位置。赛文和艾斯特凡在后面拖着一辆装着几箱啤酒的小车。尼古拉斯稍稍落在后面一点儿慢慢走着。奥莱丽娅就在我哥身后几米远的地方。然后是苔丝、斯蒂芬、拉尔斯、菲利普、坎蒂、吕铎……

我猜，这一小队人马是要去阿尔卡海滩。

🍂 🍂

他合上本子，将手掌放在洞穴中冰冷的石头上。

巴希尔任由结肠癌吞噬自己是有道理的。

从此，这个天堂被一群蠢货占领了。

27

2016 年 8 月 19 日，下午 3 点

一切都好
瓦伦

　　手机信息里还有一张瓦伦蒂娜戴着头盔，身上绑着一条带子与一群年轻人在一个壮观的瀑布之上的照片。克洛蒂尔德没有什么理由担心，溪降活动是由经验丰富的教练带领的，而且瓦伦蒂娜是一个爱运动的女孩儿。但还是不能彻底打消令她不安的预感，由于最近接连不断发生的神秘事件，一种奇怪又隐秘的压力围绕着他们。弗兰克没在，到加雷利亚湾海域潜水去了，他至少在某一点上是对的。她不应该停留在思索中，应该继续向前。

　　她沿着玫瑰色碎石铺成的小路一直走到了活动房 A31 号，这里被大家视为营地里养护最好的人家。这儿的主人对房子做了很好的规划，屋顶装上了太阳能板，一根杆子上安装了一个集水器和小型风力发动机，旁边就是飘着德国国旗的旗杆。

　　雅各·施莱伯是蝾螈营地最资深的住户了。20 世纪 60 年代的时候，他和妻子第一次来这里，每人一个背包骑着一辆摩托就来了。再次来是 70 年代的时候，他们一家三口开着一辆奥迪 100，带着一个三角帐篷（两根支柱支撑的，屋顶形的小型露营帐篷）来这里露营。那时他们的儿子赫尔曼还不满三岁。之后的每一年他们都会回来露营，第一次租下活动房 A31 是在 1977 年的时候，1981 年就买下了它。那是最美好的几年

181

时光，雅各按照自己的想法设计着他们的小家，开垦他们的小院子，建了一个小走廊。后来从90年代开始，他们的故事走向了另外一个方向。首先是雅各和安可又重新进入二人度假模式，那年十九岁的赫尔曼要留在他们在勒沃库森的公寓，因为暑假里他要为拜耳工作两个月。再后来从2009年开始，当安可在医院永远地闭上了双眼之后，雅各仍继续每年都回来蝾螈营地住上三个多月，但都是只身一人。

就像村子里的老人会记得村里有年头的事儿，一个公司的老资料员会保存着所有的旧档案一样，营地里的这位老营员也储存了很多旧时的照片。

从1961年开始，到现在已将近六十个夏天。

那些最美的照片，他曾全部无偿赠送给了营地的老板，这些照片被贴在营地接待处、酒吧里、凉棚下；那些黑白照片，有穿着从前的比基尼的，有穿着喇叭裤在海滩上跳舞的，有从1962年到2014年间的德法足球晚会的，有孩子的笑脸的，有大规模烧烤的……雅各·施莱伯曾经是个摄影发烧友，近乎成为一种癖好和迷恋了。随着时间的逝去，他的记录成为了无声的见证。

雅各·施莱伯用旧式的礼节将克洛蒂尔德让进屋。活动房内的墙壁，大部分都被杂乱无章钉在上面的上百张照片覆盖着，没有明显的顺序。克洛蒂尔德的第一反应原本是从中随机搜索到感兴趣的年份的照片。但她礼貌地控制住了自己。

"施莱伯先生，我想寻找一些照片。1989年夏天的所有照片。"

"是有关你父母和哥哥意外的那些照片？"

雅各带着德国口音问道。他说得很大声，以便盖住收音机里传来的声音，是一个德国电台，没放歌曲，只有一个主持人单调的声音传出来。

"我明白，我明白。"

他一边说着，一边匆忙拿起手机按着上面的键盘。在这超过半分钟的时间里，克洛蒂尔德正迟疑着要不要无礼地站起来，自己直接去墙上寻找她要的照片。

"不好意思，伊德里斯小姐。"雅各在她正要站起来的时候说道，"我只是一个退了休的老头，却有一颗童心。您知道《谁想在客厅里赢取一百万？》这个节目吗？"

克洛蒂尔德摇头表示不知道。

"这个和电视里放的是同一个节目，只是换成在电台播出。用手机绑定，下载一个应用。然后，主持人问问题，你要在三秒内作答，只有很短的时间可以上网寻找答案……从 A、B、C、D 中选一个答案。如果你对了，你就继续。只有最后的三道题，是没有选项提供的。"

"如果都答对了的话，真的能得到一百万吗？"

"嗯，应该是的。都是由广告商来支付的。这个节目在德国很火，成千上万的人都参与过。但每次我都没办法答对超过十道题，跟其他绝大多数的德国人一样。"

"那这次呢？"

"我现在到第九题了，我们在等第二阶段，直到第十二题的部分。我现在有时间，到下一个问题提出前，至少还有十五分钟，广告时间，我跟你说过的！那么你是要找 1989 年夏天的照片，对吗？"

雅各站起来。尽管已七十多岁，但似乎仍然很灵活。他进到另一间屋子里。

"这是赫尔曼的房间，"他解释道，"从 90 年代的时候我把它变成一间专门的照片房。"

只见几十个档案箱，上面都贴着标签并标上了数字，整齐地摆放在层架上。

1961 年夏天。

1962 年夏天……

如此按顺序摆放一直到 2015 年。近几年的照片分成多个文件夹存放。

"每年我都会拍几百张的照片，"雅各解释说，"特别是有了数码相机以后。但即使是从前，每个夏天，我也会用光十几个胶卷。"

在这儿，1989 年……

他登上一个凳子，抽出一个档案箱，转向克洛蒂尔德。

"如果你的父母不是死于那次意外，而是被谋杀，那么凶手的头像很有可能就出现在这些照片中。"

如果德国老头没冲她笑，她还真以为他是认真的。

"而我会因为是见证人而被干掉……我想您来这里只是为了缅怀过去吧。我遇到过几次，以前的一些游客来跟我要一些旧照片，以前的一场婚礼的啊，或者纪念日的。"

他重新看了看他的手机。这是个假节目吧，收音机还在播放着一串德语广告歌曲。随后他打开了箱子。

有那么一秒，克洛蒂尔德认为雅各要死了，就在这里，在她眼前，差点儿被突发的心脏病击倒。

❧　　❧

瓦伦蒂娜排队等着往下跳，看上去不是很难的样子。首先需要下到距离七米的，悬在瀑布中间的一个小平台上，然后猛吸一大口气，捏紧鼻子跳下去。下面的水潭是佐伊库峡谷中最大的天然泳池，据教练讲池水有三米深。

尼尔和克拉拉已经跳下去了。她前面现在只剩塔希尔了。

瓦伦蒂娜还不知道，也许不知道更好。

瓦伦蒂娜不知道，扣着安全绳肩带穿过的登山扣，没有扣死。只要有一点点大力的动作，它就会松脱，而安全措施也就无效了。

瓦伦蒂娜兴奋地看着半空中，一点儿也没觉得害怕。塔希尔刚刚从那个小平台向瀑布下跳下去。他野兽般的惨叫声很快就被他重新冒出水面时的开心大笑所遮盖。

纯粹的幸福。瓦伦蒂娜在肾上腺素的刺激下默念着……

瓦伦蒂娜不会知道，交给她的装备，在她出发前的几分钟被暗中弄坏了。

轮到她了。

热罗姆，溪降的教练，抓住她的手腕，转向水潭的方向，同时在她的腰上缠上安全绳。

✦　　✦

箱子是空的。

1989年夏天。

一个空的文件夹。

没有一张照片，没有一张底片。

"我……我不明白这是怎么回事儿。"雅各结结巴巴地说道。

他将手伸进去检查看箱子底是不是有夹层。这也太滑稽了。他重新站到凳子上，抽出旁边的箱子检查看是否有东西掉到了后边，可是什么也没找到。

他打开旁边的箱子，不放弃一丝可能，低声抱怨着"胡扯"，"该死的"。这个文件夹也是空的，仿佛整个有序的生活被弄乱了，仿佛这些文件箱中的东西都轮着班突然失踪了，就像多米诺游戏一样一个接一个地被推倒。克洛蒂尔德在犹豫要不要跟雅各说算了吧，这不是他归类的问题，他没搞错。简单来看，这些归好类的文件应该是被偷了。应该有个鬼魂来过这里。

就像她的钱包在保险箱中不见了，就像她妈妈寄来的那封信，就像那张布置好的早餐桌。

"我不明白这是怎么回事儿。"雅各不停重复着。

电台里的广告歌曲终于将他拖出了尴尬的境地：《谁想在客厅里赢取一百万？》的主持人又出来了。

第十道题目。

雅各立刻定住了。主持人用一种超现实的声音提出了一个难以理解

185

的问题，然后用更快的速度给出了备选答案：

A. 歌德 B. 曼恩 C.卡夫卡 D. 缪希尔

一，二，三……

雅各的手机爆发出一阵丁零声！

"是的，答案是 B，只有托马斯·曼恩在达沃斯疗养院住过一段时间，这毫无疑问！"

在脚边的纸箱将他重新带回到悲惨的现实中之前，他的欣喜若狂还是让他心满意足了一会儿。

"可能我有点儿失去理智了，伊德里斯小姐。我整天都在整理这些该死的文件，但是有一天有人问我找张照片的时候我却……"

"没关系，施莱伯先生。就像您说的，我只是思念过去而已。"

"我看来是疯了。但是您也看到了，小姐，我是有整理它们的，这些该死的回忆。"

电台里，在新一轮无休止的广告开始前，主持人确认了答案 B，托马斯·曼恩。

克洛蒂尔德站起身来。

她撞进了一条死胡同。接下来要先去问一问玛利亚·琪加拉和卡萨努。然后回去再问一下凯撒尔·卡尔西亚警官，或者，最好是，跟他女儿奥莱丽娅也谈一下。

丁零。

这一次，信息来自克洛蒂尔德的手机。

纳达尔。

她感到自己脸一直红到了耳朵根，就像是一个小姑娘惊喜地同恋人讲话时的反应一样，她赶紧合上了电话。过一会儿吧，她打算过一会儿才读他的信息。可以藏在海豹岩洞里读。

"我跟您强调一遍，真的没关系的，施莱伯先生。"

德国先生挠着他头上仅剩的几根稀疏的灰色头发。

"如果您不是很赶时间的话，我可以去云上找到所有您要找的东西。"

"哪儿？"

"在云上。这是一个互联网上的存储空间。我花了好多年的时间，将从1961年以来的照片都进行了扫描，然后将它们都放在了这个虚拟的堡垒里。您想想看，如果我的这间乡间小屋被烧了或者被一场暴风雨给冲走了呢？放在云上，那些文件都是永久保存的，就像在墓地里永久租借一块地一样。我只需要连接上不错的Wi-Fi信号，再加一个U盘，应该就可以找到你要的东西了。"

克洛蒂尔德不是很懂计算机方面的知识，但她觉得对于那些在营地中飘荡的看不见的鬼魂来说，应该是很难闯进云层去盗走被天使保护的文件的。

她重新又燃起了希望。

"我需要带着我的手提电脑去接待处，"雅各进一步说，"那里的信号最强。我会让赛文·斯皮内洛今晚帮我弄个地方出来。这儿，我有台打印机可以把它们都打印出来。如果一切顺利的话，您明天早上应该就能拿到您的那些相片了。可以吗？"

克洛蒂尔德差点儿就跳上去搂住他的脖子了。

她控制住了自己。电台里一直在放着那些愚蠢的广告歌曲，她开始希望主持人能赶紧提出下一个问题，好给她一个离开这里，离开这位退休老人的借口。

好快点儿跑开，赶到她的洞中去，打开手机飞快读那条信息。

广播电台里，第一次放了首歌。

"我给您倒一杯茶吧，伊德里斯小姐？"

❖　　❖

热罗姆让瓦伦蒂娜放心跳下去。他将绳索缠在了她的腰上，然后一下一下地，十厘米十厘米地放松。

这是常规操作。瓦伦蒂娜，这个小姑娘，一点儿也不担心。

一个漂亮的小姑娘眼中没有残酷。

他用目光掌握着她的下降。还有五米，她就要到达那个小平台，在那里她就可以放松绳索跳进瀑布，就像教练教的那样，紧绷着身体，直直的像根棍子一样，让双脚先入水，这样好避免在猛烈的冲击下撞碎后背或者脖子。

小瓦伦蒂娜真的很漂亮。

热罗姆的注意力被分散了一小会儿。但就算他能更多注意一下，也不能改变什么。

他先是感到绳子变软，好像下面什么也没有拴着。接着，他看到悬在半空中的绳子，就像一条逃脱的长蛇在甩动。

瓦伦蒂娜的身体摔了下去。

不是像一根直棍子，是身体蜷在一起，像球一样，头冲下，好像蜷缩在一起的石头。

28

1989 年 8 月 19 日，星期六，假期第十三天

天空，蓝精灵一样的蓝

时间：午夜零点整

地点：科西嘉蝶螈营地，阿尔卡海滩，远离父母

是日议程：1989 年 8 月 23 日的密谋

出席人员：所有主要密谋策划者

请注意，未曾谋面的知己，这里在讲一个计划，一个秘密计划，我跟你们说这些是因为我信任你们，其他人是绝对不可以知道的！

你们发誓？

好的，有很大的机会你会在 1989 年 8 月 23 日以后就读到这本日记，但世事难料，也可能你是在 2000 年之后才读到，那时可能已经发明出一种机器，能够带着你们回到 1989 年，回到密谋发生前的几天，介入这场阴谋……

我跟你们保证，这可不是什么死亡计划。

这一帮人的首脑是尼古拉斯。对，是我哥！这个小尼古，掩饰得很好。在父母、其他大人和女孩子面前都表现得很乖。其实所有的小诡计都出自他手。主谋、划策、行动，他一个人全包了。

总之，关于圣罗斯那晚，尼古拉斯有个计划。

一切都准备好了。完美的行动。时间计算得如此精密，即使是持械

抢劫拉斯维加斯最大赌场也不过如此。

19 点……

在卡萨努爷爷和丽萨贝塔奶奶的阿卡努农庄，和亲戚朋友邻居们一起餐前小聚。

20 点到 21 点间……

爸妈他们出发去卡萨帝斯特拉共进晚餐，并在那里过夜。第二天早上，这对爱侣会很晚才起床。

21 点……

几乎所有生活在科西嘉雷威拉塔海湾的人，特别是在阿卡努农庄吃饱喝足的人，都会去密林中间的桑塔露琪娅教堂参加复调合唱音乐会。考虑到教堂的大小问题，如果他们想要坐着好好欣赏 A Filetta 的话，是一定不会迟到的。

所以，从 21 点开始，就是：

Freedom! 自由！（英语）

Freiheit! 自由！（德语）

Libertad! 自由！（西班牙语）

Libertà！自由！（意大利语）

这是假期里唯一一次没有父母在，可以溜出去的机会，尼古学着黑手党的语气说着。绝对不可以错过的机会。大人们一转过身，尼古就打算沿着卡尔维下面的松林公路，去一次当地最大的夜总会卡马尔格。接下来尼古着手编写方案，考虑路线，推动部署，敲定计划。接下来只需要组建他的突击队，就像电影《碟中谍》一样，挑选其他的小伙伴挤进富埃果出发。

可怜又愚蠢的傻瓜们。

他们不明白，这就像所有的警匪片一样，团伙头目的唯一目的就是骗得手下团团转，一个隐藏在秘密计划后面的秘密计划。尼古拉斯的目的并不在于让四个满脸青春痘的家伙在卡马尔格夜总会的舞池里扭来扭去。尼古对夜总会、泡沫晚会和兰巴达都没什么兴趣。那晚，他唯一想窃取的宝藏以及唯一想占为己有的钻石，隐藏在玛利亚·琪加拉的丁字裤里。

8月23日，重要的一晚，行动的一晚，中大奖的一晚。

他知道。

她也知道。

他们都知道。

这就是他们的秘密计划。

圣罗斯日的秘密。尼古拉斯喜欢跟爸爸一样，完整实施他的计划。

那我呢？

谢谢你，我未来的读者，还为我操心……你是唯一的一个。

我，我，我，我……

像往常一样……

我乐于做一个沉默的证人。啥也不说。

我喜欢花费整夜的时间反复思索，第二天早上天一亮就起床，去跟踪那个用花言巧语让我相信我会跟海豚一起游泳的家伙。见证人什么都知道，可是又什么都不说，你们知道的，在电影里，死得早的，都是那些好奇心太重的。

我才十五岁。

还太小，不能跟他们一起行动，得啦，我知道，尼古拉斯都不用说出口，我就明白了。

我真烦他……

至少，我希望在23日夜晚来临之前，甚至就在那一刻，他们被逮个正着。

他重新合上本子站了起来。

他不应该心不在焉。慢慢地，克洛蒂尔德已经接近了真相。

他不能光是看着，他要采取行动了。

立刻行动。

去让她闭嘴。

29

2016 年 8 月 19 日，18 点

已经是第五次了，克洛蒂尔德尝试着从医院那边得到答复。

"接电话，接电话啊！"

她背靠着橄榄树，眼泪在眼眶里打转，背部被撕扯着，心脏在几近爆裂的边缘。花了将近十分钟在听自动答录机说，请按 1，再按 2，再按 # 号，再按 * 号，最后接到了错误的部门，她咒骂着一个不知所措且不知情的护士，后者将她再转到前台接待处。

哔哔哔……

"给我接到我女儿那里，该死的……"

接线员让她等一下，这时候另外一个电话也打了过来。

弗兰克。终于出现了。

"弗兰克？你在哪里？"

她丈夫的语气似乎比刚才那个被关于青春痘的咨询弄得心烦的知名医生的回答还要轻蔑。

"在卡尔维医院！和瓦伦蒂娜在一起。"

"她怎么样？"

回答我，妈的，快告诉我！

"我现在和赛文·斯皮内洛在一起，是他开着营地的途锐四驱将瓦伦紧急送过来的。一小时以来，赛文都在试图与你联系，可是每次他都被接入语音留言。真该死，克洛，为什么你的电话一直占线？你太不负责了！我把瓦伦蒂娜留给你，可你在哪儿？"

那一小时，她在跟雅各·施莱伯聊天，忘了自己已将手机关机了。很难从这位德国老人的聊天中摆脱出来，他一直在说他的儿子赫尔曼，说他很成功，独眼巨人已经是拜耳的子公司——拜耳保健股份公司的工程师，和一个歌剧演员结了婚，有了三个金发碧眼的孩子，就像自从纪尧姆二世以来施莱伯家族世代相传的一样。她走的时候还记下了赫尔曼的手机号码，他也是1989年那个夏天的见证人之一。

"你在哪儿？"弗兰克重新问道。

要集中注意力，不要被岔开话题。毕竟，弗兰克自己也是失联的。没人知道他在哪儿，是赛文把瓦伦送去医院的。克洛蒂尔德没有抬高声音，重新问道：

"瓦伦蒂娜她怎么样了？"

弗兰克好像什么都没听到……而是在读她的想法。

"好在，赛文最终找到了我！他联系到潜水俱乐部总机的一个人，这个人又联系上了船上的教练。他们帮我出了水，还把所有人都立刻带回了加雷利亚，这十五个人可都是已经给了钱的。我一路上都抬不起头。瓦伦蒂娜摔下去的时候我在水下十米，克洛。你那时在营地，反而是我……"

所有他想回答的问题都回答了！除了她问的那唯一的一个问题。这一次，克洛蒂尔德爆发了。

"该死的，瓦伦到底怎么样了？"

"你现在开始担心她了吗？"

弗兰克的声音里带着一丝讽刺，就像是一滴硫酸倒在了她的心上。

浑蛋！只要告诉我，我女儿她怎么样了！

"求你了，弗兰克，"克洛蒂尔德恳求道，"你得到你想要的了！你也听到了，听到了我哭泣的声音。你满意了吧，回答我。"

"她没事儿，"弗兰克松了一下口，"她只是在肘部和足弓的地方受了一些挫伤，有些瘀血和青肿。热罗姆，她的溪降教练对她不住地称赞。就在那短短的几秒里，她完全没有惊慌失措，还知道将自己的身体重新挺得直直的。从十米高的地方跳下去，没有刮伤自己，真是非常有

194

天分。很少有女孩子能像她这样脱离险境，即使是男孩儿也不多。你有一个非常了不起的女儿，你知道吗？非常与众不同。又漂亮，又勇敢。智商在线！"

别再说了，弗兰克，知道你的意思了。你的小宝贝很完美！所以她妈妈以后不可以再批评她了。

"你们什么时候回来？"

"现在还回不来。医生还需要她留院观察一下。而且还有成吨的资料要填。好在结果并不严重，克洛，它本有可能非常严重，本可能是个悲剧，你根本没意识到！"

我意识到了……你个浑蛋！

- ✦ - ✦ -

当克洛蒂尔德从浴间出来的时候，看到帕萨特停在了营房前面。已经将近晚上8点了。她加快脚步出来，看到瓦伦蒂娜停在那儿。克洛蒂尔德想都没想，不顾一切地一把抱住了女儿。她的脸只有又高又瘦的瓦伦的脖子那么高，但并不影响她一遍遍念着："我的女儿，我可怜的小姑娘，感谢上帝你没事儿了。"

瓦伦蒂娜倒是看上去有点儿不自在。

"你身上都湿了，妈妈。"

克洛蒂尔德终于松开了女儿，包在身上的浴巾把瓦伦的阿迪达斯T恤弄湿了。没什么大碍。

"我去换衣服……"

两分钟不到，瓦伦蒂娜就将她的T恤脱了换上了一件荧光绿色的短上衣，下身的慢跑半截裤换成了一条低腰裙，头发巧妙地梳成一个发髻，还给眼睛和嘴唇化了妆。

"我要去和他们会合了。"

她刚刚差点儿就死了，可是很明显，她不觉得是什么事儿。对她来说，死亡就像是一个年老的妇人，当我们与她擦身而过的时候，只需要很有礼貌地说一声你好，之后不会再见。十五岁的时候，我们是"不死之身"。

"他们是谁？"

"塔希尔、尼尔、朱斯坦。你要查他们的身份证吗？"

克洛蒂尔德没有回答。再一次地，她用力地还击着这种预感，那种危机四伏的感觉。

弗兰克喝了一支皮耶特拉啤酒。在医院度过的几小时似乎给了他很大的冲击。然而，克洛蒂尔德没法对他产生同情。她还没法消化他刚才在电话中的讽刺。理性来说，他不能独霸痛苦，当她知道瓦伦出事的时候，她的心也和弗兰克的一样，害怕一下子涌上来，她也是心急如焚。她只是尽力让自己保持着冷静，可他相信吗？

弗兰克一边在手机里排列着《糖果传奇》里的绿色、红色和蓝色的糖果，一边回答着克洛蒂尔德提出的问题，就像我们辛苦工作一天之后放松一下那样。

是的，弹簧扣松开了；不，他们也不知道为什么会这样；很显然那些用具已经磨损了，但他们在之前的检查中却没有发现这个情况；不，与溪降的教练没有关系，相反，他还算靠谱；是的，他们都感到很抱歉，但这种情况确实会发生；不，他不想弄出丑闻，进行投诉或者闹得更大什么的；是啊，一切都很好地处理完了；一个美好的夜晚来了，我们不再说它了。

而那些话还在克洛蒂尔德的脑袋敲打着。

不负责任。你自己还不清楚吗？你那时在哪儿？

这一次，弗兰克语出伤人后就当没事儿发生过；他发泄完他的情绪，然后连一句道歉的话也没有。她强忍着不让泪水流出来。她还记得在某个地方读到过的一句话：女人在爱她的人面前哭泣，能获得她想要的一切；在不爱她的人面前哭泣，只能自作自受。

她犹豫了一下，然后大胆说道：

"你们确定这只是一次意外？"

弗兰克的三个糖果连成一条直线后爆出了好多五彩的花儿。他稍稍转动了一下头，他整个的态度、他的声音、他的眼神，从疲惫不堪变成了充满攻击性。

"你想说什么？"

"没什么……只是太多的巧合都叠在一起。瓦伦的坠崖，弹簧扣的松脱。在过去的六天里，我的文件被盗……今天早上，那张布置好的早餐桌……"

"别说啦！"

他狠狠地将手机摔在了营地的桌子上，震得塑料桌腿一抖，微微掀起了地面上的尘土。

"别说啦！你女儿差点儿死了，克洛，脚踏实地一点儿吧，别再胡说八道你那些陈芝麻烂谷子的事儿了。妈的，克洛蒂尔德，停止这个把戏吧，否则我要崩溃了。"

当他站起来时，塑料椅子向后翻了过去。

弗兰克已经失控了。在他们家，这是很不寻常的事情。

毫无疑问，这是因为他已到了自己的极限，这是因为想到他的女儿可能会死，或者是终身瘫痪，也是极不寻常的事情。

因为她也应该表现出这样的创伤后遗症？

因为她是一个不称职的妈妈？

弗兰克拿起他的手机，揣进口袋，走开了。

"提醒你一个小细节，下次去冲凉的时候，别把手机忘在床上。"

靠！

立马，克洛蒂尔德想起了纳达尔的信息。在她确认女儿没事儿之后，在冲凉前，同他互相发了几条信息。克洛蒂尔德明天要去见纳达尔；他邀请了一个鬼魂过来喝茶，这是他的用词，这个鬼魂应该说的就是丽迪亚·迪兹。他们的交流没有什么不妥的地方，但弗兰克也不傻，在一个寻找言下之意的人眼中，每一句话都有其言下之意。

克洛蒂尔德，她也可以失控，甚至咬人，如果需要的话。

"我的手机忘在床上了？你打开了，还看了？"

"怎么了，你有什么瞒着我的事情吗？"

他真的敢看吗？

弗兰克在黑暗中退了三步。

"他们在酒吧搞了个牌局。有几个常客，赛文约了我一起，我想我会去的。"

最后消失在黑暗中前，他转过身说道：

"克洛蒂尔德，我最后一次，求求你，忘了吧！"

关心一下你的女儿。关心一下你的丈夫。关心一下今天发生的事情。而其他的事情，就忘了吧！

30

1989 年 8 月 20 日，星期天，假期第十四天

天空深渊般的蓝

这是一个健谈的、油嘴滑舌的家伙。所有的男人都是一样。

这是个骗局，简直是在开玩笑，完全就是个阴谋。

为了让我掉入陷阱。

L'Aryon 号不断摇摆着，纳达尔也不停地说着，滔滔不绝地讲着关于海豚、白鲸、独角鲸、鼠海豚，各种生活在地中海海域的鲸目类，它们赖以栖息的自然环境，它们的聪明可不是一个神话，它们学习的能力。他跟我解释如何用一个很复杂的词 "upwelling（上涌）" 去找到它们！用法语来讲，就是要找到海洋的一角，那里有很宽阔的海底，又有强大的洋流，如果我理解得没错的话，海面洋流的推动，会形成一个深层的强大的上升流……和营养物层。即使这些洋流经常会移动，但是海豚们很聪明，它们知道如何定位。纳达尔也知道！而且特别重要的是 liguro-provençal 盆地洋流，很幸运地经过距离雷威拉塔不到十公里的海域。

谁会相信?

反正不是我。他总能找到那些相信他的女孩儿，相信真的可以与海豚一起潜水，她们会穿着 Hello Kitty、芭比的比基尼，戴着米妮的鸭舌帽。而我，尽管他有着海盗的眼神、勇士的肌肉、强盗的微笑，也不会选他。另外，他还让我换一下着装，以免吓着他驯养的鲸鱼，呃，好吧，他也看出我不是那种会换上制服的人。我只是随便套了一

条黑色的牛仔裤和一件"大白鲨"T恤，还戴了一顶"鲨鱼"的鸭舌帽。更像是来吸引鲨鱼，而不是海豚的。

我们到达了他圣地的中心。我只感到吹在脸上的风更强了，船也摇晃得更厉害了。在我们身后，雷威拉塔的灯塔就像一根牙签插在一个浮动的小岛上。纳达尔关掉了 L'Aryon 号的发动机，开始祈祷，或者是什么类似的仪式。

一首我了解的祷告。

你漂浮在寂静中。呆着。

要下定决心愿为她们而死。

只有这样她们才会出现，才会出来见你，判断你对她们的爱有多深。

我接着继续往下念。纳达尔一脸惊讶地看着我。

如果

爱为真。

爱为纯。

她们为之开心。

我让他来继续念完：

她们就会永远地带你离去。[1]

这是相当疯狂的一件事，我不知道你们是否能想象得出来，在一望无际的大海上背诵《碧海蓝天》的对白。

纳达尔点上一支烟，没问我要不要。这更加说明了，我在他眼里还是个孩子。

"我们不会等很久的，"他在两口烟的空当中跟我说，"你知道小王子的故事吗？当他驯服狐狸的时候，你还记得什么是最重要的吗？"

"…………"

---

[1] 由吕克·贝松拍摄的《碧海蓝天》中的电影对白（©1988，Gaumont）。

"每天的同一时间来，温暖它的心。你将会看到，我的公主，当我们驯服海豚们的时候，它们跟狐狸一样。它们的心也需要温暖，每天都会同一时间到来。你看……"

慢慢地他举起手指向左边。

我什么也没看到。真能吹。当他拿起我的手，指向一个他想指的方向的时候，就更不靠谱了。

"那里……别动……"

它们在那里，我的天哪……我看到它们了。

是的，我说的看到，就像我现在跟你们描述眼前的这张纸、这支笔一样，我——看——到——它——们——啦！

四只海豚，两只大的，两只小一点儿的，我不只看到它们的鳍，我还看到它们在游泳、在跳跃、在潜水、在出水，又再潜入水中。

我哭了。

我向你们保证，在纳达尔跟它们说话、给它们喂鱼吃的时候，我哭得稀里哗啦的，跟个傻瓜一样。我揉了揉眼睛，掩饰一下，不想让他看见，又轻轻擦掉手上粘到的黑色睫毛膏。

"你饿了吗，亲爱的欧浩梵？给你的亲爱的留点儿！还有你的孩子们！快来，伊德利勒，接着。加尔多和塔提耶，游过来一点儿。"

我跟你们保证，这四只海豚就离我们三米远，发出轻微的叫声。我们不是在一个海洋公园或者什么其他公园里，我们是到它们的家里了，它们世界上唯一的家，它们就在那儿，要另一桶冻鱼吃。

"你想跟它们一起下水吗？"

我看着他，睫毛膏都花了，眼睛一圈也黑了，从来没有过现在这么傻的样子。

"我可以吗？"

"当然可以，只要你会游泳……"

开玩笑！我会不会游泳……

我甩掉了让我热得不行的黑色牛仔裤，还有"大白鲨"T恤，看到穿着比基尼的我，纳达尔忍不住笑了起来。一个不算邪恶的笑容，像是爸爸发现他的小女儿把公主装穿在了睡衣下面的时候的笑容。

我没时间留给他来研究我的蓝色泳衣上蓝宝石般闪闪发光的亮片和装饰有珍珠的小花儿。

我跳进了水中。

我甚至都能摸到它们，特别是海豚宝宝们，加尔多和塔提耶。

你们不相信？我才不在乎，我自己知道是真的！我的手滑过它们的鳍，手掌摸着它们光滑的皮肤，试图感受到一些微小的变化，我在水下看到，一个甩尾的动作，它们就下潜了十米深，拱了两下身体，又重新升上来了，它们擦着我跃出水面，水花四溅。这可不是一个梦，我未来的读者们，它超越了梦想的范围……超越了我们现实生活的所有。

我跟海豚一起游泳啦！

"上来，"纳达尔一边对我说一边重新打着了发动机，"我要带你去看看另外一些东西。"

❧ ❧

阳光刚刚落到营地里 C 通道旁的那排平房后边。

他合上本子，看着挂在酒吧里的 1961 年夏天的照片。是时候结束了，让过去永远闭嘴。去收集木头上留下的痕迹，一把火烧掉它们，消散掉灰烬。

就好像他从来没存在过一样。

31

2016 年 8 月 19 日，20 点

"您的啤酒，施莱伯先生。"

马尔科，蝾螈营地酒吧里年轻的服务生，在将 Bitburger（碧特博格）给雅各端上来前，要确保它是清凉的。老板每年夏天要订八箱这个牌子的啤酒，特别供给营地的这位老主顾，这个特权差不多可以追溯到俾斯麦时期。

"谢谢①。"

这位德国老客户甚至都没抬一抬头，眼睛始终盯着他的电脑。施莱伯正是那种马尔科不能忍受的顾客类型。那种自认为有趣的客人。给你微笑的时候带着一丝傲慢，喜欢给你解释为什么啦，如何啦，而且特别觉得什么都是从前的更好，从前的服务生啦，从前的浓缩咖啡啦，从前的摩托车啦，从前的地中海啦……但是有一件事情是我们不能挑剔雅各·施莱伯的：尽管已七十多岁了，但仍然保持着像年轻人一样的活力和好奇心，他喜欢告诉你地滚球游戏中使用碳素铁球比使用钢球的好在哪里，胶片比数码好在哪里，手工酿造的啤酒比工业化生产的要好在哪里。

他在营地的生活是严格按照德国国家足球队的 4-4-2 队形来安排的。早上是地滚球游戏，下午拍摄十到二十张照片，晚上三百三十毫升的啤酒。一成不变的健康生活方式。

---

① 原文此处为德语。

相信他还将会在这儿如此度过，招人烦的，二十多个夏天。

跟在隔壁的房间里参加牌局的游客们不是一路人。

然而，那天晚上在电脑屏幕前，雅各非常烦躁不安。在他这个年龄，是很介意那些意料之外的事情的。电脑屏幕上显示拷贝文件进行了 67%，灰色的前进条缓慢地变成荧光绿色。文件夹飞速地在电脑屏幕上闪过，就像在新系列侦探片里，每一集《探长德里克》的片头都会快速播放很多的画面一样。按照雅各的性格，这速度还远远不够快。他计算了一下，所有 1989 年夏天的照片，有八百多张需要从云上下载，都是 300dpi 的照片。他那老旧的手提电脑很不给力，只能寄希望于蝾螈营地酒吧的Wi-Fi 了。

下载将会十一分钟后完成。

荧幕上显示，可这看上去就像一条虚假广告，估计等着不是列队就是堵死。另一边，雅各手表的秒针依旧在表面上一圈一圈地跑着。

21 点 12 分。

《谁想在客厅里赢取一百万？》的下一道题目，也是今天的最后一道题目，将在接下来的三十分钟内提出。

73% 的文件已拷贝。

他耐着性子，有些恼火，抬起头，鼻子对着挂在酒吧墙上的五张海报，还有六张他从前送给赛文·斯皮内洛和他爸爸巴希尔的照片，他可从未因此要求一些特权，比如给他提供从莱茵兰直接进口的啤酒、咸薄饼、Knacker 饼干什么的。

1961 年夏天的，1971 年的，1981 年的，1991 年的，2001 年的。

雅各很高兴，一点儿都不掩饰自己的自豪劲儿，那五张照片对时间的流逝做出了一个很好的概括性的呈现，从最初的三角帐篷到自动折叠雪屋式的帐篷，从海滩上的小睡袋到充气式的床垫，从烧木头到自动易熟的烧烤炉。在他没有预料到的时候，下载速度突然加快，从 76% 到 100% 一下就完成了，快得他还没来得及喝完他的碧特博格啤酒。

他妈的！

他一口喝光了剩下的啤酒，一手抓了一把咸薄饼，手提电脑夹在胳膊下，另一只手拿着装了球的袋子，因为这个"魔力碳钢"125中碳钢球从来不与他分开，这个球的材质在德国跟黄金价格一样。有些人嚼舌头说施莱伯睡觉的时候都是将这些球放在床垫下面的，就像豌豆公主那样。

夜幕降临，那些躲在橄榄树上的蝗虫宣布一天的结束，就像栖息在千座塔尖上的上千鸣钟者。在嘈杂声和黑暗中，雅各·施莱伯没有留意到身后的脚步声。他走得很快，脚步坚定。

他的双脚被袜子舒适地保护着，穿在一双绑得很牢固的轻便皮凉鞋中，它们应该可以自己找到那间平房。再说它们已经试过一次了，那次，雅各和其他国家的游客一起一口气喝光了八箱啤酒，1990年7月8日，那晚德国队获得了世界杯的冠军。赫尔曼和安可那时也还在场。那个夏天剩下的日子，他就只能喝喝皮耶特拉扎啤了，而且发誓再也不能任自己如此慷慨大方。两年前，就剩他独自一人，在他们的活动房里再次见证了祖国新的胜利，而这次，他甚至都没有开上一瓶来庆祝马里奥·格策在加时赛中的进球。

赫尔曼和安可都不在这儿了。

雅各打开活动房的门，将地滚球放在桌角下，打开收音机。他还有时间准备答题，电台里还在继续放着广告，距第十二道问题还有九分钟时间。他坐在客厅的桌子前打开手提电脑，点击1989年夏天的文件夹，文件解压的时候，他还在想着刚刚很容易就回答完的第九、十、十一题，觉得有些不可思议。毕竟，他听这个节目七年来还从来没有答对超过十道的时候……小克洛蒂尔德·伊德里斯可能给他带来了运气？从第十道题目开始，他已经赢得了一套二十四卷的《布罗克豪斯百科全书》，这套书他都已经有三套七十二卷大厚书搁在家里了，他也曾很认真地考虑要在这座二十八平方米的小别墅里放上一套。

第十二道问题已经属于第三阶段，根据网站提供的统计数据，一百万的参与者中只有不到一个人能进入这个阶段。在这个阶段赢的不是钱，而是可以获得一张绘画陈列馆的VIP入场券，集中了慕尼黑所有的大型博物馆，还可以参观那些不对外开放的区域，参与修复工作室的工作，特别是还可以由一个塑料雕塑家为自己制作一个半身像，并陈列在一个专门的展厅。到目前为止，只有十七个德国人的雕像陈列在此为人敬仰。

还差一道题，雅各就可以成为那第十八个……

不经意间，他滚动着1989年夏天的照片。有关那些面孔的记忆惊人地清晰。他很容易就认出小克洛蒂尔德、尼古拉斯·伊德里斯、玛利亚·琪加拉·吉奥尔达诺、奥莱丽娅·卡尔西亚、赛文·斯皮内洛，只住过一个夏天的人就记得不太清楚了，但还是能想起一些名字，艾斯特凡、马格纳斯、菲利普。他快速跳过那些风景的、成年人的、日常生活的照片，只关注着那些年轻人。

有人要偷他的照片，毫无疑问，照片已经被偷了，他担心起来。这肯定与克洛蒂尔德·伊德里斯回到岛上来有关系，但他不知道究竟是什么关系。他需要一件接一件事情地推理，但现在他需要专注于他的答题比赛，然后再来关心这些照片。

从未有过如此的专注。

太专注了，以至于都没有听到，在他的活动房前面，有摩擦沙砾的声音。

电台里的主持人宣布，在接下来不到一分钟的时间里，他将要读出那著名的第十二道问题了。雅各的右手紧握着他的手机，左手微微颤抖，为了不要到时怯场，他继续点着鼠标将照片进入幻灯片播放模式。

1989年夏天一幕幕出现。阿尔卡海滩的日落，海豹岩洞的清晨，地滚球比赛，跳舞的年轻人，营地的接待前台，停车场。

还有三十秒（德语）。电台里提示到。

雅各眯起眼睛，照片里有些东西激起了他的好奇心。

他没有听到房间的门被轻轻地推开了。

还有十五秒（德语）。

雅各，像是被什么东西迷住了，他仔细地观察着停在蝾螈营地停车场的几辆汽车，他都还认得出来，其中就有伊德里斯的红色富埃果。这辆车在随后的不到二十四小时里在佩特拉·科达的岩石上摔得车毁人亡。照片的详细说明上记录着，1989年8月23日，但并不是这辆车引起了这位德国老人的注意，而是那个看着车的少年，他带着一种眼神……

还有五秒（德语）。

……那种已经知道要发生什么的眼神。

一秒（德语）。

雅各闭上了眼睛，拇指微微抬起，只专注于主持人像马克沁机枪一样突突出来的问题，有三秒时间作答。

答案 A.门兴格拉德巴赫 B.凯泽斯劳滕 C.汉堡 D.科隆

一

雅各知道答案是什么！

二

他非常确信，尽管他天生就很谨慎。他隐约看到，就像是在梦里，他的手指点在手机屏上，正确答案确认，记者打电话给他，他的名字出现在他们地区的报纸上，占了三栏的位置。

在新绘画陈列馆里最大的通道上，他的头像在展出。

三

这是他大脑里显现出的倒数第二张画面。

雅各从来没有进入第三阶段的答题。

他的大拇指停留在距离触摸屏几毫米的地方，就在那一刻，"魔力碳钢"125中碳钢球连球带套砸到了他的右太阳穴。雅各与他的桌子、手提电脑还有电话一起倒在了地上。

A31营房笔直的走廊里，他的头骨裂开了，到处是血。

德国人的双眼被一股从前额喷发出来的猩红色热流所淹没，在闭上之前，看到了生前的最后一幅图像，在离他的脸几厘米处的电脑屏幕上。

还是刚才那幅照片，那幅停在停车场的富埃果的照片，旁边的那个人在观察着车，仿佛知道它当天晚上将要坠落的方向。这个少年他认识，就在今晚的时候他们还见过面，还握了手，他甚至还问了自己为什么这么晚还需要用一小时的 Wi-Fi。

赛文·斯皮内洛。

✈ ✈

他犹豫了很长的时间，过长的时间。

将照片弄没跟小孩子的游戏一样简单，只要从电脑里删除就好了；将手提电脑带出去，扔到随便一个大垃圾箱里，所有的线索和证据就都不存在了。让地滚球消失也不是件很难的事儿。人们将再也找不到这个凶器。

但怎么让这个德国老头的尸体消失呢？

趁着夜色？趁着四下里寂静无声？

太晚了，现在已经太晚了。

外面，通道 A 那边，一群人大声喧哗着走过来。肯定是今晚其中一桌牌局散了，他们正在重新讨论着当时的虚张声势、狗屎运和让人失望的游戏毯。其他人也都跟着，每张桌子很快就都散了。

他需要另外再想办法。现在，所有都结束了，他需要静一静。

⬇ ⬇

他擦去手上和地滚球上的血迹，以及溅到活动房地面上的血点儿，走出房子，走得远远的，直到找到一个足够偏僻的路灯下，才重新掏出日记本。

红色，全都是红色。

除了这个本子，还有上面蓝色的字，深蓝色的。

208

32

1989 年 8 月 20 日，星期天，假期第十四天

天空呈现一片翠雀花素的蓝色

翠雀花素，我未来的读者们，这是花里的蓝色素的学名。很难想象，对吗？这正是玫瑰里缺少的色素。正因为如此，世界上没有一朵真玫瑰花是蓝色的！

我不是一枝玫瑰。

我把自己晾在奥赛吕西亚的海滩上，没再穿上外衣。这下，纳达尔可以随便盯着我幼稚的泳衣看了，上面没有死人，没有骷髅头，甚至没有一个黑点儿，只有着细微差别的各种蓝。

L'Aryon 号停靠在岸边，拴在岩石上凿出的一个圆孔上，奥赛吕西亚海滩几乎是一个完全隐蔽的海湾，只能通过海上到达这里，一条小路几乎可以直达科西嘉蝾螈营地，小路又弯又陡，穿着人字拖带着遮阳伞很难下到海滩，所以这边不像阿尔卡海滩有很多游客光顾。

所以，现在，就只有我们两个人。

纳达尔·昂热利还在说着，口若悬河。只是这一次，我没说话，只听他说。

"你看，克洛蒂尔德，这里就是个理想的驯化场。首先，需要安装一个浮动码头，几条缆绳，一个收银台，也许还需要一个小卖部。我想要的是塔马兰海湾那个样子，在毛里求斯岛上，你也听说过吧？"

我点点头，闭上眼睛。他说什么都行……

"那个海湾里定居着十几只海豚。每天早上，海豚会被放入海里供人观赏，这个生意太火了，人们甚至要限制参观船只的数量。这变成了一个产业，不是我们要在这里做的。我们要限制参观。我们会举行拍卖，参观会是一个特权，几千个失望的人之后才会有几个人得到这个特权。如果这样行得通，能赚到钱，我们就可以做得更大。就可以建一个真正的建筑，一个海水泳池，一个护理中心，一个科研小组……"

我感觉到他转向了我，而且靠近了我，他的影子映在我身上，凉飕飕的。

"你到时跟你爷爷聊一下行吗？算是为我？"

我睁开了眼睛。其实，更准确地说，是纳达尔让我睁开了眼睛。

他就在我旁边，穿着紧身短裤，帅极了，像个让人捉摸不透的海盗，皮肤黝黑，剃得光光的脑袋上绑着一条印花方巾，光脚在沙滩上留下了一串痕迹。天哪，这个能跟海豚说话的家伙竟然要我给他帮个忙！他像是从一本小说、一部电影里走出来的人，抓着我的手把我也带了进去。

"当然……为什么爷爷会不同意？"

"因为对于鲸鱼、游客和我，他都不在乎。但如果是他最爱的小孙女求他的话……"

就在那一刻，我觉得我应该撒个娇，讨价还价一下，提出我的条件，但我觉得我做不到，所以我拍了拍手。

"你想要什么都行！你要把你的博物馆建在哪儿？"

纳达尔再次变得滔滔不绝，用的都是些我完全不懂的词，什么 ISO 环保标准啦，复合材料啦，资源循环利用系统啦，他甚至还跟我讲到经费预算，真是技术性到恐怖，我一直处在掉线状态，直到他说出一个词让我猛地从他列举的一堆折旧费中打了个激灵。妈妈。

我想这是我第一次跟他用"你"来相称。

"你跟我妈也说了？"

"当然。你妈妈是个建筑师，在环保建筑这方面是专家。她有一个真正实用的想法。按照她说的，只需在那里和那里安装太阳能板，我们是可以实现能源自给自足的……"

他将手指向那些较平坦的岩石方向。

真不敢相信!

"你也带她来这儿了?"

他眼睛瞪得圆圆的,像是在模仿石斑鱼或者其他圆眼鱼。

"是的。你妈妈她很有能力,甚至可以说卓越。如果我的计划可以启动,她应该是最有资格来做设计的那个人……"

我打断了他。

"如果她这么厉害,那你为什么不找她去跟爷爷讲啊?"

他像鲁滨孙·克鲁索一样坐在了我旁边。我喜欢他这种酷酷的蜷缩着坐着的样子,可以从他每一个动作中看到他男性和孩子气的结合,一个自信的男人和小男孩儿的合体。

地球上只有一个这样的男人,被我找到了。只是我比他晚出生了十年。

"你妈妈她,人家都说,她不是一个受欢迎的儿媳……怎么跟你解释呢? 她不是科西嘉本土人这个事实已经是个不利因素。不过我也相信,这本来不是大问题。可是她把情况恶化了,因为她把你爸爸带到了大陆上,而且还不是在埃克斯或者马赛,而是跑去了大北方,比巴黎还要北……在伊德里斯家族的人看来,她有点儿像是把你爸爸偷走了……"

"我也是啊,我就住在巴黎的北边。"

"是,但你身上流着科西嘉的血。你是伊德里斯家族的一员,直系的一员! 有一天,你可能会继承这里的一切,八十公顷的土地。这足够可以说服你爷爷了……"

实话跟你们说,如果你们还没明白的话,我开始坠入爱河了。开始了解这种想要把一切奉献给一个男人的感觉,想要牺牲所有,她所有的价值,她所有的荣誉,她作为一个自由的女人所能做的所有的承诺,还吐了口水,发了誓。我正在真真切切地感受这一切,同时,这是从女性的角度对达尔文理论的思考,我坚信,几千年能够最终存活下来的女人都是多疑的，那些冲动的、天真的、投怀送抱的都已经被淘汰了，在进化链的最后，谨慎几乎成了女性生存的第二本性。

"我为什么要帮助你呢，纳达尔？你喜欢的是我妈妈。我相信你也给她用了海豚这一招，带她来这片海滩之前，也在远远的海上带着她航行、摇摆、潜水。你更喜欢的是她而且根本不在乎我，那我为什么要帮你？"

纳达尔盯着我，这眼神让我铭记，却不知道如何解读，尽管我已经知道，我希望有个男人一辈子都用这样的眼神看着我。一种惊讶的、迷人的、既担心又着迷的眼神。就像是一个扑克玩家一边思索着对手有什么牌，一边又继续下注的时候那样。为了能看到……

终于，他说话了：

"克洛蒂尔德，我们摊开来说吧，你才十五岁。的确，你要比其他同龄的女孩儿更加成熟，你很特别，有些反叛，充满了幻想，你完全是我喜欢的那类性格的女孩儿；但是你只有十五岁。那么，我的建议是，你来当我的合伙人。好吗？我们做最密切的合伙人，你同意吗？我们分享同一个梦想，就这样。拯救海豚，拯救地球，拯救宇宙；我可以这么跟你说，我可不会随便跟一个女孩儿提这样的建议的。"

他向我伸出手，像集中营的球赛里刚刚赢了囚犯一球的狱警，我伸出手跟他击了一掌。

我奢望到他能抓住我的手。

他的唇印在我的唇上。

他的皮肤紧贴着我的皮肤。

"我们是同一种人，对吗，克洛蒂尔德？我们是与众不同的捕梦人。"

他带我妈妈来过这里。

他可能抱了她。

他可能脱了她的衣服，他们可能都做爱了。

他可能是渴望妈妈的身体，哪有男人不渴望呢，但他在抚摸她的时候，在她耳边低声细语说他喜欢她的时候，在他进入她的身体的时候，应该想到的是我。

他应该爱的是我，尽管道德不允许他这样。

"我想要一个合同，纳达尔。一份三十年的合同。我要拥有你公司所得的30%，未来拥有一条以我的名字命名的船，一间面向大海的全玻璃办公室，一对只属于我一个人的海豚，还有我喜欢怎么穿衣服就怎么穿，如果这些你都同意的话，我非常愿意跳到卡萨努爷爷的膝上跟他讲讲你这疯狂的想法。"

他笑出声来。

"这就是全部你想要的吗？"

"是啊……再加一个，亲我的脸。"

33

2016 年 8 月 20 日

8 点

大海里漂着空瓶子、湿纸屑和破碎的彩带，好像昨夜里那些精疲力竭的舞者和生无可恋的狂欢者抛弃的梦，早上又被海浪给带了回来。已褪色的梦。

刚刚是清晨时分。

L'Aryon 号漂浮在一堆垃圾中间。纳达尔沉浸在思考当中，一副无所谓的样子，好像他许久以来抛入海中的写有愿景的漂流瓶，又被另一班海水给带了回来。

克洛蒂尔德迟到了。但到达奥赛吕西亚海滩前，她还是停了一会儿。用几秒时间将时光倒转。这里，有跟二十七年前一样的沙子，一样的石子，一样的泡沫，一样的混合着刺激辛辣味儿的海浪停留在岩石孔洞中。如果我们不留意托比·卡里斯特夜总会那边的草棚或者洛克马雷尔滨海酒店的工地，这里的一切都没有变。在她心里某些东西又再次翻覆，摇摆起来，就像是小船在浪尖上摇晃。

我的上帝啊，纳达尔还是那么帅！

这个家伙只要坐在那儿，用他清澈的双眼审视着地平线，就足以炸掉世界上所有的珊瑚礁，解救鳞鲀和小丑鱼，将海洋染得五彩缤纷，充满欢乐。

纳达尔穿着一件橙红色的带帽的厚绒运动衫、一条偏大的牛仔裤和一双皮凉鞋。克洛蒂尔德猜他经常会停下来，就这样定在那里；在他那些夭折的梦想中保存着一种神奇的力量，可以用短暂的几秒在脑中把现实转变成为一些更美好的东西。他已从中学会如何满足自己。把吕米奥的 Super U 超市的鱼档变成不受侵害的海洋生物保护区；把阿雅克肖的拿破仑大道上鳞次栉比的车变成一叶穿越大西洋的孤舟；把在黑暗中搂着的每天共枕的女人变成在爱的星空下同眠的某个生命中的过客，某个曾在 L'Aryon 号中一同出海的过客。

俊美。强壮。脆弱。

"纳达尔？"

她穿了一条淡紫色裙子，轻飘飘地在腿上摆动着，光着脚一深一浅地走在仍是冰冷到近乎潮湿的沙子上。

他转过身来，四目相对。

俊美。强壮。脆弱。

危险。

没什么能比拥有一双清澈眼睛的男人更危险的东西了，克洛蒂尔德想着。炸毁了所有的珊瑚礁，也会让所有的海怪闯进原本是让家人安全走动的保护圈里。

他们一前一后地向前走着，两人间始终保持着一米的距离。

"你把我约到这里见面是在玩火，"纳达尔说，"我曾经承诺过不再踏足这片海滩的。"

"你还承诺过好多其他的事情……"

他没说话，眼神转向一直拴在岩石那里的 L'Aryon 号上。

"你今天很有运气，赶上我今天有空，我明天早上才上班。"

克洛蒂尔德紧闭着双唇。

"我没空。我丈夫出去跑步了，大概半小时，最多一小时的样子，一直跑到圣母塞拉大教堂那里就回来。我要在和他差不多同一时间回到蝾螈营地。这个……这个说起来有些复杂……我跟他说我在这儿丢了一只耳环，一只大银环式样的耳环。其实这不是一个借口，我真的把它弄丢了，只是在音乐会的那个晚上。"

纳达尔脸上所有细小的皱纹开始协调地动起来，好像多年来重复练习的舞蹈动作就只为这一刻展现他无法抗拒的笑容一样。

"我帮你一起找吧？"

他牵起她的手，动作是那样自然。他们一起慢慢走着，低头看着脚下。

"你还记得吗？"克洛蒂尔德问道。

"当然记得。你以为我会经常带女孩子来我的驯养区吗？"

哦，就是呢，我帅气的美人鱼猎手，你那时真不应该放弃我呢。

她看向大海。

"这儿还有海豚吗？"

纳达尔的眼睛没有离开过脚下的沙滩。他没有回答。克洛蒂尔德继续说着。迟点儿她保证会闭嘴的，她会让他来说，让他解释。她会只是听着，就像从前一样。

"加尔多和塔提耶应该还活着，"她说道，"欧浩梵和伊德利勒也应该还在，人们说海豚的寿命有五十多年。它们的记忆力跟大象一样好！甚至比那些厚皮动物还要好，它们是哺乳动物中对爱人有着最强大记忆的动物。我看过一篇文章上讲，它们甚至可以在彼此分离二十多年以后，仅凭着声音就认出对方。你认识的人里有一个能做到吗？"

他仍是低着头，看着沙。

她为什么要提起那该死的耳环？

她打量着眼前关着门的托比·卡里斯特夜总会的草棚，门前堆放的垃圾桶，上了锁的灰色大篷车。看海报上讲，玛利亚·琪加拉的环岛演出，已经去到了岛的西部，她昨晚上在萨尔泰纳，今晚在普罗普里亚诺，两天后会重新回来卡尔维。

她更紧地握住了纳达尔的手，像是要提示他听她所说的话。

"这都是些什么东西？破败的夜总会？脏兮兮的临时建筑？你的浮桥，你的保护区，你的鲸鱼博物馆才应该建在这里。跟我说说，纳达尔。告诉我为什么是赛文·斯皮内洛赢了，打败了你的项目？"

216

破烂的塑料袋四下里飘着，空易拉罐随处滚动，这需要一个环保大队每天花数个小时的时间进行清理，而第二天一切又会重新上演。她的祖父怎么会接受这样一个亵渎的存在，让垃圾在海滩上越堆越多，而不是让纳达尔·昂热利建他的海豚保护区？

"这已是陈年旧事了，克洛蒂尔德。都已经过去了。请不要再提了。"

行，行，不逼你。

"你也带我妈妈来过这里。"

疯了吗！克洛蒂尔德马上后悔起来。这叫不逼他？

这一次，纳达尔做出了反应。他的脚在沙滩上划着，像是希望能在这里找到那只耳环似的。

"是的……而你呢，你已经准备好小爪子、小尖牙和浑身坚硬的刺，变成了一只疯狂嫉妒妈妈的小刺猬。"

"你们之间发生了什么吧？"

"没有！"

他们停下脚步，转过身去，正对着 L'Aryon 号。

"我那时候是十五岁，纳达尔，但我不是个傻子。你看我妈妈的眼神像是……像是要脱了她的衣服！她看你的时候，也带着同样渴望的目光，我从来没见过她如此看着别的男人……即使是我爸爸。"

轻轻地，纳达尔的大拇指摩挲着她的掌心。就像那个蝴蝶拍打着翅膀可以在世界的另一边引起海啸的故事一样，她皮肤上的这些微小的摩擦引起了她身体深处一连串跳动的感觉。

海啸般的爱？真的存在吗？

"好吧，克洛蒂尔德，"纳达尔突然提高声音说道，"让我们都摘掉面具吧。经过这么长时间，它也用旧了，就像我们爬上了皱纹的面孔一样。那个时候，1989 年夏天，我二十五岁，你妈妈四十岁。我们相互吸引，我承认。具体地说，只是外表上的吸引。但是你妈妈始终是忠诚的，我们之间什么也没有发生，即使她被诱惑了，相信我。"

"乖乖的小天使。"克洛蒂尔德有点儿讽刺地说道。

纳达尔继续说着，像是什么都没听见。

"如果你妈妈被诱惑而背叛了你爸爸，那也不是因为她爱上了我，更不是因为她不再爱你爸爸了。（他挤出了一丝苦涩的笑容）而且恰恰相反。"

"完全相反？我弄不明白了，纳达尔。"

"你妈妈她接近我，吸引、挑逗我，在公共场合和我一起散步，都是为了被人注意到，被人知道，被人议论……她爱的是你爸爸！你现在明白了吗？"

"还是不明白，不好意思……"

"你妈妈想让你爸爸嫉妒！就是这么简单，克洛蒂尔德。这事儿跟我的庇护所、我的海豚还有我带着鱼腥味儿的手没一点儿关系，她只想让你的爸爸有所反应。"

克洛蒂尔德松开了纳达尔的手，任风拂过她的脸，掠过她的大腿，从未有任何一个男人这样耐心地抚摸过她。

"你妈妈和爸爸之间确实是有些复杂，克洛蒂尔德。"

她不想再往下听了。不想在这里。不想在现在。

"就像这个世界那样古老久远，克洛蒂尔德。《危险关系》，你还记得你读的这本书吗，你面对着 L'Aryon 号的时候，放在了斯塔雷索港口的长椅上。你妈妈在跟我演戏，她利用我，因为她爱着另外一个人……而我，像个蠢蛋一样，什么也没发现，我上当了。帕尔玛很有魅力，很出色，对我的计划很感兴趣，她又是一个建筑师，有很多具体的想法。我甚至相信我们可以一起来实现这些想法。我感觉到我们之间产生了一种默契。然而，现实却是……"

该换我低头望着沙滩了。没有任何被埋住的珠宝，只有烟头、啤酒瓶盖，如果我们再翻动一下沙子，甚至还有避孕套。

"然而，现实却是，"纳达尔继续道，"在你和我之间生出了这种默契……而不是和帕尔玛……是和你……我是这么认为的，这对我很重要。"

克洛蒂尔德在空中寻找着纳达尔的手，一下子抓住他，拽向自己，把纳达尔转了过来面对着她。毕竟，这已经是狂欢节的最后了，而且我们都已经把面具丢到了大海里……

"对妈妈深深着迷，却由着她的女儿对你着迷，这个计划很变态，你不觉得吗？"

"不，克洛蒂尔德……不觉得……当然，你十五岁的时候可爱极了，尽管那时你看上去只有十三岁的样子。但是我不觉得有什么不对。一句话，我已经预计到了。"

"预计到了什么？"

他的脚在沙子里来回划着。有点儿窘迫。可爱的窘迫。

"预计到了你会变成……随着时间的推移，变成一个充满幻想的女孩儿，一个生气勃勃、聪明、活泼又漂亮的女孩儿，一个品尝生命的美丽女孩儿。一个即使变老了也会用跟我同样的眼睛关注着生命的女孩儿。"

一个遥远的声音在克洛蒂尔德的大脑里回响着。

我们是同一种人，我们是与众不同的捕梦人。

"但我比你大了十岁，克洛蒂尔德，十年看似好像没什么，但是对于我们来说，就像两条相交的曲线，你的处在魅力上升的阶段，而我的已经开始迅速走下坡了。"

"不要说了！"

他突然弯下腰去，好像是要脱离她的手臂。

"不要说了，纳达尔。不要再抹黑自己了，不要再自毁形象。你知道的……"

没等她说完，他抬起身来。在他的拇指与食指之间，捏着一个银环。

"这是你的吗？"

简直不可思议！

奇迹！绝对的奇迹！

"谢谢。"

永远不要与奇迹抗衡，克洛蒂尔德想。这样会带来厄运的。突然她的想法在脑子里进行了有序的排列，就像纳达尔脸上迷人的皱纹。

理所当然地，她拥抱并吻了他一下。

只是简单一吻，为了兑现二十七年前的一个旧合同。

只是简单一吻，为了实现二十七年前的一个旧幻想。

只是简单一吻，就是如此。

为了不至于很傻地死去，为了之后的每一年都不后悔，在她的身体开始要走下坡路之前。

只是想尝尝他嘴里的味道……

轻轻地，克洛蒂尔德将她的双唇印在了纳达尔的嘴上。

一会儿，只要一会儿。

然后四片嘴唇就会分开，就像约定好的一样，就像是合乎礼仪的那样。

一会儿，只要一会儿。

在那以前，他们的十个手指疯狂地围着这个小银环缠绕在一起，克洛蒂尔德的手臂盘踞着纳达尔的脖子，而纳达尔的手紧紧搂住她的腰，他俩的嘴合二为一，纠缠的舌头紧紧追赶着逝去的时间，他们的身体紧紧贴在一起，好像他们是早已计划要结婚的恋人一样。

好像除了他们什么都已不存在一样。

他们就这样久久地拥抱着，她的胸部紧紧地压在他的胸膛上。不知道该如何抓住时间。克洛蒂尔德把头靠在纳达尔的肩膀上，眼睛盯着被缆绳拴在岩石上的 L'Aryon 号。渔夫的手指在她的背上急切地不知疲倦地移动着，就像五个刚刚开始蹒跚学步的小孩儿。

"重新带它去乘风破浪吧，纳达尔。我们一起去，带着海豚们回来，然后我们给它们拍电影，现在至少有五集《大白鲨》了，我们至少可以拍摄一部《碧海蓝天 II》……"

他从嘴角挤出一丝苦笑。

"没可能，克洛蒂尔德。"

"为什么？"

她又拥吻了他到几乎不能呼吸。她觉得自己那么充满生命力。

"不可能，不可能告诉你。"

"为什么？为什么你把 L'Aryon 号拴在这里，纳达尔？为什么你和奥莱丽娅结婚？为什么现在你会怕鬼魂？"

"因为我见过他们，就这么简单，克洛蒂尔德。"

"该死，纳达尔，鬼魂是不存在的！就算我十五岁的时候，就算我那时乔装打扮成丽迪亚，我也不相信鬼魂的存在。这就是个把戏。鬼魂，跟吸血鬼正相反。轻轻一吻，他们就不见了。"

"我见过，克洛蒂尔德。"

"谁，你见过谁？"

她又靠近他的唇，但他转过身去，仅仅是将一只手放在她的腰间，将她贴着自己紧紧搂住。

"你会把我当成一个疯子的。"

"找个别的理由吧，我已经当你是疯子了。"

"我不是在开玩笑。我从来没有跟别人说起过，从来没有，跟奥莱丽娅都没说过。但是从那以后这事儿却一直纠缠着我的生活。"

"从什么时候开始的？"

"从 1989 年 8 月 23 日。"

她稍微动了一下，重新靠在他的肩上。

"跟我说说，纳达尔，跟我说说。"

"我那时候在蓬塔罗萨，在我家里，就我一个人，喝着酒。比现在喝得少，但那时已经开始了。至少那晚喝了。我知道那天见不到帕尔玛。你当然明白为什么，是你父母的相识纪念日。那天是圣罗斯日，他们两人神圣的一天。我把我可怜的嫉妒心泡在桃金娘酒里，眼睛望向卡普迪维塔的山顶。鬼魂出现在 21 点 02 分，在小山顶上，这个时间我绝对确定，克洛蒂尔德，电视机开着，《回归海洋》刚刚开始，屏幕上显示着准确的时间——21 点 02 分。鬼魂站在距离房子一百米远左右的地方，在海关小路那里。一动不动。"

21 点 02 分……1989 年 8 月 23 日。

克洛蒂尔德的身体微微颤抖着，蜷缩在纳达尔滚烫的身上，脸埋在他运动衫的帽子里。

富埃果翻向空中就是在 21 点 02 分那一刻，所有警察和消防员的报告上都明确地写着这个时间。

"我知道这很难令人相信，克洛蒂尔德，我知道你会把我看成一个疯子的，但是当车子撞到佩特拉·科达岩石的那一秒，当你的哥哥、你的爸爸和你的妈妈丧生的那一秒，我确实从我的窗户看到了她，非常清楚，就像现在看到你一样。她也盯着我看，就好像要在飞走之前，想来最后看我一次。她停留了好长一段时间，但一直没敢跨越最后那几米远的距离。当我发现她不会过来的时候，我决定过去找她。就在我把杯子放下，打开门向她跑去的时候，她消失不见了。"

他的手紧张地抓着克洛蒂尔德的后背，五根手指好像拥有了巨人的力量。

"我是在几个小时以后才知道你父母出了意外。"纳达尔继续说道，"我那个时候才明白，刚刚那个不应该是你母亲。就在她出现在我面前的时候，她应该已经死了，在四公里之外的地方。那只能是她的鬼魂了……可谁又能相信这些呢？"

"我能。"

我相信你。克洛蒂尔德在脑中清清楚楚地说着，为了他能接收到。当然我会相信你。因为这个鬼魂给我写了信。因为这个鬼魂在阿卡努的绿橡木下看着我。因为这个鬼魂昨天还在我家吃了早餐，读了报纸。因为这个鬼魂为了不那么无聊她还收养了一只狗。

克洛蒂尔德长长地亲吻了纳达尔的脖子，然后，轻轻地松开了他的拥抱。

她不情愿地说："我得走了……弗兰克要回来了。一切……一切都将变得很复杂……再见吧，真的要再见。"

在继续说之前，她努力地笑了一下。

"这应该是所有背叛手册的第一条，在全家人一起，和丈夫和女儿一起度假期间不要找情人。"

"我明天早上上班，"纳达尔镇定的语气却令她心绪不宁，"但我今天下午有空。你可以来找我。"

"这不可能，纳达尔。（她将银环在他眼前晃了晃）我不能找到其他更可靠的借口了。弗兰克会怀疑的，而且他……"

"马尔孔平台，"渔夫打断了她说，"13点见。你丈夫会让你自己一个人去的。"

马尔孔平台。

纳达尔说得对。

弗兰克绝对不会想到她会去那里与她的情人见面的。

那里也是最后一处她愿意用来骗他的地方。

马尔孔平台最出名的地方在于，那里有一个墓园，那里的陵墓都是科西嘉王朝时期巴拉涅地区的有钱人，伊德里斯家族的墓地，是其中最壮观的。

他父母的墓地。

34

1989 年 8 月 21 日，星期一，假期第十五天

天空一片无火的烟青色

今天早上，我不给你们写什么了，我直接照抄了。

千真万确。

我抄了今天的《科西嘉早报》。头版还是那起尼斯的包工头带着满口袋的水泥直接沉到水底的事件，或许是满口袋的金子，我也不知道。按照记者讲的，这个事情出现得很及时。也正是因为这样，这次我觉得还是照抄上来的更好，因为我不知道该怎么想这件事。报纸上有一整版在介绍海岸线和湖泊岸边的收购，土地占用和规划的无休止的程序，生物多样性保护区的具体划分。读完了今早的《科西嘉早报》后，我不知道是应该更爱我的爷爷……还是更害怕他。留给你们来评判吧。

1989 年 8 月 21 日《科西嘉早报》摘要
农庄的启明星。卡萨努·伊德里斯是谁?

由亚历山大·帕拉佐采访撰写

"卡萨努"是一个很古老的名字，本意是一棵橡木，它来源于克尔特语，在奥克和古科西嘉地区。1926 年，已故的潘克拉辛·伊德里斯把这个名字给了他的独生子，向在阿卡努农庄院子中间那棵三百多年的老橡木致敬，愿他的儿子可以从中汲取力量，长命百岁，落地生根，开枝散叶。

六十三年以后，伊德里斯王朝的老族长的心愿完成了，而且无疑远远超过了他的期望。卡萨努·伊德里斯已经成为巴拉涅地区最有影响力的代表人物之一，尽管他仍是一个难以定义的非典型的人物。阿卡努农庄的庄主不是任何村镇的行政长官，他的家里也没人是地方上的参议员、众议员，也不是任何协会的主席。卡萨努所表现出来的就是一个单纯的庄主的样子，一个统治了靠近卡尔维港口的八十多公顷沙地的庄主，上面只有一个营地和三个别墅有人居住。卡萨努·伊德里斯是一个独行侠。

有着像运动员一样强壮体格的平和的退休老人，以最讲究的好客之道欢迎你来到阿卡努农庄。在他那低调的老伴——丽萨贝塔，为大家准备一餐丰盛下午茶的时候，他会带着大家四处看看，告诉大家目光所及之处，几乎都是他的土地。

而接下来的一秒，他又会跟你们说这一切都是虚的……实际上什么都不属于他，就像沙漠不属于图阿雷格人，或者大草原不属于蒙古人一样，他只是个守护者。这块土地不是他继承下来的，因为继承就意味着他可以选择拥有，也可以选择放弃，可以卖掉它，也可以把它分割成很多小块；但不是，卡萨努·伊德里斯会一边用手里的棍子指着卡普迪维塔峰一边跟你讲，这块地是被托付给了他，他对这里仅是负有责任。接下来，丽萨贝塔给大家端上来栗子茶，科西嘉特有的羊奶芝士小蛋糕和葡萄干杏仁小脆饼，卡萨努在桌子上展开一张老地图，上面标注着各地的所有权，有些可以追溯到帕斯卡尔·佩奥利、萨姆皮埃·科索以及拿破仑·波拿巴时期了，他会跟你们说这都是无关紧要的。据他讲，那些政府乐于收集整理的城市规划文件并不比其他的更合理。这些说到底只是人为划出的一些边界，无非是用尺子在大大的纸质地图上画出的线条。好像因此这块土地上的过客只能从这里带走一克沙子、一滴水或一片草叶去天堂，好像世上最大的奇迹——天堂如果真的存在，我们就可以拎包入住了，好像在人类灭亡之后，地球就不复存在了似的。如果水、火、树根和风能够一直去到最高的城墙尽头，能够让热那亚塔裂开，能够让洪流之上的石桥产生裂痕，人们用笔在地图上画的这些线条又有什么用呢？大自然是不会在意以人类名义想要保护的遗产的。

农庄主激动地挥着手臂，他的妻子赶快保护好桌上的各种杯子。随你划分区域，定义边界；随你分享海洋，大冰川，天空和星星，山川河流；随你判定每一块石子，每一颗橄榄核，每一片耧斗菜花瓣的归属；如果这些能让你们觉得开心，觉得很重要，能给你们的生命带去意义的话……但你们无法对这唯一的事实做出任何改变。我们被授予了土地，我的土地是托付给我的。没有任何一个人类的法律可以令我放弃把这片土地恢复原样的权利。

《科西嘉早报》记者：正好，伊德里斯先生，您刚说到了人类的法律。近来报纸上一直在讲，德拉戈·比安奇谋杀案，这位来自尼斯的承包商正打算在雷威拉塔角的高处建造一个豪华酒店，不到一个月前，他还曾在我们的报纸的专栏里夸口说得到了省长、大区主席和地区旅游委员会的支持。你是怎么看这个案件的凶手的？

"跟大多数的科西嘉人相比，我没什么特别的想法。我没有为他的失踪而哭，也没有为他的葬礼送花圈，好像记忆中他的省长朋友、大区主席朋友和地区旅游委员会的朋友也没有参加。我们不能尽信报纸上的那些报道以及那些人所谓的保护伞。这就是我的回答，另外或许您的问题另有所指？如果是的话，很抱歉，您问得不好。无效。（微笑）您还在这儿品尝着我妻子做的小脆饼呢，我要是说是我杀了他，您也不会相信吧？"

《科西嘉早报》记者：那当然。那当然，伊德里斯先生。忘了这个问题吧，我们聊聊理念、原则和价值。为了保护您的土地，您可以做到什么地步？会不会，我说得粗鲁点儿，杀人呢？

"我为什么会觉得您粗鲁？您只是又问了一次相同的问题，不是吗？（又微笑了一下）我不是针对您，但是这次还是没有问好。我当然不会希望任何人死。我怎么会希望一个人被五百吨的渡轮碾碎在大海里，在露天咖啡店里当着未婚妻的面被袭击，或者送完孩子去学校后被汽车炸弹炸死？谁会希望、批准并操纵这样的不幸呢？肯定不会是一个向往和平生活的老人能做出来的。不要从我这里找这种不道德的事儿。试试那些拥有不同的诉求，那些对权力、金钱、女人有奇特欲望的人吧。在这里，在科西嘉，权力、金钱和女人经常依附在你们所拥有的固定财产上，我是说，土地、石头。所以如果这些人，不是仅仅满足于生活赋予他们的东西，而更喜欢觊觎、占有、投机的话……我能怎么办呢？如果这些人只有置身于危险之中的时候才会对生活有兴趣，就像那些玩极限运动的疯子一样，我又该怎么办呢？如果他们相信可以藐视事物自身的规律的话，难道我们要指控海浪杀死那些无知的冲浪者吗？指控石头背叛了粗心的登山者？指控道路上的急弯让没耐性的司机毙命？"

《科西嘉早报》记者： 谢谢，伊德里斯先生，我能听懂您话里的意思。面对如此之多的贪得无厌之人，您不害怕他们会夺走您拥有的，哦，对不起，您被托付的这么多的财产吗？嗯，直白地说，您不害怕他们会杀了您吗？

"不，帕拉佐先生。不是这样的。（短暂的沉默）如果我拥有那些我有可能会失去的东西，我确实有理由害怕。但我仅仅是一个保管者，如果我倒下了，会有另外一个人代替我的位置，之后还会再有一个人，一个朋友，一个亲戚，不论是任何一个男人或女人，我们都有同样的价值观和荣誉感。都是我的家人，这其中包括跟我没有血缘关系的人，但他们知道，如果有一天我遭遇了不幸，他们该如何去做。（长时间的沉默）正如我知道如果有一天他们遇到了不幸我会怎么做一样。"

《科西嘉早报》记者： 族间仇杀吗？您允许吗？我用这个词来总结您的回答？

"族间仇杀？天哪，谁跟您说的？（叹息）除了你们这些记者，现在谁还在谈论这个事情？在你们的专栏里做广告的都是犯有案子的匪徒、流氓、黑手党，仅是为了银行里的几张钞票、几克的毒品、几辆被盗的车辆。这些跟我，跟一个农庄里的孤独退休老人又有什么相干呢？他甚至都不认识大麻烟，不认识南斯拉夫的妓女或者是一箱送到阿雅克肖港口的集装箱里的迷你电话机。

"族间仇杀，我的天哪，对于那些读过'科隆巴'的游客倒是不错。（微笑又回来了）其实一切都很简单。不要碰我的土地。不要碰我的家人。这样我就是世界上最平和的、最无害的农场主。"

《科西嘉早报》记者：那否则呢？如果有人碰你的土地或者你的家人呢？

"否则？否则什么？您的问题还是没问好，帕拉佐先生。（大笑）这就等同于问总参谋长，如果遇到了袭击，他会不会按下那个红色的按钮引爆核弹，连同整个地球一起炸掉呢？他不会回答你的，因为这不会发生。请弄明白，我不认为有人想要碰我的土地，更没有人想要碰我的家人，如果你们的报纸能起点儿什么作用的话，至少你们的读者应该记得这些话。拿着，再吃点儿小脆饼，这是我妻子特意为您做的。"

《科西嘉早报》记者（嘴巴都塞满了）：瑟瑟（谢谢），伊德里施（伊德里斯）先生……

最后的结局，最后一个以及倒数第二个回复，都是我加进来的。如果那个记者真敢这么写出来的话，那应该很搞笑，你们不觉得吗？我相信要是这个记者问出了最后那个问题，他可能更想加快脚步逃跑，而不是留下来吃奶奶做的点心。

❧ ❧

他重新合上了本子。

一个无害的退休者……

有什么可笑的！

35

当克洛蒂尔德重新回到营房的时候，弗兰克什么也没说。很难猜到他已经回来了多久，他已经冲了澡，甩脱了跑鞋，喝完了咖啡。

"我找到它了。"克洛蒂尔德说着并拿出她的银耳环。

同样很难解释他脸上带点儿讽刺意味的微笑。

克洛蒂尔德只是做了世界上所有妻子都会做的事情，当她的男人缩在保护壳里，拒绝沟通，彼此僵持的时候，就像一个用久了的家用电器，只需要让他停下来休息一下。她沉默了片刻，然后又说起来，什么都说一些，又什么都没说，就好像一切正常，一切都好着呢，谈谈瓦伦蒂娜，甚至谈到了饭菜。

"腌肉？你们觉得怎么样？我赶快去趟市场，然后我们中午做这个吃吧？也可以让我们换换口味，不用总吃薯条。"

其实，弗兰克等的就是这个。一切都恢复正常。希望她是一个普通的妻子。他们一起过普通的生活。今天，至少今天是可以的，她可以好好配合演戏。

"你们跟我一起去吗？瓦伦？弗兰克？"

没人回答。她自己一个人去市场买东西了。

目标达成。这就是普通生活。

尽管勒在她指尖的购物袋感觉有一吨那么重，克洛蒂尔德仍然为自己的战利品感到特别自豪，用来做番茄甜椒炒蛋的辣椒和橄榄油，做鲜浓番茄洋葱炖肉的腌牛肋排，做水果沙拉的杧果和菠萝。她让弗兰克把烧烤炉打开，因为每个人都应该尽职配合出演这部充满阳光的戏剧，男爵家的假期。在卡尔维的 Intermarché 超市收银台前，等待付款的队伍好像没有尽头似的，在这儿，Intermarché 夏季里这两个月的营业额已经可以占到全年的 80% 了，她草草地在购物清单后面列出了一些没有答案的问题。

　　谁给她写了这封以"P."为署名的信？
　　谁偷了她的钱包？
　　谁给那条狗取名为"阿卡努·帕夏"？
　　谁在昨天早上布置了早餐桌？
　　谁教奥索洗抹布的方法？
　　谁破坏了她父母的富埃果的转向装置？
　　谁破坏了瓦伦蒂娜的绳索弹簧钩？
　　谁是那个在 1989 年 8 月 23 日 21 点 02 分的蓬塔罗萨被纳达尔看到的鬼魂？

　　不可能都是同一个人。不可能是她妈妈。
　　不可能不是她妈妈，起码这些问题里有一半的答案应该是她妈妈……
　　弗兰克可能是对的，为了感到幸福，应该列出一个购物清单而不是列出问题，将重点集中在那些微小的佐料上面而不是单子背后的空白页。
　　只要顾好眼前的人生就行了。
　　可能，还要放个情人在购物车里。

一边权衡着自己的新观点可能引起的后果，一边还是忍不住绕了个不到三十米路程的小弯，选择走 A 过道而不是 C 过道，这样可以经过 A31 号活动房前面，顺便看一眼雅各·施莱伯是否在家，看他是否有时间将 1989 年夏天的照片从著名的"云端"取回来。

不是急于看到这些相片，仅仅是问一下。

没人在家。

"雅各？"

这个德国老头可能有点儿耳背？可能在听那个讨厌的电台？回答对十二个问题才能通关，简直异想天开嘛！

"雅各？"

她用力敲了敲活动房的门。力气大到打开了门。门是已经被推开的。

"雅各？"

不像这个德国人的风格，家门开着，人却不在家。但是，也很难让人想象他会藏在这二十八平方米的板房的某个角落。奇怪……克洛蒂尔德想到，如果碰上施莱伯先生拿着他的地滚球，或者脖子上挎着相机回来的话，她有可能将事情搞砸了。德国老头可不喜欢未经他允许就进他家里的人，特别是他还花了晚上的一部分时间来帮她找那些旧照片。

小蠢货，快离开这里吧，快回去切你的辣椒，下午再过来，或者明天……

当克洛蒂尔德正要走出房门的时候，她的眼睛被钉在墙上的一张照片抓住了。

是她哥哥，尼古拉斯。

克洛蒂尔德走上前去。实际上，从活动房的墙上粘着的数百张照片中找到与她相关的那些年头，1976—1989 年间的，并不是件难事。古铜色的皮肤和景观都没有变化，大海、沙滩、波涛，眼前的卡尔维堡垒以及远处的科西嘉角如今风景依旧，只是通常简化成了泳装穿着打扮，清晰地指明了那十几年的照片。短裤的长度，鸭舌帽的牌子，被印花布包裹着的屁股和前胸。但仍让人觉得很惊讶的是，虽然着装的潮流如此不同，人的整个面貌看起来却都没什么变化，克洛蒂尔德感觉每年6月里拿出来穿的衣服都是上一年9月收起来的。

快点儿跑吧，小傻姑娘。

她放下手中的购物袋。她听到A过道那边有露营者经过的声音。

照片中的尼古拉斯还不到五岁。她的心中激动不已。她还看到，被妈妈抱在怀里的不到两岁的自己，小脸红红的像个苹果；一顶难看的海蓝色小帽子用一根橡皮筋系在她的小下巴下，照片上的她看上去一副不高兴的样子；胖乎乎的小脚丫似乎很想自己到热热的沙滩上或者冰凉的海水里走走。爸爸没在照片上，她四处寻找着。终于在另一张照片上发现了，尼古拉斯那时十一岁，她八岁，8月15日，放烟火的日子，整个营地的人都在奥赛吕西亚海滩上。那时还没有茅草屋作为装饰，而在人群中，克洛蒂尔德发现了纳达尔的面孔，十八岁的他有着难以想象的俊美，手牵着一个金色长发垂到屁股下面的女孩儿，是一个她从未见过的女孩儿；她还认出了巴希尔·斯皮内洛、凯撒尔·卡尔西亚警长、丽萨贝塔和斯佩兰扎肩并肩站在一起。

她听到外面的脚步声，离得很近，却没有太在意。在营地里，要习惯这种好像邻居住在你家里的错觉。她的眼睛继续辨认着墙上的照片。她找到了其他的一些关于1989年夏天的，她很确信。她认出了妈妈那条黑色的Benoa裙子，就是爸爸在卡尔维买的那条印着红色玫瑰花的裙子。这张照片应该是意外发生前几天拍摄的。

"你妈妈她真美。"

克洛蒂尔德吓了一跳，转过身来。

一只冰冷的手搁在她露出来的肩膀上。

"放松，克洛蒂尔德，放松。真的，你不觉得你妈妈她很美吗？"

赛文·斯皮内洛！营地的老板亲自来了这儿。

像一条蛇一样静悄悄地爬进来。他来这里干吗？更糟糕的是，他怎么不问她在这里干什么？他应该很惊讶在这里见到她才对。相反的是，他好像对这里的除了她的一切都感兴趣，他不安地四处看着活动房的每一个角落。

"雅各在家吗？"他只是问了一句。

克洛蒂尔德摇了摇头。

"妈的，"赛文说道，"在干什么呢，这个德国佬？"

"赛尔热、克里斯蒂昂和莫里斯还在地滚球场那里等他呢。三十年来他可是没有迟到过一次。"

他端了一下肩膀，低下头，像在检查地面是否干净。

"他已经过了追随游客穿越丛林的年纪了，不过，在打电话给骑兵队前，我们还是再等等吧。"

赛文仔细看着墙上的照片。

"也许他只是厌倦了总是在同一个地方进行拍摄，带着相机到更远的地方去了。"

克洛蒂尔德依然没有说话，赛文还在继续。

"尽管因为这个老德国鬼子是整个营地里最烦人的家伙，但还是要承认，他在照人像方面很有天赋。他让所有的回忆都在墙上重新浮现，这比把所有场景都录下来还要好。你看……"

赛文用手指指着其他的照片。

一群年轻人围在营地里的篝火旁。克洛蒂尔德还记得这个场景，照片是在事故发生前的一晚拍摄的，是晚上很晚的时候，在阿尔卡海滩上。尼古拉斯正在试着弹吉他，玛利亚·琪加拉的头靠在他的肩膀上；我认得出这群围着篝火的所有人，艾斯特凡双腿间夹着一个非洲鼓，赫尔曼手里拿着一把小提琴，奥莱丽娅橄榄般的双眼在她的浓眉下贪婪地看着这几个音乐家，尤其是尼古拉斯。

"那是我们的年代！"

突然间赛文好像一个孩子一样开心，当看到克洛蒂尔德无动于衷的表情时，他愣住了。

"不好意思，克洛蒂尔德。我真是笨蛋，有时候……"

只是有时候吗？

"我们的年代……我是想到了我的少年时代，想起那些女孩儿，想起那些聚会，而你……"

"算了，赛文。如果我想听到这些的话，那我就不会回来蝾螈营地。"

"除非你想知道真相。"

这一次，是克洛蒂尔德盯着他看，有些激动。

"你刚才说什么，什么真相？"

赛文用脚尖推了推活动房的门将它重新关上。在他手里拿着一个装有三个生锈的地滚球的皮袋子。如果这是一件武器，那她的牛肋骨和三个辣椒完全不是对手。她不得不这样开起玩笑来，营地老板真的令她很不安。他到底来这里做什么？是跟踪她而来的吗？如果他在这个铁皮和木板搭建的屋子里试图动手，她还是可以大声呼救的，有人会听见。第一个出现在脑中的面孔是弗兰克，而不是纳达尔。因为弗兰克就在很近的地方。

"你看。"

在半阴半暗的活动房里，赛文用手指着一幅照片。在那些停在蝾螈营地停车场里的车前，有几个男的正在玩地滚球。克洛蒂尔德认不出他们是谁，但在他们后面，它在那里。完好无损。她的身体因为震惊而一阵摇晃。那是红色的富埃果。

"你去见过卡尔西亚警长了？我想，他已经跟你说过他的观点了。"

赛文知道了？他知道转向装置被破坏了？但是凯撒尔·卡尔西亚警长曾经跟她说过他的调查是绝对保密的。赛文·斯皮内洛到底在这个事件中扮演一个什么角色呢？

等等看。

"什么观点？"克洛蒂尔德一脸无辜毫不知情的样子问道。

营地老板笑了笑，眼睛一直没离开过富埃果。

"说你爸爸的车的转向突然失控了。说这不是一个不幸的意外。"

啪！

"只是那个老警察不是全都知道。"赛文接着说。

斯皮内洛的手指着照片。在这些男人中，他的食指指着一个家伙的后背。

"仔细看看你爸爸。再看看他后面，我们几乎看不到有个人……"

他说得有道理，是他爸爸在捡球。位置靠后面一点儿，在其他玩家中间，但即使他几乎完全被遮住了，也不可能认错。

还有尼古拉斯。

我哥哥对游戏不感兴趣，但是对停着的汽车则相反。

赛文幸灾乐祸地说：

"真是难以置信，这些照片，你不觉得吗？如果我们有时间慢慢研究的话，近景、远景、眼神、态度，它们似乎在讲一个故事，似乎在揭示着一个秘密。"

"你想说什么，赛文？"

他的手第二次放在她露出来的肩上，像是要弄掉她裙子的肩带。他好像要跟她协商一下，她也有自己的一些想法。

"没什么，克洛蒂尔德，没什么。我很清楚你不怎么喜欢我，你有多喜欢我爸爸，就有多讨厌我。在你眼里，我代表了几乎所有你生命中的遗憾，像是失去的幻想，一个又一个背弃的年轻时的诺言，又或者那些掌控着这个混乱世界的浑蛋。但我不会因此而感到抱歉，克洛蒂尔德。我也不会因为更好地适应了自己而感到抱歉。因为我没什么可失望的，克洛蒂尔德，没有一丝的遗憾。（他凝视了一会儿营地篝火的照片，然后回到停车场地滚球的照片上）我比从前快乐多了，逝去的时间让我更加自信，更加强大，更加富有，甚至更加帅了。我不会因此而抱歉，因为我为此付出了很多。所以即使你不喜欢我，如你所见，也不会导致我不喜欢你。我没有一点儿仇恨，一点儿痛苦，有的只是对所有人的好感，对成功者的好感。包括对你的好感。"

他放下手中的地滚球，把另一只手掌也放在她另外一边裸露的肩膀上。赛文的每一只手都好像有胆量去敲断另一只手。她向后退了一步，毕竟把辣椒甩他脸上也不算是最差的打算。

"好啦，赛文，跟我这儿，别来这一套。你到底知道什么？"

"别这么凶，克洛蒂尔德。相信我。应该是你来回答问题。回答这个唯一的问题。你想知道真相吗？"

"你知道真相？"

"克洛蒂尔德，你这不是在法庭上，脱掉你的戏服，摘掉你的面具，直接回答我的问题就好。你想知道真相吗？"

"关于……关于我父母的那次意外事故？那个该死的转向器？知道它被人动了手脚？"

"是的……"

"你清楚？"

"是的……但你不会喜欢它的。一定不是你想要的真相。"

"经过这么多年，我更不喜欢听到谎话。"

他微笑着，最后看了一眼墙上的照片。

"你坐下，克洛蒂尔德。你坐下。我来给你讲。"

Chapter 2

圣罗斯日

我只知道我很快乐，我身边的人一个都不少，所有人都在，就好像五十年来什么都没有变，好像没有谁死了，好像最终，当时间流逝，会证明它的无辜，也许我们错怪了它，将它当成了凶手……

36

1989 年 8 月 21 日，星期一，假期第十五天

蓝莲花般的天空和严格守护的秘密

那应该是中午时分，当尼古拉斯来抓我的时候，我正悠闲自得地在海豹岩洞里，吹着清凉的风，静悄悄地读着《讲不完的故事》，屁股底下塞着一本《危险关系》。他像一只大熊似的钻进岩洞，挡住了洞口射进来的阳光，让我很不舒服，也没法继续往下读。趁着昏暗的光线，我把巴斯蒂安和他的锅盖头换成了凡尔蒙和他的侯爵夫人。当尼古在洞里走动的时候，阳光从他背后照射过来，衬出他黑色的剪影，像是在电影中，警察将灯光直接打在嫌犯的脸上。

"我需要和你谈谈，克洛。"

那就谈吧……

他表情很严肃，通常来讲，这时他肯定是在掩饰一个天大的蠢事儿。

"我知道你喜欢管事儿，四处侦察，像猫一样玩弄你的小耗子，把所有东西都记在小本子上。但这一次，你必须要保持距离。我不是让你闭嘴，比这个容易点儿，我只是要你别打听。"

"别打听什么呢？"

我喜欢看我哥生气的样子。

"克洛，我是认真的。"

他有点儿驼着背，像是承受了被揭发的压力，或者只是不想撞到岩洞顶部。反正结果都是一样的，面对着我被阳光直射着的脸，这位"乌龙警探"

坦白说：

"我恋爱了！"

不用猜就知道。

"和谁？和琪加拉吗？"

他不喜欢我这样叫她，他肯定只叫她玛利亚，或者玛丽，或者 MC，因为用英语的发音，听起来就是"如此爱你"。

他也不喜欢我看他的眼神，一点儿也不喜欢。那天他跟爸妈说他不想读高中了，想要成为一名职业足球运动员的时候，得到的也是这种眼神。

我可不管，我还在他眼前挥舞着我的书。

"不要搞混了，那不是爱情，我的老哥，这只是一种冲动。一种男人们在彼此竞争中出现的冲动。看谁能第一个摸到她的胸。"

我喜欢在哥哥面前表现得很粗俗。

"肯定没有男人抢着要碰你的平底锅煎蛋……"

浑蛋！我这么直接写出来，因为他真的是这么说的，我希望你们，银河系深处的读者，能充分感受到我的真诚。

这下我们扯平了。我喜欢和我的哥哥重归于好。

"好吧，我的卡萨诺瓦，你想要我做什么呢？"

"没什么……只要你别挡我的路，咱们保持距离，别把爸妈的注意力吸引到我这儿来……可能还需要你把他们弄远点儿，我不在家的时候，你随便跟他们说我跟菲利普和艾斯特凡或随便谁在一起，我们在奥赛吕西亚的海滩上弹吉他，在贝洛妮树林里建房子，什么都行，我只需要你帮我遮掩两天，一直到 23 日晚上就可以了。"

"圣罗斯节那天？那天晚上会发生什么？你也要像爸爸一样去摘一束犬牙蔷薇花？胜利者之花？乐透大赢家？你要在兰巴达舞曲之后继续跳 Foumoila？伴着琪加拉恰恰的 Foumoila？"

我真是超喜欢在我哥面前表现得很粗俗。他肯定没话说。因为这都是他教我的。

"那天晚上，我就要飞走了，亲爱的小妹，你绝对不会知道我真正的去向。可能很多年以后，你会收到一个黑匣子。"

"等你和琪加拉结了婚，有了孩子，是吗？"

尼古换个位置，重新遮住了我眼前的阳光，曲起了身子。

只看到他的一团阴影。

"是的。我们会邀请你的。"

我有点儿想让步了。

"可是……你真的确定吗？"

"确定什么？"

"确定要抢在第一个去采你那美丽的兰花吗？比赛可是无情的，不是吗？"

"是的，我确信。"

"那谁是竞争者呢？"

"这就像是一个战略游戏，亲爱的，需要提前部署。"

"说说看，你的计划是什么？"

阴影弯下来，坐在我身边，搂着我，像我的保护网。尼古拉斯把所有的都教给了我，为我在生活的丛林中开辟道路。

"亲爱的妹妹，我可是很多花招的。你知道吗，有点儿像是你假装在读的那本《危险关系》。我略施小计，设一个局。我脑袋里有个关系图，一个简单的环形，上面有我们圈子里所有人的名字，一男一女，一男一女，一男一女，然后由箭头将大家都连起来，就像在杀手游戏中一样，每个人在杀死一个人后又被另外一个人杀死。游戏简单极了，只要悄悄告诉一个女孩儿有个男孩儿为她倾倒，或者告诉一个男孩儿有个女孩儿很关注他，嗖的一下，转盘开始转动了。我把奥莱丽娅——她应该很喜欢和我一起出去约会，跟独眼巨人赫尔曼搭到一起，这家伙本来是喜欢和玛利亚在一起的。因为玛利亚更喜欢赛文一些，即使我也在想她到底能从小斯皮内洛那里得到什么，我就把这个爸爸的乖儿子和另一个爸爸的乖女儿搭在一起，这个女人比你想象的放荡得多：奥莱丽娅。就这样，圆圈合上了。"

奥莱丽娅！在她那大粗眉毛和一副假正经的面具背后，她是一个会勾搭任何一个活物的女人？而在随时随地的"玛利亚要跟你上床"的姿态后面，琪加拉除了我哥尼古拉斯以外，不会跟其他人上床？他不是在拍电影吧，我亲爱的营地凡尔蒙？依我看，他的神奇手指连她的丁字裤都没碰过。

即使他相信自己能做到。

"总之，你能答应我吗？帮不帮我？替不替我掩护？"

"如果换过来，是我有男朋友了，你也会为我做同样的事情吗？"

"我会的……等哪天你的胸部开始发育的时候。"

浑蛋！

我喜欢扑到他的怀里假装用拳头打他。从前在我房间，我会把所有的毛绒玩具都扔到他脸上，但现在，在这儿，什么都没有。只能跳到他身上来一场温柔的摔跤。

行，老哥。我保证给你两天的自由时间，一直到 8 月 23 日。通常来说，我会一口答应，然后继续跟踪侦察，但这一次，我无所谓了。我不在乎你们这个每个人都想跟其他任何人出去约会的少年圈子。你瞧，这个词不错，出去约会。不管跟谁出去，也就出了这个圈子了。

好吧，不打扰你们了，你们坐好，围成一个圆圈，开始玩丢手绢吧。

一小时，邮差还没来……两小时，三小时……

我还有更好的事情要做。我有合同在身。

在脸颊上的那一吻。

这个男人从不参加任何的圈子，从不给自己设限。他教会我什么是真正的自由。

我有合同在身。我有任务，纳达尔·昂热利交给我的任务，说服我的爷爷卡萨努。如果你们对我还不太了解的话，那么请相信我：

我会做到的！

他重新合上本子，把它藏在自己的夹克衫下面。

一个杀手，一个死亡游戏，尼古拉斯·伊德里斯被封为——游戏之王。

这就是纯粹的事实。

37

2016 年 8 月 20 日，12 点

　　克洛蒂尔德等待着。

　　赛文·斯皮内洛花了五分钟的时间才从洗手间里出来。他或许在重新化装，又或者这是他耍的一个手段，让她在焦灼等待中耗尽精力。在已过去的二十七年上再多加几分钟。一个终于实施的小肚鸡肠的复仇？

　　当赛文一走进活动房的走廊，她就立刻转过来面对他，完全没想要掩饰自己的不耐烦。而营地老板只是绷着一张痛苦的脸，手指指向墙上德国老人拍摄的照片。

　　"你确定想要知道真相？"

　　他并没有等克洛蒂尔德回答，也没有看她，继续盯着那些照片。

　　"你还记得吗，克洛蒂尔德，23 日那天晚上，你哥哥尼古拉斯曾打算去卡马尔格的一个夜总会，在卡尔维下面，你父母去卡萨帝斯特拉过夜的时候。他们需要步行走到住处，将富埃果停在阿卡努农庄的路上。尼古拉斯曾计划悄悄地借用你父母的车子，然后将所有能挤进去的人都带上。你一定还记得他的计划里还有阶段 B，将其他所有人都甩在舞池里，预留一张沙发给自己和玛利亚·琪加拉。在莫吉托和热舞的帮助下，他希望能将他美丽的意大利女孩儿带到一个可能不太舒适但却很隐蔽的地方。你还记得这一切吗，克洛蒂尔德？"

　　直到这里，还是记得的。

　　"是的。"

　　"接下来……怎么跟你说呢？尼古拉斯没怎么吹嘘过这件事，特别是

在他可爱的妹妹面前。因为事实上，玛利亚·琪加拉不太愿意。不是因为沙发、大麻、调好的朗姆酒或者他们两个人之后想要做的事情。在这些事情上面，玛利亚·琪加拉处理得还是不错的。"

他的手指又重新指向了那张在阿尔卡海滩上烧篝火的照片，玛利亚·琪加拉头靠在抱着吉他的尼古拉斯肩上。赛文的食指沿着意大利女孩儿散开的黑色长发滑行，到达白色低领的衬衫上，然后是被白天的阳光曝晒和深夜的火光映衬的古铜色皮肤上。

"不，克洛蒂尔德，"他接着说，"玛利亚·琪加拉不愿意只为一个原因：车。尼古拉斯没有驾照！他只上过十几小时的驾驶课，在爸爸陪同下开过几百公里。原因就是这么简单。玛利亚·琪加拉想到那些窄窄的道路、弯道、沟壑，还有那些自由的野兽，总之，她害怕撞车！"

"那么，他们并没有去？"

"没有，23 日那晚没有去，这个你知道，也知道为什么。但是所有人不知道的，是在此之前发生的事情。为了说服玛利亚·琪加拉，尼古拉斯曾向她建议，去证明一下自己开车完全不危险。"

慢慢地，克洛蒂尔德的身体瘫软了下来，感觉有一支无形的昆虫大军，令她双腿不听使唤。

"在上到阿卡努农庄之前的几小时里，你爸妈特别忙。你妈妈开始为一年一度的浪漫之夜做准备，你爸爸，从帆船之旅回来后，正在重读一份要在农庄跟卡萨努讨论的文件。这正是一个千载难逢的好机会，而且是唯一的机会。于是你哥哥拿了富埃果的钥匙，并请玛利亚·琪加拉坐在了副驾驶的位置上。只是出去兜一小圈，几公里就好，去到加雷利亚，过几个小弯，为了向他的美丽姑娘证明他可以很好地控制车辆，并不需要一张纸片来允许他操控方向盘，证明他是很谨慎的。"

那些肉食性昆虫顺着克洛蒂尔德的大腿爬了上去。其中一部分已经到达了她的肺部，并成批四散涌入，让她无法呼吸。

"他们十分钟后就回来了。尼古拉斯把富埃果停回到之前的位置上。他们俩一起从车上下来。那时，我正站在蝶螈营地的接待处，是唯一一看到他们的人。"

那些虫子已经聚集在她的喉咙里，让她只能发出一丝古怪的声音。

"你看到了什么？"

"看到他们并且听到他们说的话。尼古拉斯弯下腰看了看发动机，然后跟玛利亚·琪加拉说：'没事儿，没事儿。'当他那沾满黑色油污的手接近她的白色蕾丝裙的时候，玛利亚往后退让了一步，像是他感染了瘟疫一般，而且列出了四点事实。我清楚地听到了，明白到底发生了什么事情。"

克洛蒂尔德咽了一下口水。成千上万的爪子在她的嗓子里聚集，沿着太阳穴向上爬去，震耳欲聋的嗡嗡声简直要刺穿她的耳膜。然而还不够，不够覆盖住那些她永远都不想听到的话。

"尼古拉斯撞车了！在转了不到三个弯之后，他直直地把车撞上了卡珀卡瓦罗观景台的岩石上，车身下部与岩石发生了剐蹭。车因此才停了下来，还差点儿被卡住了。尼古拉斯用尽全力倒车，没管哪里在摩擦，在扭曲，也没管引擎盖和车轮下有没有地方松脱，车子发出一阵令人难以忍受的金属噪声，旋即消失在山谷间。"

想吐。一阵恶心。昆虫溶解在了胃中酸性的溶液里。

"我在几天之后才了解到情况，那时已经有几个男生开始悄悄谈论松动的转向拉杆、扭曲的转向轴和一个完全脱落的螺丝。"

克洛蒂尔德将胃都吐空了，吐在活动房的旧榻榻米上，吐在她的袋子、辣椒和腌牛肉还有她的鞋子上。赛文没有把眼睛转过去。

不要相信他。

一秒都不要想象这些可能是真的。

想象尼古拉斯什么都不能说，他没有意识到危险，只是更希望将汽车的钥匙悄悄放起来，不要挨骂。

"这就是你想要的真相，克洛蒂尔德，是你问我要的。我很抱歉。"

尼古拉斯的样子出现在她的眼前，他的脸，就在撞击发生前的几秒，就在富埃果冲进空中失重之前。这个深刻的画面多年来一直追随着她：尼古拉斯知道会发生什么事情。尼古拉斯知道一些她不知道的事情。当车子没能转弯的时候，尼古拉斯脸上没有惊诧的表情，就像他知道我们为何会死。

所以，一切都解释清楚了。

是他杀死了所有人！

◆　◆

"你不吃吗？"

弗兰克的问题里带着讽刺。

克洛蒂尔德已经把辣椒、牛肋骨和热带水果全都扔了。这位殷勤的妻子之前曾经承诺的大餐，现在变成了火腿丁、西红柿片，还有一盒反着打开的干玉米粒。

弗兰克给了瓦伦二十欧，让她去接待处那儿买了一盘薯条、一杯曼格纳咖啡、一个草莓味儿甜筒，"你呢，克洛，你吃什么？"

"谢谢。我什么都不用。"

克洛蒂尔德决定什么都不说。不能立刻说。也不能现在说。更不能在这种状况下说。

她现在只有一个愿望。

瘫倒在一个强有力的怀抱中，将所有的拳头都砸在男人的胸膛上，在他的臂膀间号啕大哭一场，对着一张会贴在她耳边轻声宽慰和诉说爱意的脸庞，高声诅咒她的生活。将自己完完全全地托付给一个理解她、默默地陪着她、爱她的人。

这个人不是弗兰克。

她起身把盘子摞起来，端走，拿起一块海绵、一个盆子、一条抹布。

"洗完碗后，我要去马尔孔平台，去我父母的墓地看看。不会很久。"

◆　◆

科西嘉人相信鬼魂的存在。他们的墓地就是证明。否则，他们为什么要建造大型的地下墓穴？那些家族陵墓有时甚至比他生前的房子还要壮观。为什么他们会将最好的土地留给如此豪华的次要居所，用来收藏七代人的遗骸？如果不是为了让死者也能欣赏到山顶的薄雾，山坡上钟楼的剪影，卡尔维城堡上的落日，为什么他们会将最好的景致留给自己的墓地呢？至少那些有钱人的墓地是这样，不包括那些墓园深处的、毫无遮蔽的碎石堆上的、被洪水淹过而泥沙淤积的过道上的，或者一场暴风雨就可能带走棺材或者被泥石流封死的危险的墓地。

伊德里斯家族的墓穴可以永久抵御那些恶劣的天气。它高过马尔孔墓地外墙的天蓝色的穹顶，以及科林斯式的柱子，令每一个经过柱檐的人都会记得家族的名字和它的光荣血统。在年代久远的伊德里斯家族史中出现过一名海军司令（1760—1823年）、一名众议员（1812—1887年）、一位市长（1876—1917年），还有克洛蒂尔德的曾祖父潘克拉辛（1898—1979年）。

还有三个不知名的。

保罗·伊德里斯（1945—1989年）

帕尔玛·伊德里斯（1947—1989年）

尼古拉斯·伊德里斯（1971—1989年）

纳达尔在墓地里等待着，隐蔽在石灰墙的阴影下，从路上发现不了。克洛蒂尔德躺在他的怀里，拥吻着他，不停地哭啊哭啊哭啊，最终躺倒在最近的一棵被强大的海风吹弯了的紫杉下，裸露的大腿被扁平的针叶刺到也不在意。墓园如沙漠般寂静，除了一个在远处的墓地驼背的老妇人，她艰难地拖着脚步，手持一把刚刚从喷泉里装满水的喷壶。

终于，克洛蒂尔德开口说话了。纳达尔就坐在她身旁，握着她的手。他们俩的身体除了手指没有其他的接触。克洛蒂尔德把所有的话都倾泻了出来。凯撒尔·卡尔西亚对于她父母的车所做的启发性分析；她的生活就是一间大大的黑屋子；她对弗兰克的爱已经变得支离破碎了；一点儿也不像她的女儿也在回避她，以至于她在怀疑女儿是不是真的爱她；

过去的生活也是一样，就是个累赘，她嫉妒自己的妈妈，敬重自己的爸爸，还有从没忘记这个能跟海豚说话的家伙（说到这里，她吻了他一下），而她哥哥尼古拉斯，这个为她开拓生命之路，为她拨开迷雾，这个会背着她穿过陡峭的弯路和为她指点捷径的人，同时也把她孤身一人抛弃在雷威拉塔，让她保守秘密，却不敢说出来实情的人，没有意识到危险，静悄悄地登上了死亡陷阱之车。他没有意识到，对，就是这样，没有意识到。

克洛蒂尔德将她满腔的恐惧和怨恨一股脑儿地都倒了出来，仿佛之前身负千斤重担，一下子全部卸掉后变得轻飘飘的，像个气球。而纳达尔抱着她就像抱着一个充满气体的氦气球，用的力气有点儿大，像护着一个脆弱的生命。

伊德里斯家族的墓地总是被鲜花环绕，大束的鲜花，有野玫瑰，有百合，还有兰花，是墓园里色彩最丰富的墓地。卡萨努和丽萨贝塔不是任由伊德里斯家族的鬼魂游荡而置之不理的人，无论是遥远祖上的海军司令，还是他们的独生子；也不会让他们闻到凋零的花朵在花瓶里腐烂而发出的臭味儿。在他们前面，阳光下，那位拿着喷壶的老妇人迎面走来。

克洛蒂尔德的手指紧紧地扣着纳达尔的手，好像她气球般的身体想要挣脱出去，重获自由似的，她口中还在质问着自己，为什么尼古拉斯什么都不说？尼古拉斯是个理性、聪明的人，还是一个铁砧勇士，他都能禁得住别人一拳拳打在他身上；尼古拉斯是个模范，一就是一，二就是二；尼古拉斯又帅气又和蔼，尼古拉斯拥有他所能有的一切。尼古拉斯为什么要偷拿富埃果的钥匙？没有驾照还要开车？他在夜总会里就计划好了这个夜里开车兜风的疯狂计划的吗？

结果是简单的，残酷的，可怜的，卑劣的，肮脏的。

为了一个丑陋的女人。为了打动一个他甚至不爱的女孩儿。为了手能握住她的乳房。为了能把自己的阴茎插进她的阴道，一个不接受其他人，却有可能接受他的阴道。因为尽管尼古拉斯很聪明，当他面对着古铜色的身体曲线，面对着那双猎豹一样盯着自己的眼睛，面对着那对微张着的、诉说着无声承诺的红唇的时候，他也会像其他男人一样，变成一只小动物，他所有的原则、所受的教育、读的书和他的文化背景都无法与之抗衡。是的，就是如此可笑。尼古拉斯害死了他的父亲和母亲，害死了他自己，还判了自己的妹妹一个无期徒刑。一切只是为了能拥有一个女孩子的第一次，一个配不上他的女孩儿，甚至都不是为了这个女孩儿，而只是为了女孩儿的身体，一个物体，最多算一个玩偶。

她回想起那晚，当她说出尼古拉斯的名字，提及那场意外的时候，玛利亚·琪加拉在化妆间门口那惊恐的眼神。她的沉默，她的否认，她的逃避。她明白了，她明白了对于玛利亚·琪加拉来说，这个秘密一定已经沉重到无法背负。她什么都没有要求过！一切却都因她而起。她什么都没做，只是扔掉了一个烟屁股，然而碰上了炽热的阳光和吹拂着干草枯树的风，她又能怎么办呢？

一面是纵火者，另一面也是受害者。

人们没法判定一个物体有罪，同样也不会判定一个玩偶有罪。

"告诉我，纳达尔。告诉我不是所有的男人都这样。告诉我……"

他们的唇在彼此相距几厘米远的时候停住了。

"不好意思，让一下。"

老妇人的喷壶中滴落的水滴，掉在她身后赭石色的土路上，几秒后就很神奇地消失了。克洛蒂尔德认出了这张脸，它被一块跟裙子一样颜色的黑纱罩着。

斯佩兰扎。阿卡努农场的那个女巫，奥索的外祖母，帮丽萨贝塔和卡萨努打杂的妇人。

斯佩兰扎没有看他们，拿起摆在墓穴上的五个花瓶中的一个，将旧水倒掉，一枝一枝地把里面的花拿出来，带着无限的温柔再注入新鲜的水，收拾一下花枝，去掉一些叶子，从口袋里拿出一把修枝剪，剪掉些已经变色的茎，然后慢慢地走向第二瓶花。

突然间，就好像之前她精准的机械化的动作是在掩饰一种强烈的犹豫，她转过身来。

她的话在一片寂静中咔咔作响。

"你不应该在这里！"

克洛蒂尔德浑身颤抖着。

斯佩兰扎只看着她，就好像纳达尔不存在。她放下手里的喷壶，手指慢慢地沿着墓碑上刻着的字母摩挲着。

帕尔玛·伊德里斯（1947—1989 年）

"她也不应该在这里。"

最前面的几个字仿佛是最难说出口的，就像是堵在酒瓶塞后的气泡，一开始很难打开，而一旦打开就跟着爆发出来。

"她不应该在这里。她的名字与刻在上面的伊德里斯家族没有任何关系。我不是 Streia，不是山里的女巫，你妈妈才是！你什么都不知道，那时候你还没出生（她迅速地画了一下十字），你妈妈把他迷惑住了。"

斯佩兰扎的眼睛紧紧盯着刻在墓穴上的保罗·伊德里斯的名字。

"相信我，有些女人完全有能力做到这点。你妈妈蛊惑了你爸爸，当她能把你爸爸控制在自己手中的时候，就偷走了他。你爸爸被困在了网里，带走了，远远的，远离所有爱他的人。"

远离，克洛蒂尔德想，指的是韦克辛吗？他们只是在巴黎的北部，为了卖草皮。她没有测量过，从多远的距离开始，她爸爸的人生选择会让他的家庭难以接受。

纳达尔紧紧地握着她的手，坚定而谨慎，他并没有参与进来。斯佩兰扎怒气冲冲地将第二个花瓶里的水倒掉，那些凋零的花瓣好像五彩纸屑落在她黑色的裙子上。

"如果你爸爸没有遇见她，"斯佩兰扎一边挥舞着手中的修枝剪一边说着，"他应该在这里结婚。在这里生儿育女。在这里建立自己的家庭。如果你妈妈没有从地狱里把他带走。"

她用手掰断了三枝玫瑰、两枝橙色百合和一枝野生兰花。她的声音第一次变得和缓起来。

"克洛蒂尔德，你来这里什么用也没有。你是一个外人。你对科西嘉一无所知。你不像你妈妈。可你的女儿，她像。你女儿高挑的身材就像她一样，她将来也会变成一个女巫。而你，你有你父亲的眼睛，有和他一样的眼光，会相信别人无法相信的事实。我不怪你。"

斯佩兰扎的眼睛第一次落在纳达尔身上。她那双充满皱纹、肌肉紧张的手拿着修枝剪，在空中开开合合，好像要剪断他们呼吸的空气。突然，她硬生生地把剪刀指向大理石的墓穴，用它在上面划着，吱吱嘎嘎作响，试图把帕尔玛·伊德里斯的名字从墓碑上去掉。修枝剪在灰色的石头上留下一条条白色的划痕，几个字母已经被划碎了，A 和 M。

老妇人抬头看到了上面刻的名字。

保罗·伊德里斯

再一次地，斯佩兰扎在胸前画了个十字。

"保罗应该生活在这儿，如果你妈妈没杀了他。生活在这儿，你明白吗？生活，而不是为了回来死在这里。"

❖　　❖

纳达尔将克洛蒂尔德一直送到车跟前。当他们离开墓地的时候，老妇人斯佩兰扎仍在痛骂着记忆中的帕尔玛，好像他们是被一个神经错乱的人赶跑的。

他们在开着车门的帕萨特前拥抱了好一会儿。沿着路边建起的水泥护墙像是火车站的站台，令人几乎觉得如果有一声长长的哨声响起，就会有辆火车从这里出发。克洛蒂尔德还有力气开个玩笑。

"看来我妈妈在这里并不是很受欢迎。不论是在她的人生中，还是她的'鬼生'中。你是唯一一个爱她的科西嘉人，他们说……"

"不是唯一的一个。你爸爸也爱她。"

好感动！

"我得走了。"

最后一吻。在地中海的岸边。

"我知道，我会打电话给你……"

她勇敢地问了最后一个问题。不论如何，是她在主导调查。

"科西嘉人的仇恨，纳达尔，科西嘉人对我妈妈的仇恨，发生在她和你，按他们的说法，走得很近的时候。你抛弃了你的船，和一个警察的女儿结了婚，是跟这一切有关吗？是因为这些沉重的压力，还有那些科西嘉的老古董威胁要抛弃你？"

他只是笑了笑。

"快跑，亲爱的公主，快跑回去躲到你的城堡里。在你的骑士抓住女巫前，保护好你自己。"

❖　　❖

克洛蒂尔德开车离开了，眼含泪水。透过眼泪看到的岩石都变了形，像是融化了滑向海水里。在道路上的每一处转弯，都会看到雷威拉塔角，笼罩在只有她的眼中才会出现的迷雾中。湿漉漉的风景渐渐模糊，电灯柱扭曲着，但克洛蒂尔德开得很慢，时速不到三十公里，仔细地看着每隔一根柱子就出现在海报上的玛利亚·琪加拉的脸。

"八十年代"音乐会，托比·卡里斯特，8月22日，奥赛吕西亚海滩。

就是后天……和四天前同样的节目安排。赛文没有理由去改变一个能赚大钱的法子，特别是对于那些度假者来说，他们很少能在同一个地方待上很长时间。

克洛蒂尔德不能错过这样一个好的机会！她得要回去见见这个意大利歌手。她得找到一个方法让她跟自己说上话，要摆脱掉她门前的那个保镖，要让她坦白她和哥哥尼古拉斯在1989年8月23日晚上发生的事情。冲出道路，损坏的"转向拉杆"？心照不宣的沉默……只有玛利亚·琪加拉能对赛文的版本进行确认。但如何能让她证实呢？承认这些，对于这个意大利女人来说，就意味着在多年以后承认自己是当年的同谋，承认对于造成三个人的死亡负有直接的责任。她会否认的，一定会的。

即使克洛蒂尔德能奇迹般地接近到她，她也会否认的。

她肯定永远也不可能知道事情的真相了。

眼泪流得越来越凶，她的时速都不到二十公里了。一辆荷兰牌照的大型露营车不耐烦地跟在后边，几乎紧紧贴着她的车，如果她再减速的话，就会被挤到悬崖边了。她做了一个愚蠢的动作，打开了挡风玻璃前的雨刮器，想清洗一下雾蒙蒙的景色。

就在这时，克洛蒂尔德在挡风玻璃和雨刮器之间发现了一个信封。广告？这张纸只剩一个小角夹在雨刮器下面，在玻璃上一来一回就飞走了。

克洛蒂尔德猛地踩了刹车。

荷兰露营车的喇叭声比快要驶入巴斯蒂亚港口渡轮的鸣笛声还要响亮，露营车的车门打开了，一个棕红色头发的女人坐在副驾驶的位置上用弗拉芒语咒骂着她，一群孩子在后排贴着车窗看着她，像在看一头稀奇的野兽。

克洛蒂尔德理都没理。她胡乱把帕萨特停在路基上，两只轮子还轧着柏油路。她顾不上关上车门，跑着去追那个从一块岩石飘到另一块岩石的信封。最终她在一棵野桑树前抓住了它，还不小心擦伤了手臂，她自己咒骂着自己的疯狂。弗兰克说得对，她现在已经失了所有的分寸。她的情绪变得不可控制。她刚刚很有可能只为了一张广告而丢了性命，关于附近超市下周日的特别开放日，或者关于一个二手市场、一场音乐会，甚至有可能就是玛利亚·琪加拉的演唱会。

一张小纸片！

她的手颤抖着。

白色的信封上只有三个字。

给克洛

一个女性的笔迹。一个她能在所有笔迹中认出来的字迹。

她妈妈的。

38

1989 年 8 月 21 日，星期一，假期第十五天

仿佛破碎水晶一般的蓝天

"我听从了你的建议，巴希尔，我跟纳达尔一起出海看海豚了。"

我补充一点，你们可以相信我。现在是餐前酒时间，蝾螈酒吧都快被挤爆了，随处可见的茴香酒和皮耶特拉啤酒；放满了橄榄的椭圆形的小冷盘，岛屿东部的橄榄树应该都被搜刮干净了。

酒吧里有二十多个客人，都是男人。我把他们聚在一起，给他们讲 L'Aryon 号的海上巡游，讲欧浩梵、伊德利勒和它们的小宝贝加尔多和塔提耶，我保证纳达尔跟它们说话了，他应该懂点儿魔法，我添油加醋地掺进了《碧海蓝天》的情节，除非那些特别年轻的，他们里面应该没有人看过这部电影，即使看过，他们恐怕也只记得罗珊娜·阿奎特的翘鼻子和她屁股上的黑斑。

去吧，去看吧，我的爱人！ [1]

我耍了个小心眼儿，预先做了准备。我想我那件特意选择的黑白色的，印着血红色的 WWF（世界自然基金会）和一只被斩首的熊猫的 T恤，给这支大腹便便、长着小胡须和络腮胡的长矛野人军团留下了小小的印象。

"这个计划最难的部分，"带着血腥 T 恤反衬出的淳朴，我真诚地说，

---

[1] 由吕克·贝松拍摄的《碧海蓝天》中的电影对白（©1988, Gaumont）。

"不是说服海豚，而是建造一所庇护所。"

这帮客人压根儿不在意，他们不相信这个海豚之旅，就像不相信环斑海豹会死而复生一样。

"我也是个科西嘉人，跟纳达尔·昂热利一样，所以绝不会用水泥建房子。我们应该要创造更美的东西，用其他的建筑材料，木头、玻璃、石头！我也绝不会毁坏这里的自然风景，这里是属于我嗲嗲（Papé）的。"

我喜欢这种感觉。当着这些重塑了整个世界、重塑了科西嘉岛和它充满了茴香、香桃木与烟草香气的丛林的男人的面，管我爷爷叫"嗲嗲"。我觉得对于他们来说，卡萨努·伊德里斯在某种意义上来说就像是总司令，在这个名字刻上石碑以前，他们都没有权利直呼它。而我，带着我的僵尸装扮来到岛上，把他们至高无上的国王称为"嗲嗲"。

而且还有……我还没拿出我的秘密武器呢。

"幸好，"我继续说，"我们整个家庭都会加入，嗲嗲提供土地，妈妈作为建筑师，会来负责建设海豚的家。"

我不敢再多说了。怕过犹不及。事实并非如此，扎堆饮酒的男人们就像围着池塘喝水的野牛群，没有哪个更清醒。

"我妈妈和纳达尔，我相信他们相处得很好！你们知道卫生间在哪儿吗？"

我非常愉悦放松地下到楼下。卫生间在楼下的一个没有尽头的隧道里，需要走大概三百步才到，感觉他们是在大路上建了卫生间……其实我只走了十步，等定时灯熄了，又往回走了七步。好吧，我承认，这有点儿狡猾，小心眼儿，不道德。为了自我辩护，我愿意坦白。

是的，我嫉妒！是的，一想到我妈妈，就激起我小小的杀人欲望。是的，我想知道我妈妈到底有没有跟纳达尔上过床。是的，我更希望妈妈只属于爸爸，纳达尔只属于我。所以，我等待着，在黑暗中，就像一只好奇又心急的小老鼠。

我没有等很久，一群喝酒的男人一定会闲扯。在这一点上，男人和女人之间唯一的区别，可能只是酒的度数。剩下的，就都是用来谈论跟屁股相关的事儿了……

自告奋勇的来了。这声音对于一个丛林男人来说有点儿太尖了，像那种婴儿哭号的声音，有些像特克斯·艾佛里导演的《笨猎手》里的鸡蛋头艾尔默（Elmer）那个角色发出来的声音。

"纳达尔他胆子不小，敢动卡萨努的儿媳妇……"

我听到一群无法辨认的笑声。一个说话鼻音很重，声音像鸭子叫的男人接着说：

"老实说，保罗的老婆让我很想把自己也变成环保主义者。"

不明就里的沉默弥漫在装着去核橄榄的盘子周围。

"二十年来环保主义者一直想引进狼，"达菲鸭男人进一步说明，"如果是她想要，我很愿意当一匹狼。"

不用细说，又是一大片的笑声。这时我认出了巴希尔的声音，他让屋子里稍稍安静了下来。

"或许纳达尔真的需要一个建筑师呢，"营地的老板缓和地说，"即便帕尔玛在这位帅小伙的身边走得太近，她还是有一些理由的……"

一个"小猎手"的声音响了起来，听上去应该和我差不多年纪，还没到变声期，足以让他的声音从大人的混战中脱颖而出。他的声音还是个顽童呢。但我还是要感谢他。他说出了我想问的，好像是我把问题吹到他耳边一样。

"她有什么理由？"

很显然，达菲鸭有一个更好的答案。他在回答之前就笑出了声，看来这应该是他最得意的回答之一。

"嘿，小不点儿，有句俗话说得好：在雷威拉塔，牧羊人在冬天把他们的牲口收回圈里，而在夏天把他们的老婆收回家，因为保罗·伊德里斯要从轮渡上下来了。"

在我耳边爆发的这些笑声就像引爆了一个炸弹似的。

我还没来得及用手捂住头、脸和耳朵，鸡蛋头艾尔默又抛出了一个手榴弹。

"你们要理解他，他和那些巴黎人一起挤在地铁里很无聊的嘛。不像我们，在这个美丽的岛屿上，有一整年的时间，自由狩猎。"

"尽管如此，即使他一年只狩猎两次，最好的战利品也是被他摘得的。"

"他可以跟伙伴们分享啊，我们的猎物还分给狗呢。"

地毯式的轰炸来了，墙壁在我周围摇摇欲坠。

警报声响起，我却动弹不得，逃不走，没法躲到一个没有噪声的避难所。我想要一个密封的盒子。我想要一片寂静。

巴希尔的声音从噪声中响起。

"帕尔玛还是很美的……"

"对啊，"达菲鸭又说话了，"他带她去看海豚，而她给他看鲸鱼……她上身泳衣里的鲸鱼。"

一阵狂笑爆发出来。上千的弹片纷纷插入我已被撕碎的肉体里。

"总之，"艾尔默继续道，"纳达尔应该找一个更年轻的呀。至少没结过婚的，特别是……"

突然一阵寂静。

"嘘。"一个声音低声说道。

那一瞬间，我以为他们发现我了。其实不是，下一秒，我听到一阵婴儿的哭声。这里我唯一认识的新生儿，一个被他的外祖母——一个在我爷爷奶奶家做家务的人，用小推车带着四处走的小残疾。

终于结束了。

再也没有噪声了。

我向下走去，步履蹒跚地走在每一个黑色的台阶上，没入了永恒的、没有尽头的隧道，我在童年仅存的记忆中摸索前行，当我走到卫生间的时候，就好像走过了一生，我把自己关了进去，觉得像是走到了地中海的另外一边，人类的另一边，银河系的另一边。我坐在马桶盖上，没有灯，只有微小的光线照着我，我拿出我的本子，用黑色笔抄写着那些刚刚爆发出来的词句，画出的字母像是用爪子刮出来的，仿佛它们都是活生生的，挤在一起似的。

　　我继续抄写着。

　　一行接着一行。为了惩罚自己。为了家庭犯下的错误而付出代价。

　　再抄。给我再重抄一百万次。

　　爸爸对妈妈不忠。

　　爸爸对妈妈不忠。

　　爸爸对妈妈不忠。

　　爸爸对妈妈不忠。

　　爸爸对妈妈不忠。

❧　❧

　　这些话写了三页纸。

　　他翻过这几页，觉得很有意思。

　　如果有一天这本日记被出版了，出版商敢留下多少呢？

39

2016 年 8 月 20 日，下午 3 点

身边经过的汽车狂按着喇叭，还要避免冲向悬崖，司机们都在咒骂这个不长眼的帕萨特车主，就这么随意地把车停在路中间。

克洛蒂尔德根本听不到。

她双手捧着信封，感觉心脏病都要犯了。她慢慢地展开了信封。

像个一年级的小孩儿一样，她一边慢慢地读，一边辨认着，字迹像是出自一位退休的女老师。

亲爱的克洛：

谢谢你，谢谢你上次的如约而至。谢谢你站在老橡木下。否则，我都不知道还能不能认出你来。你已经长成一个非常美丽的女人了。你的女儿也很漂亮，可能还比你更漂亮一些。我感觉她很像我。至少是曾经的我。

我真想跟你说说话。

今晚吧。今晚可以，如果你能来的话。

午夜时分，到通往卡萨帝斯特拉的那条小路下面。

你在那里等着。他会来带你的。

多穿点儿，晚上会有些凉。

他会把你带到我的黑屋子来。抱歉我不能为你开门。但愿墙壁够薄，让我能听到你的声音。

午夜见。在猎户座的光辉下。

吻你，亲爱的。

P.

❧　　❧

这一天剩下的时间里，克洛蒂尔德尽量表现得很轻松。

弗兰克毫无反应，无论是对于她中午吃饭时的沉默，她突然要去父母墓地的要求，她情绪的波动，还是她忘带的手机和他本可能看到的信息，一点儿反应都没有。整个下午的时间，就像战争期间难得的休战期，慢慢流过，我们却没有好好利用它。在海滩上一直待到无聊，走路回来，晾上湿漉漉的浴巾，在门前拍掉脚上的沙子，削些水果做个沙拉，发觉在这些平日让人头大的日常琐事中流逝的时间竟是如此美好。

克洛蒂尔德把一只手搭在弗兰克的肩膀上。她几乎有些感动地发现他正跪在地上与蚂蚁大军进行斗争，它们每天都会为了爬上早餐柜而开辟新的路径；弗兰克在整理柜子里的东西，把缝隙堵上，糖啊、咖啡啊、饼干啊，检查每一个包装，并把每一个袋子上的结都重新系紧一遍。感觉这个小男生对这些小昆虫的狡猾和毅力几乎无能为力。

克洛蒂尔德就这样把手留在他光溜溜的肩膀上。她的动作中夹杂着一点儿愧疚，一点儿害怕，但更多的是策略的需要。与纳达尔无关，与此刻无关，而是为了今天的午夜之约。

这些复杂的情感也纠结在她的声音里。

"给我一些时间，弗兰克。我很快会给你一个解释的。我收到一些信息，一些新的信息。"

她迟疑了片刻，也可能是好一会儿，可是弗兰克却转身蹲下去跟蚂蚁说起话来。

"跟鬼魂无关，弗兰克，我向你保证。只有真相。关于旧照片、证据，还有残酷的事实。"

她犹豫了一下，还是弯下腰吻了他的脖子。奇怪的是，这一刻她感

260

觉到自己的一种真诚。比有情人之前还要真诚。弗兰克转过身来，久久打量着她，像是在尝试读懂她的心，像是在观察一个正在穿过这个他称为妻子的疯女人的脑子的蚁群，像是在告诉自己，她的这些妄想，也可以被装进一个密封袋里保护起来。

"随便你，克洛。随便你。"

⚓ ⚓

这是一个陷阱吗？
克洛蒂尔德沉浸在她的思考中。

"妈妈，可以把蛋黄酱递给我吗？"

午夜时分，到通往卡萨帝斯特拉的那条小路下面。
你在那里等着。他会来带你的。

"姑娘们，明天我们出海，没反悔吧？"

我真想跟你说说话。
今晚吧。今晚可以，如果你能来的话。

这会是一个新的陷阱吗？一个卑鄙得让她头破血流的陷阱吗？成堆的疑问手拉着手在她脑子里跳着圆圈舞，它们似乎都因某人按照预谋实施的行为引发：第一封寄去 C29 号营房的信，她被盗的证件，一条和它的前世共用名字的狗，布置好的早餐，这封新放在她挡风玻璃上的来信……

"克洛，瓦伦，你们在听我说吗？我预订了 470 号游艇一整天。等着瞧吧，你们一定会喜欢的。海风，宁静，自由……"

从赛文向她吐露的这些隐情里，找不到关于这些疑问的答案，即便这些隐情持续不断地碾轧着她的心，即便尼古拉斯最后的眼神一直萦绕在她脑海里。现在她可以把这个眼神解读为：他已经知道自己将成为一个杀人犯，而且同时自己也将被执行死刑。尼古拉斯为了引诱玛利亚·琪加拉而进行的计划和她收到的这些信，有什么样的解释可以将这两件荒唐的事件联系到一起呢？

只有一个，克洛蒂尔德想。唯一的，更荒唐的解释，就是，妈妈，还活着的妈妈。

※　　※

23点。

弗兰克，这个花了整整一个晚上检查罗盘、海洋图和航海手册的地道小水手，已经睡了。明天要很早起床。几乎是六个月前，他就为8月21日预订了470号。弗兰克决不允许任何的意外，他一早就开始收集资料，进行训练，昨天还花了一大部分时间进行复习。

克洛蒂尔德坐在那儿，带着恒河沙数般的信念数着她手里小说的行数，顺便观察着她的丈夫。当我们对这些冒险家了解得越多，就越会发现，从根本上说，他们都是些无趣的人。这些家伙都很小心谨慎，从来不留机会给任何偶然的、不了解的、意外的情况，比如那些攀岩者、冲浪者或者是船长。

她看着她丈夫把一条毛巾折四折，收起扫把，轻轻地放好帽子。

如果弄反了就不对了。

所有患有狂躁症的人是不能成为探险家的。

"睡觉吧？"

弗兰克刚刚勾完了他的水手工作清单。

"我就来，你先去睡吧，我再看一会儿。"

"明天我们要早起，克洛。"

他毫不掩饰语气中的责备。克洛蒂尔德用微笑作为回答，她惊讶于自己的镇定。轻轻松松地就撒了个谎，至少是没有说出全部的真相。

"我知道……明天你要给我一整天的时间在你的甲板上晒日光浴、裸晒，还要有一位殷勤的男士为我端上带冰块的莫吉托。去年冬天你预订游艇的时候，是这么说好的吧？这是我当时同意的前提。你还记得吧，亲爱的？"

23 点 45 分。

克洛蒂尔德把她那本打开的书放在花园的桌子上，又把一杯几乎没喝过的茶留在她的位置上，让人感觉她没有走远，很快就会回来。此时弗兰克已经打起了呼噜。

轻轻地，悄悄地，她的身影淹没在一片漆黑中。

很快，她离开了蝶螈营地，沿着橄榄树下荒凉的小径走着，夜的声音取代了营地的寂静。所有的那些丑陋的、害羞的、害怕太阳的家伙，此刻都醒过来了——胆小的田鼠，间谍一样的猫头鹰，恋爱中的蟾蜍。借着她苹果手机上电筒的微弱光亮，克洛蒂尔德在黑暗中走了十分钟，一直走到通往卡萨帝斯特拉的那条小路的路口，那儿有一个小小的泥地停车场，竖着一块大大的木质指示牌。

她停了下来。

你在那里等着。他会来带你的。

多穿点儿，晚上会有些凉。

她像个听话的女儿，穿上了一件米色的棉质套头衫，好像真的是她妈妈的鬼魂帮她挑选的。

真是荒唐！

263

现在还来得及逃走，脱去外衣，回到床上贴在弗兰克的后背上，给他看这封信，告诉他发生的事情。

荒唐……

六个月前，他就在记事本上把 8 月 21 日这一天圈了起来。什么都无法阻止她的丈夫在这一天和家人一起出海航行，这封信也不能。就算是告诉他，她有了一个情人也一样不行。

在树林的深处，传来一只蟾蜍的鸣叫声。像是有关爱情或是末日的哀号。

情人，她心想。最好的办法难道不是发一个短信给纳达尔吗？跟他讲明一切，让他放下手头上所有事情，过来与她会合，陪伴她，保护她？

荒唐。

这个钟点，她的保护神正睡在警察女儿的怀抱里，她需要早睡觉，以便第二天拂晓时分就起床去卡尔维医院登记，那时他也已经在接收一箱箱的冻鱼了。

荒唐。

她的整个人生就是一场化装舞会。只有在小说里，人们才敢设计出类似发生在她身上的这种超现实主义情节，随着剧情的发展，人们会发现女主角就是个疯子，她患有精神分裂症、人格分裂症，那些她收到的信，都是她自己虚构出来，自己写给自己的，她……

她听不到一点儿声音，看不到一个影子。只是，她眼前的黑夜好像突然变得更黑、更深、更强烈了，一种她没有办法解释的感觉。

卡尔维海湾和雷威拉塔角灯塔的灯光突然全部都消失了。

随着地中海上游艇的星星熄灭，它们一下子又重新亮了起来。

黑色的夜晚在移动。

这时她听到了一阵响动，有人正一瘸一拐地走过来。

巨大的一团东西掩在夜行灯后站在了她面前。当克洛蒂尔德拿出手电对着他那只废手、他的脖子、他的脸的时候，她才认出了他。

"海格……"海格这个称呼脱口而出，即使她自己也很讨厌这个外号。

"奥索？"她低声问道。

巨人没有回答她。他只是伸出那只还能用的胳膊，看着她，脸上带着惊恐的神情，像一只大象在一只小老鼠面前挥动着它的鼻子，然后将手臂指向小路那边。

他先打开了一个手电筒，比克洛蒂尔德的手机电筒照得远十米，然后带头走在前面。尽管他的腿不太好使，但走起路来速度快得惊人，像安装了一个机械腿。几分钟以后，他们离开了标示着通往卡萨帝斯特拉的那条小路，往丛林的深处走去。橡木和野草莓树的软枝在黑暗中轻轻从她身上掠过。似乎一直没有停下来的意思，一路往上走着。奥索一路上都一言不发。克洛蒂尔德在一开始往上走的时候曾想问他。

我们去哪儿？谁在等我们？你认识我妈妈吗？

但她什么也没说，因为她确信奥索肯定不会回答她，或许也是为了不要破坏这一刻的庄重感，像是需要保证行走过程中的安静，以体会它的意义、它的目的和它深刻的内涵，以及一个非常必要的自我认同。

等她的人是她的妈妈。

他会把你带到我的黑屋子来。

还有谁会使用这样的措辞呢？

过了一条小河后，他们继续在一片灌木丛生的石灰质的荒地陡坡上前行，奥索经常性地回头看看，像是在检查有没有人跟在他们后面。本能地，克洛蒂尔德也时不时地回头看一看。不可能有人能尾随他们！他们的手电照亮着脚下的路，小路悬于地面近百米，如果没有光照，是根本不可能在黑夜中前行的。除了他们微弱的光亮以外，没有任何其他光线可以用来定位，除了夜空中金星那遥远的微光。

可以确定的是，克洛蒂尔德心想，这里只有他们。

另一个可以确定的是：她太轻率了。

她心甘情愿地一头扎进灌木丛里，只为回复一个从坟墓里发出的召唤。

由一个她只看了一眼就完全信任的、跛脚又沉默的食人魔陪伴着，这条向着未知的地方、未知的仪式、未知的神灵走去的朝圣之路已经进行了一个多小时了。

他们走在山坡上的矮灌木丛中。前方遥远的地方，有灯光在闪烁，卡尔维城堡像是一个通过港口酒吧的霓虹灯串与陆地连接的设防的小岛。他们又继续走了很长一段时间，背向大海，穿过另一个丛林，终于来到了一块小小的林中空地。奥索照亮了一条穿过满地岩蔷薇的小路，踏上斜坡上开凿出来的几级台阶后停了下来。他把电筒照向前方。

克洛蒂尔德的心跳得快要裂开了似的。

巨人手中的那一小束光线快速扫过一间牧羊人的小屋，一间坐落在荒无人烟处的小房子，至少在她看来是这样的。也许奥索带着她在黑夜里兜了一圈，然后又重新回到一个距离出发地不远的地方。小木屋看上去是经过维修的，奥索用电筒照着，像是要让她欣赏一下这个建筑的良好维护、完美开凿的干切石头、泥土垒砌的屋顶、关着的百叶窗、未经打磨的粗木门。克洛蒂尔德努力控制着自己不要冲向小屋，她想从巨人手中抢过电筒；或者干脆把电筒扔到地上摔碎，以便确认从门缝或者百叶窗的勾缝中是不是有那么一丝丝的光线射出来。

因为这说明有人住在里面。

说明有人在等着她。

是她。
是帕尔玛。
是妈妈。
近在咫尺，她能感觉到。
奥索是她的盟友。

抱歉我不能为你开门。但愿墙壁够薄，让我能听到你的声音。

在小屋的门前，地面平整，空无一物。奥索好像知道她脑子里在想什么，向后退了一步，关掉了手电。克洛蒂尔德向前走去，眯起眼睛，以便适应突然的光亮，满心期待着门被打开。

妈妈会是什么样子呢？

好奇怪，她从来都没算过她妈妈今年该多少岁了。她的头发一定是变成了灰色，脸上有了皱纹，背也弯了？除非她的鬼魂衰老了，否则她应该一直都是自己记忆中那个美丽的女人，那个令自己妒忌的女人，那个令纳达尔爱慕的女人。

你已经长成一个非常美丽的女人了。

你的女儿也很漂亮，可能还比你更漂亮一些。

我感觉她很像我。

是的，只有她妈妈，只有她永远年轻的鬼魂会给自己的女儿写如此伤人的话。但是如果门开了，她们仍然会投入彼此的怀抱。克洛蒂尔德继续向前走去。

光线没有从面前的小屋中透出来，也没有从背后奥索的手电中发出来。是从侧面，对准了她的太阳穴，然后转过来停在她的两眼间，就像狙击手在瞄准目标。

一阵脚步声。

快速。紧张。气喘吁吁。

脚步声，呼吸声，激动的情绪随着一个阴影出现了，脚下踩断的树枝和碾碎的石子证明了她的愤怒。

不只是愤怒，还有仇恨。

一头野兽朝她冲了过去。一头愤怒的野兽。

这是一个陷阱。奥索不见了。他可能只是为了挣点儿钱而将她领到这里来。

还有三十米远，但是克洛蒂尔德永远都到不了牧羊人小屋的门口了。

野兽一下子出现在了她的面前。

克洛蒂尔德认出了它。

无论是愤怒还是仇恨，她都不会弄错。

它不可能在丛林中尾随着他们，这头野兽一直在这里等着……

它是如何知道的？

现在，这已经无关紧要了，她完全迷茫了。

❦ ❦

爸爸对妈妈不忠。

他扫视着这些词句，一行行，一页页，正面反面，都在重复着这句无休止的话，然后仔细地检查着本子上的黑色图案，蜘蛛、星星，好像干了的墨水会扎手一样，即使已经过去了这么多年。

字迹渐渐平静了下来，一页接着一页，好像一种怒火渐渐熄灭。

他的怒火还没有。

40

1989 年 8 月 21 日，星期一，假期第十五天

一团糟的蓝色的天空

> 我不忠
>
> 你不忠
>
> 他或她不忠

我在海滩上，希望能翻过这一页。

妈妈晒着日光浴，爸爸在睡觉。

爸爸坚持要把我们都带到 Port'Agro 海滩，一处秘密隐藏在佩特拉·科达岩石后面的小港湾。要想到达这里，必须途经一条由驴和山羊们踩出来的林间小路，攀爬一小段，穿过大片的像蚊子一样扎人的刺柏林，途经一个热那亚塔楼的废墟，再在大太阳底下走上将近一公里，一路上一个遮阴的地方都没有，在一个几乎直线下降的尘土漫天的斜坡上崴了脚，最后进入一条沙路，就在那儿，在最后这几座沙丘的后面，著名的天堂海滩终于揭开了面纱，露出了真容，白天里只有不到十位徒步者有勇气进到这里。

简直不是人走的路，你们能想象吗？

用尽最后一丝力气，来到鲁滨孙的天堂……

然而，我跟你们担保，在海滩上，却有成群的游客，我数了数有好几百人。眼前那些帆船、游艇、橡皮艇把地平线都遮住了，我数了有十

几条，都停在海水浴场的一排标示界限的浮标后面。在这样的美景中，即使是白色的船体和船帆，也像被撕碎扔进排水沟里的碎纸片一样脏兮兮的。在这儿玩鲁滨孙漂流？简直是开玩笑！要么是科西嘉夏天版。鲁滨孙扔了成千的漂流瓶到海里，很不走运，全都被捡走了。

我们不忠

你们不忠

他们或者她们不忠

帕尔玛妈妈将她的浴巾摆在最大的那些游艇前面。其他人也都跟着摆好了自己的浴巾。"蓝色城堡号"，我盯着上面的油漆甲板看了三小时，夫人和她的吉娃娃，先生与他的巴拿马草帽，吉诺拿着他的水手衫和船长帽，胖胖的特蕾莎戴着有大羽毛的帽子裹着浴巾，一个和我一样年纪的年轻人在他的躺椅里一动不动，我由此坚定了我的观点。

游艇上的生活真扯淡！

这是真的，你们想想看，即使是最普通最小的露营地，也比最巨大的游艇大得多。即使是在一艘长三十米的游艇上，你也很快就转完一圈，就好像是被关在平房里度过整个夏天一样。别想有个安静的地方独处，没可能翻窗出去鬼混，也不可能甩上房门思考人生，四周都是水，只有水，无数公里的水。我观察横在眼前的"蓝色城堡号"越久，越明白这个疯狂的事实：这些最有钱的人把自己关在监狱里，关在他们自愿购买的监狱里，关在价值百万的监狱里，是因为当他们腰缠万贯的时候，就不再愿意光脚站在海滩上，不愿意在营地里伴着隔壁孩子的哭声入睡，不愿意闻到无处不在的烧烤味儿。他们无法忍受，就离开岛屿，在外漂泊。而我呢，我倒觉得把这些贵族扔到海里也挺好的，即使他们稍稍遮挡了一点儿地平线。

"蓝色城堡号"上的少年从他的躺椅上站起来，走了三步，来到他贴在甲板上的父母跟前，说了三个字，然后在船舷两边来回走着，从左舷到右舷，三四次，然后又回到原位躺下了。

　　我不想要他那样的生活。即使他父母是相爱的。或许里面有金钱的
作用。

　　我已不忠
　　你不忠
　　他或者她将要不忠

　　妈妈睡了，爸爸四处看着。

　　人们为什么会不忠？

　　和我们一起生活的人不忠，还仍然生活在一起？

　　当我们不忠于另一个人的时候是因为我们自己也被欺骗了吗？

　　被妻子，被生活，被梦想欺骗？

　　我也会如此，被生活欺骗吗？

　　未来某一天，我也会如此，不忠于某个人吗？

41

2016 年 8 月 20 日，午夜

"是你？"

"你在等别人？"

克洛蒂尔德不知道应该回答，还是对着黑夜喊出她的恼怒。

在夜色下，他们面对面站在小屋前，像拳击手一样弓起后背。

狗与狼，猎物与猎手，小偷与警察，妻子与丈夫，她与弗兰克。

在一阵错愕之后，克洛蒂尔德试图在大脑里理清这一团散乱的思绪，就好像是将枪声之后四下乱飞的麻雀重聚在一起；试图将无序又乱成一团的问题一个接一个地整理清楚。知道是"谁"之后，她现在需要集中精力思考"如何"。

弗兰克如何能知道她会在这里出现？绝对不可能在不被发现的情况下一直跟踪到这里。所以，她的丈夫应该是在他们到达之前，就已经在这个被遗忘在密林深处的小屋前等候着了，他知道约会的地点。一小时以前，在她离开营地的时候，她曾踮着脚尖去看过，他已经睡着了，还打着呼噜。他在假装。这一切都是他策划的。

然而还是弗兰克第一个开了口。

"你的茶要凉了。你走的时候把它忘在桌子上了。"

"你在这里干什么？"

他大笑起来。

"不，克洛蒂尔德。别玩了。我们别把角色搞反了。"

"你在这里干什么？"克洛蒂尔德重复道。

"算了吧，克洛……小偷要是被抓到手在别人包里，他是不会问巡警为什么会在正确的时间出现在正确的地点的。"

"我没跟警察结婚！快点儿告诉我，你是怎么知道的？"

"我跟着你的。"

"不可能，找点儿别的理由！"

弗兰克似乎犹豫了片刻，想一句话不说回头就走，但他还是控制了一下。

"求你了，克洛蒂尔德……"

"求我什么？"

"行，你想我解释得更清楚是吗？好吧，那我们来说道说道。我亲爱的妻子收发了一整天的短信；我亲爱的妻子编出一堆的理由，其中包括到她父母亲的墓地去幽会情人；但由于他们在一起的时间不够，所以我亲爱的妻子在我睡着以后要出来跟情人共度良宵。"

克洛蒂尔德爆发了。

"你想设法引我上当，对吗？那封信，那封在我的雨刮器上发现的信，是你写的？模仿上一封信的样子写的？"

弗兰克叹了一口气。

"随你的便，克洛蒂尔德，如果这能解决你的问题的话，就想象成是我，从一开始就扮成了所有人，你的丈夫、你女儿的父亲、你重生的母亲……你的情人。你手机上收到的纳达尔·昂热利的短信，可能也是我写的呢？"

弗兰克搜查过她的手机短信！他承认了。可更糟的是，他不以为耻。

"我知道，我让你失望了，克洛。但是你逼我做出这些让我并不引以为傲的事情。这些令我自己都难以相信的事情。是的，我偷看过你的手机，看这个昂热利都跟你说了些什么，至少是在你跟手机形影不离之前。"

他要为此付出代价，克洛蒂尔德下定决心。弗兰克要为此付出代价。就在不久的将来！就在说话这工夫，弗兰克上来用力地抓住她的胳膊，强行想将她一起带下去。克洛蒂尔德尽可能地反抗着，但于事无补，牧羊人的小木屋在黑暗中已经变成一个侧影了。奥索早已消失在大山里。

她丈夫欠她一个解释。

"你不可能跟在我后面，弗兰克。在没有光的情况，不可能有人能跟踪我。我自己都只能勉强看到自己的灯光。你已经知道我要来这里了。所以，请告诉我，弗兰克。我需要知道到底是不是你写信把我引过来……如果是你的话……"

她非常激动。如果有人想让她疯掉，他已经成功了。

"啊，妈的，我就想知道到底是你写的，还是我妈给我写的信！"

弗兰克怔怔地盯着她，好像被吓到了。阴影映出他们彼此的皱纹，像是在没有打好光的黑白片中表演的两个老演员。

"真无聊，克洛蒂尔德！醒醒吧！我是要你明白，我要和你离婚，因为你背着我和另外一个男人接吻，还要趁我睡觉的时候跟这个流氓上床。瓦伦还睡在家里，她什么也不知道。可你他妈正在瞎搅和。你要真想的话，咱们就他妈一起来搅和，就在这儿，就现在。你现在只对你妈感兴趣。更糟的还是你妈的鬼魂！靠……（他被迫笑了起来）我知道有一些男人为了丈母娘而离开了老婆……但是还没有人是为了一个已经死了二十七年的丈母娘的。"

他拽着妻子的胳膊继续往回走，小屋已经消失在黑暗中了。

"你没什么要回答的吗，克洛？埋了那些死人吧，真见鬼！就算你想拆毁咱们夫妻俩，你还有个女儿。你不能无所谓到如此地步吧！"

一艘帆船在克洛蒂尔德的大脑里航行起来。

这个正在跟她说话的男人，正在对着她怒吼的男人，完全就是一个陌生人。当时在那个化装舞会上，是他很巧合地装扮成了德古拉的样子，先过来跟她搭讪的。是他想跟她结婚的，是他想留下来的。这么多年以来，她能做的只是接受他的存在。

接受，微笑，沉默。

"我不是无所谓，弗兰克，我是放弃了。你明白吗？放弃了！所以，我现在可以把一切与你相关的都抛弃掉。是的，我认为我妈妈还活着。可是我知道这是不可能的……我不再敢跟你讲这些，弗兰克。我现在知道是谁杀死了我的父母，是谁把富埃果的转向装置弄坏了，是谁……"

"跟我没关系，克洛蒂尔德！"

弗兰克提高了声音说道。

"我不关心那次意外，不关心你死了二十七年的父母，也不关心从没见过面的你的哥哥。这些跟我有什么关系！我关心的，让我发疯的，是你跟除了我以外的另一个家伙搞到了一起，他在你身上摸来摸去，你们还约了今晚继续私会。这才是我不能接受的，克洛。我不能。从你回来岛上，你就毁了一切。克洛，你真的毁了一切！"

在接下来很长一段回程的路上，他们一句话也没说。

⚓ ⚓

弗兰克面对着他的咖啡站着，拉长着脸。瓦伦的面前摆着一碗巧克力奶，里面堆了小山一样高的麦片，盘子里两个煎蛋、一杯鲜橙汁，小脸如玫瑰般清新。

在他俩身后，克洛蒂尔德忙碌着。弗兰克开口说话前喝了一口咖啡。

"想知道一个好消息吗，瓦伦？咱们的船，470号，原来只租了一天的，现在我们可以用更久的时间了，两天，三天，甚至一个星期。我已经谈妥了，手续也搞定了。"

瓦伦一双黄色的眼睛心不在焉地对着面前的盘子。

"我们三个在船上一起待一个星期？"

"是我们俩，瓦伦。咱们俩一起。妈妈不去了。我们到时可以在中途找地方停靠。阿雅克肖、波尔西欧、普罗普里亚诺……更不用说那些只有通过海上才能到达的小海湾了。"

瓦伦用面包将盘子里的鸡蛋抹干净，没再多问其他细节，只是掏出了手机，一副公司总经理的模样，赶紧取消原定接下来几天的约会。

275

在他们身后，克洛蒂尔德走来走去，给瓦伦装包，保暖的衣服、药品、牙刷、防晒霜，给他们两个准备了足够多的她最爱的点心和弗兰克最爱的点心。扮演着一个完美的妻子的角色，体贴又周到，这能弥补一切吗？

傻瓜！

为什么今天才认为这是她应扮演的角色？这只是多年来她的日常行为而已。

弗兰克站了起来。

"放那儿吧，"克洛蒂尔德说，"我来收拾。"

8 点 57 分。营地的小巴在等着他们。克洛蒂尔德和弗兰克带着塞得鼓鼓的包向蝾螈营地的停车场走去。瓦伦蒂娜跟在后面，眼睛就没离开过她的手机，像是她下载的 GPS 应用软件不会让她在营地迷路似的。

弗兰克在逃避。

他想躲起来，选择了密林，选择了乘小艇去到公海，而船却开始下沉。如此推理，克洛蒂尔德想到，是不是可以说明，并不是自己对他不忠？并不是自己挑起了一切事情？无论如何，她不认为自己有过错。所有发生的事情都像是多年前就事先计划好的，她只是一个玩偶罢了。她不禁猜测是弗兰克一直在盯她的梢，并且对她隐瞒了部分的真相，是他将每一个事件都安排好，做好了一切计划，从她保险箱里的钱包被偷走开始，直到那一幕准备好的早餐。他想逼疯她，昨天还阻止她跟妈妈重逢，今天又从她那儿偷走了女儿。他责备她离家几小时为了去见纳达尔，但现在自己玩消失，一去好几天，而且还是去到她完全不知道的地方。

是弗兰克提出要分开一段时间，做一个了断。他声称是为了保护瓦伦，克洛蒂尔德没有拒绝。毕竟，这也正是她想要的。这样她就有时间进行调查了。

司机马尔科站在营地的迷你小巴跟前。

"得走啦……"

克洛蒂尔德拥抱了瓦伦蒂娜，像根木头一样站在她丈夫面前。

"给我打电话？答应我，给我打电话？"

"如果我们在百慕大三角有信号的话。"瓦伦回答道，眼睛没离开手机。

迷你小巴消失在了路的尽头。弗兰克已经跟赛文·斯皮内洛说好，一直将他们送到卡尔维的港口，他们在那里登上 470 号，这样帕萨特就留给克洛蒂尔德了。他今天早上给妻子留下的唯一的话就是关于车的，证件在车门的夹层里，油位，胎压，油箱钥匙；她用一只漫不经心的耳朵听着，似乎已经很确定地了解引擎的功能，弗兰克也在她面前扮演了一个角色，一个伤了自尊却仍然要保留那一份骄傲的丈夫。

一个男性的自尊。

和她一样的愚蠢。也许还有点儿玩世不恭。他在介绍车的功能时，还禁不住地展示了，如果她想开车出去转转的话，如何把座位放倒。

各种单座车、露营车、其他车，其他的家庭行驶在卡尔维的公路上。克洛蒂尔德感觉到肚子里紧成一团。他们已经不是第一次这样离开她了。每个星期六，弗兰克都会陪瓦伦打排球。不过只是几个小时，不是几天。趁着这几个小时，克洛蒂尔德会排遣一下自己，躺下来用一本小说消遣时光，而不是用一个情人。

迷你小巴已经消失好一阵了，克洛蒂尔德仍然站着没动。她不禁想起了她的爸爸，在佩特拉·科达的意外发生的几天前，他也曾经出过海。至少别人是这么告诉她的。他正好就是在圣罗斯日，8 月 23 日那天回来的。

也就是后天……

一只手碰到了她的手臂，她转过身。赛文·斯皮内洛站在她身后。他已经通知他的雇员，免费送弗兰克和瓦伦去码头。

277

"别抱怨了，克洛蒂尔德，你丈夫和女儿一起走了。大部分的男人是会将孩子抛给妻子，自己走掉的。"

"别说了，赛文。"

营地的老板没有生气。他的手也没有离开她的胳膊。克洛蒂尔德咬着嘴唇。对这个浑蛋，不能寄希望跟他哭诉！也不要指望他能递给你一块手绢。她一边思忖如何从跟他的谈话中逃掉，一边想起从今天一大早，她都没有在营地见过奥索。昨天晚上去完小屋之后，他去了哪里呢？当然，她可以问赛文，但是她一点儿都不信任这个营地老板。她换了个问题。

"还没有雅各·施莱伯的消息吗？"

"一点儿也没有，"赛文回答，"如果今天晚上，我还没有这个德国老头的消息，我就通知警察。"

克洛蒂尔德想，他为什么不早点儿通知呢？感觉上，他跟加德纳队长关系很近啊。她正在想的时候，斯皮内洛的彬彬有礼却让她感觉很不舒服。

"我这儿有个给你的口信，克洛蒂尔德，是丽萨贝塔奶奶给你的。她打电话到接待处，听上去非常惊慌。卡萨努爷爷想尽快见到你。"

"去阿卡努吗？"

"不是……"

他卖了个关子等了几秒才继续说：

"在那儿。"

他看向卡普迪维塔的方向，盯着山上的云。克洛蒂尔德顺着他的目光，看向卡普迪维塔的山脊那边，直到那个小小的黑色十字架显现在空中。

那些纯净轻快的回忆一下子都涌了上来，却被赛文的一句话给亵渎了。

"除非坐直升机上去，要不然这个老疯子会死在十字架脚下的。"

42

1989 年 8 月 22 日，星期二，假期第十六天

天空一片从外太空看到的地球蓝

嘿，您醒了吗，我的知己？

你好吗？我能跟您说说我今早的美梦和噩梦吗？是特别早的时候！我要是告诉您是几点的话，您肯定以为听错了。

您还记得吗，我肩负的任务，我签的合同，纳达尔在我脸颊上的那一吻，是要设法说服我爷爷卡萨努？我可没退缩，我跟爷爷定了个约会，一个商务约会，跟爷爷一说，他就同意了。地点在阿卡努，这没什么可惊讶的，可是他说要在一大早 5 点的时候！

要知道我和我爸妈从来没在中午前出现在阿卡努农庄过。

一大早 5 点？好啊，爷爷，我一定到……不知道等待我的会是什么。

我要说的是，我聪明又谨慎的读者，假期里我每一天都见证和经历着丰富的情感，好像每一天都是波澜起伏的状态，从最糟糕的，就像在前面几页，我用大人们的谎言交织而成的蛛网记录的阴沉，到最美好的，与海豚共泳的快乐，而今天，我是自由又轻松的，几乎都能抓住一片云彩，摸到金雕的尾巴。

我给您具体说说吧？

一早上 5 点，比太阳起得还早，爷爷已经在阿卡努农庄的院子里的绿橡木下等着我了，手里拿着拐杖，脖子上挂着望远镜，然后将它挂在了我的脖子上。

"拿起来看看。"

他指给我看南边的山脊，往阿斯科的方向，比圣母塞拉教堂的尖顶还要高的地方。

一个十字架！

或者是一个什么其他的东西。

"我们到十字架下面那里去谈吧，克洛蒂尔德。你准备好了吗？"

他愉快地打量着我穿的写着"枪炮与玫瑰"的毛线衣和篮球鞋。

我装出要冲刺的样子来……

"我在上面等你？"

很快我又冷静了下来。

七百零三米高！补充一下，我们可是从海平面开始出发的。

四小时的攀登，先是缓坡，接着越来越陡，最后快到顶前的二百米简直是一个绝壁，只能像岩羊一样手脚并用爬上去。一片寂静。爷爷整个过程中几乎没说话。只是在中途的斜坡上，我们休息了一下，吃了三明治、山羊奶酪和意式猪肉肠，也正好是那个时刻，太阳从科西嘉角后面升了起来。像托尔金小说中的布景那样，一个大大的火环，从一个长长的被烧焦了的指状物上升起。

写到这里的时候，我已经平静下来了。我的心跳和呼吸已经恢复了正常，大腿开始能听我的指挥了，脚也不至于抖得在土路上滑倒，头也不晕。我坐在十字架下。爷爷跟我讲，它被称作奥地利十字架，因为在五十多年前，一群来自维也纳的登山运动员开辟出了这条登到山顶的路。十字架在1969年架起，在二十年间已经变得很残旧了。我感觉任何一阵风都能把它吹走。

奥地利十字架，爷爷觉得这个说法很搞笑。他告诉我，在卡普迪维塔，科西嘉人根本没等到维也纳人来攀登这里，他第一次爬到顶的时候还不到八岁，是跟我的曾祖父潘克拉辛一起。

我能理解为什么。

在这里很难用词句跟你们解释，一旦站上这么高的地方，这个小小的圆形高地，也就是我们两个现在坐着的地方，就会觉得像……主宰了全世界一样。风在我们的耳边呼呼作响，邀请我们欣赏这360°的难以置信的美景。就像巨人一样，或者更像一个孩子，看着自己用泥土塑造的一个岛屿。

感觉超然置身世外。感觉这世界上只剩下我和爷爷，他一点儿也不气喘吁吁，在往上爬的时候，每隔二十米就会停下来等等我。感觉什么都想跟他说。

现在，您了解我了，您会发现我并不是个另类的人。

"有件事让我很奇怪，爷爷。我觉得在这里，所有的人都害怕你。但我觉得你很和善。"

白鲸行动开始。我不会忘记的。希望这样哄他能让他开心……

"凶恶，或者和善，这些都不能代表什么，我的小孙女。人们可能因为和善而引起巨大的灾难，因为和善而失去生命，或者甚至因为和善而杀人。"

因为和善而杀人？

好吧，爷爷，我会把它记在我的本子里。当我高三上哲学课的时候，可以研究一下它。

我转过头去欣赏建设得像水晶簇般的科学城（等我高中的时候会去参观）。

"爷爷，属于你的土地一直到哪儿？"

"是属于我们的土地，克洛蒂尔德。从来没有什么东西是只属于一个人的。他能拿来做什么呢？想象一下历史上最富有的一个人，他会是谁？是消灭了所有其他人的那个人？他独自一人生活在这个星球上，坐拥那些前所未有的财富？他可能是地球上前所未有的最富有的人，但同时也是最穷的人，因为没有人拥有的比他少。说到富有，至少要有两个人，就像那些去西部的开荒者，一对夫妇在一无所有的沙漠中安营扎寨，建立遮风避雨的小屋，生儿育女。财富跟随着家庭、孩子、孙子一起增长，土地、房子、记忆一代代地向下传。因此，这些财富也绝对属于整个部族，属于互相帮助的人们。如果整个人类能像一对夫妇、一个家庭、一个部族那样团结在一起的话，那么财富会属于一个岛屿，属于一个国家，属于整个地球（说到这里，爷爷直视着我的眼睛）。但现在不是这样，将来也永远不会这样，我们应该要捍卫属于我们的财富。每个人的自私与世界的疯狂之间的平衡，我们就是这种平衡的守护者。所以我的回答是，我的小孙女，这些就是属于我们的一切。"

他用手指给我看，整个雷威拉塔半岛直到灯塔，到蝶蜍营地，再到阿尔卡海滩。从北边的卡尔维港的入口，到南边的佩特拉·科达岩石，然后他跟我说有几百平方米的地方是属于滨海艺术学院或是斯塔雷索港的科学家们。奇怪的是，他没有说到他爸爸留给纳达尔爸爸的那块蓬塔罗萨飞地，也没有说到建造洛克马雷尔滨海酒店的奥赛吕西亚海滩高地。

我的脑袋开始新一轮的转动。

190°方向，科西嘉全境的制高点，钦托峰的全景视野。二千七百零六米。如此来看，如果我们算上地中海海平面下方几百米的海沟——海豚们最喜爱的营养品都来自这个海沟，这两个地势之间相差有三千五百多米，这个高度已经赶上阿尔卑斯山的顶峰了。

我转过来面向爷爷。

"我好爱你，爷爷。当你这么做的时候，人们都说你像是从电影里出来的人物。你知道吗，就是那些捍卫宗族利益的教父类的电影。"

"我也很爱你，克洛蒂尔德。你这一生中会做很多事情，很多好的事情。你有抱负，有信念。但是……"

"但是什么？"

"但是……说了你不要生气啊，你可不能把我一个人扔在这里就跑了啊？"

"但是什么啊，爷爷？"

"你不是科西嘉人！我想说，你不是一个真正的科西嘉人。在这儿，女人会穿黑色的衣服，但是裙子上不会有骷髅头。在这儿，女人都很谨慎低调，不多言语。这儿，女人只负责管理整个家庭，其他不插手。我知道，我说的这些会让你气得跳起来，我倔强的小孙女，但你明白，我已经非常习惯这一切了。我也喜欢这样的女人。你所代表的一切都已经超过我的接受范围，克洛蒂尔德，即使我跟你一样，把自由看得比其他一切都重要。如果我再晚生四十年，或许我也会找个和你一样的女人结婚……"

"就像我爸爸。"

"不，我的小孙女，不，帕尔玛和你不一样。（他停顿了一下）好吧，我们继续，你刚才要问我什么？"

45°方向，可以看到巴拉涅地区。科西嘉花园的全景视角从卡尔维一直延伸到鲁塞岛。带点儿想象力的话，我们甚至可以脑补科西嘉角脚下的阿格里亚特沙漠和圣佛洛朗港湾。我眼睛盯着大海，就像在屏气潜水前做一次深呼吸一样，然后把所有的话都倒了出来。海豚，欧浩梵，伊德利勒和它们的小宝宝们，纳达尔能跟它们对话，L'Aryon号，一个停靠的浮桥，然后一个大一点儿的浮桥，可以停靠大一些的船，公海的保护区，一个带露台的小木屋，一个喝东西的地方……说到这儿，我就打住了。还不能说海豚之家，特别是不能提纳达尔与一个女建筑师之间的关系。

爷爷听我说完，什么也没说。

320°方向，可以直接看到雷威拉塔。从这里看，半岛就像一只沉睡的鳄鱼！真的。它灰绿色的皮肤，奥赛吕西亚和蓬塔罗萨像它的大爪子和嘴巴漂浮在半岛前端的水面上。成千的白色岩石就像排列好的牙齿，灯塔像是鼻子上长的一个包。

终于，爷爷说话了，嘴角带着微笑。

"是什么如此非同寻常，一只海豚？"

这不是我期待的回答！

我又重新开始，试着向他说明我在L'Aryon号上时的感受，当我潜水，当我跟鲸鱼一起游泳的时候。他肯定感受到了我的情绪，因为只是想到那一刻，我的手臂就会颤抖，眼泪就会流出来。这对我非常有利，因为显而易见，这是我的真实感受。

"答应我吧，爷爷，答应我吧。答应我吧，不为别的，只为了那些能和我一样感受到潜水的快乐的人。纳达尔只是想分享这个宝藏。"

又来了，我真不该把"分享"和"宝藏"搁在同一句话里说。爷爷像一位长着白胡子的智者，我记录下所有这些对话的这本秘密日记，简直可以成为一本天书。

"你知道吗，我的小孙女，面对宝藏，只有三种可能的态度，从来都是如此，这个宝藏可能是一个女人、一块钻石、一块土地、一个神奇的配方，对此觊觎、拥有或者守护。就好像世界上只有三种人一样，嫉妒者、自私者和守护者。没有人会愿意分享一个宝藏，克洛蒂尔德，没有人……"

刚开始爷爷的长篇大论，我还是蛮喜欢的。可是现在，开始让我觉得头昏脑涨！另外，我不想让他生气，但我真的看不出来自私的拥有者和只保护不分享者这二者之间有什么不同。我不接他的茬了。我有了另外一个更加聪明的主意来迫使他做出反应。

"随你怎么说，爷爷，随你怎么说。但是我相信，最终，最真实的原因，是像所有其他的科西嘉人一样，你不喜欢大海。你不喜欢海豚。你不喜欢地中海。你不愿意转过身，面对地平线。如果科西嘉人真的喜欢大海，就不会将大海留给那些开着游艇的意大利人了。"

他笑了。

我最后一句话有点儿过。真傻，他会笑话我的而不是生气。

"我喜欢你描述的意大利人的形象，但你错了，克洛蒂尔德。在对科西嘉人和地中海的理解上，你错了。你知道的，我不是一开始就开农场的，我在商船上工作过五年，三次环绕地球……"

你真厉害，亲爱的克洛，起作用了！

250°方向。我感觉，沿着南边的海岸，可以一直看到斯坎多拉和吉罗拉塔保护区，那里的岩石变成了红色，在那儿，鱼鹰在布满火山石的山顶疯狂地建立它们的巢穴。

"你看，克洛蒂尔德，笔直向前看，阿卡努的方向。如果你继续沿着大海的方向，一直向前，你可以到达佩特拉·科达悬崖。最高的地方，有三十米高。我像你这么大的时候，科西嘉所有的青年，按你说的就是那些害怕大海的人，我们会从那里跳下去。我可以说，那时你的爷爷是其中最大胆的一个。我的纪录是二十四米。随着年龄的增长，我跳得越来越低了。十五米……十米……但我仍然坚持在还能游泳的时候游泳，从佩特拉·科达到海豹岩洞，有时会游到蓬塔罗萨。放弃大海就是放弃自己的青春，没有别的。"

"那就答应吧，爷爷，为了那些海豚，为了我的青春，就算为了我嘛。"

他笑了。

"不松口了，我的小孙女？你会成为一个好律师的。我会考虑的，我答应你。只是要给我一些时间（这一次，他笑了），一切都变化得太快了。女人变了，她们掌握了话语权。（他又笑了）海豚们也变了，都开始跟渔夫交流了。我不希望我的科西嘉也变化得如此快……"

"那么算是答应啦？"

"还没有。还有一个问题，还有一个你没谈到的问题，亲爱的。"

十字架的影子延伸到了我们身上。

"我不知道我们是否能信任这个纳达尔·昂热利。"

❧ ❧

他嘴里低声叨咕着。

你已经知道了，爷爷。

你已经有答案了。

而且不是你想要的那个。

43

2016 年 8 月 21 日

12 点

"你错过了日出，克洛蒂尔德。你十五岁的时候起得更早。"

卡萨努坐在那儿，背靠着木十字架，被这个坐落于卡普迪维塔顶部的七米高纪念物的影子覆盖着，人们说是一个朝圣者把十字架背到了世界的最高处，插入土里，然后在前面挖一个洞，将自己埋葬在那里。

克洛蒂尔德没有留意她祖父的反应。她花了四小时才爬上来，刚刚喘匀气，惊讶于这位接近九十岁的老人竟然爬到这里，而自己已经完全累得不行了。

除了筋疲力尽外……还感觉很烦躁！在整个独自攀登的过程中，尽管沿途都是令人窒息的美景，她却无法定下心来，去享受此刻的风和随风飘散的黄连木，枸橼或是无花果的香气。与此相反，她的脑子里挤满了各种疑问，所有又都归结为一个：昨天晚上，她妈妈在小屋里等她吗？她真后悔当时没敢冲上前去敲门，之后弗兰克就出现了。她也因此很生他的气，他破坏了奇迹。后来她几乎整个晚上都没有再睡着，她思索着，希望能从她的记忆中找到困扰她的问题的答案。

她的妈妈怎么可能还活着？

把 1989 年 8 月 23 日那天所有的画面在她脑袋里像电影一样过完之后，她只能想到三种可能性。

她妈妈当时没有在富埃果车里……

除了她妈妈坐在副驾驶的位置上以外，还有尼古拉斯坐在后面，爸爸坐在驾驶位。上车前，车子发动的时候和之后在路上，她都看见她了。她和爸爸还一起笑着，说着话。这一点毫无疑问，他们一家四口是一起从阿卡努上车出发的。

她妈妈在出事故前下了车……

除了没有停车以外，富埃果从农庄出发向山下开的时候也几乎没有降低过车速，克洛蒂尔德非常肯定在到达佩特拉·科达之前自己一直都是醒着的，况且那也就只是几公里的路程，在富埃果冲出路面撞毁之前，她妈妈确实是一直坐在车里的。爸爸还拉着她的手……

她妈妈在事故中幸免于难……

这是唯一可信的假设，尽管富埃果的三次撞击每一次都是致命的，尽管她看到了三具被撕裂的身体被塑料袋包裹起来，再送走……她那时处于休克状态。或许她妈妈仍然在世？或许是急诊医生创造了一个奇迹？但是，为什么宣布她死了？为什么拯救了一个生命垂危的人，却不让任何人知道？甚至连她的女儿都不知道。为什么要让她成为一个孤女？为了保护她的妈妈？因为真正要被杀的人是她？她要发狂了！不知道可以信赖谁。赛文讲的关于她哥哥和她父母意外的事情是真的吗？她丈夫，弗兰克，是不是在扮演一个可笑的两面派？她爷爷卡萨努知道些什么？是谁从一开始就在幕后操纵着一切？

她像一个被父母拖着去徒步的少年，整段时间手里拿着手机不放。在整个攀登的过程中，她花了很大一部分时间，尝试用手机跟三个人通电话。

首先是想知道弗兰克和瓦伦的近况。毫无结果。一个回音儿都没有。电话那头，只有一个安静的、随你怎么抱怨都不发火的答录机。

刚开始爬山的时候，她联系上了纳达尔，想让他陪着一起，但是她的梦幻渔夫谢绝了这次翘班的机会。不行，克洛，今晚之前都不行，我今天一天都要在店里上班，但是奥莱丽娅今晚在医院值夜，所以，克洛蒂尔德，今晚上见，如果你愿意的话。

OK，今晚见，亲爱的骑士……

克洛蒂尔德一直觉得，尽管这么多年过去了，她还是不愿意见到卡萨努。她亲爱的海盗，不太像是大山里的人，甚至有点儿胆小。

今天倒还好。卡萨努爷爷看上去一副与人无争的样子。他背靠在那块大木头上，看上去经历了这次疯狂的攀登后，再也不会踏足这里了。他俩都在喘着气，累得好像一个字都说不出来了。

在登到一半路途的时候，克洛蒂尔德打了最后一个电话，比其他两通电话更意外的是，刚响了两声就接通了。电话那头说着一口完美的法语，几乎没有一点儿德国口音，不像他的父亲。

"克洛蒂尔德·伊德里斯？我的上帝，这么久以后，跟您通电话感觉好奇特。"

克洛蒂尔德感到惊讶的是，接到她电话的赫尔曼·施莱伯似乎一点儿也没觉得惊讶。

"我爸爸昨天给我打电话了，"他接着说，"在您去看过他以后，我们聊起了 1989 年那个著名的夏天。"

他用"您"称呼她。他的声音里有一种让人感到不太舒服的专横的语气。克洛蒂尔德在想赫尔曼是否还记得他的外号——独眼巨人。她放弃了跟他用"你"相称的疯想法和叫他的外号。

"您还记得那个夏天？"她只是如此问道。

"是啊，每人姓什么，叫什么，还有每个人的模样都记得。那是一个很受伤的夏天，不是吗？对于我们每个来说。"

特别是对于我来说，傻瓜！

她决定跟赫尔曼直接说打电话给他的原因，并将赛文·斯皮内洛所说的总结成了一句话：她哥哥，尼古拉斯在事故发生前的几个小时前将车子开了出去，在不知情的状况下损坏了转向装置。赫尔曼听过后很惊讶，甚至不敢相信。经过一阵思考，他的声音有些严肃。

"要是这样，本来有可能死掉的是我们。我们五个人，尼古拉斯、玛利亚·琪加拉、奥莱丽娅、赛文和我。我们本来都要在半夜上你父母的车，你哥哥开车带我们一起去夜总会的。（他似乎冥想了很长一段时间，才继续说）你跟我说的这些对我触动很大。即使经过这么多年，我还是觉得很怪异。就好像是错过了一架失事坠毁的飞机。（他又花了一段时间思考）是的，会是我们，全部的五个人，在山沟里结束生命。既然我还活着，那么就只剩一个问题了，克洛蒂尔德，一个只有你才知道答案的问题：为什么您父亲在那个晚上改变了主意？为什么他决定开车带上全家一起去听那场复调合唱音乐会？"

"我……我不知道。"

"没有什么事情是碰巧发生的。如果您能找到所有的回忆，您一定能得到一个解释。"

赫尔曼恢复了他断然的语气。他是一个习惯于服从的人。克洛蒂尔德猜测，二十七年来，他唯一担心的是让别人知道他在青春期遭受的羞辱。但是，他说得有道理，这是问题的关键，她爸爸为什么改变了 8 月 23 日晚上的计划？她找不到任何的解释。她记忆的深井变得非常干涸。或许解决的方法在于她 1989 年夏天的那本，在阿卡努的长椅上写到最后一刻的私密日记？或许她为了保护这部分记忆而将它们隐藏在了这本日记里？也可能，正相反，里面什么都没藏，有的只是纯粹的胡思乱想，一个正值青春期，爱瞎编，爱嫉妒，又沮丧的少女的她。

"您不应该错过这些线索，"赫尔曼·施莱伯继续说着，"科西嘉那里很复杂，土地与家庭，生命与死亡，金钱与权力。但是，首要的是，克洛蒂尔德，您肯定我们可以信任这个赛文·斯皮内洛吗？您有没有找到其他的证人？五个人里面其他的人？他们应该都还活着吧？"

"除了尼古拉斯。"克洛蒂尔德想。"独眼巨人还是最机智的那个……"她立即回答道。

"我见过玛利亚·琪加拉。"

赫尔曼爽朗地笑出声来。

"啊，玛利亚·琪加拉！我曾经对她是那么痴迷。那时候，我以为引用歌德的话和用小提琴弹奏李斯特的曲子就可以吸引到女孩子。其实，我还是应该谢谢她，为了讨她这样的女孩子的欢心，我勤学苦练了不少东西。（他又发出了最后几声笑声）像她一样漂亮的女孩儿，我是说。我妻子很像她，也是一头金色头发。她是科隆歌剧院的女高音，可不是那些电视机里的选秀歌手。"

克洛蒂尔德突然很想缩短这次通话。现在去诋毁所有我们在青春年少时爱过的一切，是不是一种不幸？

"算了，赫尔曼，您还有别的线索吗？"

"有，或许您应该再回去见见我的父亲。那些年里，他不仅仅收藏照片，还和营地里的每个人聊天。我想他应该有了一些推测。自从你父母发生意外以来，一直有些东西在困扰着他，一些他感觉不对的地方，但是他只跟我妈妈安可讲过，却没跟我说过这些事儿。"

克洛蒂尔德没敢表明，自从昨天以来，她就再也没有关于雅各·施莱伯的消息了。当赫尔曼坚持让她去见见他爸爸的时候，她更加感到怯懦。

"实话跟您说，有时我真的很担心我爸爸。我们在克罗地亚帕格岛上的别墅一直为他敞开大门，为他准备了泳池，儿子和孙子都等着他，可是他太倔了，还是偏爱独自一人到科西嘉岛上的活动房里度假。"

独眼巨人的高傲再次惹恼了克洛蒂尔德。现在他身边的人，谁能想象到他曾经是一个腼腆又胆小的少年？赫尔曼抹掉了从前，像其他人一样，重写了自己的人生故事。克洛蒂尔德真想当面叫出他的外号，不为别的，只为提醒他曾经拥有的那张面孔。可是德国人没有给她留出时间。

"再去见见我的父亲吧，"他重复道，"他一生都乐于用那台破相机去定格过去，就像其他人捕捉蝴蝶钉成标本一样。也算是用他的变焦镜头对所有看似不寻常的东西进行窥视，他的镜头，就是一只独眼，即使于你们而言，我才是独眼巨人！"

※　　※

"坐下吧，克洛蒂尔德。"

290

卡萨努的话将她从思考中拉了出来。迟点儿吧。迟点儿再重新思考赫尔曼·施莱伯提出的问题。这会儿，她爷爷的呼吸好像顺畅了一些。他慢慢地指着一块离他最近的石头，示意她坐下来。在北面的山下，卡尔维城堡与巴拉涅沿坡而建的城市化市镇相比起来，简直小得可笑。二十七年前，克洛蒂尔德没有这种感觉。

爷爷的声音不再颤抖了。他扭头向上看着背后靠着的大柱子。

"你还记得吗，我的小孙女，1989年那时的那个十字架？木头全都腐烂了，钉子也都锈了，感觉快要倒在我们身上了。他们新换了一个插在这里，没多久之后又换了一个，就是现在这个，还不到三年。奥地利人应该还有其他的后补办法。"

"为什么约我来这里？"

"为了这个。"

他凝望着整片景色，她认出了那只沉睡的鳄鱼。从鲁塞岛到卡尔维的海岸，从雷威拉塔到加雷利亚，像镶上了一条白色的卷边，一条精致的花边，一条手绘的线条。她知道这只是一个幻觉，一个角度的问题。实际上海岸是分崩离析的，白色的岩石坠入海中，锋利尖锐得像成千上万把磨光的尖刀。

"为了这个？"克洛蒂尔德重复问道。

"为了这个。这独特的视野。这美不胜收的景色。为了能有最后一次观赏它的特权。和你一起。你可以按你的想法给我们这次小小的家庭重聚取个名字，留一个祝福和传承。你是我们唯一的直系继承人，克洛蒂尔德。所有的这一切（他用手臂画了一个大圈）……所有的这一切，将来的某一天都是属于你的。"

克洛蒂尔德没有回答。这样的遗产对她来说是如此不真实，如此遥远，与她的生活如此格格不入，而且给她带来急切的压力。她犹豫着是不是现在就惹恼祖父，问他关于富埃果被破坏的转向装置的事情，但她还是更倾向于坚持按自己的步骤来。先核查，再控诉。像所有的好律师一样。先核对赛文所说的一切事情是否属实，然后再控诉她哥哥尼古拉斯。这一切她都需要卡萨努的证实。她的口气像一个因为这里七百多米的海拔而生气的护士。

"你认为以你现在的年纪进行这样的探险是明智之举吗？"

"你说这是一次探险？我曾经读到过一个日本人八十多岁的时候攀登上珠穆朗玛峰，而在之前他的父亲在八十九岁的时候从勃朗峰滑雪下来。所以爬上这个山羊能触及的高度……"

他提高了声音。卡萨努表现出一种很健康的状态，但无疑，他也意识到以后再也不会上来了。他咳嗽了好一阵，然后继续说：

"我第一次爬上来，是在 1935 年，之后从 1939 年开始，我每天要爬上来好几趟，帮助那些游击队员，我给他们带吃的、武器弹药和装备。我们这里是最早把纳粹赶走的地方，就在这里，在科西嘉，比诺曼底登陆还要早，而且是在没有美国佬的帮助下！法国第一个解放、重获自由的省，但这些，你们的历史书里都给忘了。而你，我的小孙女，你第一次爬上来这里，是在你十五岁的时候，你还记得吗？很显然你记得，正好就是在……"

爷爷没说完他的那句话。当然，克洛蒂尔德记得。她脖子上的望远镜，那天的山羊奶酪、三明治，初升的太阳，天空里飞过的游隼，对她而言，卡萨努已经是老人家了。然而他却是坚不可摧的，比上帝的十字架还要坚不可摧。

她仔细地看着涂了油漆的木头，已经开始烂了。那些铁钉也已经开始锈蚀。

祖父会比它活得更久。

可能会。

"丽萨贝塔要担心死了。"她说道。

"这六十年来，她一直都在担心……"

她笑了。

"我有问题要问。"

"我猜到了。"

克洛蒂尔德低头看了看向下的七百多米。海岸仅是半岛向前延伸的部分，像是上帝特地令这灰色触手上长满苔藓，形成众多隐蔽的小海湾、湿地、海关小路。一个贪婪的上帝明白某一天可以从中牟利。

在开口之前，克洛蒂尔德的眼睛望向广阔的东边，面向大海，一动不动。可以分辨出蝶螈营地的营房，洛克马雷尔滨海酒店的地基，还有奥赛吕西亚海滩上阴影下的托比·卡里斯特小屋。

"上一次我们两个站在这里的时候，那里还什么都没有呢，卡萨努。只有那些可以在树下搭帐篷的橄榄树，一条通向海边的小土路，一艘停泊的小渔船，在雷威拉塔海湾的海域里还有海豚。你怎么会同意赛文·斯皮内洛的生意，让他的水泥建筑大肆发展？他跟全世界都在讲，万能的伊德里斯家族都在他手里吃食。"

卡萨努没有发怒。

"这太复杂了，亲爱的小孙女。这太复杂了。这些年来，变化太大了，所有都在变化。可是我们可以归结为一个词——四个字母，钱（fric），克洛蒂尔德。是因为钱。"

"我不相信！你才不在乎钱呢。找点儿别的理由吧。找别的理由解释为什么赛文的小屋没有失火，为什么他的酒店的地基没有被炸毁。"

很显然，他找不到别的理由。

他看上去有些呼吸困难。

克洛蒂尔德确认了一下手机在山顶是否能正常使用，有没有收到其他的信息，特别是能不能使用"15"进行紧急呼叫。从卡尔维，一架直升机五分钟内就能赶到这里。拯救山里迷路的徒步者，是科西嘉紧急救援队的日常工作。确认之后，她开始继续挑战她的祖父，好像上次同样在这里，同样跟祖父一起的对话，只过去了二十七秒，而不是二十七年。

"卡萨努，为什么你选择了支持赛文那个下流坯的项目，而不是纳达尔·昂热利的生态保护计划？你那时几乎答应了我的。你就差跟我说'好的'了。为什么你改变了主意？因为纳达尔爱上了我的妈妈？因为接近你儿子的妻子，他就触犯了家族名誉吗？"

"名誉，克洛蒂尔德，那是当我们失去所有以后唯一剩下的东西。"

克洛蒂尔德看着他们面前那茫茫一片的土地，八十公顷属于伊德里斯家族的土地。

"失去所有？包括利润，对吗？但是你还没有回答我，卡萨努。在伊德里斯家，妻子是不能对丈夫不忠的，对吗？绝对禁止！而丈夫，却相反……"

她等着卡萨努有所反应。

没有反应，他在等她说完。

好吧，爷爷，如果你真的希望我对家族里的秘密大踩一脚的话……

"我不再是一个小姑娘了，卡萨努。我知道我爸爸对我妈妈不忠。所有的人都知道，街头巷尾的人都在拿这件事说笑。那为什么因此而责怪纳达尔和帕尔玛呢？"

终于，老人有了反应。

"问题不在这里，克洛蒂尔德。问题出在很早以前，早到你还没有出生之前。问题是你父亲就不应该跟你母亲结婚。"

终于知道了。二十七年以后，终于知道了。

"因为她不是科西嘉人？"

"不，而是你父亲已经答应与另一个姑娘的婚事了。在他遇到你妈妈以前，在他与她相爱以前。他放弃了一切为了能和她在一起。"

"肯定是一个科西嘉女孩儿吧？"

"她叫莎乐美。她也是我们部族的人，差不多也来自我们家。她对他保持着忠贞。她本也可以一直对他保持忠贞的。而保罗应该对他的岛保持忠诚。你母亲不是他应该娶的那个人。就是这样，克洛蒂尔德，一场混乱！你母亲不是你想的那样。"

斯佩兰扎在马尔孔墓地说的话在寂静的空中飘着，像是风把它们轻轻地托举到了山顶。

相信我，有些女人完全有能力做到这点。你妈妈蛊惑了你爸爸，当

294

她能把你爸爸控制在自己手中的时候，就偷走了他。你爸爸被困在了网里，带走了，远远的，远离所有爱他的人。

在蝾螈营地的酒吧里，混合着男人们的笑声，她知道了她父亲的不忠行为，那时她十五岁。

保罗应该生活在这儿，如果你妈妈没杀了他。生活在这儿，你明白吗？生活，而不是为了回来死在这里。

卡萨努大声咳嗽着，像是许多的炮弹，驱散了过去的声音。

"就是这么简单，我的小孙女，你的父亲不应该和你的母亲结婚。他后悔过。我们知道他后悔一切。但是为时已晚。"

"为什么为时已晚？"

他带着一种很抱歉的眼神看着克洛蒂尔德。

"你们已经出生了，你和尼古拉斯。"

"那又如何？"

他眼睛闭上了好长一段时间，像是犹豫要不要继续说下去，然后他决定了。

"那又如何？帕尔玛已经进到圈子里了，就像一个水果里的虫子，已经没有人能够阻止悲剧的发生。"

悲剧？

爷爷说的是那次意外吗？

首先人们都在控诉我哥哥，跟着现在轮到我妈妈了？

"不要试图知道更多了，"卡萨努补充道，"很抱歉，克洛蒂尔德，尽管你身体流着我们的血，尽管你将继承这里的土地，但是你永远不属于我们家族。生活在这里的人才属于。这里有些东西你是不会明白的，也是你无法学会的。"

克洛蒂尔德正要抗议，卡萨努示意让他把话说完。

"你看，亲爱的小孙女，你现在带着一种怜悯的眼神看着我，好像我就快要死在这个十字架下面似的。在这里，没有人，家族里没有人能带着怜悯的眼神看我，也从来没有人叫我'嗲嗲'。"

她意识到自己从祖父那里得不到更多的什么了。没什么可承认的，也没什么可忏悔的；但这并不重要，这些并不是她来这里要寻找的东西。

"我也是，如果你注意到的话，我不再叫你'嗲嗲'了。卡萨努，那个叫你'嗲嗲'的小姑娘已经死了，在1989年8月23日那天，在佩特拉·科达岩石那里。她的整个家都死了。她的童年也死了。所有的一切都在那一天死了。我们至少有一点是相同的，卡萨努，我们俩都在那一天晚上失去了对未来的幻想。我上来这里看你，不是为了让你打破你的'沉默法则'，更不是因为怜悯（她重点强调了最后的这个词）。我需要你。我需要你帮我一个忙。"

老人暗淡的眼神重新亮了起来。

"什么忙？"

"一个不怕警察，不畏惧制定自己的法律的人才能帮的忙。"

"是谁让你这么想的？"

"我可能不属于你的家族，但是在我看来，显而易见的是您也不太喜欢官方的正义，您也不太信任省长、公证人和宪兵……"

这让她捕捉到了一个微笑。

"我尽我所能，在我的这一生中，去纠正那些不公正的事情。"

她将一根手指放在嘴边。

"嘘……你还记得二十七年前你曾经在这里说过的话吗？一句没有什么特别含义的话，一句不到二十字的话：'不松口了，我的小孙女？你会成为一个好律师的。'我现在最终成为了一名律师，这可能还多亏了你的建议。等某天你需要我的专业技能的时候你再跟我坦白吧，在此之前，我一点儿也不想知道那些关于水泥商直沉水底，起火的别墅，还有今早电台里说的那具在克洛瓦尼海湾发现的不明身份的尸体，在阿尔加约拉公路上翻倒的装有大量货物的大卡车等事情。尽管我对于赛文·斯皮内洛不在这个名单上感到非常可惜。"

这让她又捕捉到了一丝笑容。他渐渐恢复了体力，爷爷甚至可能不用乘直升机就可以回去了。她进一步，充满信心地说：

"我要的跟这一切完全没关系。我需要你的干预。一个并不完全合法的干预，还有潜在的危险存在。我需要你帮我找来一帮意志坚决的人，有武器的。"

他仔细地盯着她，一脸的惊讶。他甚至可能想改变他的判断。他的孙女的血管里还是流动着一些他的血液。她甚至有机会深入家族的中心地带了。

"带武器的？我是个老头子了，我已经没有什么影响力了。你想要谁……"

"得啦……（克洛蒂尔德将她的手机递给了他）我敢肯定你只需要打一两个电话，门口就会被接受任务的科西嘉勇士们挤爆了。"

"这完全取决于什么样的任务……"

"搞定一个保镖，也可能是两个。浑身肌肉的那种，照例来讲是没有武器的。"

他闭上眼睛，想象到时的场景。

"在什么地方？"

"令你回忆往事的地方。（她观察了一会儿七百米往下，那片遮住海滩的阴影）奥赛吕西亚海滩上，托比·卡里斯特小屋。我不知道你是否留意到张贴出来的海报，我是想接近玛利亚·琪加拉·吉奥尔达诺。"

"那个婊子？"

对，很显然，他已经留意到那些海报了。

"你要问她些什么？"

她很简洁地回答道：

"真相！关于你儿子的死的真相。我的父亲、我的母亲还有我的哥哥死亡的真相。她是唯一知道真相的人。一个甚至连你也不知道的真相。"

震惊，这一次，卡萨努彻底地被震惊了，情况比克洛蒂尔德能想象到的还要严重得多。他好像要晕倒了，眨着眼睛，气喘吁吁，咳嗽着慢慢地躺倒，四肢散开，仿佛他要死在这个山顶了，双臂交叉仿佛在对抗奥地利人的十字架。

克洛蒂尔德抓住他的手："你没事儿吧，爷爷，没事儿吧？"犹豫着是否要打紧急救援电话，又给他喝了点儿水，"放松，爷爷，放松"，让他抖动的双腿平静下来，让他快速跳动的心脏恢复平静，"没事儿了，爷爷，没事儿了"，把他的双手捂在自己的手中，他的生命就像一只随时准备飞走的小鸟，现在被她藏在掌心之间。这个姿势一直保持了好几分钟，直到卡萨努完全恢复意识。就好像他通风不良的大脑需要对所有出问题的数据分析一遍，才能重新正常呼吸，重新站起来，重新拿起他的手杖。

　　"扶我起来，克洛蒂尔德。我们走下去还需要一小时。路上你把手机借给我。你的'武装蒙面部队'，我应该能找得到。"

44

1989 年 8 月 22 日，星期二，假期第十六天

景泰蓝色的天空

We are the world...We are the children.（四海皆一家，我们都是上帝的孩子。）

和其他人一样，我跟随着律动，牵着左右两边的手，一边唱一边轻轻摇摆着身体，我们在阿尔卡海滩上，围着火堆，为了交流伟大的情感。尼古拉斯站在中间，希望利用火焰的光线照亮他的琴谱，虽然他根本就看不懂。他尽其所能地控制着节奏，如果他有马克·诺弗勒的水平，大家应该能知道他弹的是《战火兄弟连》里的曲子。艾斯特凡扮演了马纽卡契的角色，用非洲鼓进行伴奏。

在猎户座 α 星和它的伴星的光辉下，现在已经接近午夜时分。今晚，是乖孩子们的晚会。大家烤着棉花糖，唱着鲍勃·马利和护林员乐队的歌，还有一些电视剧的热门歌曲。这是欢歌笑语的时刻。

实际上，属于岛上乖孩子们的时刻，早已过去了。

今天的晚会是为了让父母们安心的精心演出，为了明天更容易瞒着他们，去参加尼古组织的卡马尔格之旅，那里面向的是大人和成年人，里面有激光灯而不是星星，有电子音乐而不是吉他，有令人目眩神迷的大麻而不是哈瑞宝糖。

这就是尼古的计划，在二十四小时之内从小孩儿变成大人。

有点儿太快了，您不觉得吗，我的秘密读者？

299

仿佛因为他们不知道未来会如何，所以他们都太急着去调情，去做爱，和左边的，和右边的，之后就会一直跟同一个女孩儿，或同一个男孩儿做爱，然后结婚；结婚之后，做爱的次数慢慢减少，每个月一次，一年一次，为了纪念他们的那一次；最后去回忆，去做梦，去和另一个人做爱，另一个已经结了婚的人。就像是他们急于要重复他们父母走过的路。我的父母走过的路。就像是他们急于要变成他们。

We are the children.（我们都是上帝的孩子。）

玛利亚·琪加拉变身成辛迪·劳帕，在合唱团中，插入她的和音*Well, well, well*。她有一副好嗓音，这点我们不能否认。唯一一个让我们不爽的人，就是赫尔曼了。他希望我们唱《九十九只气球》，但是除了那两个荷兰人——苔丝与马格纳斯，他是唯一一个听得懂这首妮娜用德语演唱的人。他就像个傻瓜一样站在那里，他甚至还带了他的小提琴来，提议可以给我们伴奏，但却只得来了一阵嘘声。大家还是更喜欢尼古拉斯假装弹吉他，我没这么说，因为他是我哥！赫尔曼拉着他旁边奥莱丽娅的手，奥莱丽娅拉着赛文的手，而赛文拉着他旁边坎蒂的。伤心流泪前的同心圆。

We are the ones... We are the children...（我们就是那些……我们都是上帝的孩子……）

紧接着的是：
远离心灵也远离心灵之窗……
要塞的小姑娘啊
世界像你一样忧伤
请去马库姆巴吧，去马库姆巴
我也是，我也将去往那远方……

之后寂静占据了上风。直到赫尔曼破坏了同心圆，他趁机拿出他的小提琴，在我们都还没来得及拒绝和笑话他时，他就掏出了他的琴弓，演奏出饱含泪水与火焰的曲调。

他拉得不错，这点我们不能否认。尽管我们不知道他拉的是什么。玛利亚·琪加拉是第一个听出来的。她随着他唱起来，大家也都安静下来……感觉上这两个人，他和琪加拉，整个夏天都在一起练习。

Forever young，I want to be forever young.（永远年轻，我想永远年轻。）

琪加拉的声音和赫尔曼的琴声搭成的梯子，让歌声迅速升到空中。没有人再出声。这一刻语言显得非常苍白无力，即使最有才华的作家也无法形容。我真希望您也能够来这儿亲耳听一听赫尔曼如泣如诉的小提琴声和琪加拉让人欣慰的歌声。

有时觉得好傻，当歌曲被精彩地演绎出来的时候，会让那些傻子，尤其是那些整天谈论爱情的人感到心灵震撼，即使你穿着"回到黑暗"的T恤。

尼古拉斯，帅气的演奏者，已经把他的吉他丢在了沙滩上。奥莱丽娅没有这个水平，她带着嫉妒的眼神，像个女警察似的看着那个德国男孩儿和意大利女孩儿，最好能将他们因为夜间骚动而关禁闭，因为他们在去往银河系的火箭中心跳超过法定次数，而且没有系安全带。她向尼古拉斯投去爱的目光，而我哥根本不可能接收到。

随着最后的小提琴曲消失在无限夜空，晚会结束了。

所有的人一起鼓掌。

不朽的青春……

他们知道也将结束了……

赫尔曼很有风度，并没有再来一曲，只是回到同心圆中，拉起奥莱丽娅的手，奥莱丽娅拉起了赛文的手，然后大家一起拉起来……尼古拉斯用力地给我使眼色，我知道他的意思，灰姑娘已经大大超过该回家的时间了！坦白说，舞会前，我并没有权利能见到我的仙女，只是收到了帕尔玛妈妈的一句警告。

午夜之前要上床睡觉！

我很不情愿地重新回到营地，把那些只大我三岁的小男人和小女人留在他们的乌托邦里。当我登上海滩的高处，看到的最后一幅景象是，同心圆已经像五彩缤纷的纸屑，一对一对地分散开去。赫尔曼的手里牵着奥莱丽娅。玛利亚·琪加拉的头靠在尼古拉斯的肩膀上。赛文被苔丝和坎蒂围着。

回到营房，我把脚在沙地上拖着走，故意弄出了很多声响，从冰箱里拿水喝的关门声，带着骷髅头的腰带磕在柜子门上，让戒指像陀螺一样在床头柜上旋转着，当帕尔玛问我晚会怎么样的时候，我回答"还可以"，然后我用脚关上我房间的门，我没脱 T 恤，打开窗户，因为屋里热得不行，上床睡觉，却没有一丝的困意，我尽量让自己睡着，我向您保证我尽力了，我尝试了可能有几个小时，但是困意好像被关在了隔壁的婚房里，于是我又从床上起来，这次我保证不会像上床时故意弄出那么多动静了……

四十公斤，比一个没胸没屁股的芭比还瘦，这样倒是可以很方便地从房间的窗户钻出去。

早上 4 点了。我知道，我知道，我是答应了尼古拉斯至少在明天圣罗斯日结束之前不做他们的小盯梢，我是同意了的，而且很诚恳地同意了，而且我还有更好的事情要做，要为了海豚们去说服爷爷，等等。

只是这件重要的事情，已经做完了！爷爷今早上答应我了，纳达尔会很惊喜的！

所以，您能理解吧，我是不会留在这里发呆的！

海滩上空无一人，那些青少年几乎都走光了，火也几乎熄灭了。就剩下尼古拉斯，坐在未燃尽的火堆旁，一个人在黑暗中乱弹着吉他。听起来像是一只害羞的蝉在太阳升起来前练习鸣叫。

其他人都去哪儿了？睡觉了？

还有一个呢？

一个声音回答了我的疑问，她从水中钻出来，像个仙女、美人鱼，或者水神，我从来都搞不清楚这些长着女人模样的水中生物到底有什么区别，终归其都会落到水手的渔网里的。

"你来吗？"

玛利亚·琪加拉从水里走出来，借着未燃尽的火堆和月亮发出的微弱光亮，我先看到她的影子，然后是她的剪影，最后是影子和剪影合在一起。海水一直没到肚脐以下。

"你来吗，尼古？"

"你疯了吧，水里一定是冰凉的。"

我躲在黑暗中观察着，入了迷。我学到了。我学到了一些妈妈不会教给女儿的东西。

"过来抓住它！"

我还没来得及看到她的手臂的动作，玛利亚·琪加拉上半身的泳衣已经从她举起来的手中垂了下来。

"来啊，来抓住它啊。"

她挥舞着，每一个动作都好像是经过了精密的计算一样，影子与她的身体曲线完美重合，抚摸着她的身体，遮盖着她的胸部，为了某一刻突然暴露，掩藏着下面的两个乳头，为了某一刻瞬间亮相，就像两只戴着黑色手套的手贴在乳房上，按压它们，将它们提拉、揉捏着。玩弄它们，让黑夜也为之勃起。

尼古拉斯站了起来。

诱惑可以如此有效！像旋风，让人头晕目眩，像猫看到晃动的绒球。从第一次开始就是这样吗？

"太晚了。"意大利女孩儿撒娇地说。

比基尼的上半身被抛了出去。这不是件真正的泳衣，只是那种蕾丝带的胸罩。它被扔在湿沙滩上，像是只搁浅的水母似的。

快点儿啊，我的小尼古拉斯……我这大笨蛋哥哥还在慢慢脱掉衬衫，折好放在脚边。只是这考究优雅的动作，应该出现在芭蕾舞当中。

我要是个男人……我会直接冲上去扑倒她！

"第二次机会？"

伴着同样神奇的手法，另一块带着透明花边的小布片在玛利亚·琪加拉的手上晃动着，海水仍然是在肚脐下的位置。她停在那里，炫耀着胜利似的，然后向前走了几步，直到她张开的双腿，弯曲成桥一样撑在刚刚被海水没过的沙子里，被浪花和泡沫轻轻舔着。

尼古拉斯失去了所有的耐心，内裤和外裤滚在一起。当我看到我哥的屁股露出来的时候，很抱歉要让您失望了，亲爱的深夜读者，我闭上了眼睛。

当我再次睁开眼睛的时候，已经看不见他们了，只听到他们在水里的笑声、打闹、追逐和低声细语。我决定等笑声停下来的时候，就堵上耳朵，缝上眼睛，或者干脆离开。

其实这也是我本来就应该做的，我知道……

可是已经太晚了！玛利亚·琪加拉先从水里出来，赤裸着身体。她那几乎不可能的美，是我或者所有其他的女孩儿都不可能达到的。她已经美到令银河系里所有的女孩儿都诅咒她。

她还在笑着，有点儿歇斯底里，声音假得跟尼古装模作样弹的吉他有的一比，这让她在性感上减了分，尽管如此，相比别人她还是遥遥领先。

她捡起她的上下两件比基尼，她的白色亚麻衬衫扔在两米远外的沙滩上。

快点儿，亲爱的尼古，她要从你的手指间溜掉了。

慢慢地，我开始明白这个游戏的玩法了……谢谢你，琪加拉。

她重新穿好衣服，尼古拉斯从水里出来，赤身裸体得有点儿尴尬。当他把一只脚和一条腿套进牛仔裤，像鹭鸟一样单脚站立的时候，玛利亚·琪加拉过来，亲吻了他好长时间……然后就跑开了。

如果尼古拉斯这时想要追上她，那他必须成为单脚跳世界冠军才行。

"明天见，我亲爱的，"漂亮的意大利女孩儿咯咯地笑着说，"明天，我给你钥匙。"

一边跑着，脚下一边翻出一些泥沙来。

几秒以后，她的身影完全被黑夜吞没了，尼古拉斯捡起他的衣服。我老哥由穿行在充满了身着比基尼的灰姑娘的皇家舞会中的魅力万分的王子，变回了现实中那个手拿人字拖的傻瓜。

我悄悄地离开了。

"明天见……"

明天就是 23 日了。

而事实上，现在已经是凌晨 5 点了。所有事情都将上演的那一天，已经到了。

❦ ❦

永远年轻，他嘴里咕哝着。

Let us die young or let us live forever.

让我们趁着年轻死去或让我们永远活着。

我们甚至都没有给他们留下这样的选择。

45

2016 年 8 月 22 日

20 点

如果躲在奥赛吕西亚海滩稍远处的树篱后观察，人们会认为大篷车前面的保安又多了三个同僚，和他一样有着宽厚的肩膀和肌肉发达的体格，但着装看上去截然不同。被分配保护意大利女歌手的这个保镖身穿一套无可挑剔的深灰色西装，另外围着他的那三个男人，有两个穿着打猎装，另一个穿着深色的跑步服。如果有人靠近，发现海滩上除了孤独的大篷车外空无一人，就会很快明白自己想错了。

四张黝黑又坚定的面孔……一个黑人和三个扎蒙面头巾的。

玛利亚·琪加拉通过化妆车的窗户向外面看了一下，然后转向了她站在玫瑰红色的皮质扶手椅前的客人。

"您没必要带着您的丛林保镖来，"意大利女人说道，"即使没有他们，我也会为您开门的。"

克洛蒂尔德走上前，也从窗户向外看了看，那四个男人正在一起分享一壶热咖啡，似乎已经是一见如故了。他们的步枪像是害羞地靠在旁边的两个垃圾桶上。

爷爷太有效率了。在从卡普迪维塔慢慢下来的路上，他已经用克洛蒂尔德的手机联系了几个能拿下玛利亚·琪加拉的保镖的朋友。而接下来的事情却更让她担心。下山走了两小时，当回到阿卡努农庄的时候，爷爷已经精疲力竭，一下瘫倒在院子中央那棵绿橡木树荫下的椅子里。

平时除了打流感疫苗以外，他通常都拒绝去见医生，这次丽萨贝塔奶奶趁他呼吸不畅无法抗议，请了皮涅罗医生过来；皮涅罗立刻叫了一辆救护车，并吩咐阿卡努的这位大族长在巴拉涅医疗站接受一次加倍时间的住院观察和一次疗养。不幸的小护士抱怨说，她收到的第一个任务就是通知休息中的卡萨努，他至少还要再卧床多休息几天。在将近九十岁的年纪，这位科西嘉老人还坚持每天都走上几公里的路或是进行几百米的游泳。

克洛蒂尔德的眼神离开了窗户。

"那天你的演唱会结束后，我来找过你，没带保镖，你就给我了个闭门羹。"

"哦，但是那天，布拉德·皮特也没陪你一起来啊。"

意大利女人的眼睛定在坐在另外一张苹果绿色的皮质扶手椅上的纳达尔身上。

纳达尔没有来得及刮胡子，金色的头发乱蓬蓬的，因为着急赶来跟她会合，只是匆忙穿了一条破洞的牛仔裤和一件白色 V 领 POLO 衫。帅气，冷静。他身上散发出一种猫科动物的力量，这与门口那几头服从卡萨努命令的粗鲁的棕熊形成了对比。克洛蒂尔德本来努力要熄灭胸中燃烧的妒火，又被玛利亚·琪加拉点燃了。她坐在更衣室前的小凳子上：一面大镜子，一个简易的盥洗池，十几个颜色各异的玻璃瓶闪闪发着琥珀色的光，还有刷子，各种颜色的口红，红的、紫红的、赭石红的。

"真是太高兴了，"这个歌手继续说着，"竟然有老朋友突然驾到一起喝茶。但是你们得原谅我，我需要准备一下，我的演唱会两小时以后就开场了……我的观众们在等着我！"

她对着镜子眨了眨眼睛，显然不是冲着那些为了来看她穿白色透明泳衣跳入泳池的少年的。克洛蒂尔德最后一次看了看窗户外面那几个戴着头巾的男人，然后关上了车内的窗帘。

"我很抱歉，"她说，"我不得已用这样的方式与您见面，但是……"

歌手把她的豹纹浴袍从肩上滑了下来，然后搭在椅背上，就像丢下一个捕猎时得到的战利品，现在她身上只穿了一件内裤和红色的胸罩，将她的美背展现给他们，一枝玫瑰文身从她颈部的曲线一直延伸到她的屁股沟，而镜子的反射也很不礼貌地让她的正面一览无遗。

纳达尔仿佛跟周围的家具一样，像用仿大理石做成的雕像。一张桌子，一个五斗橱，一张独脚小圆桌，一个维纳斯和丘比特的雕像。弥漫着媚俗的欲望。一个有钱的老妓女的豪华公寓里面应该就是这样的了，克洛蒂尔德不怀好意地想着。柔和的氛围，人造革、胶合板和吊帘都在掩盖着不幸。

"你们知道吗，"玛利亚·琪加拉开玩笑说，"在 Canale 5 频道当了二十多年的女明星，我身边出现过各种各样的保安。"

刷子、棉花、粉底在她手中熟练地换来换去。两小时后会是重新焕发光彩的一张脸。

"既然时间紧迫，"女歌手继续说，"那就问吧，不要浪费时间。"

克洛蒂尔德开始了。她将她想说的话一股脑儿倒了出来，玛利亚·琪加拉完全没有打断她。她将自己的记忆和赛文·斯皮内洛所说的细节综合在一起，1989 年 8 月 23 日，尼古拉斯计划的卡马尔格之旅，他借走富埃果，试图开车带着坐在副驾驶位的玛利亚·琪加拉兜风，小意外，很显然，都不是很严重。车子没什么事儿，除了转向装置，球形联轴节、螺母、小连杆……

当克洛蒂尔德讲完了她的故事，这位意大利女歌手很优雅地坐在她带轮子的椅子上转了一圈。在她进行自己的独白的时候，克洛蒂尔德没有看玛利亚·琪加拉化妆。效果是惊人的。她成了一个三十岁实力唱将的模样，丰满的嘴唇涂着红色天鹅绒唇膏，大大的黑眼睛，高大明亮的颧骨，光滑圆润的前额。她值得去演绎一个在费里尼相机的镜头下纵身跳入特雷维喷泉的青年人，而不是用苹果手机的镜头去定格她跳入一个塑料小水池的画面。

她坐在椅子上从茉莉花地毯上滑过来，在回答克洛蒂尔德前握住了她的手。

"当然，亲爱的，我记得你的哥哥。尼古拉斯让人感动，他与众不同，非常帅。不仅如此，他还有一种善解人意的能力。想要接受诱惑却没有成功，弹那么糟糕的吉他，脱衣服时像个小孩子一样感到不好意思。事故发生的前一晚，他很让人感动。也是在这里，在奥赛吕西亚的海滩上，靠近火堆的地方。"

克洛蒂尔德很生硬地打断了她。

"为什么尼古拉斯这么有魅力、令人感动的男孩子却什么都没告诉我们？为什么他不敢跟我父亲讲？为什么他宁愿在几个小时之后上了同一辆车，也不愿说明你们之前发生了事故？"

"尼古拉斯不可能这样做的。"

克洛蒂尔德的手一惊。玛利亚·琪加拉将它紧紧握住。

"尼古拉斯不可能这样做的，"大明星重复道，"你们都很清楚……"

眼泪开始流向克洛蒂尔德的眼角。她的左手寻找着坐在旁边扶手椅的纳达尔的手，右手仍然被意大利女人的手指温暖地握着，像是被涂了胭脂红色指甲油的鹰爪控制着。

"赛文·斯皮内洛有一点上是对的，在接受他提出的开富埃果外出的提议前，我要确认他真的会开车。你的哥哥确实偷了你父亲的车钥匙，也确实建议我跟他去试一下车，就几分钟，就开到加雷利亚。但接下来的就跟你们营地老板的版本不太一样了。尼古拉斯开得很小心谨慎，很从容，也很让人安心。（鹰爪紧紧握住克洛蒂尔德的手指头，慢慢地，玛利亚·琪加拉像是拥有猫一样可伸缩的指甲）而且，我还将测试提高了难度，我亲吻了他的脖子，从他的短裤下抚摸他，或者摸我自己。但他仍然将我们安全地带回了蝾螈营地的停车场原来的位置上。完全没有冲出道路。"

克洛蒂尔德还记得赛文说的那些话，尼古拉斯弯下腰看了看发动机，"没事儿，没事儿"。他那沾满黑色油污的手接近了玛利亚的白色蕾丝裙，玛利亚退后了，骂了他然后逃走了。

谁在说谎？

她的声音开始颤抖。

"赛文说你们在停车场争论什么来着。"

"是的……我不记得确切的原话是怎么样的了，但是我一下车就跟尼古拉斯说测试的结果是很令人信服的，我愿意接受在夜晚到来的时候登上他的车。但是有一个唯一的条件……"

玛利亚·琪加拉的手指在克洛蒂尔德的手里紧缩了一下，好像她们之间传递了一阵电流，克洛蒂尔德的手指在纳达尔的手里也是一阵紧缩。

"唯一的一个条件是，"大明星继续说道，"就我们两个人去，不带营地里的其他白痴。"

玛利亚·琪加拉的话好像拥有神奇的效应，就像是强力的阿司匹林能对偏头痛起到立竿见影的效果一样。

赛文·斯皮内洛编造了一切！

尼古拉斯根本就不是什么凶手，不需要对任何事情负责！那次意外的故事根本就是一个天大的诽谤。

在这最后的一刻，克洛蒂尔德仍然克制住了自己的眼泪，一种甜蜜的兴奋感令她陶醉。另一边，玛利亚·琪加拉的眼泪却没过她的眼睛，流了下来，几秒的工夫就把刚才耐心画出的美人儿给毁了，将那些赭石色的粉末冲入每个沟沟里。

"我等着你哥哥，克洛蒂尔德，我第二天一直等他。我穿上最漂亮的裙子，在眼睛周围撒上星星粉，头发里别上玫瑰花，我等了他一整晚。我希望他成为我的第一个。就是他，不是别人。是的，我在星星下等着他，一直等到星星一个接一个地熄灭。当最后一颗星星也消失在天际中的时候，我觉得他是世上最坏的浑蛋。我带着对这个男人最终的误会去睡觉了。而第二天早上，当我起来的时候，我才知道。这场事故……这场没法相信的……（深红的指甲嵌进了她的手里，但克洛蒂尔德没有把手收回来）我跟你保证，克洛蒂尔德，每一次我做爱的时候，天知道经常都是和不同的男人一起，但没有一次我不在想着你哥哥。如果我是个作家的话，我相信这有点儿像是一种献祭，或者其他什么东西。是的，克洛蒂尔德，没有一次我不是在向他献祭着一点点的生命，尽管他永远都不可能知道。因为我曾经拒绝了他，为了想激他，为了一些傻事。而如今，我很少拒绝，甚至跟一些白痴，要是能在当晚上床的我都不会推到第二天，就是希望这样尼古拉斯可以原谅我。"

玛利亚·琪加拉边哭边倾诉着，但克洛蒂尔德已经没有再听她说了。她的大脑已只专注在一些事实上。

玛利亚·琪加拉没有说谎，这是明摆着的事实。

那么就是说赛文·斯皮内洛捏造了一切……

为了什么？

因为嫉妒？恶意而为？

或者赛文的游戏比想象的还要简单？只需要将两个事实，两个可靠的事实关联起来即可：赛文编造了一次意外的故事来解释为什么富埃果的转向装置被弄坏了。但是凯撒尔·卡尔西亚警长也说得很明确：螺母是被拧松的，球形联轴节是断的，另外，警察也没有提到过变形的钢筋。他说是被破坏的。如果他不是这个破坏者，谁又会有兴趣来编造她父母这次意外发生的原因呢？

玛利亚·琪加拉站起身来，看着镜子里的惨状笑起来。

"还有几分钟演唱会就要开始了，很难画出一件新的艺术品了。（她冲着镜子伸出舌头）他们也不会在意，总而言之，反正他们不是为了我美丽的眼睛来看我的。"

像一个手工艺人每天熟练的动作，她用手指将胸罩抛了出去，另一只手从衣帽架上拿下了一件白色的泳衣。

"我合同里面的第一条用法语、意大利语和英语详细地写着，我必须在唱到第二节'Boys boys boys'的时候跳进泳池里，穿着比基尼泳衣，同一条款里还明确写明：80码的比基尼，C罩杯。"

她露骨地将她的胸部转向了纳达尔，但这一次，克洛蒂尔德一点儿也没有感到醋意。意大利女人的话让自己对她产生了一种坚定的同情。

"来吧，布拉德，别浪费，看吧。专场演出。反正也不是我的，尽情享用……现在它们还不属于我，每个乳房三千五百欧元一年，我借出了十年。用信用偿付青春，一个多么神圣的发明，不是吗？"

玛利亚·琪加拉一边扭动着身体尽力穿进那件小得不能再小的白色泳衣的上半身，一边转向克洛蒂尔德。

"别怪我，亲爱的。几年以后，您就会到我这个年龄了，您这么可爱，还有一个迷人的爱人，所以不要怪我。您，那些男人因为您的笑容、您的活力、您的优雅而爱您……而我，从我十四岁开始，他们看的都是只有我的胸部。它们是，怎么说来着，我的名片……我的两张名片！"

她大声笑起来。

这一次，是克洛蒂尔德拉起了她的手。

"您歌唱得很好，玛利亚。我昨天去听了您翻唱的 *Sempre giovanu*。您一直都唱得好极了。是您的歌声吸引了那些男人，而不是您的身体。"

立即，克洛蒂尔德为自己使用了过去时而生自己的气，可是玛利亚·琪加拉没有注意到。或者是没有因此而怀恨在心。

"谢谢，亲爱的。你真好！很抱歉，我现在要去跳泳池了……"

她又笑出声来，最后又看了一次纳达尔，顺便调整已经歪了的泳衣和露出来的两个深色乳头，将泳衣调整到对称，然后转过身去吹着口哨，这一次她没有看镜子。

Boys boys boys.

❧　❧

当他们从大篷车里出来的时候，那几个蒙面守卫已经消失在黑暗中了。纳达尔牵着克洛蒂尔德的手，帮她应付那些海滩上脚步匆匆的人群。他们与往舞台方向走去的兴奋的年轻舞者们逆向而行，有点儿像我们想要在地铁通道里转身一样。克洛蒂尔德深深陷入了沉思，任由他带着自己走。

那些少年与青年人，熙熙攘攘，闪闪烁烁，发着荧光，把她包围在一种狂欢的气氛里，让她远离攻击，可以集中精力，把内心的宁静扩散到蜂拥而至的潮水之上，使她成为这群平静观众中最平和的一个。

尼古拉斯没有杀死他们的父母。

富埃果的转向装置的确是被破坏了。

赛文·斯皮内洛已经不只是个嫌疑人了。他是一个计划了一切的凶手。她父亲、母亲和哥哥的死必须得到复仇。那些阴暗的地方终将被照亮。斯皮内洛这个下流坏将要对这一切进行偿还、认罪和解释。为什么要去他们的营房偷她的钱包？为什么那次要准备早餐？给那些信签上"P."？为了掩饰二十七年前他谋害了她的家人的事实？克洛蒂尔德，总有一天，会知道，会理解，并重建自己。

当他们远离了托比·卡里斯特的霓虹灯，海滩上的人群也渐渐地没那么密集了。他们只是偶尔碰到几个分散的少年团体。克洛蒂尔德拿出了手机。

迟点儿她再思考关于赛文的事情。

明天一早，等太阳升起的时候。

在这之前，她想享受一下夜晚。

她松开了纳达尔的手，走远了几步。他保持了一些距离，看着那些年轻人，似乎想要跟随他们一起分享那瓶在每个人口中传递的酒，男孩儿女孩儿不分彼此。

你在哪里？

克洛蒂尔德只需要按一下她手机上的"重复发送"键，白天的时候，她已经给弗兰克和瓦伦蒂娜发了十几次这条信息，完全没有收到她女儿或者丈夫的回复。她等了一会儿，还是没有。没有一条回复的信息。

OK，看来在公海上没有什么信号，但是弗兰克和瓦伦蒂娜在晚上是不航行的。对瓦伦蒂娜的冷淡已经习以为常了，在她妈妈给她发了至少十条信息之前她是甚少回复的，白天更是少之又少。

但是，弗兰克……

克洛蒂尔德最后一次看了一眼她空空的手机屏幕，然后抬起眼睛望向那一片被毛茸茸的怪物般边缘锋利的岩石包围着的，黑色又荒凉的海滩。穿过第一片岩石的时候，一簇簇的海马齿在脚下吱嘎作响。在离岸边几米远的地方，沉睡的岩石脚下，一艘停泊的小渔船的影子在随着海浪跳舞。L'Aryon 号等待着，在平静的波涛中漂荡，生锈的铁环上拴着一条磨损的绳子。

在他们背后，比平地来风还要强大的音乐声将他们推向大海。

克洛蒂尔德握住纳达尔的手。

"带我上船。"

纳达尔看着她，微笑着。静静地，他将帆布裤的裤脚向上挽到膝盖。在黑暗中用手领着克洛蒂尔德，仿佛他对每一处沙子的起伏，每一块在黑暗中攀越的岩石都了如指掌，就在跳入水中前，他突然将她抱在了怀里，这样她就可以直接越过与小船之间的最后几米，到达干燥的船舱。

将克洛蒂尔德放到 L'Aryon 号的过程，就像在安置一大堆炸药，要保证任何情况下都不能弄湿。然而海水已经没过了他的胸部，即使炸药被他托在胳膊的最前端，也已经变成一堆湿鞭炮。两个人爬上船时，浑身都湿透了，就这么平躺在船底。L'Aryon 号的舷墙正好将他们完全挡在海滩上成百上千跳舞的人的视线以外。

"赶时髦"乐队的电子乐中和了海浪的噪声。

海风吹得他们要冻僵了。

一种酒醉的感觉让克洛蒂尔德感到兴奋，好像她正在度过漫长噩梦中的最后一些时刻，而现实将会在几个小时后降临。或许听上去很蠢，但说不定最终赛文会承认她的妈妈还活着，而且这些年来，一直在等着她。

克洛蒂尔德躺在那儿，最后看了一次手机，还是什么也没有。她像蛇一般静静地扭动着身体，把手机顺着大腿滑进湿漉漉的连体短裤里。她发现自己在跳脱衣舞方面的天赋真的是没法跟玛利亚·琪加拉相比。她只好用自嘲来补偿一下。

"她让你兴奋了吧，那个漂亮的意大利女人？"

像她一样，纳达尔正在像个爬行动物一样费劲儿地把他的短裤从大腿上褪下来。他的 POLO 衫也已经从头上脱下来，简单地擦了擦身上，然后小心地搭在舷墙上。

"嗯……是的是的，"纳达尔说，"另外，如果你能继续叫我'布拉德'……"

"不行！对我来说，你现在和将来都是让－马克·巴尔。而且，是为我扮演海豚人角色的让－马克·巴尔。"

他们并排躺着，静悄悄地褪去了内衣。克洛蒂尔德将自己又湿又冷的身体贴在纳达尔的身上，明白他们应该像现在这样做爱，前后贴着，而不是她在他身上或者他在她身上。她想象着如果有一天他们再次做爱，还是应该像这样，像沙丁鱼一样（画面让她觉得很好笑），而且要创造一些不寻常的机会，在一条繁忙的公路边上高高的草场里，在一张高到贴近天花板的床上，在一辆飞速开往威尼斯的火车卧铺上，在一个正在演出的剧院的舞台下面……

船轻轻地摇摆着。

生活亦是如此。

❖　　❖

"我们要是松开缆绳会怎么样？"

克洛蒂尔德和纳达尔赤裸着身体，直直地躺在 L'Aryon 号的船舱底部，像是躺在星空下被海水温柔晃动的摇篮里。今晚克洛蒂尔德无法在成百上千的行星中找出猎户座 α 星。

"我们要是松开缆绳会怎么样？"克洛蒂尔德又问一次。

L'Aryon 号仅仅靠一条缆绳固定，用把小刀，用牙，用指甲尖，都足以断开它与陆地之间的连接。

远处，在教堂般的安静里，玛利亚·琪加拉唱了一首无伴奏的

315

Sempre giovanu。克洛蒂尔德本来想撑到这首歌才让纳达尔进入自己的身体，因为想象着那样会更加刺激出强烈的情趣；她用尽最大限度的耐心等待着这一刻的到来，那是差不多三十年来，她青春期的幻想，甚至是一生的幻想。但她没忍住。她只坚持了几分钟，就在 *Joe le taxi*（《一个名字叫 Joe 的出租车司机》）的副歌响起的时候，开始了她的享受。

终于等到这一天。

我们要是松开缆绳会怎么样？克洛蒂尔德又重复了一次，而这次是在她的脑子里。

纳达尔没有回答她这个问题。

克洛蒂尔德也不打算再问了。

他们安静地躺着，看着天空是否会有颗星星飞过，已经没有了时间的概念。

至少克洛蒂尔德是这样。

"我得走了，克洛……"

星星在闪动着，像是有一个调皮的天神自娱自乐地将它们都混在了一起。

"回家吗？"

"奥莱丽娅值班到凌晨结束。我要赶在她之前到家。"

要在茫茫一片星星中找到猎户座 α 星，或者是小王子的小行星，卡斯托耳和波鲁克斯双子星，只要是从远古时代就鼓励爱情的星星。

"为什么，纳达尔？"

船还在摇摆着，但这一次是因为纳达尔正趴着找他的短裤和皮带，就像一个清晨还未酒醒的情人。

"为什么这么多年来你还一直跟她在一起？和像她这样的女人在一起？"

他给了她一个微笑，好像在说"你真的想知道？"，一个她无法拒绝的微笑。

"即便你不愿意接受，克洛，但是奥莱丽娅确实做了很多努力来陪伴我，陪伴、照顾、安排我的生活。奥莱丽娅将生活安排得井井有条，她细心，诚实，直率，可靠，令人安心，面面俱到，可爱……"

克洛蒂尔德真想让星星把自己的眼睛烧瞎。她无法控制自己，只能从嗓子里发出刺耳的声音，像是用一个尖锐的铁器在钢板上画圈的声音。

"够了，我知道了，我相信你。"

她强迫自己放弃这个问题，并让谈话变得更加严肃，然后继续说道：

"但这并不能回答我的问题，纳达尔。所有你跟我说的关于奥莱丽娅的一切都改变不了什么，因为我知道你不爱她。"

"那又怎么样呢，克洛？那又怎么样？"

✤ ✤

Go...Go and see,my love...[①] 去吧吧，去学去看看看看，我我的的爱爱。

纳达尔走了。克洛蒂尔德花了几分钟穿好衣服，这时手机亮了，显示有短信进来。

弗兰克。

一切都好。

按计划，我们几天后回来。

我想你。

与纳达尔的对话还在脑海里激烈碰撞着，像镜子里自己的现实生活。

"我知道你不爱她。"

"那又怎么样呢？"

---

① 由吕克·贝松拍摄的《碧海蓝天》中的电影对白（©1988，Gaumont）。

46

1989 年 8 月 23 日，星期三，假期第十七天

海洋之心般蓝色的天空

大日子到了！

我昨天和明天的读者，我一直跟您说的 8 月 23 日，终于到了！

圣罗斯日，在温柔中醒来的早晨，充满承诺的晚上，享受爱抚的深夜。

日子 J（法语的日子 jour）对我的糊涂虫哥哥尼古拉斯来说代表了享受（Jouir），这个我就不用再给您解释了。星期三的 M（法语星期三 Mercredi）对爸爸妈妈来说代表了欺骗（Mensonges），这是他们在相识纪念日交换的礼物，发誓他们彼此仍然相爱，相信爱是真实存在的，相信是爱从烟囱爬下来，趁着情侣们睡着的时候，把礼物放在冰凉和皱巴巴的床单间。爱，就是成年人的圣诞老人。

我不管！我，我依然相信爱！

小的时候，当和朋友们一起在操场上的时候，他们跟我说圣诞老公公不存在，我拒绝相信。

如果有一天，我的爱人在离开我的时候跟我说爱情是不存在的，我会堵住我的耳朵。

我发誓我相信有圣诞老公公，相信星星上有人住，相信世上有独角兽，有美人鱼，有会跟人类说话的海豚。

纳达尔也相信。

我溜去见他。

我约了他在斯塔雷索港见面，我要告诉他，卡萨努爷爷，这个阿卡努的大橡木，巴拉涅的熊，卡普迪维塔的鹰，经过我的花言巧语，软磨硬泡，撒娇卖萌，已经点头答应了在奥赛吕西亚海滩建立海豚保护所的计划。所以呢，纳达尔，你欠我的可不是一个吻这么简单了，而是每天一个吻，要驾着 L'Aryon 号出海，要跟伊德利勒和欧浩梵不断地一起畅游，我还要其他一堆的承诺，好等我某一天长大了，不再相信圣诞老人的时候，至少还能相信爱。

我正一路沿着雷威拉塔的山脊小径前进，之后向着东北部的斯塔雷索港口下行，再转向西北部的蓬塔罗萨，雷威拉塔的灯塔就应该出现在我面前。这里是岛前端上最高最直的一片地方，站在那里可以从各个方向俯视海边。如果我在那里尿尿的话，恐怕真的猜不到哪一边的海水能接收到我的小雨。是从西边悬崖上瀑布般冲下，抑或是沿着东边像小溪般流向海滩？

在思考间，我一如既往地，在这壮丽的景观前放慢了脚步。我在想，要用多么巨大的调色板，才能调得出半岛上各种层次的红色和海水的青绿色。上帝肯定是个留着长胡须的画家，用三支画笔和一个调色盘创造了世界！好棒的想法！我看着斯塔雷索港口粉红色岩石间的房子，它们的外墙嵌在山壁上，几乎看不出来，像是正方形的洞穴，面对着小堤岸。L'Aryon 号不在那里。

我停了下来，专注地看着广阔空旷的大海，海面上只有一艘渡轮，和落日一样的黄色，像是从太阳里掉到海面上的。我犹豫了。我觉得最好就是待在这里，在雷威拉塔的最高处，懒懒地吹着海风，望着地平线。纳达尔的小船总会进港的。我现在只需要将"邦乔维"鸭舌帽压压低，再戴上我的墨镜，找块石头坐着就好。

"你在等你的情人吗？"

背后的声音吓了我一跳。

"你说谁？"

"你的情人！那个老家伙。"

这是赛文·斯皮内洛的声音，我就知道这个下流坏在监视我，也知道他了解了所有关于纳达尔的事情。还好不是他父亲，巴希尔，他话太多。我很惊讶。

"我的情人？胡说八道！我只是和纳达尔·昂热利做生意。"

"希望你是。因为纳达尔·昂热利更喜欢年纪大的女人。"

不值得跟这个浑蛋争辩。他的眼睛望着 Recisa 海湾，这个处在雷威拉塔南部的海湾，因为那里的风而长期被帆板冲浪者占领，据那些时不时组团来蝶螈营地蹭卫生间的男孩子说，那里是整个巴拉涅最好的地方。

"提醒一点，"赛文继续说道，"我很理解他，这个昂热利。那些年纪大的女人往往都很有钱。你看到下面的那个海湾，那个风帆冲浪者的出发点吗？哪天可以的时候，我就去那里做生意。"

他说得有道理，这个浑蛋。在海上，那些帆板冲浪者的芭蕾简直疯狂，是带着彩色翅膀的疯狂之舞。但是，我看不出来那里有什么地方可以让这个讨厌的家伙扎根做生意，Recisa 海湾更多的是岩石、鹅卵石和土，而不是沙子，被风吹打着，布满了随时移动的沙丘。

我继续盯着我的半岛，从这边看到那边，期待着 L'Aryon 号的归来。

"你的 Recisa 海湾上什么也没有。"

"的确没有，我要在那里开个小屋，放一些用来遮阴看书的遮阳伞和一些孩子们的游乐设施。"

我一定是带着一副很奇怪的神情盯着他。读书，小孩子，这完全不是赛文的兴趣所在。

"你想靠这个挣钱？"

"谁跟你说钱的事儿了？我的想法是，一个大型的发掘计划。"

他开始讲他的计划。我在这儿复述得有点儿长，而且也不能保证用的都是他说的原话，只是为了让您明白他是怎样的一个人，算是他那种人中的天才了，一个有着扭曲却又行得通的想法的天才，这些想法能让他，也只能让他一个人赚钱。

跟爷爷截然相反。跟纳达尔也是。

"你看，克洛蒂尔德，这些年来，我花了很多时间研究这个港湾。那些第一次到 Recisa 海湾来玩帆板的都是年轻的、单身的、没有孩子的人。男生都是浑身肌肉，皮肤黝黑，一副探险家的模样；女孩子呢都是运动型的，健壮，像是从加利福尼亚、澳大利亚或者夏威夷来的，即便只是来自里昂、斯特拉斯堡或者布鲁塞尔。他们聚集在这里，分享同样的爱好，表现得又帅又酷，然后坠入爱河，疯狂相爱，成双成对，结婚生子，生一个，再生一个，接着就会买一辆面包车，将他们的帆板放在车顶，孩子们坐在车里，然后当然是回到同一片海滩，每年都在相同的地点滑水。只不过，经过我每年夏天的观察，有一个事实是，男人们从来不会放弃他们的爱好。从不！所以留在海滩上的都是女人和小家伙们。爸爸去哪儿了？在那儿，你看，那个红色的大帆船，冲得很快的那个，那就是爸爸了！她留在那里等着他，带着一把小铲子和一个小水桶，一瓶水，一本书，坐在一个遮阴的小茅屋下，如果有的话；她会觉得无聊，她有的是时间和其他男人聊天，一个热情的服务生、一个远处的男孩儿，特别是当她的孩子们正忙着在搭建好的两三个玩具中心玩的时候。此外，她两岁大的金发男孩儿已经可以翻过旋转栅栏，而且她知道她的小王子陷到沙子里了，她得将他重新抱回来。就这样看着他直到六岁，最多八岁，直到他可以跟他的爸爸——他的大英雄一起迎风破浪；当他从水里出来的时候，他会跟她说：'你真应该看看，妈妈，我和爸爸玩得真是太开心了。'她笑了，感到很快乐，至少是为他们感到快乐，而她自己已经至少十年没有去滑水了，等了整一年，等来的三个星期的假期就只是独自一人待在沙滩上，除了等待无事可做，等她的儿子和她的男人；而到了晚上，她要为他们晾开滑水服，还要为他们疗伤止痛。我还可以跟你说得更详细些，克洛蒂尔德，但是我想你已经明白我的作战计划了。你能告诉我这个地球上还有哪儿是聚集世界上最美又最无聊的女孩儿们的地方吗？没有！只有我们的滑水等待区，我的老朋友，当那些有着宽阔肩膀的男人在外海上冲浪的时候，这正是其他男人的好机会，只要他们出现在正确的地点。"

我正在用眼睛来回扫描，从半岛的这一边到另一边，然后又回到这一边，我停下来看着他，对他那不值一文的社会学研究嗤之以鼻。L'Aryon 号还是没有一丝踪迹。

他实在让我无话可说。

"不信我，克洛蒂尔德。不信我是吧？你先去找一个冲浪的、一个探险家或者一个承诺带你看星星的宇航员，然后我们再谈。而我，我会在 Recisa 海滩找到一个比我漂亮，比我善良，勤劳又深情的女人。"

"你真是个烂人！"

我知道，我不应该这么说，可是就这么脱口而出了。当时，我觉得自己代表了所有冲浪者的妻子，还包括海员的、卡车司机的、军人的妻子，以及所有用尽一生在等待她们的爱人的女人。

看得出来，赛文生气了。

"蠢货！那你呢，你对你的老男人有什么期望？别老盯着地平线看了，他还没准备好回来呢。你想让我告诉你 L'Aryon 号去哪儿了，你的纳达尔·昂热利去哪儿了吗？他在跟你的妈妈厮混呢！真的，老朋友，海豚会吃到的，就是你的天使扔给它们的，你妈妈的胸罩和丁字裤。"

我想他闭嘴。我像白痴一样盯着在地平线上缓慢移动的白帆，帆船，只有帆船，没有一艘拖网渔船。可是赛文还在说着。

"别那么难过，亲爱的。这也不怪你妈妈。她漂亮、性感。她不应该放弃自己。再者说，她还是很谨慎的，跟昂热利在远远的公海接吻。不像你爸爸……"

"我爸爸怎么了？"

赛文这个浑蛋扬扬自得。他没说话，只是盯着他右边的斯塔雷索港，L'Aryon 号就是从那里出海的，然后目光沿着海关小路一直下去，正好直对着在半岛尽头那里的雷威拉塔灯塔。

然后跟我说：

"那座灯塔，跟其他这里的一切一样，都属于伊德里斯家族。我想你爸爸一定有钥匙。"

我扔下他。

我沿着小路，走向在我前面一百米处的灯塔。

我推了推门，门没有上锁。

我推门进去，听到压低声音的笑声。

我抬头向上。

我慢慢登上螺旋楼梯，感到头晕目眩，并不是因为旋转的脚步、酷热的温度、向上的高度或者是面对死亡时人们会经历的绝望。

我感到头晕目眩。

因为在我的天真幻想中，我以为应该是有两个人。

爸爸和他的情人。

只有他们两个。

⚓ ⚓

这是个大日子，他合上本子，嘴里重复着。

证人们要么做证……要么永远闭嘴。

47

2016 年 8 月 23 日

8 点

赛文·斯皮内洛喜欢早起，在游客们起床前到营地里走走，在荒凉的小路上大步走着，听着帐篷里传出来的呼噜声，有时是叹息声，在冷掉的烧烤炉脚下数数空了的酒瓶，悄无声息地走过缩在羽绒被里的露营者身旁。他将自己想象成领主的样子，大步走在自己的领地上，跟他的人民、他的佃农们致意，评估未来大有希望的收成；只有他的存在，才能确保大家在一个有秩序、和谐的环境中生活。

赛文喜欢早起，但也不是太早。

7 点 30 分醒来，7 点 45 分下床。

安妮卡，他的妻子，每天早上比他早一小时就开始工作了，站在接待处那里结算账户，管理库存，观察出入者；照例在黎明的时候完全做好准备，可以为第一批到来的露营者提供早餐、早报或是为白天的攀登计划提供建议。

完美!

当赛文端着他的咖啡从她面前走过的时候，安妮卡也没有将她的头从 Excel 图表中抬起来。赛文并不是不知道有人在他背后嚼舌头。虽然安妮卡刚刚过了她四十岁的生日，但她拥有一个年轻组织者的活力，对供货商强硬而权威，对孩子温柔又耐心，在男人看来她身材丰满、性格开朗，女人们觉得她外向又健谈，她可以用六种欧洲语言与人交谈，包括科西嘉语和加泰罗尼亚语。安妮卡曾经是一名帆板冲浪爱好者，在某个夏天从黑山共和国来到这里，滞留在 Recisa 海湾；赛文将她从她的男朋友——一个科索沃的暴发户那里解脱出来，后来那人独自驾驶着他的雪佛兰 SUV 走了。按照逻辑，人们一定会想知道，如此有魅力、有能力且又聪明的女人怎么就成了这个骗子的妻子了呢？

跟他！

说实话，每天早上，赛文自己也在思考同一个问题。二十年前，他可以引诱她，在海滩上误入歧途，接受现状。但什么让她留下来了呢？随着时间的流逝，她一定发现他就是个大骗子，爱算计，花言巧语。因此，不得不承认，最完美的女人只会爱上那些坏的、有缺陷、有瑕疵的家伙。有点儿像有钱人做善事。或许安妮卡就是因为可怜他而留下来。

"我的天哪！"安妮卡突然说道，眼睛仍然没有离开屏幕。她习惯于处理早晨事务的同时也留意当地的所有信息。

"怎么啦？"

"他们已经确定在克洛瓦尼湾淹死的那个人的身份了。就是我们从昨天起一直在担心的事情。就是雅各·施莱伯。"

赛文装模作样地说道：

"妈的……他们知道发生了什么吗？"

"完全没有线索，《科西嘉早报》上就只写了三行字。"

赛文将他的右手伸进兜里，手掌紧紧握着一串钥匙，都握变形了。他必须赶快说点儿什么，说点儿在他妻子看来是很自然的事情。

"等下早上我经过卡尔维警察局的时候，我会去问问加德纳警长，他应该能告诉我更多的信息。"

他赶紧走出接待处，他知道安妮卡很喜欢这位德国老人，就像喜欢营地里其他的老顾客一样。他不想在她面前做戏，至少今早不想。

他走到最近的小路上，想整理一下思路。最近几天来，随着德国人的失踪，他获得了一些时间，就像他对克洛蒂尔德说的那些关于她哥哥的瞎话一样。将来，包围圈会越来越紧，将会有太多的人接近真相。现在可不是把所有的事情都搞砸的时候！他的洛克马雷尔滨海酒店刚刚奠基，老卡萨努又被紧急送院，总之，前途一片大好，只要稍微控制一下就好。

他继续在营地进行检查，在放垃圾的地方停了下来：猫将垃圾袋都掏开了，到处是油腻腻的废纸、塑料泡沫碎屑、压扁的空牛奶盒。一片狼藉！总是第一天刚收拾好，第二天就又被这些流浪动物给弄得乱七八糟。

他抬起头。蝾螈营地的另外一个员工已经站在那里了，比他到得还早——奥索。跛脚食人魔拖着一条长长的看不到尽头的管子向前走着；他负责在每晚9点以后到第二天早上9点以前给整个露营地浇树，好让每一滴在这一秒刚落到裂开的地面的水不至于在下一秒就被太阳给晒干了。

营地的老板等着奥索走到跟前。

"该死的，我早跟你说过这些猫了！"

瘸子看着老板，没有作声，没有反应。

"乱七八糟的，每个早上都是这样。"

赛文没法跟猫吵架，所以他必须得找个出气筒。他一脚踢开垃圾。

"真恶心！"

只要稍稍强调一下，不用发脾气，甚至都不用要求，这个傻瓜奥索就会将他的营地折叠床摆在垃圾站前，整夜守在那里。这可让他有活儿干了……奥索喜欢自己能派上用场，喜欢服从，喜欢挨骂。

"应该将这些小畜生赶紧处理了！"

不用要求，只是建议，奥索虽然迟钝，却也是在农庄里长大；他知道怎么处理那些有害的动物，抓住它们，勒死它们，割了它们的喉咙。

"这是你的工作，妈的！"

奥索的眼神伸向远方，赛文猜到他脸上带着一丝笑容，就好像这个蠢家伙已经想好了怎么给这些猫设陷阱，怎么用一个残忍的方法让它们吃吃苦头。奥索就有张杀手的脸。他一直很怕他，在他小的时候就怕。总有一天他会杀人的，如果他还没干过，如果卡萨努还没有让他去干过。

赛文离开奥索后才觉得放松下来，总之，利用好这个怪兽，让他做事情，让他在猫的身上发泄一下，也算是服务社会了。他转身向一片松树林走去，这片林地沿着缓坡向下延伸至海豹岩洞。像每个早上一样，他闭上眼睛，在脑海里把那些枯瘦的枝干替换成他那六百平方米的悬于地中海之上的无边泳池，他已经请阿雅克肖的一位建筑设计师绘制出了设计图；现在只需要跟银行借一笔款子……和一个建筑许可证。是的，未来看起来一片光明。

然而，在蝾螈营地的老板经过他们堆放运动用品和户外用品的地方时，一个新情况引起了他的警惕。门没有关！又是一个奥索没有检查好的地方。谁都有可能进去私自使用这些东西，这可是价值数万欧元的器材设备，用于潜水、溪降和皮划艇活动的。

他嘴里咒骂着，走了进去，拿起一条没有缠好的下降绳。一瞬间，他又想起了那条弹簧扣断掉的肩带，瓦伦蒂娜用完之后已经扔进佐伊库峡谷了。比起当时他拧松黄铜块、掰弯卡扣时的紧张，今天的他从容多了；最终，所有的事情都按照计划进行，一切都很好地结束了。小瓦伦蒂娜从无比的恐惧中活了下来，这应该足够让这个小八婆克洛蒂尔德远离这里了。失策！她的女儿确实离开了，跟她丈夫一起，却将这个絮絮叨叨的老婆留了下来。

这个女人终将会明白发生的一切……

现在他还能有什么选择？从他们营房的保险箱里偷来的钱包没起作用，除了对这个卡萨努的孙女多一点儿了解。除了也把她弄消失以外，他还有其他别的什么选择吗？让一个年轻人坠入水底，给猫判死刑，或者看似意外地将地滚球砸向一位德国老人的太阳穴，这些他能够想到的办法已经证明他是一个冷血杀手。所有科西嘉岛上的流言蜚语，复仇与谋杀，用贝瑞塔（皮埃特罗·贝瑞塔武器制造厂生产的武器）来保证无人做证，这种流淌在岛民血管里的暴力味道，真是疯狂！对于冷酷而决绝的卡萨努·伊德里斯来说，在阿雅克肖和卡尔维间生活着九十九种生物，除了蠢男人和笨女人外，没有什么是能杀的。所以他必须要赶快想办法摆脱这个过分好奇的律师。

他转身看向外面，奥索的身影早已消失在他的视线范围以外。已经去捕杀小猫了？赛文·斯皮内洛忍不住弯腰去整理潜水服，这个家伙什么都没收拾好，潜水服、面具、透气管都是乱七八糟的，连鱼叉枪也是一团乱。随便谁都有可能顺手拿走。

营地老板弯着腰，将这些装备一件件抽出来，理顺，计数，放到箱子里，挂到钩子上。他有八整套成人潜水装备。

可是，现在少了一个……

八套潜水服，八个空气压缩瓶，八条带铅块的皮带，但只有七把鱼叉枪。他又俯下身去，在桌子底下、架子下面寻找着。

没有发现。

"你在找这个？"

当然，赛文认得这个声音。很快，他也认出了那把他丢失的鱼叉枪。

鱼叉枪正指着他的心脏部位。

"赛文，你应该好好收拾你这些东西。你应该更好地对待你的小员工，你也应该更多地分享一下你的秘密。私藏宝贝的风险可是很大的。"

这三分钟的时间里，赛文用了一分钟决定开口说话，然后用将近两分钟时间不可思议地坦白了一切，剩下不到一秒的沉默来祈求得到原谅。

但当他一说完，就已经意识到他的坦诚是救不了他的命了。临死前，他眼前看到的最后一个画面是他第一次见到安妮卡的时候，那是在Recisa 海湾，她那时二十三岁，正在读斯蒂芬·茨威格的《一个陌生女人的来信》，她美得就像一朵让人不敢去碰的花，但他敢。剩下的一切，从那以后他所做的一切，所有他尝试过的、错过的，都是为了让她留下深刻印象。

手指按下了扳机。

安妮卡至少有一丝丝的后悔吗？

鱼叉直接射进了赛文的心脏。

就这样，杀了他，就这么简单？

颤抖。

静悄悄地来，射了一箭，离开。

貌似已经解决了一个问题。

忘却。

他平静地坐下来，重新打开了日记本。

329

48

1989 年 8 月 23 日，星期三，假期第十七天

猝死的天空

为了更好地观察，我沿着螺旋楼梯继续向灯塔顶走了几步，就像一个摄影师围着一对明星夫妇转圈。现在，我可以看到他们四分之三的部分，我停下脚步，在他们下面大概二十步远的地方；站在我的位置上，我只能分辨出映在空中的灯塔顶点、铁栏杆和他们两人轮廓的黑影。

两个巨大的影子。

从我的角度看，爸爸看上去几乎和纪念碑一样高大。他穿了一件风衣，荧光蓝的帽子像是一个没有挂好的袋子飞起来似的。我无法控制地又向上走了三步，就像一只蹑手蹑脚的小老鼠；我的手法很熟练，只要我愿意，我可以做个最谨慎的间谍，即使看到的事情正在摧毁我。

她站在我爸爸面前，伸出一只手放在我爸爸的背上，另一只手放在他的脖子后，逗弄着他脖子上的三根汗毛，然后搭在他的肩膀上。更像是在抓住他，好像他要从栏杆上跳过去，跑掉，然后飞走一样。在我的位置上，像是人们在拍电视时说的"仰摄"一样，她看起来也很高大，可能跟我爸爸一样高大，即使很难通过我这个角度来判断她的身高。

他们拥吻着，双唇紧贴。

在此之前，我本来还心存一丝侥幸。

我仿佛又听到了巴希尔的酒吧里那些男人的笑声。我真希望在灯塔

下面有条地道让我钻进去，不管通向哪里。不是现在。这一次我不会逃走，起码不是现在。我继续向上，爬了两步。如果他们低下头，一定会发现我。没关系！他们只顾着紧紧拥抱着，贴在一起，就好像海边的两棵树，树根紧紧缠绕在一起以便更好地抵挡海风。

她转了一下身，只露出侧面，但我仍然看到了她，第一次看到。棕色的头发，很漂亮，穿着一件半透明的性感长裙。充满神秘感，风情万种，满眼爱意的样子。完全就是人们想象的情妇的样子，无可比拟的性感；这也正是她们令人憎恨的原因，我猜想……

但是妈妈的美丽一点儿也不逊于她。

不相上下，我可以说。

我甚至有点儿崇拜我爸爸，这也是我暂时还不想掐杀他的原因。他可以是一个成功的草皮商人，他可以是一个成功的丈夫和爸爸，他还可以倾倒世上最美丽的女人们。

再上一步……

我跟您保证，真的是最后一步。

我看到一个轮子，接着第二个轮子，然后还有两个，最后是一整个婴儿车。接下来，当然是我看到了一个婴儿。我没有跟您说，但从一开始我就发现他了。

怎么可能看不到呢？

我不是很擅于判断新生儿的年纪，但是就这么看，我觉得有几个月大吧，总之应该不超过六个月大。但是跟您说，经过最初一刻的震惊，让我惊讶的并不是这个婴儿。

让我感到惊讶的是，那个棕色头发的性感美人儿，那个和我爸爸拥吻在一起的女人，并没有把孩子抱在怀里。

这下您明白了吧？如果不是她抱着这个孩子，那就是我爸爸抱着了。

49

2016 年 8 月 23 日，9 点

拂晓时，克洛蒂尔德睡着了。在 L'Aryon 号的船舱底部，沉沉地睡着。那时，奥赛吕西亚海滩上寻欢作乐的人们也开始昏昏欲睡，托比·卡里斯特的灯光开始熄灭，玛利亚·琪加拉穿上了浴袍，电子音乐的回声被吹散，被往往复复的海浪淹没，荡涤着。

L'Aryon 号轻轻地上下起伏着。克洛蒂尔德蜷缩在船尾角落里的一条又脏又旧的毯子里，毯子还散发着一股混合着碘与燃油的味道。在很长一段半醒半梦的状态下，她望着天空中的星星。身体被沙滩上茅草屋顶的球灯用绿色、紫色的激光扫射着，她在想她的妈妈是不是回到一个小行星上去生活了，只是偶尔回来几次。梦到她生命中如彗星般短暂相遇的男人们。探寻她记忆中的那些黑洞，那些佩特拉·科达悬崖大爆炸之后产生的黑洞。经过漫长的半梦半醒，克洛蒂尔德几近崩溃了。

手机铃声吵醒了她。

是纳达尔！

这个浑蛋将她抛在一边，夹着尾巴去与他的妻子会合了。夹着鱼鳍更合适。将他的梦想抛在一边，抛在 L'Aryon 的船舱底，就是她现在躺着的，一股燃油和海鸥粪便味道的地方。这个浑蛋还曾经为了一个建筑师的鬼魂，将她的生命抛在一边。而她已经准备好将她的鼻子探向被遗忘已久的档案里，加上她的嘴巴、舌头，还有心中、肚中、双腿间所有的器官，为她的失败命运做辩护。但是她来得太晚了，太太晚了，晚了

将近三十年。

至少，纳达尔还有给她打电话说抱歉的风度。

"克洛蒂尔德？我是纳达尔。我的岳父想见见你。"

这么有意思的道歉方式！

"卡尔西亚警长？在哪儿？他的按摩浴缸里吗？"

克洛蒂尔德清醒了过来。海水在她周围咕咕作响。她感觉轻飘飘的，自由自在的，还以为自己解开了 L'Aryon 号的缆绳。

"不，来我家。到蓬塔罗萨来。"

至少，克洛蒂尔德还有心情开个玩笑。

"你跟他说了你要休掉他的女儿然后跟我结婚吗？"

"克洛，我没有跟你开玩笑。今早在营地，蝾螈营地，发生了一起谋杀案。"

克洛蒂尔德的手紧紧揪住了肮脏的毯子。不知道为什么，她先想到了瓦伦蒂娜。

"是赛文·斯皮内洛，"纳达尔继续说道，"赛文被杀了。"

她将臭烘烘的毯子压在了脸上。

赛文·斯皮内洛在她哥哥尼古拉斯的事情上对她撒了谎，赛文很有可能就是那个破坏了她父母汽车的转向装置的那个人。他被杀了，带着他的秘密走了。

她的喉咙被胃里反上的一股强酸堵住了。她的手指、胳膊、身体都散发着一阵汽油味儿，咸咸的、臭烘烘的。L'Aryon 号的每一次摇摆都增强一次她想呕吐的感觉。

"一支鱼叉穿过了他的心脏，"纳达尔接着说，"斯皮内洛当时就死了。我岳父凯撒尔想跟你面对面谈谈。他有事儿想跟你说，关于你家的一些重要的事情。他希望能在警察局传唤你之前，让你知道这些事情。"

"谋杀发生的时候，我睡在你的船里，一个人。我看不出来我在哪方面能帮助警察找到凶手。"

"跟这个没有关系，克洛蒂尔德，警察不需要你的帮助。"

"什么意思？"

"他们已经抓到凶手了。"

克洛蒂尔德一下子将毯子扔得老远。她踉踉跄跄站起在 L'Aryon 号里，看着大海，像是一个船只搁浅后在木筏上漂流了几千公里的迷路者。

"是谁……是谁杀了斯皮内洛？"

"就是在营地打杂的那个人。你应该认得他，遇到过他，肯定会留意过他，是一个留着胡子的巨人，他一边的胳膊、一边的腿和半张脸都是瘫痪的。奥索·罗马尼，警察们已经将他逮捕了。"

❖　　❖

奥莱丽娅抓着纳达尔的手，站在他们坐落于蓬塔罗萨高处的被海水环绕的房子前。凯撒尔·卡尔西亚站在他们左边两步远的地方。克洛蒂尔德将帕萨特停在离他们几米远的地方，眼前的这幅景象，让她觉得好像是一张明信片、一本杂志的背景、一张用光面纸打印出来的油画照片。梦想中的房子，前面站着金色头发的漂亮男子，天蓝色的背景，古老石头的真实感与木头和玻璃的现代感相结合。即使是奥莱丽娅也没有损坏这里的和谐：的确她仍是一个没有魅力的女人，但她苗条的身影仍可以让人们相信她曾经是很美丽的；一张有光泽的脸庞，精致的画过的眉毛，笔直的腰身，修长的双腿，一副让人觉得在体力上和金钱上都付出了很多的身材，看她一身合体又时髦的裙子，像是第二层黝黑皮肤的丝袜，衬出一丝高傲的优雅的高跟鞋。对于那些不认识十五岁时候的奥莱丽娅的人来说，很难想象，在日渐衰老的威胁下，她年少时的粗俗。

克洛蒂尔德意识到自己跟她之间强烈的对比。在 L'Aryon 号船舱底度过一夜后，她是直接从奥赛吕西亚海滩过来的。没洗过澡，没化过妆，也没喷过香水，带着纳达尔吻过她的味道、对她爱抚的印记和他精液的热度。

奥莱丽娅从上到下打量着她。

一个女人能从她的对手身上闻到这些吗？闻得到这种见不得光的爱

情的味道吗？

不管怎么说，即使克洛蒂尔德没能体现她的优势，她还是挺喜欢自己现在的角色，像一头豹子或者母猫闯入它的安哥拉情敌的领地捣乱。

他们没有跟她打招呼，凯撒尔·卡尔西亚没有给他们这个时间。他径直走到他女儿和女婿前面，用他笨重的身体碾轧了风景优美的明信片。

"过来，克洛蒂尔德。过来……摆在我们面前的时间不多了。把钥匙给我，奥莱丽娅。"

他从他女儿手中拿了一小串钥匙，将克洛蒂尔德带进一个离房子几米远的建筑。这个建筑像是一个阴暗的车库，没有窗户，也没有装饰。四面都是石墙，一个光秃秃的灯泡吊在天花板中间。一把椅子，一张桌子。固定在墙上的铁架子上堆着十几个纸箱子，感觉上比在侍酒师的酒窖里保存的陈年好酒摆放得更好。

"这种小屋子很实用，"退休的老警察一边说着一边将门在他们身后关上，"沿着海岸随处可见，它们是用来为那些牧羊人在海边放牧时提供庇护的房子。厚厚的墙体足有五十厘米，夯实的泥土盖成的平屋顶，屋内不需要装空调，待在里面感觉比待在堡垒里还要安全。我把我所有的档案、材料和回忆，还有在我退休的时候不能留给警察局的东西，都放在这里了。时不时地我会来这里工作一下。在这里比在我家里有更多的地方，而且在这儿很凉快很舒服。我那该死的家里到处都有阳光。（他的目光茫无目的地扫过那被人造光线照亮的墙壁）是的，我知道你怎么想的，在蓬塔罗萨这么美的地方，留着无敌海景不看，把自己关在一个墓穴里，多蠢啊！我告诉你，克洛蒂尔德，你不要告诉别人，整天这么对着它，海景已经让我很烦了！你明白吗，有点儿像是一个女人，就算她非常漂亮，但是你每天早晨都要对着她。"

摆在我们面前的时间不多了，克洛蒂尔德在脑子里重复着他的话。可是老退休警察好像对正事避而不谈。她决定要直奔主题。

"奥索是无辜的，"她突然脱口而出，"我不知道是谁杀了赛文·斯皮内洛，但一定不是奥索。"

凯撒尔仅仅笑了一下。

"你是怎么知道的？你都不在现场。"

这倒是真的……她又怎么会知道是谁？

"随便您怎么说！直觉，信念……"

奥索的面孔重新出现在她的眼前，他的相貌，他残疾的身体，他是一个理想的替罪羊，刽子手指定的替罪羊。

凯撒尔·卡尔西亚在克洛蒂尔德面前递上了一份文件。

"作案工具上有他的指纹。就是这把鱼叉枪。他就是用这个杀了赛文·斯皮内洛。"

克洛蒂尔德作为律师的直觉重新占了上风，即使这些年来，她的能力都被那些没有意义的离婚案件给局限了，但她仍有相当不错的口碑，特别是对于那些男人来说，因为她几乎总是教他们和平友好地分手。这也很符合逻辑，没有哪个想一步步地谈判孩子的抚养费和监护权的男人敢请一个女人当律师。

"奥索的指纹？"她争辩道，"在蝾螈营地随处都可以找到他的指纹，因为所有的东西都是他收拾的。不论是潜水设备还是其他的东西。"

"他是在命案发生的时候仅有的几个已经起床的人中的一个，"凯撒尔·卡尔西亚坚持道，"在案发前的几分钟他还被赛文·斯皮内洛骂过。羞辱过，更准确地说。"

"如果所有被老板羞辱过的员工都用当时他们手里能拿到的第一件锋利的东西插进老板的心脏的话，我的精英同行们就都要失业了。"

卡尔西亚警长又只是笑了笑，然后当她面打开了文件。房间里很凉爽，但汗水仍然将裹在警长身上的白衬衫浸透了。

"还有别的事情，警察去搜查了奥索的住处，他们还找到了……地滚球。"

"哇喔……地滚球？怎么，只有一条胳膊的人不能有吗？这事儿在科西嘉算犯罪吗？球杆不算吗？滚木球不算吗？"

"是很少见的地滚球，克洛蒂尔德，'魔力碳钢'125 中碳钢球。确认它们属于谁并不难。营地里只有一个人拥有它们……"

一阵沉默。

"雅各·施莱伯。那位德国老人已经失踪三天了。而且在那些地滚球上（警长用他衬衫的一角擦了擦顺着太阳穴流下来的汗滴，一点儿也不害羞地露出他那胖得几乎要搁在桌子上的肚子），调查人员已经发现了血迹，大量的血迹，除了血迹外还有灰色的头发。毫无疑问，是那个德国老人的。"

"我……我不相信……"

"奥索不是天使，克洛蒂尔德。奥索不是一个可怜的受尽苦难的小残疾。他做过一些蠢事，他经常因为使用暴力，因为打别人而被抓。即使，我承认，并不是没可能他是被人教唆的。奥索是一个很容易被操纵的男孩儿，他妈妈在他记事前就自杀了，他从来不曾见过他的爸爸，是他的外祖母斯佩兰扎尽其所能将他扶养长大。"

一幅模糊的画面回到她的眼前，婴儿时期的奥索，在他的推车里，在阿卡努农庄的大绿橡木底下。一个平静的、沉默的婴儿。克洛蒂尔德那时才十五岁，没有过多地留意这个新生儿，就像是地上放着一个布娃娃一样。

这个问题烧灼着克洛蒂尔德的喉咙，像是一股强酸啃噬着她。

"那……那人们知道谁是奥索的父亲吗？"

一个她已经知道了答案的问题。

"这是一个公开的秘密，"警长回答道，"一个在抽屉里的公开的秘密……"

他忍不住笑了。随着他的脖子或者手臂的每一个动作，腋下的湿布在他的皮肤上一粘一粘地动着。在继续说下去之前，他给那片透明纤维足够的时间可以重新黏在他冰凉湿润且多毛的皮肤上。

"这不是一个公众想打开的抽屉。因此我才希望你来这儿。自从因为打架和伤人被监禁过，奥索在国家遗传指纹档案库中留有一份档案。对我来说，确认这个自他出生以来就流传着的谣言，并不是件很难的事情。"

要结束了！这个老警察终于要抛出炸弹了吗？

"你应该猜到了，克洛蒂尔德，如果你不记得。毫无疑问，你们拥有同一个父亲，奥索和你！你爸爸跟莎乐美·罗马尼有了这个孩子，他的外祖母就是斯佩兰扎。1988 年 8 月怀上的，孩子出生于 1989 年 5 月 5 日，他生命中应该跟他父亲有过两个星期的交集，确切地说是十六天。'交集'是个很宽泛的词，保罗已经结婚了，不仅结婚了还是个两个大孩子的父亲——尼古拉斯和你。我不确定保罗后来有没有见过他，有没有认出他，甚至是不是知道有这个孩子。"

遥远的画面在克洛蒂尔德的脑海里打着转：一个螺旋上升的楼梯，一个灯塔，一个婴儿在他爸爸的怀里。这些画面总是被压抑着，但从来没有被遗忘过，也许只是被筛除出去了。就像是一本故事书，里面少了几页。而且是最后几页，最后来解释一切的那几页。

"他……生来就是残疾吗？"

"是的。莎乐美不想留住这个孩子。但在罗姆人家中是不允许堕胎的，没有比这个家庭有更多的天主教徒了。所以莎乐美试图让他自然流产，就像人们常说的那样。你看，就像在《甘泉玛侬》中写的一样，帕比特在书的最后问道：'他生下来是活着的吗？'活着的，是的，但是是驼背的。"奥索有一只手臂和一条腿是没用的，脸的一部分也是，而且脑子里控制说话的那一部分无疑也是坏的。

奥索？她同父异母的弟弟？克洛蒂尔德有点儿反应不过来。她感觉需要将自己的大脑放到自动导航的模式下，以便启用设定好目标的专业思维：她应该只专注于赛文·斯皮内洛的谋杀案，迟点儿再去理会奥索的事情，只需要评估这个同父异母的弟弟会给她的生活带来什么影响。

"好吧，好吧，"她对退休的警长说，"奥索是一个不被大家期待的孩子，但这并不能使他成为一个凶手。"

卡尔西亚警长看上去松了一口气。对他来说，最困难的部分已经结束了。

"因为血缘关系你才说出这些话的吗？（一阵短促的笑声令他的衬衫在

肚子上啪啪作响）说实话，对于伊德里斯家族来说，自首可不是件寻常的事儿。"

克洛蒂尔德突然抬高声音说：

"巴隆！我的姓是巴隆！巴隆律师！而现在，奥索需要的就是一个律师。"

卡尔西亚想找衬衣的下摆来擦擦汗，但没有找到。如果谈话就这么继续下去，老警察要干枯在这儿了，就像一头脱水的抹香鲸。

"而我，我需要您的帮助。"克洛蒂尔德补充说道。

她突然站了起来，她在房间里一边踱着步一边仔细地观察着墙壁，文件，排列整齐的盒子。几分钟以后，她转过身问卡尔西亚警长能不能把架子上那些最小的行李箱中的一个借给她，箱子里装有提取数字指纹所需的套件：一把小刷子、一点儿磁性铝粉和氧化铜粉。

"我向你保证，克洛蒂尔德，鱼叉枪上面的指纹是奥索的，但是如果你觉得好玩的话……"

"我还需要他的档案，凯撒尔。或者至少是奥索的数字指纹的一份副本。"

"只要这些吗？"

"只要这些！"

这位老警察站了起来，慢慢地在字母"R"对应的档案里找了起来。

"我有所有的副本，"他说笑起来，"当然，这是禁止的，但是在科西嘉，对于一个在这里奉献了他整个职业生涯的警察来说，这是一份生命保险。"

他打开一份文件，拿出了一张简单的黑白照片。

一个大拇指和三个其他手指。

"给你，你弟弟的签名。一千只手里最容易认出来的那只。食人魔的一只手比两个正常男人的手还更有力量。"

"谢谢。"

她向门口走去，犹豫了一下，最终还是回过身来。

毕竟，是卡尔西亚警长给她打开了藏有秘密的盒子。

"顺便想问一下，她是如何做到的呢，您的女儿，是如何能抓住纳达尔·昂热利的心的呢？"

进攻来得残酷而出乎意料，但是卡尔西亚警长没有退缩，他很沉静地整理完文件，然后慢慢坐下来，好像努力地为移动这几米所花的力气对于这一天来说已经足够了。他的脖子上流的都是汗。

"奥莱丽娅爱他。真心实意地爱他。我的女儿是一个理性的妻子，非常理性，几乎在任何层面上都是。但奇怪的是，在她的感情生活方面，她总是被一些不走寻常路的男人所吸引，街头卖艺的、走钢丝的杂技演员、行吟诗人，就好像一个灰色的蛾子被灯光所吸引。也许因为她是护士吧。如果不是将'月迷彼埃罗'放在她的床上的话，你觉得我可怜的小奥莱丽娅应该在哪里寻找到一点儿她生活中的小幻想呢？"

"这不是我问的问题，凯撒尔，"克洛蒂尔德简短地回答道，"我问的是为什么纳达尔同意了，为什么他会跟她这样的女人结婚？我不是贬低奥莱丽娅，如果他愿意，他可以拥有所有其他的女孩子，那些更漂亮的、更有趣的、更年轻的。"

这位老警察眼睛看着被文件覆盖的墙壁。他的生命保险，他刚才开玩笑说的。他似乎在犹豫，然后开口说道：

"为了保护自己，克洛蒂尔德。就是这么简单。在这儿，和一个警察的女儿结婚，就是让自己被警察保护起来，也就是说，被军队、被国家、被法国保护起来。"

"为了防御谁？"

"不要这么天真，克洛蒂尔德。当然是为了防御你的祖父。防御卡萨努！自从你父母意外致死后，几个星期里，纳达尔一直承受着一种无理的、压抑的和让他瘫痪的恐惧。"

克洛蒂尔德回想起纳达尔那几乎不连贯的话，当时就是在这里，在蓬塔罗萨说的。

当车子撞到佩特拉·科达岩石的那一秒，当你的哥哥、你的爸爸和

340

你的妈妈丧生的那一秒，我确实从我的窗户看到了她，非常清楚，就像现在看到你一样。她也盯着我看，就好像要在飞走之前，想来最后看我一次。

难道这是她母亲的消失和这之后疯狂的幽灵，让他变疯了吗？

尽管帕尔玛，可能凭借最令人无法相信的奇迹从佩特拉·科达角的事故中生还，在送往卡尔维的救护车上活了下来，她也无法在路上切断输液，然后来到蓬塔罗萨的房子前，站着并微笑着。

"他害怕纳达尔的计划？"克洛蒂尔德问道，她不相信这是真的，"害怕他的海豚保护所计划？自从我父母去世后，卡萨努就不想再听到他说这个了？"

警长摆摆手否定了她的说法，对着周围的箱子口水四溅地说道：

"卡萨努根本不在乎什么海豚。他关心的是那次事故。而且我不应该称它为一次事故，因为它是一次蓄意破坏。一个转向螺母不可能自己拧松。对于卡萨努和我来说，很简单这就是一次谋杀。而他要找的就是凶手。"

克洛蒂尔德感到一阵头晕目眩。

纳达尔？凶手？破坏车子的转向装置就是为了干掉对手？因为他爱我的母亲而干掉我父亲？这种分析一点儿也站不住脚啊！

"呃……那卡萨努从来没有怀疑过赛文·斯皮内洛吗？"

"他最好的朋友的儿子？当时赛文还不到十八岁。不，克洛蒂尔德，不，据我所知没有。为什么，为什么一个小孩儿要做这样的事儿？"

"不为什么……不为什么……"

她打开门。她不想透露更多。她要尽快回到卡尔维。她要去问问奥索。但在这之前，她必须要验证一个直觉，一个简单的测试，只要花几秒的时间而已。

她正要走出去，卡尔西亚警长大声地阻止了她。

"还有最后一件事，克洛蒂尔德。如果你要对过去进行搜查，你最好还要知道一件事。这么多年来，奥莱丽娅总是在追问他，她如此坚持，最终纳达尔也明确地回答了她，跟她发誓，我相信他。二十七年前，他和你妈妈之间什么都没发生过。你母亲是忠于你父亲的，她只想让你父亲嫉妒，但她不爱纳达尔。（他停顿了一下）而且纳达尔也不爱她。"

那些矛盾的画面涌了上来。那些旧的画面让她感到怀疑。她将手放在门把手上。警长的声音是那么权威。

"请等一下，克洛蒂尔德，开门前再等一秒。几年前纳达尔向奥莱丽娅承认过一件事情，我希望在你自杀前告诉你这件事。"

"承认了什么？"

"他向她承认，因为他想可能永远也见不到你了，因为经过这么多年，他觉得这件事已经过去了。（他脸上露出一个抱歉的微笑）他向她承认，在 1989 年，你才是他所爱的那个人。"

当克洛蒂尔德从那间阴暗的房间走出来的时候，太阳像是爆炸一样将光线射出来。它在围绕着半岛的每一个海浪上跳跃，就像是一排指引演员进入舞台的位置点。过了几秒，她面前的模糊影像才变得清晰起来。

奥莱丽娅紧紧抓住纳达尔的手臂，仿佛是抓着一个属于她的珍贵物品，从世界的另一边带回来，被充满妒意地保存着。时光一闪而过，她重新看到二十七年前，在奥赛吕西亚海滩上，奥莱丽娅紧紧地抓住她哥哥的胳膊。完全相同的姿势。纳达尔一动不动地盯着地平线，好像他周围的海只是一个诅咒。

就在那一刻，克洛蒂尔德确信奥莱丽娅已经知道了。

知道前一天晚上，她和她的丈夫在 L'Aryon 号上。

知道就知道吧。

也好。

她也不知道该怎样。她必须离开蓬塔罗萨了，她要把重点放在奥索身上，放在赛文·斯皮内洛和雅各·施莱伯的谋杀案上，还有她父母车子的转向装置被蓄意破坏的事情上。一切都是有关联的，一切肯定都是有关联的。

她还要打电话给弗兰克和瓦伦蒂娜。自从夜里收到那条简短的信息后，她就再也没有他们的新消息了。

一切都好。

按计划，我们几天后回来。

我想你。

她一言不发地走向帕萨特，却无法回避一个疑问。

这会是她最后一次见到纳达尔了吗？

电影里，恋爱中的男人们从他们不再喜爱的女人的怀抱里挣脱出来，然后赶紧投入另一个的怀抱，好像所有的人都在等着这个，所有的人都能原谅他，却没有人考虑一下被抛弃的原配妻子。在电影里，所有的人都依着自己的心去做事情，却不在乎道理。

纳达尔没有动。他没有摆脱奥莱丽娅的拥抱。

克洛蒂尔德上了车。

也许他会给她发个短信？

也许在他的生命中能有一次，至少有一次，纳达尔能够证明自己的勇气？

也许他敢解开缆绳？

这是克洛蒂尔德问自己的最后一个问题。

她发动了汽车。

◆   ◆

经过了十几个弯道，克洛蒂尔德到达了卡尔维的入口处。在距离警察局还有几百米远的地方，她把帕萨特停在了路边。她有些焦虑不安，解开安全带，俯身去拿放在副驾驶座位上的手包。她责怪自己竟然难以置信地在里面塞满了成堆的凌乱不堪的东西，大部分都是纸，用过的票，涂写过又被遗忘了的便利贴，街上散发的广告单，被弄得模糊不清且皱巴巴的，所有她不敢扔在地上或者没有勇气扔进垃圾桶的东西。她把所有东西都倒出来，铺在座位上，用指尖拎出感兴趣的东西。

一封信，她又重新读了前面的几句。

我的克洛：

我不知道你今天是否仍像小时候在这里时那样固执，但我仍希望你能答应我一件事情。

冷静。这次要按照方法操作。她把信放在仪表板上，从小箱子里取出刷子和印模粉末。她曾经见过警察做过一两次，按照家庭法院法官的命令，把慷慨的爱情信件还原为不伦之恋的肮脏证据。

还需要等待几秒，克洛蒂尔德趁机在口袋里翻着。她用唇边轻轻地吹了一下信纸，使纸上只剩有几粒黑色的粉末，然后用右手的拇指和食指捏住纸的一个小角，接着用左手握住凯撒尔·卡尔西亚给她的黑白照片。

她用眼睛凑近了它们去比较，因为没法把它们重叠起来看。

只用了一秒，一秒就可以确定了；她的手指跟着猛烈颤抖起来。

那些字也都疯狂跳动着。

我的一生就是一间暗无光亮的房间。

拥抱你。

P.

在各种杂乱的印记中，出现了一个食人魔的手指纹。

是奥索的。

是奥索，这个文盲，写了这封信。

或者，至少，是他拿来的。

50

1989 年 8 月 23 日，星期三，假期第十七天

天空像揉皱的纸

20 点……

所有一切回归正常……

L'Aryon 号回了港……

爸爸也从灯塔回来了……

正如事先计划好的，所有人都围绕在阿卡努农庄院子里大橡木下的大桌子周围，卡萨努爷爷作为大家长坐在桌子的一端，丽萨贝塔奶奶作为总指挥站在旁边。

小吃络绎不绝地端上来，咸的和甜的小脆饼干、猪肉猪肝肠、切片腌肉、生火腿和干火腿、丛林肉冻，所有的东西都是丽萨贝塔奶奶和她那我不知道名字的老女仆接连端上来的。还有我从来没有见过的、不同年纪的远房表亲，年纪大的在喝葡萄酒，著名的哥伦布酒庄，酒是由一位叔公酿造的；年轻人喝的是可口可乐。没有别的可选，即便看上去爷爷不太高兴。有科西嘉葡萄酒，但没有苏打水！

我数了一下，桌上大约有十五个伊德里斯家族的人。桌子又长又窄，是一块大板子放在四个支架上搭成的，它的大小是经过准确计算的，以便分组不会混在一起。一旁的男人们在谈论着政治、环境、遗产及一些我想听却又听不到的东西，只是偶尔听到一些词语，财产税、投机、优先购买权。另一端是十几岁的少年和小孩子们，中间的女人

们几乎都遮掩在爸爸带来的黄玫瑰花束的后面；她们之间相互讨论着，但肯定是不同的主题，而大多数人都讲的是科西嘉岛语，是故意不让妈妈听明白吗？

妈妈打着哈欠，她穿着黑色的配有红玫瑰图案的裙子，是爸爸在卡尔维给她买的。她觉得很无聊。我们没有提到过在不到一小时之后，喝完开胃酒，她会和爸爸一起离开伊德里斯大家庭，去卡萨帝斯特拉酒店共度甜蜜恩爱的二人世界，而家里的其他人，除了像我和尼古拉斯这样的附属品，会将车直接开到桑塔露琪娅教堂听 A Filetta 的复调合唱音乐会。

坦率地说，我们觉得妈妈马上就想走，而爸爸还要再多待一会儿。这样看来，他们的相识纪念日之夜有点儿像是个相互妥协的结果。就是那种哪边都不讨喜的办法。

就是这样吗？我信任的读者，夫妻间的生活就是这样的？这就是大人们的生活：妥协？满足于只有一半自由的生活吗？

到了酒店里，他们会聊什么话题呢，我亲爱的各怀心事的爸妈？从 L'Aryon 号上看到的 liguro-provençal 洋流和海豚？雷威拉塔角的灯塔和它闪烁的灯光系统？或者他们什么都不谈，或者什么都谈，或者只谈关于我们的事儿。他们用桌布当作白旗，铺在桌上吃饭；他们用床单当作白旗，在上面做爱，一年一次的休战，就像圣诞夜的世界和平？

我不知道。我也不太在乎。告诉你们吧，我已经躲开了，我坐在长木椅上，耳朵里塞着耳机，黑手乐队的音乐直灌耳根深处，这样我才能安安静静地给您记录。开胃酒时段现在应该要结束了；这一天也很快就会结束了。即便是我自己，在昨天几乎过了个白夜之后，也开始打瞌睡了。

我重读我写的字。

也许我很快就要睡着了。

一切都平静下来，整齐排列的句子，昏昏欲睡的音乐，突然，我听到几声尖叫。

像是有人在农庄院子里争吵。我感受到了冲突和哭泣。

我犹豫要不要去看看。声音没多长时间就停了。我也不在乎，伊德里斯的家事而已。我重新塞上耳机，将音量调得更响，非常响。

　　也许我真的睡着了。

⚑　⚑

　　他翻过一页。

　　发现还有一页有笔迹。

　　最后一页了。

　　之后，所有其他页都是空白。

51

2016 年 8 月 23 日，10 点

当克洛蒂尔德进入波尔图路上的卡尔维警察局的时候，感觉那里的氛围相当轻松，并没有一队调查小组在场时该有的那种骚动。看上去卡尔维的专家要比迈阿密的同行们行事温和得多。加德纳警长正在读《队报》，面前放着一罐科西嘉可乐。他抬头看到了克洛蒂尔德，眼中似乎充满了期待见到她的真诚。

"巴隆夫人？"他赶紧殷勤地问道，好像是店家一大早在招呼第一个来店的客人。

嗯哼……

美女律师没有心情跟他开玩笑。警长折好他手中的报纸，放下可乐，感觉像是不得不为自己的无所事事找个理由。

"您来这儿是为了奥索·罗马尼吗？他在隔壁的房间，有人好好陪着他呢！阿雅克肖的地区司法警察局今早给我们派了两个警官来。这个案件由他们接手了。很明显，赛文·斯皮内洛知道一些真相，而且他的被杀也吸引了一些关注。而我们呢，作为最近的队伍，自然就拿着蜡烛，或者应该说是消防水管走在前面，因为知道他们害怕有火灾。"

警长觉得自己已经解释完了，可以坐下来重新打开他的报纸，没想到克洛蒂尔德已经向前走过去，把手放在了奥索被审讯房间的门把手上。加德纳一下子被吓着了。

"巴隆夫人，不……"

他嘴里嚷嚷着，把手里的报纸团成球扔了出去，却把科西嘉可乐带

倒了。

"那儿不能进！两个大官正在问他话呢。"

克洛蒂尔德狠狠地盯着他的眼睛。

"我是他的律师！"

这似乎并没有吓到这位橄榄球运动员警长。

"啊？什么时候开始的？"

"就从现在开始！另外，我的当事人还不知道。"

加德纳犹豫了一下。克洛蒂尔德·巴隆没有骗他，十天前在她申报失窃的时候他就知道了她的职业。总之，这位律师如果突然闯入问讯室，除了会把阿雅克肖警察的计划打乱一点儿以外，也没什么大碍。

"您自己跟他们说去吧，"他最后说道，"如果南科西嘉的特种部队不赶您出来的话。加油……您的当事人可真不算岛上最善谈的证人。他甚至将'缄默法则'提升到了一个新高度：自从出生以来，他从来没有连着说过超过三个字。"

克洛蒂尔德进了房间。奥索就在她对面。那两个警察，穿着灰色的西装，打着软领带，向她转过身来。他们转得那么同步，就像两个正在酒吧里玩扑克的人，在酒吧的自由门突然被撞开时表现的那种惊讶，就差一边将桌子掀翻挡在身前一边掏出枪来。

反应好快……但还是不够快！

克洛蒂尔德先发制人。

"伊德里斯律师！"

她将自己的名片递到了他们面前，一张上面写着克洛蒂尔德·巴隆律师的名片，但是他们没看；名字和头衔已经对他们起作用了。

两个人中年纪更大的那个，眼睛上戴了一副方方的细边眼镜，说道："据我所知，罗马尼先生没有提到过他有任何一个律师。"

现在可以提啊？现编都可以啊，快点儿！

可奥索依旧愣在那儿，一副无动于衷的样子，但她借着他手部一个隐约的动作而占了上风。

"那么现在，我就是他的律师了！两点说明，两点重要的说明。第一点，奥索·罗马尼先生，我的新客户，他同时也是我同父异母的弟弟。第二点，显而易见，我的当事人是无辜的。"

两点说明之后是一阵沉默。

突然多了好多的信息出来。

首先是伊德里斯这个姓。这两个警察本来面对的是一个理想的嫌疑犯，一个已经被指控的傻子，而且情况对他相当不利，没有人愿意为一个几乎与社会脱节的哑巴辩护的……而现在可好，半路杀出来一个律师，一个只凭名字就已经明确了地位的律师：一个有血缘关系的律师！

克洛蒂尔德还远远没有赢得胜利，她了解法律。对于所有的违法犯罪行为，律师没有必要列席第一次的审讯：按规定她只需要了解案件的进程。她只能在讯问后与被告进行不超过三十分钟的沟通。面对两名扑克玩家，她别无选择，只能虚张声势。

"我想你们已经对我的当事人进行过第一次问讯了。我希望我可以和他单独谈谈。"

"我们的问讯还没有结束。"两个人中比较年轻的那个说道，留着小山羊胡。

潜台词是：我们审了他一小时了，可这个废人一个字都没跟我们说。

"我的当事人会跟你们说的。他只会在跟我沟通以后才跟你们说。"

除了眼睛盯着克洛蒂尔德看以外，奥索没有表示出一点儿赞同的意思。

两个警察用眼神交流了一下。

伊德里斯，这个姓氏让他们不得不谨慎行事，他们感觉正行走在雷区。嫌犯看上去完全可以四十八小时，甚至七十二小时除了要求去撒尿以外一言不发。让这个从天而降的女律师帮个忙，又能有什么损失呢？

"就三十分钟，一分钟也不能再多。"戴眼镜的警察说道。

他们出去了。

只留下克洛蒂尔德和她同父异母的弟弟面对面。

面对面？不完全是。奥索还有一个朋友在，一只蚂蚁在他面前的桌子上散步呢。他的注意力好像都放在了如何把手指搁在合适的位置上，好让这只小虫子爬上去。克洛蒂尔德期待着一场独白，而这样的场面让她很不习惯。通常来说，她接手的那些离婚案件，那些女当事人会滔滔不绝地把过错都推给她们亲爱的另一半，并因此要求离婚。

"我们把事情摊开来说，奥索。迟点儿再聊我们的爸爸，如果你愿意的话。先处理紧急的事情。"

他只是动了动他左手的食指，为了切断蚂蚁的所有退路。

"首先，我知道你没有杀那个浑蛋，我会把你从这儿弄出去，相信我。"

大拇指和中指已经围成了一个圆圈，蚂蚁在绝望中左右奔突。

"其次，我知道你很清楚你周围的人在说些什么，只是你不愿意让人们知道。你所知道的东西很多，可是你不愿表达出来。就像是《佐罗》里的伯纳多。如果你希望我帮助你，你也得帮我，亲爱的弟弟。"

蚂蚁在绕着圈。奥索终于抬起头看着克洛蒂尔德，带着就像那次在蝾螈营地的洗手间里，她为他当面骂那些少年时一样的眼神。眼睛里透着害羞、尴尬、乞求，好像在说"算了算了"，"我不值得你为我这样做"，"谢谢，真不该给您添麻烦"。眼睛里流露出的种种，已经证明她得到了他的信任，即使这还不够让奥索向一个陌生人敞开心扉。

她从包里找出两张纸来摆在他面前的桌子上，用手指着第一张的最后几行字。

我的一生就是一间暗无光亮的房间。

拥抱你。

P.

然后又指着第二张纸。

你在那里等着。他会来带你的。

多穿点儿，晚上会有些凉。

他会把你带到我的黑屋子来。

在抬起头来之前，克洛蒂尔德说：

"我只希望得到一个答案，奥索。一个名字。是谁写的这些信？"

然而，他依然只是对蚂蚁感兴趣。

"是我妈妈吗？是帕尔玛写的这些信吗？"

需要通过触角来重新提问吗？

"你认得她吗？有没有见过她？知道她在哪里吗？"

小蚂蚁惊慌失措，陷入困境，向后退着。克洛蒂尔德真想用大拇指捻死它，不为别的，就是想让这个有气无力的家伙给点儿反应。

"还有，妈的，奥索，这是她写的，和你的指纹，是你给我送的这些信，你在夜里带我去了密林里的那间小木屋。但是……但是我是亲眼看到妈妈在那次事故中死在车里的，我看到她撞到了岩石上。所以我求你了，如果你知道真相，请告诉我，我快疯了。"

突然，在最后一次的犹豫后，小蚂蚁爬上了奥索长满汗毛的食指。

"*Campa sempre.*"

克洛蒂尔德一点儿也不明白。

"*Campa sempre.*"她同父异母的弟弟重复道。

"我不懂科西嘉语啊，弟弟，这是什么意思？"

（她将其中一张纸推到他面前，又从桌子上抓起一支笔）"写出来给我！"

慢慢地，奥索用他幼稚又犹豫的笔迹写着，生怕打扰了在他小臂上奔跑的小蚂蚁。

Campa sempre

克洛蒂尔德冲出房间，将纸贴到那两个阿雅克肖警察的鼻子跟前。

"这是什么意思？"

这两个人看了看，想了想，摇了摇头，好像上面写的是苏美尔语似的。克洛蒂尔德心里咒骂着，她懒得听他们解释，说什么自己是公务员啊，最近才从大陆调过来的，一点儿也不会说科西嘉语，英语没问题，意大利语会一点儿，但这个该死的岛语……她直接从那个贝济耶人（加德纳）面前走了出去。他反正没表现出一点儿有兴趣的意思。

Campa sempre

该死的，竟然在卡尔维的警察局里找不到一个懂得科西嘉语的人，这真是讽刺。她想就这么走到街上，站在路中间然后问她拦住的第一个人。

Campa sempre

隔壁发出来的声音把她吓了一跳。

卫生间的门打开了，走出来一个女清洁工，头上裹着一块布，身穿一件金色镶蓝边的紧身长裙；摩洛哥人，这里十个人里就有一个摩洛哥人。女人拿着桶和扫把，让她一下子又想起了奥索。克洛蒂尔德走上前去，将手中字迹潦草的纸张抬到她的眼前。

"*Campa sempre.*"摩洛哥女人带着完美的科西嘉语调读道。

克洛蒂尔德的心里重燃希望。

"请问这个是什么意思？"

那个女人看着她，好像在说，这么明白你都不懂。

"她活着。她还活着。"

52

1989 年 8 月 23 日，星期三，假期第十七天

血色天空

"克洛？"

我摘下耳机没好脸色地看着他。我更希望听到的是曼吕·乔的声音而不是我哥哥的。

"干吗？"

"我们该走了。"

去哪儿？

我叹了口气。虽然醒了，我还是有点儿迷糊。墙上的石头硌入我的背，长木椅上的木刺磨着我的大腿。阿卡努农庄里一片寂静，好像所有的人都离开了。

去哪里了？

我闭上眼睛，眼前重新看到了伊德里斯家族人的面孔，他们围坐在桌子周围，黄色的玫瑰花，哥伦布酒庄的葡萄酒，他们吵闹的谈话声还在我耳边。我睁开眼，尼古站在我面前，带着他那副工会领袖的模样。像是宪兵特勤队派出的谈判专家，正在同困在银行里的劫匪谈判，为了将里面的人质一个一个地救出来。

别来这套，这些对我没用！

我的心被吞掉了，曼吕·乔在喊着。我把声音又开大了些。我还不想从那个奇怪的梦里出来。我坐在那儿，拿着我的本子和我的笔。

我还是觉得有些头晕，不清楚自己睡了多久，也不记得自己在哪里。天已经黑了，我睡着的时候应该还是白天。

我慢慢地醒过来了……

在这个梦消散之前，或者在我重新睡着之前，我还是把它讲给您听吧。绝对出乎意料！

您猜怎么着？

您也在那儿，我未来的拜访者。您在我的梦里！

是的，千真万确，其实不是您，不完全是您，只是这个怪梦发生在您那个年代，在很久以后！不是十年，也不是三十年，还要更久，我感觉至少五十年之后。

尼古拉斯仍然站在我面前，一脸的不耐烦。

"克洛，所有人都在等你。爸爸他会不……"

爸爸？

我错过什么了吗？爸爸改变他们的计划了？

我瞟了一眼天上的月亮，她的孪生姐妹倒映在海里，我开始写得更快了；我可爱的读者，如果我没时间写完其中的某句话，如果其中某个词还悬而未决，如果我把您抛下了，请不要责怪我。那一定是因为爸爸抓住我，扯着我的胳膊，逼着我跟他走，连我的本子和笔都没带上。所以我现在就必须跟您吻别，跟您说再会，可能等一下我们没有时间相互拥抱道别了。

我继续。

尼古拉斯站在我面前，带着很夸张的愤怒，好像在我做梦的时候有一场可怕的灾难降临到了岛上，一颗陨石坠毁在农庄的中间，一场海啸把大橡木都连根拔起了。

快……不要分散注意力，要不我的梦就要飞走了……

我的梦从身旁流逝，但在很长一段时间里，我还能认出奥赛吕西亚海滩的岩石、沙子，还有海湾的形状，它们一直没有变过。我却不是，我已经变老了。我已经变成了一个老太太！其他的地方也变了。那些红色的岩石上建起了一些很怪的建筑，建筑材料很奇特，几乎是透明的，就像出现在那些科幻电影里的，有点儿像是妈妈设计出来的。只有游泳池还长得跟我们现在看到的游泳池类似，一个很大的游泳池，我将我长满皱纹的双脚泡了进去。

我要加快速度了，是的，加快速度，我听到一阵脚步声，是爸爸的。

纳达尔也在我的梦中。在游泳池里，还有孩子们，可能是我的，我的孩子，或者我的孙子孙女，关于这点我不太确定。我只知道我很快乐，我身边的人一个都不少，所有人都在，就好像五十年来什么都没有变，好像没有谁死了，好像最终，当时间流逝，会证明它的无辜，也许我们错怪了它，将它当成了凶手……

⚘ ⚘

他眼神缥缈，望向虚空。
日记以这个词作为了结束语。
凶手
他最后又读了一次然后合上了本子。

53

2016 年 8 月 23 日，10 点 30 分

克洛蒂尔德已经来过一次，只是在夜里。

在夜里，由奥索带着她。

而在白天，她完全不知道如何才能重新找到那间牧羊人的小屋。她记忆中的地标都很模糊，过了一条河，然后爬过一个陡峭的坡地，然后穿过一片没有尽头的灌木丛。

她将车停到通往卡萨帝斯特拉那条小路的尽头，也就是奥索夜里等她的地方，然后在密林里兜了无数分钟，车门没关，钥匙也还插着，她就不管了。反正那些警察已经被甩在卡尔维警察局了。

Campa sempre

她没有从奥索那里得到更多的东西，但没关系，最重要的已经掌握了——她妈妈还活着！

尽管她亲眼看到妈妈死了，尽管奥索什么也没解释。她同父异母的弟弟仅仅是确认了这一点，这个自从她的脚踏上岛之后就一直坚信的结果，这个一直深藏在她内心深处的秘密。

她还活着。

她在等着她。

就在那个牧羊人的小屋里。

她爬上了一个小山丘，停了下来。从那里向下看，一百多米以外可以分辨出阿卡努农庄的院子。

请在天黑前，在那棵绿橡木下停留几分钟，这样可以让我看到你。

357

我希望到时我还能认得出你来。

那时她妈妈肯定就藏在山里的某一个地方看着她，现在也肯定还藏着。无论是从山上的哪一个位置，只要能躲在和她一样高的金雀花和欧石楠丛中，就可以在不被发现的情况下进行观察，在不被怀疑的情况下进行监视。愚蠢的是，她曾经以为，只要回到现场，她就能都记起来，即使在白天她也能认得出夜晚的阴影，也能找到那些线索，石头的形状，树干的弧线，犬牙蔷薇的尖刺。然而根本不可能。根本不可能在这个错综复杂的被栗子树和橡木包围着的，用金雀花、野草莓和欧石楠建成的迷宫中找到自己的路。在这个一望无际的密林中，花香也令她头昏脑涨。

她可能要放弃了，要下山去，回到卡尔维，开车最多五分钟的时间，她要回去说服那两个阿雅克肖的警察同意她跟奥索第二次会面，让他们接受奥索和她一起离开警察局；然后跟那天晚上一样给她带路。这只是最荒唐的幻想。她同父异母的弟弟因谋杀而被监禁。需要数周的时间，才能取得预审法官的传票，并且让他同意组织一次现场模拟。

她瞬间放弃了幻想，因为她看见了一样东西。

野草莓浆果间有一个点，一个鲜红的点。

是一滴血。

然后又一滴，在一米远的地方，这次是滴在干土上。然后是第三滴，粘在雪松的树干上。

像是"小拇指"，因为找不到面包屑或者白石子，只好划破了血管。

这是在为她指路吗？

本能地，她跟着这条染有血迹的小路向前走去。又一次，她觉得自己很蠢。这有可能是任何一只受伤的动物留下的，一只狐狸、一只野猪、一头鹿。她用手指摸了摸血迹。血仍然是新鲜的。

还有什么可能性？几分钟之前，有一个陌生人想要去牧羊人的小屋？一个陌生人，即使流着血，也要在她之前赶到？这说不通。她沿着小路一边走一边想，欧石楠花的叶子好像被人向两边拨开过，有一些树枝被

358

折断了。

除非这一切都是相反的？她突然想到。除非这个受伤的陌生人不是上来小屋，而是下去！不管怎样，她越走越相信，这些血迹会把她带到三天前到过的那个地方，那个奥索抛下她的地方，也是弗兰克找到她的地方；她丈夫也知道这条路，她无法理解他为什么会知道，怎么知道的。但今早以来，她都联系不上弗兰克，不管打了多少电话都不行。

铃声一直响着。

直到自动应答开启。

求你了，弗兰克，打给我。

打给我。

打给我。

迟点儿吧，迟点儿再考虑这个问题。

Campa sempre

现在只关心眼前的事。她必须继续。她开始回忆起了一些细节，地标，一条坡很缓的小路，闪闪发亮的灌木丛，一棵高大的栓皮栎树。她又继续走了几米，血迹的间隔越来越短，忽然之间，灌木丛向两边展开，牧羊人的小屋出现了。

克洛蒂尔德的心脏跳得都快爆裂了。

我的天哪！

她感到自己的胃都提起来了，她吞咽了一下，控制住想要转身逃离的冲动。"小拇指"就在那儿，趴着，它没有割破血管为她引路。

它是被刺伤了！右侧身体浸没在很大一摊褐色血迹中。

它已经死了，毫无疑问已经死了很长时间，趴在凋落的浅紫色和白色的蔷薇花瓣间。如果不是沿着血迹斑斑的小路来到这里，克洛蒂尔德很可能以为它在睡觉。

她靠过去，犹豫着要不要俯下身去，要不要说话。

帕夏？

一把鱼叉正插在拉布拉多的脖子上。这只狗背负着另外一只狗的名字，一只陪伴她童年的狗。好像这样人们就可以再一次拥抱它的生命。

小屋的门是开着的。

黄蜂在尸体周围嗡嗡作响，试图邀请腐食动物一起野餐。克洛蒂尔德走向这座石头房子。上次在夜里，她没有时间留意横在木门上的大厚锁，一个中世纪城堡地牢的金属锁，唯一的一个窗户被铁条封住，装着关着的双层橡木百叶窗。

有人住在这所石头监狱里。有人在里面，在里面哭泣。

是妈妈藏身在这里吗？被幽禁在这儿？还活着？

克洛蒂尔德浑身颤抖着，走了进去。

眼前的这一幕，挑战着这五天来她所有的想象。她看到有一张床，一张木桌子，几朵干花，一台收音机，还有书，十几本书叠放在落地的木架子上。木架子让房子的空间变得更加狭小，几乎只剩下了一半。

角落里，一个老妇人背对着她，蜷缩着坐在一张凳子上。

灰色的长发一直垂到她的腰部，就像一个端庄的老祖母解开绑在头发上的丝带，向着镜子，向着她的孙辈们，向着她的老情人展示她曾经的美丽。

然而房间里什么也没有。

老妇人几乎是跪着的，像是在跟角落里的石头忏悔，在冰冷黑暗的墙角里。在克洛蒂尔德的眼里，就像一个接受惩罚的孩子。一个接受惩罚，却一生都被遗忘在这里的孩子，没有人想起过她，所以她就在这里孤独终老，只因为她听话，只因为她被要求不许动。

"妈妈？"

慢慢地，老妇人转过身来。

她的手上、胳膊上和脖子上血污斑斑。

"妈妈？"

克洛蒂尔德的心脏剧烈跳动着快要撑爆她的胸膛。这是真的吗？另一个画面出现在她的眼前，一个多年来一直困扰着她的画面，二十七年前，她妈妈的身体，同样是血一般的红色，在撞碎在岩石上之前。然而现在，她的妈妈就站在她面前，活生生的，尽管有无法推翻的证据和现场说明这不可能。

一定是她。

终于，老妇人转了过来。

克洛蒂尔德知道，感觉得到，就是她。

妈妈？

但是这一次，这个词被卡在了喉咙里。

那个看着她的老妇人，用眼神祈求着原谅，尽管已经年过八旬，但她仍然很美丽、端庄、骄傲。这么多年来，她忍受了多少的苦痛折磨啊。

只是，这个老妇人不是她的妈妈。

54

2016 年 8 月 23 日

人们都说孪生兄弟不会以同样的速度变老。他们中，第一个人穿着翻领衫，而第二个是在肩胛骨上有一条蛇形文身；第一个人的鼻子上架着一副近视眼镜，而第二个是在鼻孔上穿了一个银环；第一个穿了一件破旧的玻璃瓶绿色的灯芯绒外套，而第二个穿了一件红白色的慢跑服，阿雅克肖的经典颜色，有点儿紧身。

卡斯塔尼兄弟，租赁与汽车配件，广告上写着。

翻领开着卡车，文身带着红色箱子。

翻领数着钱，文身打开凹凸不平的引擎盖。

"一千五百欧吧，"他说着把手在他干净的慢跑服上擦了擦，"您别指望可以开着它穿越大陆。"

这位客户话不多，但是给钱不含糊。他只是要求在博卡塞拉利亚森林边上的水库停车场进行秘密交易。毕竟，没必要让卡斯塔尼兄弟不高兴，不需要技术控制，不需要行驶证，不需要牌照，只是用几张钞票换了一台几乎没法开的老古董。

翻领将钞票揣进兜里。

"您还是得小心点儿……这车已经在废品堆里睡了好些年了，我可不想让您出事故。"

文身将引擎盖盖上。

"我尽我所能检查过了，方向、平衡性、刹车，应该能支撑一阵子。但还是不要被抓了就好！"

他递上钥匙。

"交给您了。"

文身向翻领眨了眨眼睛，两兄弟上了卡车，没有其他的问题了。通常，他们的旧收藏品都是卖给那些爱自己动手的人，机械爱好者或是改装车上瘾的人。但这次，很明显，他们的买家并不擅长机械。文身加速开起来，翻领看着那个人，直到他从后视镜里消失。总之，卡斯塔尼兄弟才不在乎他要拿这个老古董做什么呢。

✦　　✦

他一直看着卡斯塔尼兄弟的卡车消失在卡瓦罗角的后面，然后几乎不相信地对着车子看了好一会儿。无论是在科西嘉还是其他地方，只要在网上花几个小时，通过任何一个信息发布的论坛，就能找到即使阿拉丁神灯也没法带来的东西。他回到森林中，停在欧洲黑松后面的四驱车那里。这个与废品商交易的地点不是随便选的：这一角很偏僻，而且可以倒车停进来。他打开四驱车的门，从副驾驶位上抓起笔记本，放在他刚买的车的前座上。

之前的都是练习。

现在最困难的部分来了。

他打开了停在松树下的四驱车的后备厢，将树枝挤到了一边，也不在意自己被松针刺痛，弯下腰来：

"我们换辆车吧？"

她睁大眼睛，伸了伸胳膊和腿，已经在后备厢里关了好几个小时。她闻到了松树的气味。

"我们换辆车吧？"他说道。

为什么要换？

她浑身酸痛，蜷曲在越野车后备厢里的几个小时让她几乎瘫痪了。

363

他帮她爬出来，又走了几步。她不明白为什么要换车，像个盲人似的前进着。她的眼睛无法适应外界的光线，在太阳下很不舒服。

慢慢地，她适应了。

接着，她看到了那辆汽车，就在她眼前。

一辆红色的富埃果。型号 GTS。

他感觉到支撑着这女人的双腿在不住地摇晃，扶住了她。她的震惊在意料之中。

"您回忆起什么往事了吗，伊德里斯夫人？"

55

这个老妇人不是她妈妈。

她盯着克洛蒂尔德，脸上满是血，还在不停地流着。或者至少是眼泪，被充血的肿胀染成了几道红色。她用灰白的长发抹去了它们，就像忏悔的抹大拉的马利亚。

不，克洛蒂尔德从她的回忆中找寻着，在她面前哭泣的女人不可能是她的母亲。

站在她面前的女人年纪更大一些，大了整整一代。

站在她面前的是丽萨贝塔，她的祖母。

克洛蒂尔德还没来得及开口，小屋子突然陷进一片阴暗中，就好像在门前拉上了一条黑帘子。克洛蒂尔德转过身；她没有猜错，或许有一点儿，不是一个帘子，而是一条黑色的裙子令整个房间暗了下来。是女巫斯佩兰扎的裙子，她的影子让整个房间变成了一个洞穴，让老鼠、蜘蛛、金龟子都从石头缝里出来欢迎她的到来。

斯佩兰扎跟丽萨贝塔说着话，却对克洛蒂尔德视而不见。

"他们带走了奥索。没有其他人了。"

谁是"他们"？一个声音在克洛蒂尔德的脑袋里喊道。

"她杀了帕夏。"斯佩兰扎继续说道。

谁是"她"？

这些词语不断地敲打着她的脑袋。也许巫婆是通过心灵感应来沟通的，也许如果她认真考虑她的问题，女巫们就会回答她。

"我来的时候门是开着的。"丽萨贝塔说道。

"谁?"克洛蒂尔德轻声问道,"你们说的是谁?"

没人回答她。

也许女巫们都是聋子。也许那些鬼魂都没有助听器。

这一次,克洛蒂尔德大声喊道:

"我妈妈在哪里?她还活着,奥索告诉我的!"

Campa sempre. 我妈妈在哪里?

过了好一会儿,丽萨贝塔站了起来。克洛蒂尔德以为她会回答,但却是斯佩兰扎的声音在小屋中响起。

"别在这里说,丽萨。别在这里。如果你想跟她说,回去下面说吧。"

丽萨贝塔犹豫着。女巫坚持着。

"卡萨努要回来了。救护车会在中午前送他回到阿卡努。什么都还没有准备,丽萨。什么都还没有准备。"

❖　❖

什么都还没有准备。

克洛蒂尔德没明白。

她们三个人一路沉默地回到阿卡努农庄,彼此一句话都没说。老妇人们走得很快,几乎跟克洛蒂尔德走得一样快。她们似乎熟悉布满皱纹的手要攀住的每一条树杈,脚将要踩住的每一块岩石。她们的腿脚已相当习惯走这条路,她们瘦削的身体从来没有如此轻盈。

什么都还没有准备。

带来的就是一阵恐慌。她们两个轮着看着她们手腕上的手表。一回到家,两个老妇人好像完全忘记了克洛蒂尔德。女律师只好跟着她们,感觉自己一点儿用都没有,好像一个客人过早地到达,大家都将她晾在一旁,进行自己的准备工作。两个妇人直接进到了厨房里。

丽萨贝塔打开了冰箱。

366

"猪肉肠烩扁豆。"

这是她三十分钟以来说出的第一个词，斯佩兰扎没有回答，她只是弯下腰在菜篮子里拿出一些西红柿和洋葱。祖母已经穿好了一条围裙，拿出一块切菜板，将腌肉和猪肉肠放在上面。

最后，作为安慰，她转过身面向着她的孙女。

"你坐下吧，克洛蒂尔德。卡萨努已经在卡尔维的医院度过二十四小时了。可以肯定，他什么东西都没吃，你想想看，那些真空包装的火腿，他们的酸奶还有土豆泥……（她看了看挂钟）七十年来，克洛蒂尔德，没有一次，在卡萨努坐在桌子前时，饭菜还没有准备好的。"

她一边笑一边抬起手来：

"你一定很难理解吧，亲爱的？在巴黎应该完全不同。但在这里就是这样，而且也不能算是男人们的错，我们一直这样照顾他们，从他们小时候开始。"

"我妈妈在哪里，奶奶？帕尔玛在哪儿？"

丽萨贝塔又看了看挂钟，然后拿起一把很大的刀。

"你坐下，我跟你说，亲爱的。我会把一切都告诉你的，在你爷爷回来之前。我跟你保证，科西嘉的女人们知道怎么一边做家务一边聊天。"

丽萨也许可以。但不包括斯佩兰扎。女用人正在低头把腌肉用力切成丁。

"这是一个很长的故事，克洛蒂尔德。这也是你的故事，尽管这个故事在你出生以前就已经开始了。"

她眼睛离开手上的刀，抬起头来看了看正在仔细分拣肥肉和瘦肉的女巫，然后继续说：

"斯佩兰扎在阿卡努工作五十年了，尽管'工作'这个词并不恰当。她一直住在这里，生活在这里，就像今天一样，她和我一起照顾家里上上下下的所有事情，家务，煮饭，园艺，照料牲口。斯佩兰扎的女儿，小莎乐美1948年出生在阿卡努，比你爸爸晚出生三年。莎乐美和保罗一起长大，从没有分开过。（她又看了一眼斯佩兰扎，女巫好像只是专心于

367

她正在切的腌肉丁的大小）这里所有的人都知道，他们将来会结婚。理所当然，命中注定……几年过去了，莎乐美变得很漂亮。她身材高挑，深棕色的头发，长发及腰。有一双阿依特恩森林里小母鹿的眼睛，像小山羊一样优雅，笑声能让卡尔维城堡长出裂缝。就像一个童话故事，亲爱的，保罗是王子，继承了八十公顷的密林，莎乐美是美丽的灰姑娘，身无分文，但在我们这儿，没人在乎这个，只要是本族人，身份地位不重要。十五岁的时候，他们就订婚了。是的，亲爱的，一个童话故事，很久以前，在雷威拉塔，保罗和莎乐美会结婚，他们会有好多孩子。"

她停了下来，用力地把猪肉肠严格地切成了四等份。

又再次看了一眼挂钟。

11 点 27 分

"可是在 1968 年夏天，一切都变了，"丽萨贝塔轻轻地继续说道，好像在计算她的故事的时间，让它精确到跟煮菜的时间一样，"我们都没有想到会发生什么。事实上，当你父亲开始跟这位年轻的法籍匈牙利裔姑娘调情的时候，我们并没有真正担心过什么。她当时正在空地上露营，也就是之后变成蝾螈营地的地方。科西嘉男人都是如此，在冬天捕捉科西嘉的燕子，夏天就捕捉大陆上来的燕子。跟其他的女孩子一样，8 月底，帕尔玛就会离开。保罗会在轮渡前哭一小会儿，但是一个星期以后也就好了。我当时就是这么认为的，这里其他的人也都是这样认为的。然而，之后他们开始通信。你知道吗，我亲爱的，我是多么想要将这些邮递员送上来的、盖着巴黎邮戳的信扔进火里。如果我真的这么做了，亲爱的，当然，你现在就不会坐在这里听我讲了，这样跟你说很奇怪，但是却能避免很多悲剧和死亡的发生。如果你知道，我的小可怜，我曾有不知道多少次诅咒我自己没有将它们都烧掉。（她放下手中正在分拣的扁豆，轻轻地握住孙女的手）保罗第一次去巴黎和帕尔玛重聚，是在 1969 年的圣诞节，然后复活节又去了一次，接着耶稣升天节又去了一次，再之后他就留在了那里，我们第二年夏天也没见到他，他去基克拉泽斯群岛度假了，然后又从纳克索斯岛、锡夫诺斯岛、圣托里尼岛给我们寄了明信片，好像要让我们的岛嫉妒似的，他以为我们嫉妒得还不够。完了，这下我们所有人都明白了。所有人，除了莎乐美。可怜的不幸的姑娘，我们都知道她是永远都不会忘记保罗的。但就算是她尽力想要忘记，她童年的恋人却开始每个夏天都回来，先是和他的妻子一起，然后是从1971年夏天开始和他的妻子和儿子，再就是从1974年夏天开始是他的妻子，还有你哥哥和你一起；接下来的每一年都是。我们在阿卡努欢迎你们的到来，我们都表现得很好，我甚至还教你妈妈煮猪肉肠、科西嘉羊奶芝士蛋糕和炖野猪肉。斯佩兰扎和她一起采摘草药、牛至、薄荷、当归。我们热情款待她，因为她是这家的一分子，即便她从我们这里偷走了我们的儿子，即便我们怨她，即便坦白说我们对她别无所求，即使我们从来都不曾喜欢过她。"

她有些担心时间，11点32分，松开了克洛蒂尔德的手，将扁豆倒进一锅开水里。斯佩兰扎剥着洋葱，没有表现出任何一点儿情绪。

"每年夏天，"丽萨贝塔继续说，她不再看斯佩兰扎，"莎乐美躲得远远地哭泣。她是一个骄傲的女孩儿，所以她宁愿躲起来，以免看到保罗在阿尔卡海滩上亲吻他的妻子，也避免看他和他的孩子们玩耍。避免要挖掉看到这本应该是属于自己的幸福场景的眼睛。这就是为什么，亲爱的，你几乎没有见过她。（她把肉丁和洋葱倒入锅里，加了橄榄油）但时间是莎乐美的盟友，至少她是抱有希望的。在珀涅罗珀和荡妇之间，始终第一个是最终获得胜利的那个。"

从老丽萨贝塔口中说出的"荡妇"一词让克洛蒂尔德大吃一惊。究竟是怎样的仇恨让她的祖母用到这么粗俗的词汇？斯佩兰扎用堆积盘子的声音打断了这些话。

"十几年之后，"丽萨贝塔继续说，"帕尔玛的所有优势都消失了。所有诱惑你父亲的，神秘、差异、异国情调，随便你怎么称呼他们。哼……总会是这样。科西嘉男人会成为水手、老师、商人，他们因为年轻而离开，他们觉得留在岛上就要窒息了。他们想要去其他呼吸得更好的地方，有不同的气味，但最终他们只记得童年的气味。你明白吗，亲爱的？他的奥匈帝国公主，让他住在诺曼底郊区的房子里，而不是一座宫殿里。他拥有一个四百平方米的花园，但是八十公顷的密林正等着他。玉米田的风景，怎能比得上地中海的风景，我都不用说阳光、儿时的伙伴，或者他卖草皮的工作。所以，是的，他想念科西嘉了，但是他被卡在了那里，当然，事实上是帕尔玛卡住了他。"

她控制了一下煮菜的火候，加入切好的番茄，然后轻轻地，再次拿起克洛蒂尔德的手。

"亲爱的，我不清楚接下来发生了什么。是你父亲给了莎乐美暗示，还是她主动接近了你父亲？我没法告诉你他们是从哪个夏天开始重新交谈的，在哪个夏天他们开始拥抱，哪个夏天他们开始相爱，是同一天还是经过几年的时间（她很快地抬头看了一眼斯佩兰扎）。我甚至没法告诉你，你的父亲是否是真诚的，他是否仍然爱你的母亲，他是否重新爱上了莎乐美，我不清楚，也没有人清楚，无论是我还是斯佩兰扎，直到1988年圣诞节时，莎乐美从雷威拉塔的灯塔跳了下去。皮涅罗医生将我们拉到一边，告诉我们，莎乐美没什么大事儿，金雀花丛缓冲了她的冲击力……但她仍需要做一些其他的检查，不是给她自己的，医生说，不是为了她，而是为了她肚子里的孩子。他担心的是孩子。"

斯佩兰扎用围裙擦了擦眼角，将洋葱和西红柿剥出来的皮移走。

"莎乐美怀孕了。没可能堕胎，胎儿已经长大了。他出生于1989年5月5日。他来到这个世界上的时候没发出一点儿声音，他的一条手臂、一条腿、一半的脸都不能动。因此，莎乐美采取了另一种策略，这个未婚妈妈已经没有什么可失去的了，更不用说她的名誉，但是她敢于付出一切拯救她的儿子。那年夏天，莎乐美第一次没有藏起来。她出现在沙滩上，把她的浴巾放在距离你母亲的浴巾一米远的地方，以母乳喂养为借口解开她的上衣；她大步地在斯塔雷索港口的市场上走来走去，穿着轻盈的裙子，径直把她的婴儿车从帕尔玛的高跟鞋上压轧去。当然，你妈妈知道了莎乐美是谁。当然，她也知道了这个孩子的父亲是谁。是的，1989年夏天，十五岁的你是很难注意到这些的，莎乐美把你的母亲逼到了忍无可忍的地步，这些起了作用，而且可能还超出了她的期望。"

11 点 36 分

丽萨贝塔将熏猪肝肠放入锅里抖动一下，撒入百里香，又扔进去半片月桂叶。

"你妈妈找了一个情人……"

克洛蒂尔德想为妈妈辩护，不，奶奶，不是这样的，纳达尔·昂热利和我妈妈之间什么也没有发生过，但是奶奶把双耳盖锅撞到了煤气炉上，发出一声巨响，她想这是为了不让她说话而故意弄的吧。

"莎乐美想让你父亲直面自己该负的责任。她将小奥索紧紧抱在胸前，用一条围巾绑在她的腰间。从此以后，开始了孩子对孩子，女人对女人，科西嘉对大陆之间的对抗。在伊德里斯这个姓氏所能代表的所有意义中，你妈妈只是拥有它的名义，在市政厅的登记册上有这七个字母，但其他剩下的，都属于莎乐美。"

一丝念头飞入克洛蒂尔德的大脑，爸爸在 1989 年夏天，可能考虑过要放弃他们，放弃跟他们和妈妈回到大陆上，考虑留下来，留在阿卡努，抚养另一个孩子，建立另一个家庭。

丽萨贝塔打开了一瓶葡萄酒，哥伦布酒庄，2007 年。

"一切的故事开始于 1968 年的那个夏天，从 8 月 23 日那天开始，从帕尔玛在雷威拉塔海滩上支起她的帐篷开始。所有的一切都应该在那天重新演绎一次。"

她尝了尝葡萄酒，品了一下，然后继续说：

"你的母亲仍然拥有优势，我向你保证。你的父亲是一个有责任感的人。他永远不会抛弃你们。他永远不会让你的母亲和你们在没有他的陪伴下，独自搭乘轮渡回去……帕尔玛会赢得胜利，像每年夏天一样。这一年的 8 月 23 日，他用了黄玫瑰装饰桌子，以前用的是代表爱情的红色玫瑰。在玫瑰的语言里，黄色意味着请求宽恕，为了错误，为了不忠。圣罗斯日那天，她会和你父亲一起去卡萨帝斯特拉享用美食，晚上在那里过夜，他们会和好，和好一年，直到下一个夏天。莎乐美没有选择，她必须在这一夜赌上一把。我猜你还记得这个晚上，亲爱的，我们有十五个人围在餐桌旁，有朋友，有亲戚，在去普雷祖娜的桑塔露琪娅教堂听复调音乐会之前大家先一起喝杯餐前酒。但是你不知道后来发生的事，你离开桌子后，在长椅上睡着了，耳朵里还听着音乐。"

克洛蒂尔德还记得这些最后的时刻。她笔记本大开着，曼吕·乔的疯狂节奏，她没有注意到的院子里的尖叫声。

"当莎乐美到达阿卡努的院子里时，怀里抱着婴儿，我们的呼吸都停住了。"

一阵沉默。丽萨贝塔似乎不愿意继续。慢慢地，斯佩兰扎起身走到隔壁房间。当她回来时，她只是用一个袖口将桌子上的肉屑扫掉，放上一个相框。一言不发。这是一个人的照片。一个女人，很漂亮。皮肤稍微黑一些。黑色的眼睛，细细的，连着一个精致的、直挺挺的鼻子，鼻子很突出，像骄傲的线条，在它张开的嘴巴上落下。

莎乐美，一定是她。克洛蒂尔德感到有点儿震惊，这个陌生人的面孔和侧影是这么令人惊讶的熟悉。丽萨贝塔举起她的刀，指着照片。

"是的，你妈妈和莎乐美看起来很像。这可能就是你父亲在 1968 年夏天留意到帕尔玛的原因。相同的眼睛，相同的身高，相同的微笑，甚至相同的优雅，但是你妈妈有种额外的神秘感。"

克洛蒂尔德盯着这幅肖像。一些画面又浮出了记忆，那是一些几乎已经快被消除了的画面，那是她在事故发生前的一天，她唯一一次看到过莎乐美，还有她父亲，在雷威拉塔的灯塔上。从背后，不是从前面看到。

11 点 42 分

丽萨贝塔，用手用力地将腌肉丁、切好的猪肝肠、洋葱、百里香、番茄搅拌在一起，然后一手拿着一个木铲，另一只手里拿着油。这会儿的时间里她似乎专注于她煮的菜，最后，她关了锅下面的煤气炉，转向克洛蒂尔德。

"是的，亲爱的，我们都屏住了呼吸。你母亲一定是将我们的沉默理解为对莎乐美的支持，但我认为这主要是因为惊讶。莎乐美决定玩到底，她想让你的母亲明白，她不配在阿卡努这儿拥有现在的地位，从来都不应该。而且凭着自己同样的美貌，帕尔玛可以被休掉，可以被另一个女人取而代之。走到这步田地，为了赢回你的父亲，莎乐美已经开始以裙子对裙子、比基尼对比基尼、肤色对肤色而进行对抗，以证明她也可以一样美丽。但那天晚上，她进一步挑衅着。当她从阿卡努农庄的院子里走来的时候，莎乐美和你妈妈梳着同样的发型，头后面用黑色缎带包着一个发髻，化着同样的妆容，抹着同样的唇彩，戴着同样的手镯，同样的红宝石项链，喷着相同的香水——Imiza，永恒之香。你妈妈在镜子前准备了一个多小时，为了能成为当天晚上卡萨帝斯特拉最美的人，为了让你父亲高兴……而莎乐美也做出了同样的努力。针尖对麦芒，寸步不让。莎乐美甚至刻意表现得更加傲慢。你一定记得，克洛蒂尔德，那天晚上，你妈妈穿着一件 Benoa 的裙子，黑色底上有红色的玫瑰，你父亲在卡尔维买的那件。莎乐美也穿了一件一模一样的！后来我才知道，为了拥有与她的对手同样的装束，她花了将近三百法郎，就是要向保罗表明，穿上这件短而低胸的礼服，她也可以拥有同样的吸引力，同样的诱惑。莎乐美刚一到，就把宝宝交给了外祖母，一句话也没有对斯佩兰扎说。现场顿时一片寂静，恐怕也只有这样，才能让十五位已经喝空了五瓶哥伦布酒庄酒的科西嘉人保持沉默。只有卡萨努敢开口：'坐下，莎乐美。坐下。'他站起来，拉了一把椅子放在他和我之间。"

克洛蒂尔德从厨房的窗户看向外面农庄空荡荡的院子、凉棚、大绿橡木。她无法相信在 1989 年 8 月 23 日，在这里，当她睡着了的几分钟里上演的所有事情。她睡着了，因为她之前一整晚都在监视她的哥哥，因为她想一个人待着，因为她恨这些无休止的家庭聚会。在她身后，斯佩兰扎起身将垃圾扔进垃圾桶，然后回到椅子上坐下，脖子上戴着围裙，手里拿着刀，静静地倾听着丽萨贝塔故事的剩余部分。

"这是一个很过分的挑衅，亲爱的。帕尔玛受到了巨大的屈辱。我们没有采取任何的干预，我们没有做任何事情来阻止它。我甚至加入了其中，坦白说，我还倒了一杯酒给莎乐美。你母亲会对这位想取代她地位的女孩儿做出怎样反应呢，当她不存在，当她从来没有存在过？那个一言不发就扔了她一脸石头的女孩儿？亲爱的，你妈妈能说什么？像我们所有人一样保持沉默吗？我想你记得她，克洛蒂尔德，沉默不是她的风格。你妈妈站了起来，我清楚地记得，就好像是在昨天一样，我记得每一个字、每一个呼吸、每一个声音。我们后来曾经再三地研究过她们俩的性格，你可以相信我，之后的日子里，我们没有一天不想起那天晚上，没有一天不反省，如果我们没有做那件世上最疯狂的事情会怎样……"

克洛蒂尔德冷到发抖。即使坐在椅子上，她也觉得头在旋转。为了保持平衡，她把冰冷的手指撑在身边墙面漂亮的瓷砖上。背后的斯佩兰扎把刀紧紧地抓在手里。丽萨贝塔仍然站在炉子前面。

"你妈妈推开椅子，"她继续说道，"然后转向你父亲，简单地对他说道：'让她离开这里。'

"你爸爸没有回答，然后你妈妈大声重复了一遍：'让她离开这里。'

"所有的亲戚，整个大家庭，所有的朋友都在看着他。所有人都敌视着你的妈妈。如果他选择站在你妈妈那边，也会遭到所有人的反对。'别让我为难，帕尔玛。这是在我家里。'

"'让她离开这里。'

"我仍然记得那一片沉默，我可怜的克洛蒂尔德。甚至连小鸟，连在大橡木的枝杈间穿行的风都没有作声。你爸爸隔了好久才出声。仿佛这是个性命攸关的问题，事实上，对你妈妈来说，的确是。最后，他说：'请不要这样，帕尔玛。这对每个人来说都很难。我们每个人都要做出努力。'

"当我再看到你妈妈的脸时，我看到了狂怒。所有人都在那个时刻看到了，那个怒火中烧的眼神，憎恨的眼神，如此明显，如此显而易见。我想，恐怕只有你爸爸没有注意到。他没想到会因此失去他的妻子，失去帕尔玛，根本没有考虑过这一点。那一刻，他唯一害怕失去的东西就是他的脸面，在他的亲友面前丢脸。所以他强调说：'每个人都应该努力。包括我。包括你。今晚，我丢下了我的家人，只为和你共度一晚。'这算努力？在今天？

"帕尔玛于是掀翻了面前的椅子，打碎了手边插着黄玫瑰的花瓶和一瓶哥伦布酒庄葡萄酒。那个时候你是不是听到了一些响声，一些尖叫声？或许那时你醒了一下？"

克洛蒂尔德回想了一下，那时的她耸了耸肩，调高了随身听的音量，又回到她的梦境中去了。

丽萨贝塔关了锅底的煤气，再看了一下煮的扁豆，开始准备桌子了。11 点 57 分。完美。

"之后他们没有说多少话，亲爱的。只有四句，一句不多，都是帕尔玛喊出来的。四句当时我们都觉得很普通的话，四句我们料到她会说的话，甚至是四句我们期待她会说的话。但是之后，在意外发生后，当我们反复听这四句话的时候，就像在听一首永不结束的曲子，才发现它们有多重要。"

"我妈妈说什么了，奶奶？"

"四句话，一句不多，我告诉你……而且每说完一句，她就在夜色中向着山下走远一步。

"去吧，去你的音乐会吧。跟她一起去吧！

"一步。

"我让给她，因为这是你们想要的。是你们所有人都想要的。

"一步。这一次，她转过身去。

"但是我提醒你，不要带上孩子们跟你一起去。

"最后一步，在踏出院子之前。

"你听到我说的了，去吧，跟她一起去。但是绝对不要让孩子们上车。别让他们卷进这一切。

"我亲爱的可怜的孩子，我曾经许多次回想过这最后的两句话。我常常在想，在这个农庄里，面对着我们，面对着这个家族，尼古拉斯和你就是你妈妈得以坚持下去的理由，即使科西嘉夺走了她的丈夫，她也永远不可能接受她的孩子们被夺走的现实。她唯一的战斗就是要让你们留在她的身边。即使这个女孩儿抢了她的地位，偷走了她的一切，但她永

375

远不能碰自己的孩子！经过这一切，我就是这么想的，可能因为我也是母亲，如果是我，我也会像她这样做。我想，这就是帕尔玛一直坚持，不让你的父亲和莎乐美带你们去听复调音乐会的原因。"

身后，斯佩兰扎用力地将盘子放在桌子上。克洛蒂尔德没有转身。丽萨贝塔继续道：

"但我觉得没有人会像我这样想，卡萨努不会，斯佩兰扎也不会。你的妈妈沿着下山的小路走去，消失在黑暗中，那里是停车的地方。当她消失在大家的视野中时，莎乐美推开椅子，走近保罗，亲吻了他，把一只手放在他的后背，就好像在刚刚过去的十五分钟里，以及过去的十五年里，什么都没发生过，她轻描淡写地把一切都结束了。就这样，很长时间没有说一句话，然后她不急不忙地走向停着富埃果的地方，坐到了副驾驶位上。她赢了！"

斯佩兰扎将每个玻璃杯、每把叉子、每把刀放在桌子上的时候都弄得叮当乱响。

"接下来的事情你都知道了，亲爱的。你爸爸犹豫着要不要去追你的妈妈，如果他的背后没有那十五双紧盯他的眼睛，包括他爸爸那双眼睛的话，他可能会去追的。他丢掉了所有的尊严。在帕尔玛和莎乐美的手中，他就像是一个玩偶。所以他要尝试行使他剩下的权利，他会做其他男人在受到羞辱的时候同样会做的事情，他们会对着自己的孩子们大喊大叫，有时候甚至还会动手。当然，你知道你爸爸从来不会动手打孩子。他会发号施令，甚至是不正确的决定，只是为了证明孩子们必须服从他。是的，后来的事你都知道了，亲爱的，所有家族的人就像在看戏一样等着看你爸爸，阿卡努的继承人接下来会有如何的反应。他的情人在车上等着他。你爸爸站起来提高声音命令尼古去找妹妹，然后坐到富埃果的车后排去，不许说一个字。"

丽萨贝塔停了一下，直视着她孙女的眼睛。

"我不知道你哥哥当晚的计划是什么，也许是和朋友或女朋友出去逛。哦，他是多么失望啊。我的天哪，当我看到那张可怕的脸时，就感觉他好像刚刚被雷击中了，即使母亲的离去也无法与此相比。但他没有抱怨。我对你这个可怜的哥哥了解太少了，我不知道他是从谁那里继承了这份骄傲，这份责任感；是你爸爸还是你妈妈，也许两个人都有。但无论他有多失望，有多怨恨，觉得多么不公正，他都没说一个字，也没有讨价还价，直接去找你了。"

克洛蒂尔德仿佛再次听到了她哥哥最后说的那几句话，那时她坐在长椅上，不愿意动，她仿佛再次看到了她父亲的手紧紧抓住她的手腕，拖着她，弄疼了她，他以前从来没有这样过。

现在，她明白了。

"亲爱的，那时你被从梦中叫醒。没有人说一句话。你又怎么会怀疑坐在车里你妈妈位置上的女人呢？这个女人梳着跟你妈妈一样的发型，穿着跟你妈妈一样的衣服，连她每一笔的妆容都跟你妈妈惊人地相似，她握着你爸爸的手，你又怎么会怀疑这个女人不是你的妈妈呢？"

那些画面重新在克洛蒂尔德的眼前出现。

车里一片安静，偶尔被爸爸或尼古拉斯的说话声打破。她看到坐在她前面的女人，梳着一个发髻，一个脖颈，一只耳环，一条裙子，看到她一侧的大腿。而剩下的，妈妈的脸，妈妈的笑容，都是多年来她脑补在记忆中的，她把这些拼接到了汽车里的女人身上，因为在她看来不可能不是妈妈。在富埃果即将坠毁在岩石上之前，爸爸紧握着这个女人的手。

尼古拉斯知道。尼古拉斯看到了，听到了，明白了正在发生的悲剧。

可她，怎么可能，在那一瞬间，知道这些呢?

正午时分

丽萨贝塔站起来走向院子。

"救护车很准时。乔瓦尼，救护车的司机，是一位老朋友了。他知道卡萨努不喜欢等人。"

克洛蒂尔德无法把眼睛从莎乐美的画像上移开。丽萨贝塔焦急的声音在看着时钟时，变得温柔起来：

"你现在明白了，亲爱的，斯佩兰扎每天都在伊德里斯家族的墓园里用鲜花装饰的墓地不是你妈妈的，而是……而是她女儿的。"

克洛蒂尔德仿佛又看到了斯佩兰扎在墓地里，拿着她的水壶，拿着她的修枝剪，在墓室的大理石上划掉帕尔玛·伊德里斯的名字，又听到了老巫婆的咒骂声。

她不应该在这里。她的名字与刻在上面的伊德里斯家族没有任何关系。

仿佛是在回应她的思考，斯佩兰扎终于在她背后说话了：

"我没有犹豫，克洛蒂尔德。我毫不犹豫地把我的女儿用另一个名字下葬了，为了能让她和你父亲躺在一起，躺在伊德里斯家的墓地里。我假装莎乐美失踪了，假装她在事故发生后自杀了，把另一个空的棺木埋在马尔孔的墓地里。因为这是她想要的。她一直梦寐以求想成为你们家庭的一部分。（她把手里的面包刀插进桌上的面包里）她失去了生命……才完成了她的梦想！还扔下了她的孩子给我。因为……（她情绪激动，带着插面包刀时一样的决心盯着克洛蒂尔德的眼睛），因为你妈妈杀了她！"

12 点 01 分

救护车慢慢开进了院里，对于两个女人来说，似乎没有其他重要的事情了。她们看了一眼厨房，确认是否所有的东西都准备好了，然后把围裙挂在挂钩上，出去了。

克洛蒂尔德独自留在了厨房里。

刚刚最后的那几句话还在耳边。

因为你妈妈杀了她。

本能地，她把手机从口袋里拿了出来。

她收到了短信。是弗兰克发来的。她的丈夫终于跟她联系了。

我们已经知道营地老板被杀了。

我们回来了。

我们已经到达蝾螈营地，你在哪里？

很快见。

弗兰克

信息大概是四十五分钟前发出来的。院子里，丽萨贝塔伸出手，将一根手杖递给卡萨努。斯佩兰扎已经回到了厨房，可能是再检查一下饭菜，或是执行族长的要求。

她瞪了她一眼。

因为你妈妈杀了她。

克洛蒂尔德站在她面前，挡住了她的方向，根本不在意猪肉肠在火上烤着。

"你们还没有回答我。你们讲了你们的故事，但是奶奶和你都没有回答我。我妈妈在哪儿？我妈妈她在哪儿？"

"她跑了，我的小宝贝，"斯佩兰扎紧咬着牙齿，"她勒死了帕夏，然后跑了。"

379

56

2016 年 8 月 23 日

　　对于露营者来说，穿过蝾螈营地的大门去海滩简直变得比一个墨西哥人希望通过蒂华纳进入美国更加复杂。两位年轻的警察，面带微笑，坚持打开每一个沙滩包，展开每一条浴巾，检查每个证件，记录出入的时间，只是对于旁边等待着的穿着泳装皮肤黝黑的女孩儿，他们不要求她们通过金属探测器。这些有什么用，那些着急的人在一边咆哮着。他们在找什么？凶器已经找到了。凶手也已经锁定了。至少，对于那些每周花一千二百欧元租一间营房的游客来说，唯一的问题就是谁今天来打扫卫生间，因为看管扫帚的人正在卡尔维监狱里，谁来雇用他的替代者呢，因为营地老板在阿雅克肖的太平间里。

　　接待处后面，带着沉痛的心情，脸上挂满泪水的安妮卡·斯皮内洛内心是安定、坚决的。用地球上的所有语言，她不断解释着，是的，所有的营员都会接受询问；不，帐篷是不会被搜查的；是的，营地保持开放，没有任何变化，他们可以继续享受沙滩和阳光；不，今天没有活动安排，没有潜水，没有地滚球；不，她到现在还没有睡过觉；是的，谢谢马尔科，她想要一支烟、一张纸巾、一整盒纸巾；不，她不想休息，不想睡觉，不想吃助眠的东西；是的，她想待在那里，像是幽灵船的船长一样，因为这个营地，曾是赛文的生命，是他的作品，是他的王国，而现在，他不见了，她是军需官；不，蝾螈营地是不会关闭的，那将会像又杀死赛文一次；是的，我亲爱的，你真好，我好感动……

　　瓦伦蒂娜在接待处的柜台上摆了一小把她采摘的百里香和一张她写

的慰问卡。

"我很喜欢您丈夫，"年轻的姑娘说，"尽管我家里，没有太多人跟我想法一样。但我们一听到消息就回来了。"

安妮卡真诚地笑了一下。

"游艇，好玩吗？"

"嗯，挺好的……"

回答得不像是那么好玩的感觉。

"你爸爸不在吗？"

"我不知道。"

安妮卡没有力气再继续下去了，她又一次在自己的思考中飘向远方。多年前，她放弃了滑水，像一条搁浅的美人鱼；在身体变回鱼尾离开以前，只有赛文有能力留下了她。

"您刚才找我吗，安妮卡？"

营地的老板娘好像已经忘记了这件事，她努力地集中起精神。

"啊，是的，不好意思。我这里收到一个给你的口信。要你去阿卡努。很紧急，你妈妈在那里等你。"

＊　＊

三辆警察局的小卡车停在营地前，但走到稍远处的转弯口，就没有任何人了。反差是如此明显。蟋蟀、蝗虫、蚱蜢们叫唤着，仿佛完全不用理会周围不安的气氛。瓦伦蒂娜明白了为什么藏身在丛林里是如此容易，只要离开警察几米远，走进灌木丛，然后嗖的一下子，就没有人再来找你了。甚至连警犬都不会，所有这些花朵的芳香，都是为了掩盖逃犯的踪迹。

现在，她正通过一条小路直接前往阿卡努。路过一个横穿沥青路的弯口时，她看到了那辆停着的车。起先，她并没有主动靠近，即使这车吸引了她的目光，令她想起一个旧时的记忆。应该说是一个画面。特别是它的形状，它的颜色。这绝对是任何一个电视剧里主角的经典案例。她继续走向马路，想知道妈妈可能想要她来这里做什么。"紧急"，安妮卡·斯皮内洛强调地说过。她叹了口气。她已经对这些故事，阿卡努、她的祖父母、她的曾祖父母、她的妈妈、鬼魂、死者……烦透了。

就是它！

对了，她想起来了。那辆车！她曾经在老照片里看到过它，妈妈在家有时会拿它们出来看看。一个……瓦伦蒂娜有点儿烦，那名字就在嘴边。那该死的红黑色的车叫什么名字来着？是一个奇怪的名字，带一点点拉丁的感觉……

她走近了些。一位老太太独自坐在那儿，在副驾驶位子上。瓦伦蒂娜从来没有见过她，但是当她的眼睛落在她身上时，年轻的姑娘不由得浑身打了个冷战。

她是看到一个鬼魂吗？

她试图抛开让自己无法忍受的感觉：这个老妇人长得好像她！有那么一刻，瓦伦蒂娜以为看见自己在一面镜子里，一面老化的镜子里；认出了她自己，六十年后的自己。

傻瓜。

来吧，继续上山！她还有二百米的路要爬，然后就可以把屁股搁在阿卡努的大橡木下休息了。尽管如此，她还是把头转向了红色的车子，再次与老妇人的目光相遇。她似乎在恳求、乞求，她的眼睛试图表达一个信息，她的嘴像是不能发出声音。周围没有人。只有傍晚的虫鸣声。寂静顿时让她感到一阵不安。

"妈的，"瓦伦蒂娜小声地安慰自己，"这辆车叫什么名字来着？就是妈妈整天跟我们唠叨的事故里的那辆车。"

"富埃果。"背后有个声音说道。

57

2016 年 8 月 23 日，12 点

卡萨努·伊德里斯拒绝了妻子帮助他从救护车上下来的手，在司机乔瓦尼离开前递给他一张二十欧元的钞票，然后又恼怒地把她递上前来的手杖给推了回去。

"行啦，丽萨，我的两条腿还在。"

他迈步走进屋里，看着已经布置好的桌子、餐具、碟子、杯子，都准备了四人份的。

直到现在，他才转身看到了站在房间角落的克洛蒂尔德。

"今天我们有个客人。"丽萨贝塔轻轻地说道。

斯佩兰扎已经站在了炉子后面，貌似对她来说做好饭比什么都重要。她已经忘了其他所有的事儿吗？圣罗斯日的那个夜晚，她女儿的死，还是这个女巫对克洛蒂尔德吐出的最后几句话？

她跑了，我的小宝贝，她勒死了帕夏，然后跑了。

不可能！

克洛蒂尔德无法接受这个说法。她的母亲已经孤独地在密林之中等待了二十七年，会这么巧在与女儿重逢的那一天逃跑？还恰好是在女儿到达她的牢笼前的那一刻？甚至在她已经给女儿发出了明确的邀请之后？

这根本站不住脚。

"才一个客人，"卡萨努揶揄道，"这算怎么回事儿！以前孩子们还在的时候，朋友和亲戚们拜访留宿的时候，家人们还愿意聊天的时候，我还从来没见过桌子边上坐了少于十个人的时候。"

丽萨的手指拧到了一起。

"她……她逃跑了……"

卡萨努奇怪地看着她，没说一个字。

"她逃跑了，"斯佩兰扎重复道，"她杀死帕夏逃跑了。而且……奥索……"

"奥索进了监狱，"科西嘉老人打断她说，"我知道。乔瓦尼在路上都告诉我了，警察说他杀了赛文。"

卡萨努一口气喝干了一杯哥伦布酒庄葡萄酒，将餐刀放到他的盘子和餐巾扣之间的桌面上，然后拉开椅子准备坐下，让人感觉这件事情跟他没有关系，或者他该做的决定都已经发出去了。克洛蒂尔德忍不住抓住了祖父的袖子说：

"奥索不会有危险。我会为他辩护。我是他的律师，奥索是无辜的！"

卡萨努放下了他的杯子。

"无辜的？"他重复了一遍，带着似有似无的微笑，拿起餐巾沾了沾嘴角。

我就知道，你们总把我当成小孩儿。小心你的小心脏，爷爷，还有可惜了你的好手艺，奶奶，我要让你们刮目相看了。

"他是无辜的！"克洛蒂尔德大声重复道，"奥索连一只蚂蚁都不会伤害。我相信他……并不是因为他是我的弟弟。（她稍停了一下，想观察这颗炸弹抛出后的效果）我相信他，是因为他是唯一一个爱我母亲的人，也是这些年来唯一愿意帮助她的人。"

一颗惊呆了所有人的炸弹，克洛蒂尔德心想。六只手都像是被冻住了，身体都变成了木乃伊，连皱纹都增加了。只有扁豆、百里香和月桂叶还在锅里翻滚着，那个被未知的魔咒定住的女巫抛弃了它们。

"我要知道真相，爷爷，求你了，告诉我到底发生了什么。"

卡萨努·伊德里斯犹豫了好久，他看着斯佩兰扎、丽萨贝塔、炉子上的锅、葡萄酒瓶、桌子上的面包、四个盘子、刀子，最后把他的椅子推了回去。

"好吧，跟我走。"

✠　✠

这次卡萨努谨慎地拿上了他的手杖。他们回到院子里，走向一条路边长着黑色接骨木的小路。小路一直通往谷仓的后方。当走过厨房的窗户时，他们听到一阵洗碗机的蜂鸣声。科西嘉老人转向他的孙女。

"四个盘子……这只是结局的开始。这两个老疯女人以后必须要习惯独自吃饭了，我活不了太久了。这是女人的命运，照顾终有一天会离开的男人，陪伴他们，等待他们，看望他们。当她们年轻的时候，在学校附近找一所房子；当她们老去的时候，在墓地附近找一所房子。"

克洛蒂尔德只能笑一笑。她想去扶住祖父的手臂，但是卡萨努指向了他们前方的路。

"我向你保证，我们不用爬到卡普迪维塔那么高的地方，虽然皮涅罗医生是个白痴。就算我的心脏停止跳动，我的腿也还会继续走下去的。我会把一切都解释给你听的，克洛蒂尔德，我还会同时给你展示科西嘉的历史，这有助于你理解我的话……来吧……先告诉我刚才那两个疯婆子跟你说了些什么。"

他们在狭窄的道路上前行着。克洛蒂尔德复述了她刚刚听到的一切，她的父亲背后隐藏的情妇莎乐美和他们的孩子，8月23日那天的晚上，是谁侵占了她母亲的地位，那晚的车祸，还有丽萨贝塔对于帕尔玛最后说的那些话的质疑。

卡萨努点了点头。

"丽萨贝塔从来没有赞同过我的想法。她有她自己的观点。但她什么也不说。丽萨是一位忠诚的妻子。她尊重我们的选择。"

"男人们的选择？"

"你也可以这么说，克洛蒂尔德……不过斯佩兰扎也站在我们这边。"

"到底发生了什么，爷爷？车祸之后发生了什么事情？"

385

科西嘉老人的手杖敲击着路面，像在测试它的坚固性，卡萨努说话的速度跟他行走的速度一样慢。

"那天晚上，一切都发生得很快。我们是在晚上差不多9点以后才听说了车祸，是凯撒尔·卡尔西亚打电话给我的，他当时在现场，给我描述了情况。汽车坠落在佩特拉·科达峡谷里。除了你之外没有幸存者。其余的我们一无所知。是意外？还是袭击？或者是仇杀？当时我的确有一些敌人。（一个简洁、神秘的微笑掠过他的脸）我考虑了所有的可能性，但我的第一个决定是要拦截你的母亲。她已经逃离了阿卡努农庄，但是她在橡木底下喊出来的最后几句话还在我脑海中萦绕着：'跟她一起去。但是绝对不要让孩子们上车。'像是一种威胁，仿佛她知道将要发生的事情。"

克洛蒂尔德没有说什么。她转过身来，低头看着几百米下方的雷威拉塔角。从这个距离上观察郁郁葱葱的半岛，被微型的海滩环绕着，中间点缀着零星的别墅和白色的小路，简直是天堂般的避难所。多美的幻觉。一个半岛，其实是一个绝境。

卡萨努跟随着她视线的方向看过去。

"猜到你的母亲去哪里并不难。我派了两个男人——米迦勒和西蒙尼，在雷威拉塔灯塔附近堵住了她，就在纳达尔·昂热利的房子上方，距离她与情人会合的位置只有一百多米。"

那个鬼魂，克洛蒂尔德想到了，纳达尔当天晚上见过的那个鬼魂。他一生都无法摆脱的幽灵。然而事实却是如此简单，如此显而易见，纳达尔不是在发梦。是帕尔玛在蓬塔罗萨的高地上向他微笑，在卡萨努的人抓住她之前。帕尔玛那天晚上过来，很可能是想把自己献给他，或者只是想在他怀里哭泣。谁知道呢？没有人，甚至连他们自己也不知道。

他们继续在漫布着薰衣草味道的窄路上前进着。他们的右边出现了一堆弹孔斑驳的岩石。卡萨努特意选择了这条路线，克洛蒂尔德记得这里被称为联盟岩石，因为科西嘉岛的抵抗力量成员在1943年9月，科西嘉独立前的几个星期，在这里被处决了。卡萨努把手指穿过弹孔，同时继续讲着他的故事。

"你妈妈跑来见她的情人。你明白的，克洛蒂尔德，这用完全不同的角度解释了车祸发生前的故事。在我们所有人的面前，在阿卡努的院子里，在莎乐美的面前，你妈妈扮演了伤心的受害者，背诵着一个被羞辱的女人的演讲。在整个假期里，她总是表现出对圣罗斯日的向往，期待跟你的父亲在卡萨帝斯特拉享用著名的纪念日大餐，然而所有这些都只是逢场作戏罢了。你的母亲其实只有一个愿望：与纳达尔·昂热利见面！更早的时候，亲爱的，我还差点儿听了你的。你在山顶说服了我，为他的海豚们提供一块土地。我可怜的孩子，你也只是一颗棋子而已。这两人是同谋，虽然对昂热利我一直都没有任何证据。他知道他的情妇的计划吗？他有没有参与对我儿子的谋杀？他本可以阻止她吗？即使只是怀疑，是的，我也绝对可以杀了他。我开始威胁他，希望他能说实话。或许我让他太害怕了。这个胆小鬼跟奥莱丽娅结婚了，凯撒尔的女儿……警长卡尔西亚对很多在岛上的角落里发生的事情都会视而不见，但肯定不包括有人要杀他的女婿。随着时间的推移，我不会告诉你，我已经原谅了纳达尔·昂热利，不可能，但我开始认为他也是被操纵的，在这个酒鬼美丽的嘴脸背后，并没有一个杀人犯的勇气。他甚至连同谋都不算。"

克洛蒂尔德挽着爷爷的胳膊。

"什么的同谋？"

卡萨努没有回答，只是继续走着。随着他们向前的脚步，道路的尽头在密林和卡尔维的别墅之间扩展，蚕食着两边的地中海泳池和露台。

"第二天专家对富埃果进行了评估，在天黑前发布了官方结论：意外事故。结案。遗体返回家中。我们可以埋葬和遗忘他们了。官方松了一口气。如果那是一起谋杀、一场清算，那就是巴拉涅地区的部族之间的战争了，伊德里斯家族对皮内利家族，对卡萨佐普拉纳家族，对波及奥利家族……官方的版本是'意外冲出道路，疲劳驾驶，速度过快，酒精作用，宿命'。各方面都安排妥了。但卡尔维的机械专家阿尔多·纳瓦里是我的老朋友。我父亲和他的父亲一起解放了科西嘉。甚至在和警察谈之前，他就先给了我他的结论：我儿子的车是被故意破坏的，转向头的螺母被拧开了。对于阿尔多来说，这不是一个假设，这是确定的事实。这条连接杆完好无损，没有丝毫的扭曲，这说明它在冲出道路之前已经断开了，而不是在冲击之后。我请他保持沉默，只把大家想听到的告诉警察，告诉他们没有不正常的情况。阿尔多毫不犹豫地向警方做了一个虚假报告，他每年只为警察当不到三次的专家，他同意我的看法，一些家庭内部的事情跟警察们扯不上关系。"

他没有转身面对克洛蒂尔德，只是看着巴拉涅地区的村庄——蒙特马焦雷、蒙卡尔、卡伦扎纳。

"凯撒尔·卡尔西亚花了好几个月的时间得出了和我的一样的结论。他向他的一个朋友要求做一次复核鉴定……但是晚了，已经太晚了。"

克洛蒂尔德害怕地看着他，希望自己没有猜对她的祖父想要说的。

"因为你已经雇用了你自己的警察？执行了你自己的正义？"

"我自己的正义？还有什么其他的正义吗？大陆上那些官僚制定的正义？靠抽签决定谁是无辜的，然后称之为无罪推定？尽管有显而易见的事实？证据不足，释放！你是一个律师，亲爱的，你知道我在说什么，我已经经历了足够多的次数去了解它，就像大木偶剧院里面表演的那套把戏。不，克洛蒂尔德，我从不相信这种所谓的正义。从来没有信任过这套法律。无论是在城市管理方面，还是在商业方面，特别是刑法方面。"

克洛蒂尔德蹒跚地走着，她的面前展开的是一个几近完美圆形的港湾——卡尔维港湾。

"所以你执行了自己的正义？"

"你妈妈得到了审判的权利。一个跟法国的司法系统一样严格的审判。"

"那我妈妈有律师为她辩护吗？"克洛蒂尔德讥讽道。

卡萨努盯着她，声音里没有半点儿挖苦的意思：

"我很抱歉，克洛蒂尔德，但我从来不明白律师是用来做什么的。我不是针对你，相信我。你负责的是有关离婚的、子女监护权的、赡养费的案子，这的确是人们需要律师的时候，没有好或不好，只是需要一个裁判来解决这些麻烦事。但是我想说的是刑事案件。这种情况下要律师的目的是什么？有调查，有线索，有证据，有案件记录，以事实为依据，根据事实决定是否需要惩罚。如果不是把客观证据向错误的方向倾斜，律师的作用是什么？为什么凶手需要律师？"

"如果他们是无辜的呢？"

这让卡萨努发出了一阵大笑。克洛蒂尔德紧握着拳头，任她的思想在头骨下翻滚。你很幸运，爷爷，你很幸运因为我想了解你有多疯狂，因为我对你说的正义观有话要说，我会跟你说说你现在待在监狱里的孙子，如果你不信任我的话，你到时候会抢着花钱请大律师的。

"说吧，爷爷，给我讲讲你公平的审判。"

卡萨努停下来看着他们面前的树。克洛蒂尔德记得这个古老传说。在这里萨皮罗科索队长吊死了他妻子家里的人，因为他们背叛了自己，把自己出卖给了热那亚人；他对妻子瓦妮娜更加宽容，只是用自己的双手掐死了她。

"我召集了一些朋友，都是当地人，组成阿卡努的陪审团，他们都是部族和家族里面可靠的人，有荣誉感的人。总共有十几个。"

"包括巴希尔·斯皮内洛吗？"

"是的……"

"还有谁？那些亲戚？那些在圣罗斯日见到莎乐美的人？"

卡萨努没有回答。至少没有回答这个问题。

"我知道你想说什么，克洛蒂尔德。你一定认为你的母亲事先已经被定了罪。你错了。我想要的是一个真正的审判过程。我想把证据放在陪审团的鼻子下面，他们会在充分了解事实的前提下做出决定。他们会根据事实进行宣判，只根据事实。这是针对我儿子和我孙子的谋杀案的审判。我不是在寻找一个接受惩罚的罪人，克洛蒂尔德。我寻找的是杀他们的凶手。"

"而你找到了帕尔玛，我妈妈？正躺在我们的车子底下，拧松一个原本应该是拧紧的螺母吗？你找来十名陪审员来相信这一切吗？"

"你妈妈是一名建筑师，克洛蒂尔德，那是一份男人的工作，她懂得机械力学，最重要的是，我调查了所有其他的线索。卡萨佐普拉纳、皮内利和其他部族向我保证，以他们的荣誉保证，这件事与他们毫无关系，我相信他们。在科西嘉，我们不会通过破坏汽车和杀害儿童来解决部族纠纷，我们只会直接对着敌人开枪。仔细想想，我亲爱的孙女，案件中唯一一个确定的地方就是：有人破坏了你父亲的车的转向装置。有人知道富埃果可能会在任何一个转弯处出事。所以，既然这是一个有预谋的罪行，那么所有都可以归结为两个问题：谁有杀死你父亲的动机？谁知道他会上车？答案很简单，亲爱的，也很明显，即使你不喜欢它。只有一个人。你妈妈！那个晚上是你妈妈拒绝坐进富埃果里。是你妈妈把她的情敌推向车里，让她坐在那个不再爱她，即将要离开她的男人旁边，那个男人还会带上他们的孩子，因为他永远不会扔下尼古拉斯和你，留在科西嘉与莎乐美和奥索在一起。这个男人如果要求离婚的话，会让她失去一切，包括有一天他会继承的伊德里斯家族的财产。而这个男人如果在一次意外事故中消失，他们仍然处在结婚的状态……"

卡萨努一边说着话，一边看着那条吊死萨皮罗科索家人的，从最高处垂下来的树枝。

"那天晚上，你妈妈要求你爸爸不让你们上车。你和尼古拉斯都不可以。她坚持了两次之后才离开的。"

他们继续向前走着，翻过了一块大岩石，彼此没有说话。穿过了三十米左右的阳光地带之后，又再次进入了密林覆盖的区域。卡萨努小心地将手扶在温暖平坦的石头上，重新调整呼吸。如果他是对的呢？克洛蒂尔德思考着。卡萨努真诚地表达了他的论点。如果律师真的只是对恶意破坏起了不可阻挡的示范作用呢？如果只是通过一些巧合令证据成立，让情感去动摇信念？在这一点上她干得比其他任何律师都要多。

"我从来没有怀疑过，"卡萨努继续说，"仿佛能读懂她的想法。那天晚上，你妈妈是唯一可以决定让谁坐车或不坐车的人。你的母亲有动机，甚至有很多个，爱、金钱、孩子。你母亲还去见了她的情人。你母亲为了保护你而认了罪，她别无选择。"

他转过身，第一次拿起他孙女的手。卡萨努的手上都是皱纹，感觉很轻，仿佛血肉都被掏空了似的，像栓皮栎的树皮。

"我向你保证，克洛蒂尔德。我尽力寻找过了。我寻找过其他有可能的罪犯，其他的解释，但没有一个是可信的。"

最后，克洛蒂尔德说：

"我妈妈的罪状也不是一个可信的推定。"

卡萨努叹了口气。他们走到了一片开垦过的田地，有些山羊在自由自在地吃着草。

"就是因为这样，克洛蒂尔德！这就是为什么我不想要请律师。这就是为什么我想要真正的正义。这个国家的司法部门会像你一样推理。没有证据，所以就没有罪犯，也就不用宣判。因此，这个国家的司法部门就可以把这件事情搁置起来，凶犯从而逍遥法外。害死我儿子和我孙子的凶手将继续安然地生活，不受惩罚。这样我怎么能接受呢？阿卡努的陪审团要判决的是有最多证据指证的人。所以阿卡努陪审团毫不犹豫。他们一致同意。你母亲有罪，没有人质疑。"

我的上帝啊……克洛蒂尔德感到自己的身体冷得直哆嗦。她的血液里像是有冰块，正午的阳光穿过石楠花和杨梅薄薄的树枝让冰块消融，燃烧着她的皮肤，冰冻着她的血管。草地在他们面前延伸开去。卡萨努坐在花岗岩石头上休息了片刻。克洛蒂尔德想起来，她小的时候经常来这里，叫保利平原。据说保利这个民族独立领袖在大革命前夕在这里埋藏了一个满是金币的宝藏，金币是从科提抢来的，当时科西嘉已经不再属于意大利，但也还没属于法国。一个宝藏，在岛真正独立后才有用处。

没有人能找到宝藏，哪怕是一个金币。

一个神话，一个传说，而证据呢，从来没见过。

"阿卡努陪审团，"爷爷继续说，"认同你母亲的罪行。在以前的年代，比如梅利梅所描述的，科隆巴或马特欧·法尔科内时代，帕尔玛是会被处决的。（他像栓皮栎一样的手，就像干干的海绵一样，在克洛蒂尔德手里变硬了）二十七年前，我本会毫不犹豫地宣判她的死刑，但有其他人反对。首先是丽萨贝塔，巴希尔也是。帕尔玛仍然是我们家族的一员，一个伊德里斯家族的人，我们孙女的母亲。而且按照丽萨贝塔的说法，你妈妈没有认罪。如果有一天，我们找到了另一个真相呢？巴希尔提出了另一个解救她的观点，他认为，我们不能比法国人的文明程度低，法国已不再执行死刑，即使是最严重的犯罪也不执行。所以最后的宣判是：无期徒刑。在阿卡努之上的密林深处，任何一个角落，都可以把一个人终其一生地关在那里。此外，你的母亲也没有反对。虽然她从来没有承认，但她从来没有为自己辩护过。她也从未试过逃跑。"

直到今天为止，克洛蒂尔德想着。在接受这个所谓的审判的时候，她的母亲刚刚失去了自己的丈夫、自己的儿子，她本来应该和他们一起离开的。而现在却要独自一人忍受精神的创伤，被指责，被迫害，内心充满内疚，她还有什么力量来保卫自己呢？

那个晚上她失去了一切。

所有的一切，除了她的女儿。

克洛蒂尔德正要说话，卡萨努将他的手放在了她的肩上。

"我不是个怪物，克洛蒂尔德。你的母亲只是失去了自由。这是她必须要承受的，与任何小偷、强奸犯或杀人犯一样要承受的代价。但在其余的方面，她没有受到苛刻的对待。相比之下，她比那些在博尔哥监狱里挤在一起的囚犯要好得多。我可以向你保证，丽萨贝塔为她准备的饭菜比在任何一个看守所的食堂要好得多。她的看守者奥索也比监狱班房更懂得尊重别人。她的狗帕夏比受过训练的德国牧羊犬更亲切，却落得被杀的下场。我们不是怪物，克洛蒂尔德，我们只是想要得到正义。"

克洛蒂尔德向后退了一步。

"现在呢？现在她逃跑了，你们又得到了什么呢？她会跑到警察那里揭发你们的。"

卡萨努笑着摇摇头。

"如果她真的这样做，警察已经在这儿了。不，亲爱的，你妈妈不会跑到警察局去讲述她那不可思议的故事的。在一个牧羊人的小屋里被关了这么多年，她没有去揭发我们，这是人质才会做的事情，你认为呢？

另一个证明是，克洛蒂尔德，另一个证明是她的内疚。（他的眼神左右摆动着，寻找跟他孙女对视的机会）我们会去找她，会找到她的。然后你就能和她说话了。一个科西嘉人可以在密林中消失数年，但是一个外人做不到，一个二十七年来从未出过门的外人更加做不到。"

在他们四目相交的一刻，克洛蒂尔德意识到他们俩想到了同一件事。或许帕尔玛逃走的原因仅仅是想和1989年8月23日的晚上一样，沿着同一个方向，到达同一间房子，完成她还没有完成的事情，找到住在那里的那个男人。

纳达尔·昂热利。

毕竟，他还住在蓬塔罗萨。

"来，"卡萨努说，"我们回阿卡努去。"

他们默默地掉转方向往回走，经过了吊死过人的树、联盟岩石，卡萨努控制着速度，好让她有足够的时间去接受这些不能接受的，相信这些不可想象的。不同的场景快速闪现在克洛蒂尔德的脑海中。她的母亲被关了起来，她一点一滴地和那个负责给她送饭的沉默男孩儿奥索建立了友谊。她给那只刚出生的小狗起了名字。或许她跟丽萨贝塔也有些许的交流。这么多年以来她就生活在这个阴暗的房间里，只有在某一些晚上，房间才会被猎户座照亮，她得知自己的女儿回到了科西嘉；她让奥索作为她的信使，交给他几句匆忙写成的信，足以向她的女儿证明她还活着，然后又派他给她准备了一个跟二十七年前一模一样的早餐桌，又在半夜里领着她来到她的监狱前。就是为了能再次见到她，仅仅是为了能再次见到她，而不是要把她置于危险之中。

什么样的危险？

她妈妈藏着怎样的一个秘密？

她是永远不可能勒死帕夏的。在找到她的时候，她是永远不会再逃跑的了。她绝对不可能去动那辆车的转向拉杆，她永远不会将自己孩子的生命置于危险之中，永远不可能害死他们，即使是8月23日晚上的那个意外。在所有那些疯狂的信息中，只有一条信息对她来说最为重要，就是今天被扔到她面前的那条信息。

她妈妈还活着！

Campa sempre.

现在，该她上场了。这是她的职业。

去证明她是无辜的。

卡萨努加快了脚步，也许是因为这条小路正缓缓倾向阿卡努，也许是因为他已经释放了他的潜意识，现在他只想着那四个盘子和等着他的猪肉肠。别走那么快，克洛蒂尔德想到。别那么快，你的孙女很害怕会倒了你的好胃口。

她将一只手放在爷爷的手上，那只拿着手杖的手上。

"爷爷……如果存在另一个可能性，有另一个嫌疑犯呢？"

卡萨努没有停下脚步，甚至加快了步伐。

"我是对的，"他只是说，"最好不要让律师来解决这个问题。"

她的声音里加重讽刺的味道：

"这是谁的错？是你让我做了这行！还记得吗，二十七年前，在卡普迪维塔上。也许一切都是命中注定的，曾经你给了我成为一名律师的想法，在多年以后恰好就是我来向你证明，你犯了你的人生中最大的错误。"

这没能让爷爷笑出来。

"我们搜查了所有有可能的线索，克洛蒂尔德，相信我。"

"也包括赛文·斯皮内洛的吗？"

这一次，卡萨努的手杖和他右脚之间的速度不一致了。

"赛文·斯皮内洛？他能在这件事情里做什么？那时他才十四岁。"

"十七岁……"

"好吧，十七岁，就按你说的。他也还只是一个孩子！能跟富埃果被破坏有什么关系？这就是大陆上的律师的手段吗？选一个刚刚死了几个小时的人，然后把所有的过错都算在他头上？"

克洛蒂尔德没被吓唬住。他们继续向下走着，已经看到了阿卡努院子里那棵大橡木的顶端。对她的爷爷，要像对所有其他的男人一样，玩点儿心眼儿。

"赛文一直知道我妈妈的事情，对吗，爷爷？关于对她的审判，关于她的终身监禁，赛文要挟你们了？"

卡萨努抬起头看向天空。

"这跟汽车被破坏没有关系，但是，没错，那是在几年后，赛文听到巴希尔——他爸爸，跟阿卡努陪审团中的另一个人的谈话。这个赛文向来爱打听。2003 年，他的父亲去世了，他继承了营地，他并没有像你说的要挟我，我们这里的人不用这个词，它很容易让你在酒吧的吧台上被打成筛子。他只是让我明白了他知道这些事情。我们甚至不需要对此进行讨论，我们俩都知道该怎么做。如果他去跟警察说，跟记者说，或者跟任何一个人去说，那我就有可能要蹲监狱，包括我的家人也会。这就意味着我们要放弃所有在阿卡努的财产。赛文仅仅是问我拿了几公顷去建一些房子，去翻新改造蝰蛇营地和扩大餐厅，增建新的卫生间、芬兰小屋、营房，还有在奥赛吕西亚的海滩上建一个小草屋，这些土地仍然继续属于我，但由他来开发。至于洛克马雷尔滨海酒店，他把它买了下来，并请求我的保护。在家庭荣誉和几公顷堆上水泥的土地之间，他知道我会如何选择。"

"如果这个还不叫要挟的话，那它应该叫什么呢？"

"一笔交易。赛文知道我不会对他怎么样。他是我最好朋友的儿子。"

"所以不是你杀了他？"

卡萨努瞪大了惊讶的眼睛。他们已经回到了阿卡努的院子里，大橡树不对称的阴影覆盖在他们身上。

"不是。我为什么要杀他？赛文·斯皮内洛野心勃勃，而且有点儿不择手段，他的商业头脑超过了他对土地的热爱，但他是爱科西嘉的，以他自己的方式，另一代人的方式。甚至可能对于那些水泥建筑来说，他更有道理一些。"

克洛蒂尔德没有再继续唱反调。她的爷爷在内心深处，和其他人一样。一个走在自己幻想中的男人……因为这个世界转得太快，像一个巨大的甩干机甩掉了空想。她犹豫了一下，还是放弃了在她的版本增加更多的细节：赛文·斯皮内洛拧开了富埃果的转向球头螺母，因为他知道那天晚上，保罗和帕尔玛·伊德里斯不会开车出去，他们会按照计划在卡萨帝斯特拉过夜。没有成年人知道那天晚上要开车的人，是尼古拉斯。玛利亚·琪加拉会陪着他。是他们，杀手想要对付的是他们。由于强烈的渴望、嫉妒和恼怒。这个假设，不是卡萨努，也不是任何一个十八岁以上的人可以拼凑出来的。一群青少年的秘密比被黑手党攻击过的科西嘉村庄的秘密更加难以识破。

他们慢慢穿过农庄的院子，绕过了丽萨贝塔种植的兰花花圃。克洛蒂尔德没有想到的是，卡萨努并没有直接去厨房，而是坐在了长椅上，那个她在二十七年前，在事故发生之前睡过的长椅。

不会的，她继续想着，不会有人能猜到那年夏天这群青少年间发生了什么事。没有人，没有一个证人，没有一个成年人。

除非……

克洛蒂尔德看着卡萨努在长椅上缓慢地呼吸着。爷爷看起来像一只猫，一只胖胖的睡猫。看上去他累了，有些无精打采，没有一点儿力气，但是只要有一丁点儿的危险，他都会迅速、准确、毫不留情地跳起来。

丽萨贝塔已经从房间里出来，走了过来，一副忧心忡忡的样子。斯佩兰扎站在门槛那里，保持着警觉。

"你没事儿吧，卡萨努？"

老科西嘉没有回答，他慢慢地闭上了眼睛，让阳光催生他的困意，但是是的，他确认地点了点头，没事儿。一根手杖，一顶帽子，他的农庄，他的橡木，他的部族。

除非……

克洛蒂尔德的想法让她觉得恐慌。

在事故发生前的几分钟，她正处在卡萨努的位置上。在她爸爸强行把她带上富埃果之前，她睡着了，在听黑手乐队的歌，还在本子上潦草地写过最后几个字……

除非……

在那个 1989 年夏天，没有一个成年人能猜到在这群青少年中正在上演着怎样的悲剧。

除非他们中有人读了她的日记！

丽萨贝塔奶奶走上前来，把手搭在她的肩膀上，对她丈夫的身体状况表示放心。她弯下腰凑到她孙女的耳朵边，好像有个秘密要告诉她，好像她读懂了她的心思一样。

"发生意外的那天晚上，亲爱的，你把你的笔记本忘在长椅上了。所以……"

她还没来得及把话说完，克洛蒂尔德的手机在口袋里响了起来。

弗兰克！

终于。

克洛蒂尔德走开了一米远。

"弗兰克，你回来了吗？"

她的丈夫的声音是断断续续、气喘吁吁的。让人觉得他是在一边跑一边说，或者他周围有风在吹着。两天都没有说过话了，但他连句问候语都没有。

"瓦伦和你在一起吗？"

"没有，怎么啦？"

"我在蝾螈营地的接待处，在安妮卡这里。你留了一个口信让瓦伦蒂娜去阿卡努找你，有紧急情况。"

克洛蒂尔德觉得两脚发软。她要扶住长椅才能保持住身体的平衡。

"不是我，弗兰克！我从来都没给她留过什么信息。"

"那是你祖父？还是阿卡努的其他什么人？"

"我不知道，这很奇怪。等等，我问一下。"

克洛蒂尔德走向丽萨贝塔，还没等她开口，她祖母先把她刚才的话说完了。

"发生意外的那个晚上，你的日记本，是我捡到了。"

58

2016 年 8 月 23 日

富埃果在狭窄且布满小石子的路上慢慢前进着，松树枝抽打着车门。几乎每米都有树枝在车身上留下长长的、露出铁皮的、带着松香味道的划痕。卡斯塔尼兄弟是不会理解他这种对刚买的收藏品的处理方式的。

更可能的是，他们无所谓。

他也是。

19 点 48 分

在几个小时后，对于车子来说，还会剩下什么呢……

具体地说，是在一小时十四分钟后。

相同的车子。

相同的小时，相同的分钟。

相同的地点。

相同的乘客。

相同的尸体，当警察发现他们的时候……

他要终结这一切，而且要完美地终结它。总结来说，这一出已经开始了的悲剧，就是要报复、戏弄命运，将它带入死循环，最后装在双层的箱子里沉入深深的地中海海底。

他检查了一下后视镜，确定没有地方能看到他的车，不管是 D81 号公路，还是几米高的上方的小路。这条路原本只是给开采石板的工程作业车走的，现在已经关闭了。没有游客会到这里来探险。本地人来得更少。他有足够的时间勘察地形。他用二十七年的时间来做这个。

20 点 03 分

平静地、镇定地、从容地，他在等待行动开始的时刻。如果女孩子们觉得无聊的话，他还给她们准备了书。

特别是给瓦伦蒂娜准备的。

他把车停在一棵高大的欧洲黑松的树荫下，熄了火，拉起手刹，然后转向自己的右边。

"倒数第二阶段，伊德里斯夫人，我希望您会感激这一切。我都安排好了，真的是全部都安排好了，这样您就不会失望了。"

当然，帕尔玛·伊德里斯不会回答他。他向坐在他旁边的女乘客靠过去。

"麻烦让一下，帕尔玛。"

他解开安全带，打开手套箱，拿出一个塑料袋，转过身去。瓦伦蒂娜坐在车后排，双手被绑着，身体也被捆着，口中塞满的肉色亲水石膏让她看上去像长了一张没有嘴唇的脸。她转动着愤怒的双眼，努力隐藏着内心强烈的恐惧。

"我没时间包上礼物盒，但是你可以打开它了，瓦伦蒂娜。"

女孩儿用被绑住的双手笨拙地从塑料袋中掏出一本褪色的蓝色笔记本，页面泛黄卷曲着。

"礼让小孩儿，您同意吗，帕尔玛？而且，这本日记的内容，您已经都知道了，对吗？"

帕尔玛·伊德里斯没有回答。

"你的手腕可以活动，瓦伦蒂娜。你的眼睛也能转。所以我相信你会喜欢这本书的。我们都有过同样的梦想，对吧？希望能进入母亲的思想里。"

你妈妈在你这个年纪的时候，他在心里补充道。

瓦伦蒂娜犹豫了一下，手指紧紧捏在合着的笔记本上，但他确信只要她一低头，只要她看到她的母亲在封面上的字迹，就会忍不住要打开它。从最开始读到的几行字，她就会知道，这本笔记本确实属于克洛蒂尔德，即使是在她出生前的好几年里就已经写好了。

总之，她有权利知道。

知道她妈妈是怎样的人。知道她的祖母是怎样的人。

在冲进海里之前。

在沉入水底之前。

就像剩下的一切，就像这部汽车，就像这本本子。

就像那三个乘客一样。

59

2016 年 8 月 23 日，20 点

"弗兰克？弗兰克！你还在吗？"

克洛蒂尔德抬高了声音。声音感觉很遥远，就好像她丈夫还在帆船上航行，刚刚潜完水回来接电话，要么就是在阿卡努的密林中，这里只是间歇性地有网络。

"弗兰克！没有人给瓦伦留言。不是我，不是爷爷，也不是奶奶。没有人让她上来阿卡努！"

"该死的！"

"怎么回事儿，弗兰克？瓦伦没有跟你在一起吗？"

"我……我刚去冲了一个澡，最多十五分钟。瓦伦蒂娜对营地经理被杀感到很不安。她想和安妮卡聊一聊，想告诉她，她挺喜欢斯皮内洛，她想表达一下她的哀悼，你明白的……她感觉很不好。等我出去的时候，她就不见了。安妮卡告诉了我这个消息。我就给你打了电话。"

长椅、橡木、院子，整个农庄都在转着。整个岛都在漂流着。整座山似乎要滑进地中海里去了。

"多长时间了？也许她正在路上？在小路上的某个地方？在闲逛？"

她丈夫的声音更低了。加上一阵呼呼的风声，她几乎听不见了。她不得不把手机贴在耳朵上。

"她不在小路上，克洛蒂尔德。"

"你怎么知道？"

"我知道瓦伦在哪里。"

我没听错吧？他这是欠揍吗？

克洛蒂尔德大声喊叫着。她的声音经过山谷的回响，可能比电话更快地传到她丈夫那里。

"什么？你在说什么，王八蛋？"

丽萨贝塔站在她身旁，刚才的话还没有说完。卡萨努仍在困倦中沉睡，没有听到从他孙女嘴里发出的喊叫声。斯佩兰扎已经回屋里去了。

"瓦伦在离这儿十公里远的地方！在博卡塞拉利亚森林的某个地方，在加雷利亚的上面。"

一时间，克洛蒂尔德以为是她丈夫绑架了瓦伦蒂娜。他把她像犯人一样关在了密林深处的某个地方，就像她妈妈之前被关起来那样。他想威胁她，让她再也见不到女儿。她任自己的怒气爆发出来，大山又一次开始颤抖。

"妈的，你说清楚！"

她觉得电话另一头的弗兰克结结巴巴，仿佛在犹豫要不要告诉她一个痛苦的秘密。一种左右为难的情绪纠缠着他，让他无法干脆地把话说明白。丽萨贝塔很担心地看着她，她隐约知道了瓦伦蒂娜失踪的事情。

"她在那里搞什么鬼？"克洛蒂尔德重复问他，"你是怎么知道她在那个森林里的？"

一阵风声过后，弗兰克小到听不见的声音才出现。

"我……我在她的手机里放了一个监听装置……Spytic……一个间谍软件可以让你追踪她，随时定位她的地理坐标。（他的声音再次低了下去，就像一个犯错的小孩儿被抓住了一样，只有一些只言片语传到她耳边）以防万一……万一会有什么事情发生在她身上……我是……你了解我的……我总是担心……担心瓦伦……我没有跟你说，因为你不会同意的……但还是出事了，克洛……她还是出事了。"

就像太阳猛地从云层后方升起来一样，克洛蒂尔德脑海中的一切都被瞬间照亮了。就像一个天启。她感到一阵猛烈的仇恨，但几乎立即被一种巨大的宽慰冲走了。

"你的追踪软件……你也放到我的手机里了吗？"

"…………"

"我不在乎，弗兰克，我们没时间浪费在这里。我只想知道的是：因为你也在我的手机里装了这个软件，所以在三天前的晚上，你是靠这个在密林里找到我的，是吗？"

"是的……"

她闭上眼睛，咬紧牙关，防止一股强烈的酸性液体返进她的喉咙里。

"给警察打电话，弗兰克！给警察打电话，把你××的间谍软件的坐标给他们！让他们封锁了那个地区，让他们封锁博卡塞拉利亚森林。至少你这鬼东西还能派上用场。我这就到，我下来蝾螈营地。你在哪儿？"

她丈夫已经把电话挂了。

丽萨贝塔仍然站在她面前。什么都没说。什么都没问。就像一个收纳好的有用的物品一样，只是等着人们需要她的时候，人们知道去哪里可以找到她。她坚实可靠，几乎没有折旧，只是有一点儿驼背了。

与奶奶的冷静相比，克洛蒂尔德是那么惊慌失措。她的双手乱摆着，不知道应该立刻奔向她的帕萨特，还是应该花几秒的时间理清头绪。一切都发生得太快了，所有的事情都挤到了一起。她没有时间整理所有她收到的信息，她母亲，她女儿，失踪了，但却还活着；至少她希望如此。她必须最大限度地收集各种线索，还有事实，也许一切会在某个适当的时候都明白了。

卡萨努慢慢地醒了过来，摘下了帽子，讨厌的阳光让他有点儿眩晕，不知道周围为何如此喧嚣。

克洛蒂尔德握住了奶奶的双手。

"奶奶，那个本子，我的日记本，是你捡起来的，那现在谁拿着它？奶奶，请你告诉我，这很重要。你还给谁看过？还有谁读过它？"

她的手想逃脱，像两只被囚禁的蝴蝶。

"我……我不知道，亲爱的。"

"你没有把它给别人看过？"

"没有。"

"那……你……你是唯一看过它的人？"

老妇人的眼角渗出了泪花，泪水冲散了她的睫毛膏，让她的美丽显得凄惨。她的眼睛里第一次表达出了愤怒。

"你把我看成什么人了，孙女？我是捡了它，也的确是你的日记。但是我没有打开过它！它是你的，只属于你。我把它带去了你们在蟪蛄营地的平房，和其余的留在阿卡努的东西一起带过去的，几件衣服、一些书、一个袋子。你那时候在医院。我不可能把你所有的东西都拿到医院去。"

"我从医院出来以后，奶奶，他们就直接把我带回法国去了。我再也没有回去过营地。"

"我知道，亲爱的，我知道……巴希尔·斯皮内洛应该把你留在营房里的东西都收拾起来了。"

克洛蒂尔德的手开始颤抖起来，丽萨贝塔的手反而很镇定、很顺从。

"他的确这么做了，奶奶。（她沉默了一会儿）巴希尔把所有的东西都带给我了，除了那本日记。"

60

2016 年 8 月 23 日

　　只要一脚，他就可以把手机在长而平的鹅卵石上踩碎。即便他对这方面的技术一无所知，但他已经在许多的警匪剧里看到过，一部手机，哪怕它关机，都可以被追踪到。只需要或多或少的一些信息，加上一定的时间。

　　他不着急。双手被绑着，嘴也被堵住的瓦伦蒂娜，正在泪眼朦胧地看着她妈妈的日记，而他在仔细地翻看这位少女的手机。

　　真令人失望！里面什么有用的内容都没有。

　　他打开了来往信息的记录，读了里面的短信，看了保存的照片，又听了一些下载的音乐。他在这个十五岁女孩儿的世界里沉浸了几分钟，却没有找到任何有用的东西。没有针对父母的坏话。没有一寸过于裸露的肌肤。没有酒瓶，没有让人兴奋的小男朋友，也没有让人嫉妒的女性朋友。

　　一个年轻的乖乖女。

　　面容姣好。是这个年纪该有的样子。

　　没有仇恨，没有问题，好像生命只是一个不知名的好人送来的礼物。只需要拆开，欣赏，微笑，说谢谢，吹蜡烛，没有忧郁，相信圣诞老人永远存在，永远和爸爸妈妈在一起，还有神佛庇佑。一个没有缺点、没有弱点的少年。与日记中她同年龄的母亲有鲜明的对比。

　　是因为科技的改变吗？他自问道。毕竟，一部手机可以与世界连接，而一本日记只能用来保护自己。

是年代的改变吗？

他拿起一块石头，砸在三星手机上。这一次，他确定，如果有人试图用这个设备来找到他，最后的信号将是从这片森林发出的。

不拖时间了，现在就走。

他瞥了一眼富埃果锁着的门，透过车窗看着里面的两个女人的脸：帕尔玛和瓦伦蒂娜。她们两个是如此相像，又高又瘦，身材挺拔。她们同样拥有着古典之美，同样的面容，同样骄傲的眼神，这么多年来，她的皱纹和体重看上去都没有改变过。优雅，诱惑，又令人放心。

与此相比，克洛蒂尔德显得相差很大！克洛蒂尔德·伊德里斯也很漂亮，但她的魅力之处几乎与她们相反。她娇小，充满活力，不墨守成规。

在把石头扔向远处的时候，他自娱自乐地想象着，也许为新生儿组合基因的巫师只有一次机会，所以他必须用最优化的配方，选取父母和孩子的，兄弟和姐妹的基因进行混合，这样才能不断有新的配方。也正因如此，遗传经常跳过一代人，发生在隔代人身上。

他向富埃果走去，脑袋里还在继续思考着女儿、妈妈和外婆。克洛蒂尔德从来都不知道如何和她的妈妈沟通，只是写在她的日记里。

而她跟自己的女儿也没有太多的交流，这点他仅凭自己的观察就可以确认了。

真他妈的讽刺……

因为外婆和外孙女，她们两个，会彼此喜爱，彼此欣赏，彼此理解。显而易见。

真遗憾……

遗憾的是，她们相聚的时间就只剩在这部满是划痕坑坑洼洼的富埃果里的两小时了，堵住的嘴巴让她们无法亲吻，绑住的双手让她们无法彼此拥抱。

有点儿偏题了。他得要离开这地方，不能再迟了。

他打开了富埃果的车门。

20 点 34 分

很好，他会准时赴约的。

他最后看了一眼坐在后排的瓦伦蒂娜。她还在翻着她妈妈的日记本，但没有在读。青年人已经看不清上面的字了，泪珠成行地流了下来。这本日记会最终让她更爱她的妈妈吗？或者更恨她？

这都无所谓了。

瓦伦蒂娜不会再有机会向她表白了。

他打开车门。

谁都没有动。

"时间到了，伊德里斯夫人。我们在佩特拉·科达的峭壁上有个约会。"

61

2016 年 8 月 23 日，20 点 40 分

克洛蒂尔德正恼火地站在帕萨特前，绝望地在翻包找车钥匙。所有的事情都挤在她的脑袋里，她甚至都不知道车子启动后该去哪里。去警察局？去蝾螈营地？沿着道路看能不能碰上瓦伦蒂娜？还有她妈妈？她没法把拼图拼好，她只有一种模糊的感觉，觉得 1989 年那个夏天的悲剧不仅发生在成年人中，也在年轻人中发生了，这是两个独立的圈子，而这本旧日记就是这两者之间唯一的联系。

这本日记出自一个年轻人之手，就是她自己，里面包括了所有她观察到的、记录下的，甚至从此就遗忘了的事情。

一个成年人后来读了它，还偷走了它，因为他从这些页面中发现了一个真相，一个关于他自己的真相。他从这本浑蛋日记中找到了一把钥匙。而车钥匙就在她的包里，她就是找不到！她像个傻子一样站在锁着的车门前，大哭起来。白痴！这该死的东西被塞到哪里去了？

手机响了。

至少，手机，她还知道在哪儿。

"克洛蒂尔德？我是安妮卡！太不幸了！太不幸！"安妮卡抽了一下鼻子，在两声啜泣间挤出几句话。

"赛文，今早，被杀了。您的女儿，现在，又不见了。"

哭泣几乎让她透不过气来。这位前风帆运动爱好者近乎要崩溃了；老板娘亲力亲为，用一己之力和唯一的信念，在接待处支撑着蝾螈营地，却已然不知所措。

"你们都在蝶蜒营地，还有弗兰克？"

"呃……不是……我一个人在这里，在营地门口。"

"弗兰克在哪儿？"

"我不知道。"

"他去找警察了吗？"

"我不知道……可能在跟他们谈，那些警察……已经在这儿了。早上就来了……因为赛文……（哭泣声更大了）我知道你们不喜欢他，克洛蒂尔德，你们从来就没有喜欢过他……但是赛文不该被这样……"

"您给我打电话就是为了说您的丈夫吗？"克洛蒂尔德无情地打断了她。

她终于找到了车钥匙。她需要赶紧出发。电话不能占着线。

安妮卡毫无怨言地回答着。尽管发生了这一切，她始终保持着接待处的风格。

"不，克洛蒂尔德。不，我给您打电话是因为我想起了一个细节。"

克洛蒂尔德感觉心脏跳得快要裂开了，车钥匙卡在了帕萨特的门上。

"刚才，在接待处的那个留言，让瓦伦蒂娜去阿卡努的那个，就写在一张小纸片上，字迹很潦草，签着您的名字。我应该警觉一些，检查一下的……但是，我的上帝，我是那么悲痛……"

"那个细节是什么，安妮卡？"

"在字条出现在这里之前，或者之后，有一辆车停在营地前。它慢慢开过来，然后停在那里，等了一会儿。我都没有反应过来。我刚刚才想起来对比一下。"

克洛蒂尔德打开了车门，将钥匙插入点火开关，等着安妮卡把话说完就马上出发。

"赛文将所有的事情都跟我说过，"营地老板娘继续说，"很多次……但是是很久以前了。这辆车的出现让我想起了什么，像是碰到了一个无法关上盖子的记忆盒，然后我发现了这个留言条，再然后瓦伦过来了，我就忘了这码事儿。"

“这辆车有什么特别的？”

“是一辆富埃果。红色的。就像是前些年里赛文跟我说的那辆一样。就像是您的父母和哥哥出事的那辆。”

❖　　❖

克洛蒂尔德转动车钥匙启动车子，帕萨特的引擎发出阵阵轰鸣，但她没有倒车也没有踩下油门。十万火急！三盏警灯在她脑子里闪动，三个警报器呼啸着，形成了一个三角形的火焰。

首先是一辆红色的富埃果。

其次是地理坐标，就是放在瓦伦手机里的那个跟踪装置，弗兰克说过就是在博卡塞拉利亚森林，在佩特拉·科达下面的几公里处。

最后是她妈妈和她女儿。

这一切都指向了一个明显的结论：有人故意借用了一辆与她父母原来那辆一样的车，车上坐着她妈妈和她女儿，要去佩特拉·科达的悬崖那里。

克洛蒂尔德不知道他是谁，他怎么做到的，也不知道他为什么要这么做，但她确定的是，一切将发生在那里。她焦急地看了一眼仪表盘上的时间。

20 点 44 分

某个人、某个疯子、某个精神病，正朝着佩特拉·科达的方向前进，要二十七年前的事情完全重来一次。又是一个 8 月 23 日。没有她，却是另外一个十五岁的女孩子坐在车后座上——她的女儿！

她又想到了那个绝壁，十天前。百里香花束。置身事外的弗兰克和瓦伦。在窄路上从他们身旁掠过的车。她现在深信不疑，这个疯子一定会在 21 点 02 分准时出现在那里，开着富埃果从围栏那里冲出去。

倒车。必须全速前进。通知所有她能联系到的人。

必须有人到那儿去。在他到达那里之前。在她到达那里之前。

在十八分钟内。

她已经来不及了。

她下意识地抬头看了一眼后视镜。一个急刹！

卡萨努就站在她的车后面等着她，白发苍苍，皱纹密布，撑着手杖，歪着帽子，像是个不知所措的甘道夫。她估计卡萨努应该听到了所有的事情，也明白了发生的事情。她几乎是在请求他。

"退后，爷爷。"

"我想一起去。"

"让开。你已经做了不少'好事儿'了。"

帕萨特的轮胎卷起了小石子。卡萨努差点儿来不及躲开后退的汽车。一秒后，帕萨特已经在一团干燥的灰土云中消失了。她最后看了一眼倒后镜。卡萨努仍然站在那儿，仿佛在地上生了根，仿佛不准备再走了，仿佛他唯一希望的就是回归自然，变成一棵树、一块石头、一个与世无争的物品，正如他的妻子丽萨贝塔一直表现的那样。

这条路直通到雷威拉塔，再走几公里远就到佩特拉·科达悬崖。一路上都是连续不断的弯道。克洛蒂尔德咒骂着那条她必须绕出几公里才能从阿卡努农庄回到蝾螈营地的沥青公路，按照直线距离，穿过山中的小路，几百米就能到。

20 点 46 分

她在超短的直路上加速前进，然后在进入弯道前紧急刹车。

"×！"她喊了出来，眼里满是泪水。冷静，冷静。你越保持冷静，就能开得越快。

只是她的头已经快要爆炸了。这个疯子会是谁？无所谓了，反正她必须在他之前到达佩特拉·科达。而且她不能只是一个人。她没有放慢速度，右手握住方向盘，左手拿出手机。她的眼睛在蜿蜒起伏的山路和将要按下的数字之间来回切换着。为什么？真是见鬼，为什么她不敢记下他的号码，哪怕是记在一个假的名字下面？为什么只是想起他！

06

一个弯道，她转了一下方向盘。

25

经过第二个弯道，加速前进。

96

前面没有人，下面也没人，三个下降的弯道，偏向左侧，直压白线过去，可以多赢得几秒的时间。

59

继续加速前进。

13

电话打通了。

接电话啊，靠，快点儿接电话！

减速，浪费了时间，转回一挡。

靠，靠，靠。快接电话！

重新加速。

她喊出了语音留言。

"纳达尔！纳达尔，听我说。他们绑架了我女儿。我不知道是谁。我不知道为什么。他们还绑架了帕尔玛。我只知道他们要去佩特拉·科达那里的悬崖。他们在一辆红色的富埃果车里。他们要杀了她们，纳达尔！要把她们沉到地中海里。你就在附近，纳达尔。你就在附近，你可以第一个到达那里。"

在进入营区之前，她利用最后一条直道挂掉电话，但同时分了心。

在最后一刻，她踩住了刹车。

"啊……见鬼……"

卡萨努·伊德里斯就站在路中间！这个老疯子穿过了小路。浑身颤抖着，弯着腰，倚着他的手杖，就像一个用尽了余力的马拉松运动员。她立即做出了决定：与其花更多时间避开在路中间站着的老人，还不如让他立刻上车。

她向右边俯身过去，打开了车门。

"你在干什么！你觉得你做得还不够啊？快，上车！"

20点50分

时间已经浪费了三十多秒。卡萨努坐好了，但没有说话。他调整着呼吸，气喘吁吁的，不停地咳嗽，好像心脏快要从胸腔里爆出来了。就差他坐在副驾驶位置上砰的一声响了。爷爷肯定是在帕萨特消失的时候就开始跑了，他一路狂奔，任凭丽萨贝塔在他身后呼唤着，从那条他熟悉每一处秘密、每一块石头、每一处滑道的小路跑过来的。

路上的弯道还是一个接一个。渐渐地，科西嘉老人的呼吸开始正常了，相反汽车引擎却开始反常，感觉温度上升了。一股焦糖味道从开着的车窗外面飘进来。

是刹车皮，轮胎，还是变速箱出了问题？

顾不了这么多了，车子肯定还能再坚持八公里。

"克洛蒂尔德，我想你妈妈并没有逃跑。"

"有点儿晚了，爷爷，如果你想表示抱歉的话……"

帕萨特差点儿冲到路边的围栏上，她猛地向左打了一把，速度太快导致了方向偏移，车几乎就是擦着隔离悬崖的石墙开过去的。

"我想……我想她是被绑架的。"

电话响了。轮胎发出一阵刺耳的声音。

纳达尔？

弗兰克？

当汽车转上直道的时候，克洛蒂尔德接通了电话。

"右转弯，"卡萨努轻声说道，"二百米处，120°。"

她堪堪地转了过去。终于，老家伙或许对她有点儿用了。他对这条路上的每一米都了如指掌，完全可以成为她的领航员，比那些参加环科西嘉拉力赛最有经验的人还更有效率。

"克洛蒂尔德？我是玛利亚·琪加拉。"

出于惊讶，司机差点儿把帕萨特直接撞到面前的石墙上。她差点儿没避开那个小礼拜堂，圣母像、一个十字架和三朵塑料花；是记起了另一辆车、另一个生命，曾在某一天，或者某个晚上在这里终结了吗？

"左转弯，一百五十米处，U 形弯。"

"玛利亚？"

"我又重新考虑了我们那天的谈话。关于赛文·斯皮内洛的谎话，还有被破坏的转向拉杆的事儿。"

"然后呢？"

"右转弯，窄弯，一百米处，160°。"

"事实上，赛文也不算完全是编瞎话。"

一道闪电划过克洛蒂尔德的脑中。玛利亚·琪加拉又要改变她的证词了。赛文，首先是个完美的凶手，然后紧接着发现被杀了，然后变成无辜者了。闪电过后紧跟着的是一阵雷声。赛文是无辜的，那么是她哥哥尼古拉斯又变成完美的凶手了？

"您跟我确认过……"

"我后来一直在想。我尽力找寻 1989 年 8 月 23 日那天每一分钟的回忆，每一个字、每一个动作……"

"向左微转，一百五十米处，80°。"

"每一个动作，玛利亚？这么长时间以后？"

"听我说，克洛蒂尔德，听我说。这么多年来，我一直深信尼古拉斯和你父母的死是由于一场意外。但是如果你要找一个凶手，如果是有人破坏了那天晚上我们要开走的那辆车，你哥哥和我，如果有人是想要杀死我们两个的话，那么不可能是赛文。嫉妒得要死的人不是他。"

"左转弯！"卡萨努喊道。

克洛蒂尔德在最后关头的转弯也没有松开手机，车轮咬着路边，崩起碎石，在一片黄色的尘土伞下，紧贴着路面滑过去三米，车子已经冲到了斜坡石墙中间的缝隙前。额头上都是汗。

"我非常肯定，"玛利亚·琪加拉继续说着，"我这一辈子都会记得那双盯着我和尼古拉斯的眼睛，就在发生事故的那天，在奥赛吕西亚海滩上，午夜过后，除了他之外，所有的人都离开了。之后又是一双眼睛，在悲剧发生后的第二天，只盯着我看。现在我明白了。是……是因为他想杀了我们……因为他刚杀死了尼古拉斯。"

"直线行驶，四百五十米，快……你可以加速。"

"是谁，玛利亚？是谁这么盯着你看？"

克洛蒂尔德在电话里听到一阵笑声，像电影里那种演绎得不到位的笑声。玛利亚·琪加拉多年来一直困扰在无法说出这个名字的内疚之中。是她曾经让这个人心生嫉妒，直到嫉妒发展成为一个杀人犯。

"你也应该记得的，克洛蒂尔德，你一定也记得他。记得他那双眼睛。即使经常你只能看到其中的一只。"

62

2016 年 8 月 23 日

20 点 52 分

连绵不断的弯路开始变缓。富埃果严格遵守着速度限制，驾驶员没有感觉到需要加速或减速，他设置了 GPS，他知道如果没有意外情况，如果他跟随着语音机器人一个字母一个字母蹦出的指示，富埃果会非常准确地在 21 点 02 分时到达佩特拉·科达的第一个转弯处。

九分钟之后，一切都将结束。

对他来说比预计的早了一点儿。

他的医生告诉他还有九个月。

❧　　❧

帕萨特已经接近 D81 号公路了。公路不再有那么多弯，离岸边也远了一些，克洛蒂尔德挂上五挡，以接近百公里时速行驶了几百米，然后减挡。

她用大腿夹着手机。

"是赫尔曼！"克洛蒂尔德在驾驶舱里喊出来，"那个浑蛋独眼巨人！"

卡萨努转头看着她。

"赫尔曼·施莱伯？"

克洛蒂尔德眼睛不离公路。

"是的，是他杀了他们。如果我们不能按时到达，他会在不到十分钟内重演一次。是他绑架了瓦伦和妈妈。"

"不可能……"

20 点 53 分

"哦不，爷爷，怎么不可能！我前天还跟这个浑蛋赫尔曼·施莱伯通过电话而且……"

她爷爷将一只手放在她的大腿上。

"这不可能，克洛。我向你保证。你前天不可能跟这个德国人通过电话。（他深深地吸了一口气）赫尔曼·施莱伯 1991 年的时候就已经死了，在你父母意外身亡的十八个月后。他那时还不到二十岁。"

       ✢   ✢

20 点 54 分

富埃果经过了雷威拉塔南面六公里的卡瓦罗悬崖。

21 点 02 分到达，粘在挡风玻璃上的 GPS 显示着。

导航软件的屏幕上用小屏幕勾勒出当前的景色。电子蓝色的大海，卡其绿色的山脉，奶油咖啡色的天空。

雅各·施莱伯认为这种画面中的景色寡淡无味，既刺眼又丑陋，而现实中却是雄伟壮丽的。雷威拉塔在他面前清晰地展现出来，灯塔，卡尔维的城堡，夕阳红得像一个害羞的女孩儿。他放慢速度，享受这几秒的美丽景色。不用刻意去遵守 GPS 上的预计时间，他会在到达蓬塔迪康塔特利之后加速把时间追回来的。错过这里的景色肯定会是世界上唯一让他遗憾的事情。

公路又重新转向山边，路边有一片干枯的密林和一些瘦奶牛。他开始加速。实际上，在接下来的几分钟里还要想着有关遗憾的问题，这么大的跳跃性思维，真是好傻。就算克洛蒂尔德没有在五天前回来揭开那些还未愈合的伤口，2016 年夏天也将是他的最后一个夏天了。总的来说，他这个蝾螈营地资格最老的营员应该在这里，在科西嘉，获得他的尊敬，而不是在勒沃库森的医院里一点儿一点儿地烧光生命。宁愿随着车厢一起跳入这天堂般的美景当中，因为没有人能够确定人死后还存不存在。

最多九个月，他的医生跟他确认过。

第一个警报，第一个肿瘤，已经在八年前悄悄潜入他的肝脏里了。医生对他的食道进行了清理，就像人们用高压水枪进行清洁一样，但是肿瘤的酸雨还是继续滴落在胰腺、肺和胃上。肿瘤赢得了胜利。他甚至一度认为肿瘤会提前取得胜利，他曾一直相信他活不过退休后的五年，因为拜耳的会计那时通知他，从他离开公司之日起，他每月将领取一笔三百马克的补助，因为在他的职业生涯期间，曾暴露于一些致感染的产品、溶剂和污染物。他在岗位上工作了十五年，他那时是干部，通过屏幕对生产线进行监管。对于拜耳公司来说，幸运的是，当他退休以后，从事产品的装运和装卸以及清洗生产池的工人的工资要比他的低很多。

他瞥了一眼后视镜，想看看乘客们是否知道等待着自己的是什么。帕尔玛肯定已经明白了：红色的富埃果，在 GPS 上显示的目的地，她的外孙女在后面，线索很明确。瓦伦蒂娜也一定已经明白了，她现在什么都知道了，她已经读了她妈妈的日记。她们仍然保持着冷静。只是像两棵绑在一起的圣诞树，除此之外她们又能做些别的什么呢？恐怕只能希望这是一次虚张声势的行动，一个糟糕的玩笑，一场戏……或者希望1989 年以后，佩特拉·科达悬崖的栏杆已经被加固了。

车子经过了尼奇亚雷多海湾，雅各·施莱伯保持着加速。最近几天，他一页一页地重读了克洛蒂尔德的日记，重新激起了他仇恨的余烬，尽管多年来它从来没有完全熄灭过。

他的儿子，赫尔曼，不应该对任何事情负责任。

所有这一切，都是玛利亚·琪加拉、尼古拉斯、赛文、奥莱丽娅的错，是所有在 1989 年夏天聚在一起的那群年轻人的错，是他们的蔑视、他们的自私造成的错误。他没有编造任何东西，克洛蒂尔德在她的日记中对这一切进行了完整的记录。是他们滋养了这种愤怒、这种嫉妒、这种疯狂，否则什么都不会发生。他的儿子是一个善良、认真、勤劳、受过良好教育的男孩儿。在莱丝·梅特娜天主教学校读中学，在勒沃库森的维尔纳·海森堡读高中，从六岁起参加小童子军，不到十五岁的时候就加入了先锋队，手中总是有一块用来雕刻的树皮，口袋里总有一颗闪闪发光的小石头，牙齿缝里总夹着一片菜叶。

赫尔曼比一般的孩子更温顺。

他喜欢音乐。他喜欢美丽的东西。他学习乐理，学习小提琴。在摩斯布鲁克博物馆，他在一个退休的水彩画家开的工作室里学习，画海军陆战队员，画苍白的天空，他用色很淡。赫尔曼是雅各唯一的儿子。他喜欢为自己单独创造一个世界，用偶然收集的宝藏建造自己的宇宙；他没有在自己房间的墙上贴网球明星、歌星或者一级方程式赛车手的海报，而是他月复一月慢慢补充完整的十几页的植物标本集。十岁那年，他有了一个宏伟的收藏心愿，他要收藏星星，所有他能找到的星星、海星、装饰圣诞树的金色星星、警长的星星，照片中在森林深处夜空里的星星，旗帜上的、海报上的、小说里的星星。赫尔曼是一个出色的学生，他被慕尼黑理工大学应用艺术学院录取了。赫尔曼既是一个艺术家，也是一个工匠。他对所有的东西如何运作很感兴趣，物理的、机械的，但最吸引他的还是美，物化的美，因为他相信大自然是地球上最伟大的创造天才，只有自然才能达到和谐与完美，人类只有欣赏、借鉴和索取的份儿。

赫尔曼是一个简单正直的人。

他经常是孤独的。害羞，低调，被误解，但他不懂什么是谎言。他不懂坏的事请。这都是其他人，他的同龄人，教他的。赫尔曼不懂他们之间的暗号。赫尔曼太脆弱了。赫尔曼只想和他们一样，被接受，一起度过整个夏天。赫尔曼不知道他们的残酷。否则，赫尔曼也不会破坏这辆汽车的转向装置，这辆玛利亚·琪加拉和尼古拉斯将要乘坐的汽车。赫尔曼从来没打算杀死他们，他只是想报复；他只是希望他们私奔失败，希望车子没法在半夜开动，希望他们只能步行，希望尼古拉斯能收起他的傲慢，希望让玛利亚不要把自己交给他。他只是想吓唬他们，给他们一个教训。他从来没有真正认识过一个女孩儿。他不希望尼古拉斯的手

419

玷污这张美丽的、优雅的、完美的脸庞和那个让他迷恋的身体，这个小贱人玛利亚·琪加拉。

雅各·施莱伯盯着那些堆在地中海边的岩石，他再次放慢了速度。

不，当然，赫尔曼不想杀死玛利亚和尼古拉斯。那天晚上，尼古拉斯本来按计划借他父母的车去卡马尔格那个该死的夜总会，和奥莱丽娅、赛文一起。尼古拉斯已经答应了他们。但就在几小时之前，赫尔曼跟踪了他们。当他们把车停在蝾螈营地的停车场时，他听到玛利亚·琪加拉同意了跟尼古拉斯一起……但是不带营地里其他的白痴！只是他们两个人。赫尔曼没有其他办法，只能想到钻到车下这个主意。他怎么能预测到这个行程的改变？预测到变成保罗·伊德里斯开车带上他的妻子和孩子们？预测到他自己造成整个家庭的死亡？又怎么能想到不到十八岁的自己被扣上了杀人犯的帽子？

20 点 56 分

21 点 02 分到达目的地

现在，雅各·施莱伯想，可以计划她下一分钟的死亡了。

赫尔曼什么都没有说。警察的结论是一次意外。

赫尔曼再也没有从中恢复过来。他是要为三个无辜的死者负责。

赫尔曼曾经有三个月的时间没法回到高等理工学院上学，他把自己关在房间里，在他的小草和星星陪伴下度日。经过了将近三十次的心理辅导，赫尔曼才最终坦承了一切，他讲述了整个事情，所有自 1989 年 8 月 23 日以来发生的一切，安可和他才明白。

赫尔曼继续去看心理医生。他再次拉起了小提琴。他重新开始摘草和收集星星。雅各帮他找到了一所新学校，这所学校没有理工大学那样有声望，又找到一家做营销的私企，那里他可以立刻加入，进行实习；再后来他将他带进拜耳，更多的不是为了工作，而是为了方便照顾他。

赫尔曼慢慢好了一些，雅各相信是这样，他想要相信，也说服自己相信。

1991 年 2 月 23 日，也就是佩特拉·科达事故发生后的十八个月，赫尔曼在他监控的生产线上接近了一个碱罐。几秒之后，他的身体就被酸所吞噬了，就像在科幻电影中，那些身体化成了一摊冒烟的粥，然后就消失了。雅各想相信这是一场意外，只是一场意外。然而，十名在拜耳工厂 B3 车间 07 生产线上的工人看到了赫尔曼将罐子倾斜并翻转，倒在了自己身上。

赫尔曼是一个温柔而有才华的男孩儿。赫尔曼应该拥有一个光明的未来，他应该在一家大公司里身居要职，一个美丽的女人会爱上他，他会过着与自己的理想相匹配的幸福生活。他配得上这样的生活，就像前天，当克洛蒂尔德·伊德里斯打电话过来时，雅各假扮自己的儿子告诉她的一样。他没有捏造任何东西。只是描述了他被偷走的生活。

安可几年后也去世了。死于悲伤。1993 年 8 月，他的妻子坚持要在克罗地亚的帕格岛上度假，这是一个会有点儿让人想起科西嘉的岛，它的悬崖和村庄都很相似。有一天早晨，她开着梅赛德斯去买面包，在一个峭壁边的弯道消失了，再也没有回来，在她没有带走的钱包里还有一张字条。Entschuldigung. 对不起。

后面进行了事故调查。

梅赛德斯维护很好。转向控制装置状况良好。

从那以后，雅各有时间就在想。赫尔曼、安可都为他们没有犯下的错付出了代价。

他也有时间来想，谁应该为此而负责。

是的，施莱伯家的悲剧足够等同于伊德里斯家的悲剧了。

1989 年 8 月 23 日，事故发生后，当他发现赫尔曼坐在 A31 号活动房的三个台阶上时，雅各就猜到他的儿子跟事故有关系。他们的假期还剩八天，但第二天他们就回到了德国。那天早晨，雅各去了伊德里斯家的 C29 号营房。营房都空了。小幸存者克洛蒂尔德的日记本被放在厨房的桌子上，和其他物品放在一起，之后将由巴希尔·斯皮内洛帮她带到医院去。他只是拿走了日记。为了了解究竟发生了什么。也为了除了他以外没有其他人能读到它，以防在字里行间会藏着任何对他儿子不利的证据或者线索。

他将这本日记读了又读，今年夏天又读了一遍。里面没有任何将赫尔曼当作凶手的描写，至少以他作为侦探小说超级粉丝的眼光来看。克洛蒂尔德完全不知道任何事情。

然而，还有一个证人，一个直接的证人，赛文·斯皮内洛。1989年8月23日，在营地接待处，他的眼睛一直没有离开过尼古拉斯和玛利亚·琪加拉，他看见赫尔曼钻到了富埃果下面，后来又听到大人在谈论被损坏的转向装置。赛文设法让他明白，他知道杀害伊德里斯家人的凶手，但是他绝对不会公开赫尔曼的名字，也绝对不会向警察或者卡萨努·伊德里斯讲这件事。雅各一直想知道为什么，直到洛克马雷尔滨海酒店搭起了第一块砖头。大风从奥赛吕西亚海滩上吹过，却没能将托比·卡里斯特的茅屋吹走。答案是如此显而易见。赛文·斯皮内洛要挟了卡萨努·伊德里斯！他成功了，尽管雅各从来不知道他是通过什么样的办法、什么样的版本，捏造了什么样的事实。他只知道赛文手里捏着一张牌，一张王牌，就是：他知道杀害保罗和尼古拉斯·伊德里斯的真正凶手。卡萨努永远都不会怀疑赫尔曼·施莱伯，这个年轻的德国游客，他甚至不知道他的存在。

雅各回头看了一眼。瓦伦蒂娜已经没在看日记，他听到她小心翼翼地放回塑料袋里了。帕尔玛·伊德里斯和她外孙女坐着一动不动，只有她们的头发，被从后面开了十五厘米的窗子吹进来的风拨动着。两个女人盯着他。她们只能看到他的脖子、肩膀和手臂。他的眼神在后视镜中与两位乘客的交织在一起。他本来只是平静地等待着这个8月的到来，希望最后一次看看地中海，分享最后一杯啤酒，最后玩上一次地滚球。医生说，癌症给他的时间，只剩最后一个夏天，唯一的一个。然而克洛蒂尔德·伊德里斯来了，她搜索、调查，坚持她那不可思议的观点。她的母亲还活着！一时的疯狂，却激起了对过去的质疑，她去质问玛利亚·琪加拉、纳达尔·昂热利、卡尔西亚警长和他的女儿奥莱丽娅，这一切都唤醒了记忆，拉开了鬼魂的裹尸布。正如他预料的那样，她来找他要1989年夏天的所有照片。谁知道她会不会从其中一张里猜出事实呢？他在克洛蒂尔德·伊德里斯面前打开空的文件夹时，完美地表现了他的惊讶。他说他想恢复存储在云端的照片，其实是想永远地销毁它们。

他不认为危险会来自赛文·斯皮内洛。无须怀疑，营地经理会比他失去的还多。在他按下扳机，鱼叉射中他的心脏之前，斯皮内洛已经向他承认了一切。他去要 Wi-Fi 下载照片的晚上，营地经理其实很害怕。赛文相当惊慌失措。自从克洛蒂尔德·伊德里斯回到蝶蛹营地，赛文想尽一切办法希望把她吓走，远离营地，但克洛蒂尔德很顽强，而且有很强的洞察力，同时也很有口才。赛文担心她可能会说服雅各承认所有的事情，这两个不幸家庭的幸存者，因为同样的创伤，可能会向彼此张开怀抱，他担心雅各最终会因良心不安而坦白。

雅各·施莱伯紧握着方向盘。在他面前，太阳在海面上形成了一道火线。是的，赛文·斯皮内洛一直害怕失去一切。如果克洛蒂尔德发现了真相，向公众、向警察、向卡萨努透露，那他的一切生意都落空了。更糟糕的是，如果阿卡努的科西嘉老头知道了，在二十七年前，赛文目睹了他儿子的车被破坏，却在这么多年来闭口不说，他一定会毫不犹豫地处决他，尽管他是他最好的朋友的儿子。所以，赛文在没有预谋的情况下，匆忙地给了雅各一个重击，用地滚球狠狠地砸在了他的太阳穴上。毫无疑问，如果那些打完扑克的营员没有走过那条小路，没有给他打电话的话，赛文已经成功了。没地方隐藏尸体，也没有时间清理犯罪现场，赛文不得已先离开了 A31 号活动房。他可能想着晚一点儿，等着夜里的时候再回来完成这个工作。他没想到雅各还有力气逃跑。雅各步履艰难地把自己挪出蝶蛹营地，还带着一些消毒伤口的东西。好在五十年来，他已经走遍这里的每一处角落，他也很了解密林。

第二天早上，除了在等着老德国人一起玩地滚球的球员面前假装惊讶，还有在克洛蒂尔德面前，发现活动房里空空如也时假装惊讶，赛文还有什么可做的呢？他除了惴惴不安地等待着，希望德国人会像一只受伤的动物一样死在某个角落里，还有什么选择？

完全没有。

雅各正安静地等待着，等着时机成熟，好在正确的时间杀了他。

他只是争取点儿时间。

那个在克洛瓦尼湾发现的不明身份的溺水者是天赐的机会；毫无疑问，这是一个疏忽大意的游泳者，几乎每个夏天都会有这样的情况。对于雅各来说，只要从姆塞塔岬角那里扔下一些衣服、一块手表和一些纸就够了，那里有地中海最强的洋流。警察不是那么好糊弄的，他们只需要花几个小时，最多一天就能找到尸体的名字，或者至少知道这具破碎的尸体不属于雅各。但这几个小时，对于麻痹赛文的警惕性已经绰绰有余了。

营地的老板不知道雅各已经命不久矣，不知道他其实不在乎最后怎么死。他的仇恨，不仅仅留给了伊德里斯家族的人，也对准了这里所有的人，所有想把这个天堂占为己有的人。赛文不可能知道这种痛苦和孤独已经令他发疯，他把他一半的退休金都用来看心理医生，他也曾经流连在拜耳工厂 07 生产线的 B3 通道里的碱罐前；他也曾经站在帕格岛的白色岩石边缘，站在雷威拉塔脚下的佩特拉·科达的红色岩石边缘。

雅各今天早上才知道了赛文·斯皮内洛的秘密，那个赛文因此而受到卡萨努·伊德里斯保护的秘密。

帕尔玛·伊德里斯还活着。

她代替赫尔曼接受了人民陪审团的审判，自 1989 年夏天以来一直被关在牧羊人的小屋里。

多年来，赛文对着两边做戏，让他们每个人都相信自己说的真相：卡萨努不知道真正的嫌疑人，雅各·施莱伯不知道真正的受刑人。赛文甚至不用说谎，他的沉默就足以控制住形势。直到克洛蒂尔德·伊德里斯回来改变了一切。

赛文·斯皮内洛本罪不致死，在他心上插上一箭只是迟来的正当防卫。而伊德里斯家的人不一样，他们全都该死，而且要在痛苦中死去。如果没有他们三代人的谎言，什么就都不会发生。

21 点 01 分

太阳还没有消失在卡尔维海湾的后面，它浮在卡尔维的城堡之上，像一个耀眼的大光斑，把整个世界变成了阴影下的戏院。雅各双眼迷离。自今早以来，自今年夏天开始，二十七年来，他的脑子里一直循环着同样的话。

我们只是一个普通的家庭，我们喜欢简单的东西，我们来这里在阳光下度假。

在一个美丽的岛屿上。

我们不知道这些美丽的女人会烧伤所有接近她们的人，这些美丽的女人会说谎，她们会远离那些想接触她们的人。

我们忘了告诉赫尔曼，贪恋美色会让人下地狱。

赫尔曼太单纯，太与众不同了。

他们没法接受他。

他们杀了他！

我就要见到安可了。就要见到赫尔曼了。

8 月 23 日 21 点 02 分

一辆红色的富埃果。

在雷威拉塔脚下的佩特拉·科达悬崖。

一个男人，一个女人，一个十五岁的女孩儿。

三具尸体。

一切都结束了。

美好地结束了。

63

2016 年 8 月 23 日，21 点 01 分

只剩一分钟。

眼睛里充满了泪水，克洛蒂尔德再次加速。

手机在仪表盘上被震得转来转去，它唯一的作用就是让她失去了宝贵的时间。雷威拉塔半岛在他们的面前延伸开去，但是要绕过它，必须一路上到中部，再向下走，大约五十米的高度差，中间有差不多二十个短弯道。

她来不及了。

除非雅各·施莱伯迟到。除非他的手表、车里的仪表盘，和他的手机时间不统一，哪怕只是一分钟，甚至几秒都够了。

坐在副驾驶位置上的卡萨努爷爷默不作声。

几个弯道的风景美得让人觉得时间都静止了，半岛的底部，南面的蝶螈营地，北面的灯塔。克洛蒂尔德没有时间看它们，帕萨特在完全看不见对面的情况下在路中间飞驰着，完全不考虑前方可能会有突然冒出来的车子。白线不再是防止帕萨特越界的带子，反而像一条粘住汽车的胶带。

他们穿过了山顶，途经停车场的几辆车，扬起一片灰尘。她没有看到，那些正在拍摄风景的游客在后面痛骂着司机。这条路有近一公里的长度都是毫无遮挡的。在十个转弯下来之后，他们可以清楚地看到佩特拉·科达悬崖。

克洛蒂尔德看到了。

她不顾一切地把油门踩到了底，感觉到卡萨努满是皱纹的手紧紧地抓着安全带。

红色的富埃果刚刚从 Port'Agro 驶出，出现在他们下方一公里的地方，正在慢慢地向他们靠近。富埃果与佩特拉·科达间只剩下几百米的距离。

帕萨特用四挡冲过了下一个弯道，时速超过了八十公里，克洛蒂尔德感觉两个左轮抬了起来，帕萨特差点儿翻了过去；她在最后一刻扳回了方向盘，转得过猛，又损失了几秒，但还是比降挡要快。她的脚再次踩死了右边的踏板。她必须把所有注意力集中在路面上，而不是远处的那个越来越近的红点儿。

但是不可能。她女儿、她妈妈都坐在里面。

刚开始，她觉得红车放慢了速度。瞬间的希望让她不知所措，但很快这个希望就像风中的火柴一样熄灭了。富埃果突然开始加速，在这条又长又直的路上越来越快，即将到达悬在佩特拉·科达悬崖之上的死亡弯道。

克洛蒂尔德也几乎完全放弃了刹车。只剩下四个弯道了，还有一丝希望，她可以赶在红车之前到达，切断它的道路，甚至撞上它，把它撞进这个令她幸存的山谷。不论如何，只要这次冲击可以救她的妈妈、她的女儿。

富埃果还在提速，像火箭稳定爬坡上升一样。

路边的围栏已经被升高了，克洛蒂尔德想起来，在他们去那儿献上百里香的时候，她曾经留意到。木质的栏杆已被半米高的石墙所取代。一辆汽车，即使冲下去，也只会直接嵌进去，或许是被弹回来，倒着在墙与山之间的道路上左右撞击，就像一个在通道中疯狂滚动的球，但不会从石墙上翻出去。

只剩最后两个弯道了，最多不过三百米的距离。

太晚了。

一秒之后，富埃果就会全力撞上石墙，碎片会飞散在二十米的空中，插入数千块血红色的岩石中，满足它们二十七年来的饥渴。

克洛蒂尔德闭上了眼睛。

富埃果还在那里，在她的眼皮下，在天空中，她的父亲拉着她以为是母亲的人的手，尼古拉斯选择了微笑，微笑着死去。

卡萨努尖叫起来，一只手抓住了帕萨特的方向盘，猛地转向左边。帕萨特撞上了路堤，新装的黄色金属圈被扯碎飞到了挡风玻璃上，车没有停下来，也几乎没有放慢速度。

21 点 02 分

帕萨特颠得太厉害了，方向很难控制，轮胎撞到了路堤的洼地和鹅卵石。克洛蒂尔德不得已睁开了眼睛。

她看到富埃果稍稍偏离了它的方向，像是要避免正面撞上悬崖上方的石墙。一时间，她以为这辆疯狂的汽车会斜撞上石头，一路刮蹭过去，失去一侧的挡泥板、一扇门，但是最终会疲惫地减速，停下来。

不，她完全搞错了。雅各·施莱伯应该已经上百次地拍摄了这个弯道，反复研究和验证了他的出口。

德国人并没有像他父亲一样冲向护栏，而是驾着富埃果冲向一旁的圆木林，那里的前方没有岩石，而是一个更加陡峭的小瀑布。

树干爆裂开来。富埃果极不真实地在空中悬停了一下，像失重了似的。

克洛蒂尔德知道她的母亲在里面。

她的女儿在里面。

富埃果从一个陡峭的山崖边坠了下去。二十米下方，不知疲倦的海浪不断地撞碎在岩石上。

一切都结束了。

64

2016 年 8 月 23 日，21 点 02 分

帕萨特只晚了不到十秒到达。克洛蒂尔德简直踩碎了刹车踏板。车飘了起来，在地面上滑出去几米远，停在了路中间，堵住了所有的路。

克洛蒂尔德没时间理会了，她没熄火也没拉手刹，更不用说打开警示灯了。她粗暴地打开了车门，冲到了富埃果刚刚撞开的圆木林前。

下方二十米的地方，红色的汽车漂浮在水面上，在旋涡中激荡着，像是礁石间的塞子。没法判定车子的状态，但克洛蒂尔德想象着，它应该在岩石上反弹了一次、两次、十次，虽然车的速度很快，但它几乎不可能是直接坠入下面的水里的，因为现在它正在一秒一秒地向下沉。

富埃果已经有三分之二的车身在水面以下了。

再有两三秒的时间，它将彻底沉入蓝绿色的水中。她很惊讶地发现自己竟然希望瓦伦蒂娜和妈妈在冲撞的当时就死了，而不用遭受被水慢慢溺死的痛苦。

她眼睁睁地看着几乎完全淹没了的车顶，眼里一阵被灼烧的刺痛。

我的上帝啊！

只有后窗还在水面上方，被海浪冲刷着。克洛蒂尔德相信自己看到了两个轮廓，两个阴影疯狂地摇动着。

是幻觉吗？

她永远不会知道了。下一秒，水面上就什么都没有了，只剩下快乐的泡沫，重新夺回了它的游乐场，可以把无数瞬息即逝的泡泡抛到光秃秃的岩石上。

"让开！"

克洛蒂尔德毫不犹豫地让开了。

卡萨努冲到悬崖的最边上，纵身跳了下去。

一瞬间，克洛蒂尔德想到了从前与爷爷的那次对话："科西嘉所有的青年都会从那里跳下去。你的爷爷是其中最大胆的一个。"她的嘴唇都被咬出了血。

隔了这么多年，这副身体是否还能保存着对平衡感的记忆，可以完美地从二十米的高处扎入水中，而不是被水面拍得粉碎？是否还能保持不可或缺的注意力，瞄准正确的落点，正好从仅仅几米宽的岩石缝中穿过？是否还能有足够的透视能力，在冲击海面之前的最后一刻，预测海床的深度，避免撞向海底突出的红色冰山？

是的。

是的，卡萨努的身体什么都没有忘记。

这是一次偶然，纯粹运气好，还是爷爷曾经真的是一名出色的跳水运动员？他的跳跃划出了一条完美的轨迹，笔直下落，掠过花岗岩的顶端，正好在富埃果沉没位置的旋涡中消失。

之后什么都没了。

在接下来的好几秒里克洛蒂尔德什么都看不到。卡萨努没有在他这一跳中生还，他牺牲了自己的生命，他跳下去不是为了救她们，是因为无法正视自己的愧疚而自杀了。

警报器开始在她背后响起。车门声、疯狂的脚步声震动着沥青路面。带着遗憾，克洛蒂尔德转头看了一眼，只是一眼，然后又开始观察水面。

除了一片湖蓝色的水面，什么也没有。

祈祷，祈祷，祈祷。

祈祷能看到有一个身体、一个头、一只手将水面打破。

在她身后，新赶到的人影在晃动。克洛蒂尔德有足够的时间认出来，在四五个穿着制服的警察身边，还有加德纳队长、凯撒尔·卡尔西亚警长、他的女儿奥莱丽娅，还有弗兰克。

弗兰克做了他该做的事儿。他通知了警察，他们动作还算快；但是反应再快又有什么用呢？晚了一分钟也等于是永恒了。

弗兰克抓起她的手。克洛蒂尔德没有反应。

永恒。

地中海什么都不会送回来，永远不会。

克洛蒂尔德的心快要裂开了。

"那里！"

在泡沫旋涡中，爷爷的上半身刚刚浮出了水面，他怀里抱着一个人。克洛蒂尔德看到爷爷竭尽全力将她从水中拽出来。终于，头、脖子、肩膀都出现了。

瓦伦！

还活着。

女儿长长的棕色头发像章鱼一样披在脸上。弗兰克把克洛蒂尔德的手握得更紧了。瓦伦没有咳嗽，也没有吐出肺里的海水，她的嘴巴里塞着石膏。

"该死的！"她丈夫喊道，"她的嘴被堵住了，手被绑着，她撑不住的！"

小溪底部的岩石太陡了，几乎是垂直的，而且不平坦。卡萨努都攀不住，更不用说瓦伦了。

科西嘉老人又一次潜了下去。

瓦伦尽可能地漂浮着，睁着恍惚的眼睛，她的腿应该能帮她停留在水面上，克洛蒂尔德不知道它们是否被捆着。

"她撑不住的，"弗兰克又叫起来，"给她一根绳子，该死，一个救生圈，什么都行啊！"

警察们你看看我，我看看你，一副沮丧的样子。一接完弗兰克的电话，他们就立刻冲上了他们的小卡车，去营救一名被绑架的少年，而不是到海上进行救援，他们根本就没想到……等消防员来，我们已经打了电话，他们在路上了。

瓦伦拼命想在水面上保持一个水平的姿势，但是海浪太强大了，在冲向岩石的途中，将她抛起来颠过去。每个大浪似乎都能将瓦伦带走，将她盖住，但是一旦旋涡离去，瓦伦蒂娜又重新出现在了海面上。

像是她把自己拴在了那里。

在空无一物的海面上，她是怎么把自己固定住的？

克洛蒂尔德大喊着，因为她的女儿发不出声音来。

"该死的，你们中没有一个人敢跳下去吗？"

男人们都犹豫着。

悬崖上的开口很窄，山峰陡峭，又有很多突出的岩石，只有专业的跳水者才敢在这里冒险。即使是一个好的业余爱好者也没有十分之一的机会能成功穿过，而且最终还能攀住岩壁。

弗兰克跨过了第一道护栏。

"我们应该能下得去。找到一条路，然后从最低的地方跳下去。"

他用左右手交替抓住岩石缝里不多的金雀花枝，屁股着地向下滑了几米。四个警察也跟着学他的样子向下滑去。

"快点儿！"克洛蒂尔德仍在喊着。

爷爷再一次从水面上浮出来。他似乎已筋疲力尽，咳嗽到肺都快裂开了，往外吐着水，吐着血，吐着内脏，但是他仍然抓着另一个身体，用尽最后的力气，将她托出水面。

妈妈！

双眼紧闭。一动不动。

但是她还有呼吸，很明显的呼吸。爷爷如此尽力地拯救她，拯救这个他如此厌恶，而且已经被他判了死刑的女人，肯定是因为她还活着！

这次卡萨努没有再次下潜。他把一只手搭在帕尔玛的胳膊下方，就像拉着一个一半浮在水面上的包裹、一个漏气的床垫、一个填满了重物的袋子，用他的另一只手臂，试图抓住瓦伦蒂娜。

他这样是坚持不了太久的。

弗兰克和警察被困住了。如此试图下去是最糟糕的想法。没有装备，他们不可能爬得回去，当不再有灌木丛可以抓的时候，他们就被困在那里了。岩壁几乎是垂直的，而其他的岩石是突出去的。没办法跳下去。小溪上唯一一条狭窄的开口，就在路的顶端。他们现在才注意到。已经太晚了。他们只能回去了。

还是没有消防队员的踪影。

这下要完了，克洛蒂尔德想。

死马当活马医吧……毕竟卡萨努成功过。

她走向前，猛冲了过去。她这一辈子，还从来没有从超过三米的平台上跳下去过……

不管了！

一只坚定的手挡住了她，抓住了她的右手腕。

一只巨人的手，让人无法反抗。警长凯撒尔·卡尔西亚不松手，也不说话，只是看着她，像是在说：别这样，够了，已经死得够多了，再牺牲一个也没有意义。

圆木丛后面就剩下三个人了。

凯撒尔、奥莱丽娅和她。

"放开我。"

她挣扎着，警长没有松开她。克洛蒂尔德感到一阵歇斯底里，她必须得做点儿什么，她不能就这样眼睁睁地看着她的女儿、她的母亲，就这样死去。

"听。"奥莱丽娅说。

听什么？

风从海面上吹过来。也许送来了消防车的警报声？她竖起耳朵，可什么都听不到。只觉得风越来越大，浪越来越高，越来越强，也越来越致命了。

她向海面看过去。

卡萨努已经够到瓦伦的肩膀了，他仍然抓着帕尔玛，他们三个互相抓着，紧紧地，像是从货轮上掉下来的一堆包裹。拼命地浮起来，被拉到水下，漂流着，再次浮起来，摇晃着，浑身湿透，疲惫不堪。没有别的希望，只有撑住，撑住，撑住。

为了什么撑住？撑到什么时候？谁能向他们伸出援手？

"听。"奥莱丽娅重复道。

很多年后，克洛蒂尔德还会为此而自责。她从来没有真正从这种烦恼中恢复过来：在她几乎还没听见的时候，奥莱丽娅已经认出了这个声音。马达的声音。

此刻，克洛蒂尔德再也无法控制她的情绪了。

用尽力气从肺里喊出来。

"那里！那里！"

然后冲她爷爷喊着：

"坚持住！求你们了，一定要坚持住，你们马上就得救了！"

一百多米远的海面上，在最后一片遮盖了一部分的雷威拉塔半岛、海豹岩洞、灯塔和蓬塔罗萨的岩石后面，刚刚冒出了一条小船。

比一艘小艇要大，又比一艘真正的渔船要小一些。

是 L'Aryon 号。

开足马力，劈风斩浪，轻松自如地穿梭在礁石之间。纳达尔在掌舵，穿着一件红色的风衣，金色的头发被风吹得飘起来。

克洛蒂尔德的心脏从来没有像现在这样跳得这么厉害。

纳达尔很快就到了泡在海里的三个人身边，关闭发动机，弯下腰第一个先抓住了瓦伦蒂娜。

这可不容易，发动机关了以后，强大的海浪推动着小船。瓦伦被捆着，没办法帮自己上船。只有卡萨努才能推着她的身体，还要冒着失掉帕尔玛的危险。纳达尔靠在船舷上，如果抓不住也会掉进海里。

终于，他们成功地将瓦伦蒂娜安置在了小船的船底。

接下来轮到帕尔玛了。

她能动了。她现在开始动着，至少让她的身体不像是一个需要被抬起来的包裹。她尽可能地协助他们，将身体蜷缩起来，卡萨努·伊德里斯把一只胳膊放在她的腰下，另一只放在她的大腿下面，将她一直向上推到纳达尔那里，像一个新郎抱着他的新娘，跨过他们将共度余生的房子的门槛。

克洛蒂尔德觉得那一刻，他们的眼神彼此交汇了，他们在用言语交流。

从她爷爷嘴里，她读到的是："对不起。"

从她妈妈嘴里，她读到的是："谢谢。"

这真傻，她妈妈的嘴巴还被堵着呢。

躺在 L'Aryon 号里，帕尔玛又和她的外孙女重逢了。

得救了！

最后纳达尔将他的手伸向卡萨努。

爷爷已经同大海、浪涛、洋流和礁石抗争了接近七分钟的时间。

这是一场不公平的斗争。不过，他成功了。他坚持住了。

老人已经完全没有力气了。

至少，这是警察们总结出来的，是科西嘉的记者们放在第二天头版头条的标题，也是蝰蜒营地酒吧的男人们带着巨大的自豪感复述的故事，甚至是克洛蒂尔德一辈子都会对瓦伦、对帕尔玛讲述的情节，只要她们问起最后如何结束的时候。

爷爷一直战斗到他最后一口气为止。

证人永远都只会说他认为真实的事情。

纳达尔·昂热利向他伸出了手，距卡萨努的手就只有几厘米那么远。

他没有抓住他的手。他任自己沉了下去。

65

2016 年 8 月 23 日，21 点 30 分

佩特拉·科达悬崖边上很少有这么多人的时候。

从未有过。至少是二十七年来头一次。

在连接阿雅克肖和卡尔维的唯一的公路上凌乱地停着三辆消防车、两辆救护车、四辆警察局的小卡车，还有数量惊人的旅游车被堵在这条路上，只有摩托车、夜间运动者、慢跑者和骑自行车的人，可以放慢速度设法钻过去，每个人都看往悬崖这一边。

消防员已经放下了一道绳梯，并在岩石上打入钢爪以确保安全。一艘海警巡逻队的橡皮艇在卡萨努消失的海面进行搜寻，无果。L'Aryon 号已经被铁爪和钢链牢牢地系住，并用塑料绳进行加固。经过如此的固定，L'Aryon 号接近了绳梯，再加上一个绞车，瓦伦蒂娜和帕尔玛在 GR20 直升机的救援人员帮助下缓慢地升了上去。

路上如此拥挤，差点儿被迫要把围观者、警察和亲属们隔离起来：退后，退后。救援人员给孙女和她的外祖母披上了金色的救援毯。没事儿了，没事儿了，一个长得像年轻时的哈里森·福特的急救医生很快给出了诊断，但他仍然坚持把她们运送到阿雅克肖中心医院。救护车敞着门，担架向前推进着，发动机启动着，司机拿着烟头，随时准备出发。帕尔玛举起一只疲惫的手：慢点儿，慢点儿。之前，克洛蒂尔德还没来得及去抱抱她的女儿和她的妈妈，就被救援人员把她和她们分开了："过一会儿，夫人，过一会儿再说。"

纳达尔是最后一个通过绳梯上到路面上的，没有绞绳也没有护送。

凯撒尔·卡尔西亚在他最后一步时帮了他一把，伸出一只手坚定地把他拽上来，又在他后背十足地拍了一下，一个实实在在的祝贺，刚强有力，又几乎不露声色：做得好，我的孩子。对于刚刚离开爆炸现场、逃离火海或者得胜归来的疲惫不堪的男人来说，这已经足够了。

弗兰克走到几米远的汽车那里，拿了一些干的衣服、一件毛衣、一条长裤和运动鞋给瓦伦蒂娜。

奥莱丽娅正在与"哈里森·福特"进行讨论，表现出一名护士的能力与同情心。

克洛蒂尔德突然发现自己正面对着纳达尔。他们中间隔着不到三米的距离。她发现他有着难以置信的性感，风衣一直开到肚脐的位置，蓝色的眼睛被带着咸味的头发掠过，带着英雄式的安静的微笑。她无法抑制那种明显的、发自内心的、自然的冲动，想把自己抛过去搂住他的脖子，在他耳边呼喊着：谢谢，谢谢，谢谢。告诉他，她一直知道，他会解开缆绳，L'Aryon 号会再次航行；告诉他，他们现在只要从绳梯上下去，升起帆，就可以出发了。她的女儿和妈妈已经得救了，已经被找回来了。一切问题都已经解决。是时候离开了。

她向前跨出了一步。

想把自己的身体压在纳达尔身上的那种冲动源于原始的兽性和动物性，仿佛只有他才拥有那种能够平息一切的力量和冷静。

奥莱丽娅把"哈里森·福特"留在了后面，向前走了两步。

弗兰克将干衣服交给在第一辆救护车上的女儿，向前走了三步。

凯撒尔·卡尔西亚向后退去，像是一个裁判把摔跤场留给了比赛选手。

"纳达尔！"奥莱丽娅喊道。

他没有动。

"克洛！"弗兰克在她背后喊道，"克洛！"

她没有动。

"克洛，瓦伦想见你。"

她犹豫了一下。

"她有些事情……有些重要的事情想跟你说。"

大开着车门的救护车司机吐出烟屁股。担架员把担架推了过去。夜晚降临了。消防车已经开始动身离开。海警的橡皮艇在海上绕的圈子越来越大，向更远的海域进行搜寻。

克洛蒂尔德的心已经飞走了。

她还能怎么样？抛下她的女儿吗？

她转过身。

瓦伦和帕尔玛并排坐着，一样的金色毯子盖在腿上，一样的白色毛巾包裹着她们的头发，一样的弓着背。她们两个相似得有点儿夸张。

"怎么了，瓦伦？"

"妈妈，我……我有东西要给你……"

瓦伦蒂娜有点儿摇晃地站起来，在毯子下面拿出一个大腿夹着的塑料袋。她犹豫了一下，然后俯身向她的外祖母说：

"不……应该由您……由您来交给她。"

帕尔玛的声音颤抖着，挣扎着说出几个因长时间吞咽而分开的音节：

"用……你……你……或者……外……婆……称呼我……"

她用力笑了一下，从她的腿上拿起那个神秘的塑料袋，同时也没有松开她外孙女的手。

克洛蒂尔德靠近了一些。

三个人六只手交织着，一起拿着这个袋子，令它看上去好像一团皱巴巴的纸。帕尔玛继续努力地说：

"这是……你……的……"

帕尔玛和瓦伦松开手。她们哭了。两个人都哭了起来。

克洛蒂尔德轻轻地打开她的礼物，不理解是什么让她们两个如此激动。起初，透过透明的袋子，她看出是一个蓝色的、褪了色的东西；然后摸到一个矩形的形状，是一本书，柔软的，不，不是一本书，厚度更像是一本笔记本。

塑料袋向着雷威拉塔方向飞去，没有人想起要去追它。

度假时的日记。1989 年夏

笔记本封面上，她少年时期的笔迹仍然清晰可辨。

她极其慎重地打开了它，就像是一个探险家在展开一张在法老墓中发现的莎草纸一样。

1989 年 8 月 7 日，星期一，假期第一天

夏日晴空

我的名字，克洛蒂尔德。

自我介绍是起码的礼貌，尽管我不认识你们，你们却在读我写的东西。如果我没记错，已经是几年以后了。所有我写的东西都是非常保密的，绝对不可公开的。

不管你们是谁，我想都已经被告知过了。

鉴于我的谨慎，我仍想知道是谁在读我写的东西。

会是我的爱人吗？那个对的人，那个我选择了与之共度一生的人，那个在某个清晨，我首次颤抖着把我少年时期最私密的日记与之分享的人？

或者是一个浑蛋？由于我日后杂乱无章的生活，他无意中读到了它？

…………

眼泪从克洛蒂尔德的眼角动人地滚落下来。字母，文字，每一行都完好无损，只有纸张的边缘有些蜷缩，角落里有些发黄，将她隐私的日记乔装成了一本古老神秘的魔法书。有一瞬间，克洛蒂尔德感觉像是遇到了她自己，二十七年前的自己，就像是同一个故事中两位拥有平行命运的女主角在最后一章里相遇了。

瓦伦向她投去一个自豪的眼神：

"是我救了它，妈妈。是我救了它！"

她们哭了。三个人都哭了。

一只胳膊揽住了她的腰，一只手放在了她的胸部下方。

弗兰克。

她转过身来，抚摸着丈夫的身体，把头靠在他身上。弗兰克可以把这理解成一种温柔的姿态，但她只想从他的肩膀上方望出去。

奥莱丽娅蜷缩在纳达尔敞开的风衣里，小鸟依人。

克洛蒂尔德慢慢地将笔记本贴在她的心口上。

66

2016 年 8 月 27 日，12 点

丽萨贝塔，很有兴致地观察着阿卡努农庄里的人群。正午的太阳炙烤着这些身着盛装的人，每个人都想找一个遮阴的角落躲着。没人找得到。他们都被耍了。卡萨努会喜欢的。

他一直都讨厌某些科西嘉人乐于在丧礼上营造的凄惨气氛，穿着黑衣的女人们唱着 lamenti 和 voceri，传说中可以赶走死亡的歌，关上死者屋子的窗帘，在镜子前挂上床单。卡萨努在自己的葬礼那天绝对不允许这样，丽萨贝塔答应过他。

她遵守了诺言。

但却没法阻止人群的到来。

拥挤、好奇、沉默的人群。丽萨贝塔看着他们汗流浃背，想象着汗水在他们脚下形成水塘，冲出一条水渠，流向地中海。

阿卡努农庄的院子里一厘米的阴凉地方都没有。

人群等待着，快被烈日炙烤化了。

农场的院子变成了一个大烤箱，人群都被困在里面。好像科西嘉岛在实施报复。

慢慢地，非常慢地，人群开始向前移动。

棺材在最前面，由奥索、米迦勒、西蒙尼和托尼奥，最亲近的几个表兄弟抬着。其余的出席者一个接一个地，就像沙漏的沙砾一样，跟在后面密密麻麻地走出农庄，沿着连接海滨悬崖的小路，最终到达马尔孔墓地。仿佛是一队没有尽头的黑色毛毛虫，正在缓慢地爬行当中。狭窄

的小路没法并排站超过两个人，没法保持距离，也没法呼吸。总长度为三公里的送葬路上，只有靠近海边的最后一公里，才会有一些腼腆的海风，让这一路的行走稍感轻松。送葬的队伍一路延伸，棺材已经到达了马尔孔墓地，最后面的人们还在阿卡努火炉里。

在无名的人群中，所有人都等待着，为了消磨时间，你可以在人群中找到一个省长、四名议员、七名科西嘉议会成员、科西嘉狩猎联合会主席、地区自然公园经理……是的，卡萨努的科西嘉在报复。这些贵宾的级别越高，就越爱穿紧身的衬衫，扣着外套的纽扣，踏着打了蜡的皮鞋，他们感受的热量也就越来越多。他们好羡慕孩子们的一身短打扮，羡慕女孩儿们穿着短裙，男孩儿们身着 T 恤，不像是去墓地，更像是去打地滚球的。

像是卡萨努对世俗的秩序最后的挑衅。

人群的大部分还都在闷热的阿卡努农庄的院子里等候着。

橡木已经光秃秃了。

丽萨贝塔已经考虑了好多年。每一天，有好几个小时，她能从厨房的窗户观察到院子中央那棵高大的绿橡木，她觉得没有更好的办法来举行告别仪式了，她还让卡萨努把它加进了遗嘱里。

不要鲜花。不要花环。

对于所有人来说，对于她来说，阿卡努的橡木，雷威拉塔的橡木，就是卡萨努。所以，正如丽萨贝塔向他承诺的一样，她会给每一位朋友、每一位客人、每一位来看她丈夫最后一眼的客人一条橡木枝，供他们放在坟墓前。已经有一千多人挤在树干周围，站在这个他们曾梦想着有树荫庇护的大树下。

这棵有着三百年树龄的大树的所有树枝都被砍下来了。

橡木光秃秃的，像在冬天那样。只剩一副骨架。一具巨大而憔悴的尸体。

这是丽萨贝塔想要的。不管来了什么人，不管来了多少人，事实上只有这棵树是在为他送终。

在整整一个夏天里。

几个月以后，它又将重新复苏。而那时，阿卡努也会重生。重生数百年，因为卡萨努和他的橡木已经合二为一。他的血管里流着的不再是血液，而是树液。从黑暗时代至今的伊德里斯家族的元气之水。

丽萨贝塔继续观赏着这场橡木枝芭蕾舞，由现场上千名黑蚂蚁般的送葬者演绎着，真是叹为观止。送葬队伍的最后一批成员离开了院子。她决定由她自己来为队伍收尾。走出农庄之前，丽萨贝塔回头看了一眼她的花圃，没有被任何一个来宾踩过，她的小花园，还有她每天早晨浇水的几盆花。

她想等到自己去世那天，在她的墓前只要一朵兰花就很满足了。

✛   ✛

丽萨贝塔在已经停下来的人群中小步穿行着，队伍在第一公里处就停了下来。最先到达的人们已经挤满了小小的墓园，其他的人都堵在路上；人群向两边散开，像是在给科西嘉最美丽、最慢的拉力赛选手加油。只是没有人挥起手里的橡木枝欢呼。没有人敢。

卡萨努的遗孀用了将近一小时才走进墓园。

墓室是开着的，俯瞰着雷威拉塔海湾。尽管有着如此美丽的景致，丽萨贝塔却不喜欢，特别是那些占地极大的大家族的墓地。尽管极尽奢华，有希腊式的廊柱和奥斯曼式的穹顶，最终一代代人的骨灰也无非是装在大柜子上叠起的一个个抽屉里。有一天，她会跟卡萨努一起永远地分享从下面数右边的第五个抽屉。在他们下面，整齐地排列着他们的父母亲、祖父母、曾祖父母、曾曾祖父母。在他们上面，还有他们的儿子在等着她。

我把她放在一个抽屉里，她跟我说那里太黑了。

她在脑子里唱着这首傻傻的童年歌谣。

444

她慢慢走向墓室。当然，她本应该是第一个将树枝抛向棺材的人，但是她决定她要分享这个荣誉。最后的几米她走得很累，至少那些等得不耐烦的人是这么想的。丽萨贝塔无言地将头转向右边，斯佩兰扎立刻明白了，她向前走了一步挽住了她的右胳膊。她也会是第一批接近陵墓的人。

莎乐美，她女儿，长眠在此。

丽萨贝塔将头转向左边，一个无可争议的眼神，请了帕尔玛一起过来，扶着她左边的胳膊。

保罗，她丈夫，长眠于此。

这三个女人默默地互相扶持着，走向棺材。

丽萨贝塔安排了这一切。她在昨晚上有了这个想法，也花了整晚的时间来考虑。让帕尔玛和斯佩兰扎和解，不只是在仪式上。要永葆和平。在科西嘉，女人们有这个能力。

她们三个一起把树枝扔了下去，动作很同步。三枝绿色的树枝轻轻地落在漆板上，仿佛橡木棺材被一种纯粹的魔力焕发出了新生，如果就把它留在那里，不盖上大理石板，明年春天，木板就会变成树干，长出新的树根，结出橡子，鱼鹰会在上面筑巢。在她们的后面，克洛蒂尔德和奥索携手走上前来。姐弟俩因着相同的命运走到一起，命运也许也曾后悔让他们变成了孤儿。他们共同拿着一枝树枝，握在奥索唯一能用的右手里，像是两个恋人手缠着手共握着一朵鲜花。

后面的人们都上来抛下他们手中的树枝。

树枝很快堆成了一座小山，光秃秃的老橡木将它所有的绿色都贡献了出来，加上玉石色的苔藓、乳白色的地衣，黑色的衣服和白色的墓穴不再醒目，衬托它们的只有蓝色的地中海和雷威拉塔红色的岩石。

在那些不知名的人，以及她常常记不住脸或者官职的官员里，丽萨贝塔还是认出了几个她熟悉的面孔，他们有的让她付出了代价，有的教给了她历史，与她自己的生活紧密相连的历史。

安妮卡在墓前站了许久，伤心欲绝。前一天，在同一个墓园里，她埋葬了她的丈夫，送葬的人比今天的十分之一还少。丽萨贝塔跟她聊了很久，建议她留下来继续经营蝾螈营地。她说会考虑，好好考虑……

玛利亚·琪加拉·吉奥尔达诺很美很庄重，全身黑色，从眼镜到皮鞋，从朴素的低胸装中露出的花边到左右两边保护着她的保镖。

弗兰克谨慎、迅速、低调地投下他的树枝，然后退到了后面，只留下瓦伦蒂娜一个人。年轻的女孩儿静静地站在那儿一动不动，时间似乎都停止了。她的眼里没有眼泪，眼神似乎拥有穿越棺木板的力量。看到了自己的过去。她的爸爸不得不拉了拉她的袖子，让她离开。

最后是奥莱丽娅，在她爸爸凯撒尔·卡尔西亚的臂弯中一起走过来。这位警长是唯一一个不用从阿卡努出发，顺着小路，走到墓园的人，但这也没能让这位退休警察的黑色衬衫上少出现白色的汗迹。

奥莱丽娅放开她爸爸的手臂，向丽萨贝塔微微笑了一下，然后眺望着大海。

所有的人都来了。

除了纳达尔，他拒绝了。

❦　　　❦

人群渐渐散去。克洛蒂尔德在久久拥抱了丽萨贝塔以后，走向一条可以俯瞰地中海的长椅。帕尔玛静静地坐在那里。尽管天气很热，她仍然披了一条丝质的薄披肩，上面有黑色玫瑰花的图案。瓦伦蒂娜坐在旁边，不断地在她的手机上敲着什么。在被监禁的时候，她的外祖母知道世上发明了这种让青少年上瘾的工具了吗？

她妈妈不了解的东西太多了。她不了解她妈妈的事情也有很多。现在开始，他们有大把的时间可以重新互相了解了。这并不容易。自从重获自由后，帕尔玛很少说话，大部分的时间里她都很沉默。只是在听着。

她已经六十九岁了，突如其来的光线、声音和拥挤的人群，各种各样的问题让她感到很累，所有的一切对她来说都太快了，她需要理解太

446

多的信息。太多的姓氏，太多的名字。

她很容易把事情、人混淆起来。当她看到瓦伦蒂娜，她的外孙女的时候，她叫她克洛蒂尔德，就好像她被囚禁的期间时间停止了，她十五岁的女儿也变了样。

变成了她所希望的样子。变成了一个跟她很像的女孩儿。

克洛蒂尔德不在乎。现在，她很平静。

她站在她妈妈和女儿坐着的长椅的旁边，眼睛转向大海。

"他……已经走了。"帕尔玛说。

克洛蒂尔德一开始以为她妈妈说的是卡萨努，接下来才发现她也将目光投向了雷威拉塔灯塔的那个方向。

一条船远远离去，她们两个都认得出那是 L'Aryon 号，猜到了站在船舷那里的那个身影是纳达尔·昂热利。

"他已经……走了。"帕尔玛重复道。

自从重获自由后，这是她妈妈第一次连起来说好几个词。

"我……很……想他……我那时……四十岁……当我进到……那间黑屋子……的时候……我想……我还是……一个漂亮女人……我有一面镜子……我逼自己忘记……纳达尔……我最害怕的……就是……他会重新见到我……时间是残酷的……不公平的……对待女人……一个男人……在五十五岁……的时候……不会……喜欢……一个七十岁的……女人……"

克洛蒂尔德什么也没说。

能怎么回答呢?

她能做的就是让自己为眼前的景致所惊艳，好像她是如此爱这里，让眼睛流连在不同的风景中，卡普迪维塔顶端的奥地利十字架，然后是卡尔维城堡，然后向下是蝶蜮营地、阿尔卡海滩、奥赛吕西亚海滩、洛克马雷尔滨海酒店的废墟，还有雷威拉塔的灯塔。

"看，妈妈。"瓦伦蒂娜说，她终于把自己的眼睛从手机上抬了起来。

"什么?"

"那里，海面上，灯塔正后方。"

她什么也没看到。

"在 L'Aryon 号那个方向。有四个黑点儿。"

克洛蒂尔德和帕尔玛眯起眼睛，还是什么都没看到。

"是它们，妈妈！欧浩梵、伊德利勒、加尔多，还有塔提耶。你的海豚！"

克洛蒂尔德心中一震，她在想她女儿是怎么知道她儿时的这些名字的。很快她明白了，那本日记，当然是，那本 1989 年夏天的日记，她女儿被绑在富埃果车里的时候一定读过了。

"我几乎确定就是它们，妈妈！这很正常，因为它们认得出 L'Aryon 号。"

她女儿，一个平时如此认真的人，真的能编这么一个故事出来吗？同样的海豚，在同一个地方，在二十七年以后，能认得出同一艘船的马达声？

"一只海豚能活超过五十年，"瓦伦蒂娜坚持道，"它们拥有令人难以置信的记忆力，你还记得吗，妈妈？'在所有的哺乳动物中，最强大的关于爱的记忆，能够在分别二十多年以后仅凭声音认出它的伴侣。'"

克洛蒂尔德环视了一圈地平线，还是没有看到鳍出现。

"太晚了，"瓦伦过了一会儿说道，"我看不到它们了。"

她的女儿，在奇迹般地读到她的日记之后，已经学会说大话了吗？瓦伦还在继续说着，好像还没有过足嘴瘾。她低头俯瞰着奥赛吕西亚海滩的岩石。

"现在赛文死了，洛克马雷尔滨海酒店的废墟那里会变成什么呢？"

"我不知道，瓦伦。它们可能还会留在那里许多年。"

"可惜了……"

"可惜什么？"

瓦伦蒂娜转向她的外祖母，然后看向墓地，辨认着刻在大理石上面的每一个名字，不仅仅是她舅舅和外公的，还有三个世纪以来所有的先祖。

"可惜我不姓伊德里斯啊。"

一片沉默。这一次是帕尔玛开了口。

"你……姓……伊德里斯……又能……怎么样呢？"

瓦伦蒂娜盯着她。她似乎在她外祖母布满皱纹的脸上寻找着妈妈日记里描述的那个充满魅力的女人。

"你曾是建筑师吗，外婆？"

"是的……"

又一次的沉默。克洛蒂尔德这一次接过话来，重新问了她妈妈刚才提的那个问题。

"瓦伦，你姓伊德里斯又能怎么样呢？"

瓦伦再一次看着墓地，然后是海上她假装看到海豚的地方，最后是洛克马雷尔滨海酒店的废墟。

"为了不让这一切真的变成废墟！"

二十七年后……

Chapter 3

永远年轻

克洛蒂尔德微笑着，看着纳达尔迷失在自己的梦境中，任自己被一种忧郁的温柔抚慰着，瓦伦蒂娜继续埋头在她的数字里，玛利亚·琪加拉向刚刚喂完海豚宝宝的英俊的马迪奥眨了眨眼睛。

Sempre giovanu. 永远年轻。

67

"外婆，我们可以去游泳吗？"

外婆说"好"的同时也给她的外孙和外孙女一个会心的微笑。他们总是喜欢征求外婆的同意，而不是问他们的妈妈。因为他们的妈妈不让。他们的妈妈总是说不，游泳也好其他的也好，总之就是不行。

太冷了，太热了，太湿了，太危险了。

他们的妈妈真是有点儿烦呢。

"谢谢你，克洛外婆！"

菲利克斯和伊奈斯开心地蹦起来，膝盖贴着脸，手臂环抱在小腿前方，把水面炸开了花。克洛蒂尔德看了他们一会儿，然后抬起头，将目光望向更远的地方，望向阿尔卡海滩和雷威拉塔角。泳池微微地突出在半岛之上。他们的海豚庇护所，名字叫宽吻海豚，到今年已经面向公众开放第十五年了。建筑的主体、接待处、博物馆、实验室和报告厅，都完全采用欧洲黑松作为建筑材料，而且都是根据帕尔玛的原设计进行建设的。这是一个精致的与自然环境融为一体的杰出建筑作品，建筑所需能源利用太阳能、风能、潮汐能实现自给自足，一个成功的建筑示范。洛克马雷尔滨海酒店的海报再也无迹可寻，除了白兰度的石头后来用作修建通往泳池和海豚观测站的道路和台阶。

"你不一起来吗，克洛外婆？"

"让你们的外婆安静一下。"瓦伦蒂娜冲她的孩子们喊道，然后又重新埋头于她的平板电脑上的数字表格中去了。

克洛蒂尔德犹豫了一下。她这一年里几乎天天游泳，经常是与西尔丹和伊奥，还有保护区的其他海豚一起，或者是跟从尚杜里渔民的渔网里拯救的鼠海豚阿哈奈尔一起游。只有在夏天的时候会陪着菲利克斯和伊奈斯一起……最后，她站起身，决心去享受为数不多的能陪伴外孙们一起游泳的时光。因为两天后，他们就会和瓦伦蒂娜一起回到贝西市内的公寓里，在那儿他们可以直接看到爸爸的大办公室。克洛蒂尔德自己留在这儿。8月底，游客开始变少，但孩子们的笑声会在海豚庇护所的走廊里再次响起；每年的9月初，宽吻海豚会得到科西嘉的学校提供的投资。今年已经是第七年了。自从退休后，克洛蒂尔德就没有离开过这个岛。

她的目光掠过泳池上方的世界时钟、不间断水质检测仪、综合气象站，然后停留在被钉住的一块木板上，为高科技创新向建筑师致敬。她妈妈的名字被两朵犬牙玫瑰花围着，与公园周围种植的犬牙玫瑰一样，每年的4月至7月盛开着各种深浅不一的玫瑰色和淡紫色的花朵。

她妈妈去世后葬在了爸爸的身旁，在伊德里斯家族的墓地里。在重获自由后，帕尔玛独自一人居住在韦尔农的一间幽暗的小公寓里，几乎从不出门，而克洛蒂尔德则总是生活在恐惧中，她怕某一天清晨妈妈不再醒来，却没有人会知道。她明白帕尔玛在工程完工后就在等待着这一天的来临，所以她每天都打电话给她，她不相信妈妈电话里宽慰自己的话，坚持让瓦伦蒂娜在假期里接班去照看她。有一天晚上，当她离开法庭回到家，发现妈妈宁静安详地躺在了床上，像睡着了一样。后来医生跟她说，她在几个小时前刚刚去世。克洛蒂尔德一直没法断定，那一刻自己究竟是悲伤还是欣慰。

帕尔玛想葬在科西嘉岛，葬在她丈夫的身边。然而在墓室里，已经有另一个女人睡在了她的床上！后来大家决定将莎乐美·罗马尼的遗体向下迁几层，放到她母亲的旁边。斯佩兰扎在2020年5月的一个晚上，在阿卡努的院子里，在大橡木的绿荫下去世了，身边放着一篮子新鲜采摘的乳香黄连、当归、牛至；丽萨贝塔三个月后也随着她离去了，一天早上，在毫无征兆的情况下，她的心脏停止了跳动，那时她正在拔除围在她的兰花周围的荨麻。

克洛蒂尔德放下她的浴巾，穿着泳衣走向游泳池，一点儿也不难为情地展示着一个七十岁的女人年轻的身材。她的身体仍然保持得很好，她欣赏但是不嫉妒那些在躺椅上或阅读或睡觉或亲吻的，拥有完美身材的年轻游客。她认为，生活应该归结为：享受世界的美丽。它的和谐，它的诗歌，在一切消失之前享受它。最终，我们并没有死去，我们只是看不见了。当我们周围所有的美好都消失的时候，我们就知道该结束了。

而今天，她们还在闪闪发光！在下面那个泳池，直接面向着地中海的地方，最年轻的海豚伊奥，在马迪奥面前优雅地波浪般地上下游动着，这个金发碧眼浑身肌肉的天使负责喂养它；这位年轻的成年人冷静而准确的动作似乎能与鲸类的肢体语言配合在一起。马迪奥拥有小王子水晶般的笑容，她第一次见他是在十几年前，在阿尔卡的海滩上碰到了他。那时他正在读《哈利·波特》。克洛蒂尔德曾跟他说过，他的父亲……曾经的绰号就是海格！现在可是谁也不敢管奥索叫海格了，他现在是蝾螈营地严肃又有权威的经理。

克洛蒂尔德将一只脚泡在水里。纳达尔在一个遮阳伞下睡着了，一大本书扣在鼻子上，一顶大帽子又扣在书上。她控制住了想悄悄过去溅他一身水的想法！她可以叫菲利克斯和伊奈斯来帮忙，突然抬起折叠椅将他抛到水里去，或者简单地建议他们用力在他身边跳到池子里，浇他一身水。

在瓦伦蒂娜庆祝完她的成人礼后的几个月，克洛蒂尔德和弗兰克分手了。在双方同意的前提下，他们在 2020 年 1 月签署了离婚协议书，节省了一笔律师费。在之后剩下的冬天，整个春天，整个 7 月里，克洛蒂尔德只有一个执念：回到科西嘉去，与纳达尔重逢。她已经是自由身了。有丽萨贝塔留下来的钱、帕尔玛的设计图纸，还有正在准备高等商校考试的瓦伦蒂娜的市场营销知识、L'Aryon 号、海豚庇护所、海豚们，所有的一切现在都可以变为事实了。

消息传开后，克洛蒂尔德收到了奥莱丽娅的一封长信，她解释说，如果她回到科西嘉，如果纳达尔想和她在一起，如果这是他的选择，她不会反对……（在奥莱丽娅的信中有很多"如果"）。尽管奥莱丽娅仍然爱着纳达尔，尽管她真的相信她就是他需要的那种女人，尽管这些年来她一直懂得如何保护他免受鬼魂的困扰，尽管自从他恢复健康后，她就一直小心翼翼地陪伴着他。尽管纳达尔从来没有爱过她，但是他不会因为与别人在一起而更幸福。

的确如此，克洛蒂尔德知道这一点……是奥莱丽娅从中协调了纳达尔想象中的 Turiops 项目。她几乎是凭一己之力建成了庇护所；纳达尔仅有愿望，却没有能力。纳达尔是个意志薄弱的人，克洛蒂尔德记得，他虽然是一个出色的情人，但毫无疑问也是她永远无法忍受的一种人。她受不了纳达尔给她写了充满激情的几封信后又会无端地消失几个月，受不了他给自己慷慨的承诺，却又很快地忘记了……爱已成往事。纳达尔只是一个有默契的同伴，一个她愿意为其保留无限温柔的男孩儿，但奥莱丽娅比她更爱他。离婚后，克洛蒂尔德有过几个恋人，一些人生旅途上的同伴，漂亮的、聪明的、才华横溢的。有时是已婚的，有时又是外国的。每年到了 8 月 23 日，如果她有恋人，她会把他带到卡萨帝斯特拉过夜，在星空下整夜做爱。

"当心，外婆！"

克洛蒂尔德吃了一惊，带着一丝担忧，抬头看着那块在纯净的蓝天里显得那么突出的大跳板。每当看到有人从空中跳下，她都没法不想起卡萨努。

在泳池周围，穿着人字拖的游客们都被吓呆了。

一个身体像箭一样穿过水面，几乎没有溅起一滴水花。

完美的一跳。

非常专业。

像一条美人鱼。

几秒后，玛利亚·琪加拉从水里冒了出来。像一个七十岁的水中女

455

神，两个紧实的乳房像两个炮弹一样从白色透明的泳衣中凸显出来。

菲利克斯和伊奈斯鼓掌欢呼着。他们喜欢玛利亚阿姨。

克洛蒂尔德大笑起来。她和玛利亚·琪加拉已经成为了朋友。玛利亚爱讲她在每年夏天到来之前都要去隆胸的事儿。说等她死的那一天，平躺在棺材里的时候，就凭着她两个乳房，棺材都盖不上！

在她葬礼的那天，她可不要放科西嘉复调音乐，也不要 *lamenti* 和 *voceri*。

她在那些身材健美成 V 形且剃了腋毛的男人面前调整起她那透明的泳衣，可把他们惊呆了。在这位美丽独裁者的面前，那些男人的妻子只有被羞辱和伤害的份儿。

岁月如刀。

但有时，它下手也没那么狠。

"你来吗，外婆？"菲利克斯和伊奈斯喊道。

克洛蒂尔德微笑着，看着纳达尔迷失在自己的梦境中，任自己被一种忧郁的温柔抚慰着，瓦伦蒂娜继续埋头在她的数字里，玛利亚·琪加拉向刚刚喂完海豚宝宝的英俊的马迪奥眨了眨眼睛。

Sempre giovanu. 永远年轻。

图书在版编目（CIP）数据

时间杀手 /（法）米歇尔·普西（Michel Bussi）著；
陈睿，冯蕾译 . — 长沙：湖南文艺出版社，2018.11
ISBN 978-7-5404-8641-9

Ⅰ . ①时… Ⅱ . ①米… ②陈… ③冯… Ⅲ . ①推理小
说—法国—现代 Ⅳ . ① I565.45

中国版本图书馆 CIP 数据核字（2018）第 068569 号

著作权合同登记号：18-2018-037

Le temps est assassin by Michel Bussi
© Michel Bussi et Presses de la Cité, un département de Place des Editeurs, 2016.
Extraits de *Mala vida* (pages 9 et 10), Jose-Manuel Chao, PATCHANKA, BMG
RIGHTS MANAGEMENT (France), 1988.
Dialogues extraits du film Le Grand bleu réalisé par Luc Besson(page 369) ©1988,
Gaumont. Remerciements à M.Luc Besson et Gaumont.
Simplified Chinese edition arranged through Dakai Agency Limited

SHIJIAN SHASHOU
时间杀手

著　　者：［法］米歇尔·普西
译　　者：陈　睿　冯　蕾
出 版 人：曾赛丰
责任编辑：薛　健　刘诗哲
监　　制：蔡明菲　邢越超
策划编辑：马冬冬　文雅茜
特约编辑：尚佳杰
版权支持：辛　艳
营销支持：文刀刀　张锦涵　傅婷婷
版式设计：潘雪琴
封面设计：天行健设计
内文排版：百朗文化
出版发行：湖南文艺出版社
　　　　　（长沙市雨花区东二环一段 508 号　邮编：410014）
网　　址：www.hnwy.net
印　　刷：北京天宇万达印刷有限公司
经　　销：新华书店
开　　本：880mm×1270mm　1/32
字　　数：398 千字
印　　张：14.5
版　　次：2018 年 11 月第 1 版
印　　次：2019 年 2 月第 2 次印刷
书　　号：ISBN 978-7-5404-8641-9
定　　价：49.80 元

若有质量问题，请致电质量监督电话：010-59096394
团购电话：010-59320018